兩漢隋唐婦女閨怨詩

陳瑞芬——著

自序

本文研究的目的首在了解兩漢、隋唐婦女閨怨詩產生的背景，其次針對兩漢、隋唐婦女閨怨詩的內容並依據婦女作者身分地位，研究其閨怨的性質和作品的文學表現，最後由兩漢、隋唐婦女閨怨詩的內容與文學表現，探討兩漢隋唐婦女閨怨詩所反映的現象及其研究價值。藉由此項研究，瞭解兩漢、隋唐婦女閨怨詩在文學上的地位並肯定她們在文學創作上所做的貢獻。

本文共分五章：第一章：緒論——說明研究動機、方法、範圍與目的。第二章：兩漢時期的婦女閨怨詩——由禮教思想與政治動亂說明兩漢婦女閨怨詩的產生背景。由離鄉去國之怨、思夫別情之怨、政爭失利之怨闡述兩漢婦女閨怨詩的主要內容。由詩的形式與意境分別說明兩漢婦女閨怨詩的文學表現。第三章：隋唐時期的婦女閨怨詩——由禮教的包袱、國勢的興衰、家庭的因素與女性的多愁善感，說明隋唐婦女閨怨詩的產生背景。由婦女的身分類別以宮廷、官宦、平民、女冠、教坊婦女及身分不詳等六類婦女，分別闡述隋唐婦女閨怨詩的主要內容。由詩句形式、對句運用、字辭使用分別說明隋唐婦女閨怨詩的文學表現。第四章：兩漢隋唐婦女閨怨詩反映的現象與價值——由家庭生活反映的卑微地位、作者稱謂反映的次等地位與閨中情愁反映的附屬地位，說明兩漢隋唐婦女閨怨詩反映的現象。由文學、倫理學與社會學三方面說明兩漢隋唐婦女閨怨詩研究的價值。第五章：結論——就女性作者與作品數量言是隨朝代而漸次增加的。就作品的文學表現言，展現出女性詩作特有的風格和陰柔之美。就作品的內容言，兩漢隋唐婦女閨怨詩，不僅扮演著薪火相傳的承繼角色，更是後代宋、元、明、清婦女詩歌愈加發榮滋長的前導。

目次

第一章

緒論

第一節　研究動機與研究方法

女性佔世界上人口的一半，但在文學造詣上是否能與男性平分秋色，我們由歷來文學作品的分布，可了解其中梗概。謝无量先生指出《詩經》三百零五篇中，僅十六首為女子作品。(註一)《漢書、藝文志詩賦略》，凡收詩賦千餘篇，而婦女作品竟付之闕如。(註二)丁福保編《全漢三國晉南北朝詩》，閨秀詩人僅四十四人。(註三)逯欽立輯校《先秦漢魏晉南北朝詩》，婦女作者共六十七人，佔詩人總數八百零三人中的百分之八點三，作品為一百三十三首，佔詩作總數八千三百四十四首的百分之一點六。(註四)《全唐詩》九百卷，婦女作者僅占九卷，人數有一百四十四人，(註五)婦女詩作有五百零七首，佔詩作總數四萬八千九百六十三首中的百分之六。(註六)徐世昌編《清詩匯》兩百卷，其中十卷為閨閣之作，共有五百三十二人。(註七)施淑儀編《清代閨閣詩人徵略》一書，共十卷，計有壹仟壹百六十一人。(註八)由以上統計資料顯示婦女的創作自古以來不受重視，在歷來的詩總集中，亦佔極微小的比例，詩人和詩作數量遠低於男性，實有其歷史背景。

自先秦兩漢魏晉南北朝至隋代，婦女作者與作品，多居於聊備一格的地位。至唐代，作者人數漸增，創作數量也較富，是值得注意的現象，一直到明清之際，婦女文學勃興，由於文人大力的提倡和帝王世家的獎掖，(註九)造成清代女詩人達到空前的盛況，而社會上一般人對女性創作至此轉化為鼓勵和支持。婦女作品由史料記載上無論多寡，我們相信婦女文學一直是存在的，並且漸入佳境。

由先秦、兩漢、魏、晉、南北朝、隋、唐等朝代婦女詩作看，以閨怨詩一類較值得注意，閨怨詩佔各朝代詩作總數的比例（見表二詩作分類量表），由先秦佔百分之三十九、漢百分之六十九、魏晉百分之七十九、南北朝百分之五十八、隋百分之六十七、唐百分之五十一的比例看，由漢至唐婦女閨怨作品在各朝代都位居第一，而所佔當代詩作的百分比亦超過半數以上，可見這一時期婦女在詩的創作方面，以「閨怨」為主題。至於其他詩作內容屬於守節、詠物、詠時令、勸誡、即興、諷喻、閨情、應制等則數量甚少，相形之下，更凸顯閨怨詩的重要性與價值，因此形成了研究本文的動機。

本文以兩漢、隋唐婦女閨怨詩為研究主題，研究方法採歷史法、演繹法、歸納法進行。首先採歷史的研究方法，分為先秦、兩漢、魏、晉、南北朝、隋、唐等年代，以歷史斷代為經線，各朝代間人物、作品、歷史淵源為緯線，由這兩方面探討婦女作品的產生背景、主要內容和文學表現。次由演繹法分析兩漢、隋唐婦女閨怨詩作並闡述其內容與技巧。經由歸納法、歷史法、演繹法，對兩漢、隋唐婦女閨怨詩作者及作品進行詳盡的統計、歸納及綜合探討，期能清晰的展現本文對兩漢、隋唐婦女閨怨詩作的研究成果。

第二節　研究範圍與研究目的

本文研究主題為兩漢、隋唐婦女所作之閨怨詩，本文所稱閨怨二字，《說文》解為：「閨，特立之戶，上圜下方，有佀圭。从門圭，圭亦聲」。「怨，恚也，从心夗聲。」、「恚，怒也。从心圭聲。」怨就是一種怒氣、一種恨意（註十），人皆有七情六慾，因受外在人、事、物的牽動，產生喜怒、好惡之情，有情感的激發，便有因而產生的言語、文字、行為，（註十一）詩的產生是一種人類表情達意、抒發心志的需求表現。（註十二）所謂婦女閨怨詩在此界定為兩漢、隋唐時代婦女因生活面的狹窄，深居閨中內心對人、事、物產生的愁怨、怒氣，反映在詩作中，便成了觸目愁苦悲淒的作品。閨怨的另一層含義，是對女性社會地位和生存價值的一種反照，由於生活接觸面的狹小，直接影響個人的視野和胸襟氣度，傳統禮教給予女性的定位，又是深處閨中，不問世事，（註十三）否則有違禮儀，因此謹守三從四德便是女子終生的志願和生存的意義。（註十四）人性嚮往自由的心，是不分男女的，在這種身處傳統包袱的現實中，又想要完成內心所擁有的理想境界時，婦女閨怨詩就在這樣的情形下應運而生。女性或因景、因人、因物、因事產生不滿、憤恨的心情，在傳統的年代裡，婦女缺乏排遣煩悶的方法，有機會識字習文而具才華的女子，受到情緒的牽動、激盪時，便產生最佳的創作靈感，如漢代的蔡琰，若不是在國破家亡、喪親別子的人間慘劇中隨波浮沈，又怎能寫出震憾人心、沁人心脾的曠世之作「悲憤詩」。正因為她有痛苦、不滿，所以由內到外，由詩名到內容文字，都是又悲又憤的血淚書。歷代的文人才子亦不乏有閨怨之作，藉他們洗鍊的文學技巧和洋溢的才情，對女性內心世界做層層的揣摩、探討，他們也有文學成就極高的作品，如李白、白居易對婦女苦難生活的描述（註十五），司馬相如對宮廷嬪妃內心自傷的刻劃（註十六）等等。雖女性在用字和格律等文學技巧上不盡如男性的暢達，但婦女內心最深層的感受，若由女性自己道出，便是最直接的性情之作，她們在內容上所傳遞的意境，並不因文字、音律等形式上的規範而有所減損。因此婦女閨怨詩的研究，便成了一覽婦女生活和呈現婦女在當時地位、生存價值的一個指標。

本文研究範圍界定如下：

一、主題為兩漢、隋唐婦女閨怨詩研究。朝代界定為兩漢、隋唐。作者界定為女性。作品界定為詩。作品內容界定為閨怨。

二、研究對象以女性作者之閨怨詩作為主，凡具爭議性之作品或作者，如兩漢時期的古詩十九首、〈孔雀東南飛〉、〈虞美人〉和〈項王歌〉、班婕妤〈怨歌行〉、卓文君〈白頭吟〉、王昭君〈怨詩〉等，（註十七）僅提及其名，不作內容分析，而於附錄中列表供參（註十八）。

三、婦女詩研究的範圍，界定於「閨怨」一類，此類以外者，不在研究範圍僅列表供參。（註十九）

至於考證作者真偽（註二十）及五代時期之女性作者，因時間、資料的受限，不在本文研究範圍，僅列表於附錄中備參。（註二十一）兩漢至隋唐婦女閨怨詩作，除魏甄皇后、王宋、孟珠等人，因不見《歷代婦女著作考》中，故置於附表七作附錄備參外，兩漢、晉、南北朝、隋、唐之閨怨作者及作品皆於附錄表三、表四之中供參。本文之婦女詩作者，以胡文楷編《歷代婦女著作考》為主並參校其他資料，其中六朝部份則列表歸納其作品要旨，餘則不另作討論。

本文所列之附表說明主要以逯欽立輯校之《先秦漢魏晉南北朝詩》一書，而兩漢時期探討的婦女詩作，以正史有記載者方列入討論範圍。唐代婦女作者及作品歸納，以文史哲出版之清聖祖御定《全唐詩》為主，輔以宋郭茂倩撰之《樂府詩集》、明王昌會輯之《詩話類編》、清周壽昌輯之《歷代宮闈文選》等相關書籍。

本文研究的目的首在了解兩漢、隋唐婦女閨怨詩產生的背景，其次針對兩漢、隋唐婦女閨怨詩的內容並依據婦女作者身分地位，研究其閨怨的性質和作品的文學表現，最後由兩漢、隋唐婦女閨怨詩的內容與文學表現，探討兩漢隋唐婦女閨怨詩所反映的現象及其研究價值。藉由此項研究，瞭解兩漢、隋唐婦女閨怨詩在文學上的地位並肯定她們在文學創作上所做的貢獻。

註釋

註一：謝无量《中國婦女文學史》，（中華書局，民國六十八年八月臺二版），第二章第二節，頁二十二。

註二：班固《漢書、藝文志》，（藝文印書館，民國六十八年），第十詩賦略，凡詩賦百六家，一千三百一十八篇。

註三：丁福保編《全漢三國晉南北朝詩》，（世界書局，民國五十一年）。

註四：根據逯欽立輯校之《先秦漢魏晉南北朝詩》而歸納出的統計表。見表一中統計數字。（中華書局，一九九三年十二月版）

註五：僅《全唐詩》中之宮廷與閨秀詩人，不包括神、仙、鬼、怪、夢等類人物。其中閨怨詩作者有八十九人，非閨怨詩作者有五十五人合計為一百四十四人。參見附錄中表三和表九。（文史哲出版社，民國六十七年）

註六：此婦女詩作總數乃由閨怨詩作者歸納表與非閨怨詩作者歸納表合併統計而得，參見附錄中表三和表九。

註七：根據徐世昌編《清詩匯》第七、八兩冊所記載之女詩人總數。（世界書局，民國五十年）

註八：施淑儀編《清代閨閣詩人徵略》所列之女詩人總數。（鼎文書局，民國六十年三月）

註九：鍾慧玲《清代女詩人研究》，（政大中文所博士論文，民國七十一年六月），第一章、二章。

註十：東漢許慎《說文解字》云：「怨，恚也；恚怒也。」、「恨，怨也。」（藝文印書館）

註十一：朱熹《詩集傳》序云：「人生而靜，天之性也；感於物而動，性之欲也。夫既有欲矣，則不能無思；既有思矣，則不能無言；既有言矣，則言之所不能盡，而發於咨嗟永歎之餘者，必有自然之音響節族而不能已矣，此詩之所以作也。」（華正書局，民國六十九年八月初版）

註十二：《詩》大序云：「情動於中而形於言；言之不足，故嗟歎之；嗟歎之不足，故永歌之；永歌之不足，不知手之舞之，足之蹈之也。」

《釋名》：「詩，之也。志之所之也。」

《說文》：「詩，志也。從言寺聲。古文作訨，從言之聲。」
《虞書》：「詩言志，歌永言，聲依永，律和聲。」

註十三：《禮記、昏義》第四十四，卷六十一，頁一〇〇二：是以古者婦人先嫁三月，祖廟未毀，教於公宮，祖廟既毀，教於宗室。教以婦德，婦言、婦容、婦功。教成祭之，牲用魚，芼之以蘋藻。所以成婦順也。（藝文印書館，民國六十八年）

註十四：范曄《後漢書、列女傳》，（鼎文書局，民國六十七年十一月三版），班昭作《女誡》七篇，有助內訓。其辭曰：鄙人愚暗，受性不敏，蒙先君之餘寵，賴母師之典訓。年十有四，執箕箒於曹氏，于今四十餘載矣。戰戰兢兢，常懼黜辱，以增父母之羞，以益中外之累。夙夜劬心，勤不告勞，而今而後，乃知免耳。吾性疏頑，教道無素，恆恐子穀負辱清朝。聖恩橫加，猥賜金紫，實非鄙人庶幾所望也。男能自謀矣，吾不復以為憂也。但傷諸女方當適人，而不漸訓誨，不聞婦禮，懼失容它門，取恥宗族。吾今疾在沈滯，性命無常，念汝曹如此，每用惆悵。閒作女誡七章，願諸女各寫一通，庶有補益，裨助汝身。去矣，其勗勉之！

註十五：《元氏長慶集》，（世界書局，民國七十六年）。白居易云：「蟬鬢加意梳，娥眉用心掃，幾度曉妝成，君看不言好，妾身重同穴，君意輕偕老。」白居易，婦人苦中云：「婦人一喪夫，枯身猶抱節。男兒若喪婦，還有一枝生。」由此可見，婦女在傳統禮法之下，生活悲苦、哀愁的一面。

註十六：《昭明文選、長門賦》，（藝文印書館，民國六十八年），卷十六，頁二三四末段：「忽寢寐而夢想兮，魄若君之在旁，惕寤覺而無見兮，魂迋迋若有亡，眾雞鳴而愁予兮，起視月之精光，觀眾星之行列兮，畢昂出於東方，望中庭之藹藹兮，若季秋之降霜，夜曼曼其若歲兮，懷鬱鬱其不可再更。澹偃蹇而待曙兮，荒亭亭而復明，妾人竊自悲兮，究年歲而不敢忘。」於司馬相如的「長門賦」中明顯而深刻的描述出一個棄后的憂傷、自怨，更以長宵難寐，寫盡婦人的哀愁。因此「長門」，便成了宮怨的特殊象徵意義。

註十七：白頭吟一詩舊說嘗附會此詩為卓文君作，惟當今學者皆視之為樂府古辭。此詩始見徐陵《玉台新詠》，題為「皚如山上雪」，不云「白頭吟」。自陳沆《詩比興箋》，即以為此詩與卓文君無關，當作樂府古辭。上海古籍出版社，一九八一，頁三四）。班婕妤怨歌行一詩，見於《昭明文選》、《玉台新詠》、《樂府詩集》，皆題班婕妤作。《玉台新詠》且有小序，「昔漢成帝班婕妤失寵，供養於長信宮，乃作賦自傷，並為怨詩一首。」《漢書、外戚傳》，班婕妤傳，言班婕妤為趙飛燕所譏害，失寵退居長信宮，作賦自傷，並錄其賦全文，卻未提及怨歌行。劉勰《文心雕龍、明詩篇》云：「成帝品錄，三百餘篇，朝章國采，亦云周備；而辭人遺翰，莫見五言，所以李陵、班婕妤見疑於後代也。」因此學界多數同意這是一首無主名文人擬作樂府。魏甄后塘上行一詩，學界多認為此詩與甄后無關，而是無名氏文人擬作之樂府古辭。

註十八：參見附錄表七、表八。

註十九：參見附錄表五、表六、表九、表十。

註二十：兩漢六位閨怨詩作者在張修蓉《漢唐貴族與才女詩歌研究》中，已見考證。隋唐婦女閨怨詩作者共計有九十七位。因個人才學設限，實難一一考證其真偽，僅將存疑之作予以過濾。（文史哲出版社，民國七十四年三月初版）

註廿一：參見附錄表三、表四。

（表一）先秦漢魏晉南北朝隋詩統計表（據逯欽立輯校本）

朝代	卷數	作者總數	作者總數	婦女作者總數	婦女作品總數	婦女作者在當代所占比例	婦女作品在當代所占比例	備註
先秦	七卷		278	9	10		3.6%	詩作為歌、謠、雜辭、逸詩、古諺語、詩
漢	十二卷	58	599	14	16	24.1%	2.7%	
魏	十二卷	38	550	1	1	2.6%	0.2%	
晉	三卷	188	1576	14	21	7.4%	1.3%	
宋	十二卷	60	840	2	8	3.3%	1.0%	
齊	七卷	43	414	2	6	4.7%	1.4%	
梁	三十卷	167	2281	6	41	3.6%	1.8%	
北魏	四卷	43	162	4	4	9.3%	2.5%	
北齊	四卷	27	139	3	3	11.1%	1.6%	
北周	六卷	18	429	0	0	0	0	

朝代	卷數	作者總數	作者總數	婦女作者總數	婦女作品總數	婦女作者在當代所占比例	婦女作品在當代所占比例	備註
陳	十卷	73	590	8	4	5.4%	0.7%	
隋	十卷	88	432	8	19	9.1%	4.4%	
總計	一三五卷	803	8344	67	133	8.3%	1.6%	

（表二）先秦漢魏晉南北朝隋唐婦女詩作分類量表

朝代	作者總數	詩作數量	五言詩數量（首）	五言詩佔詩作總數的百分比	閨怨詩數量（首）	閨怨詩佔詩作總數的百分比	守節詩數量（首）	詠物詩數量（首）	詠詩令詩數量（首）	其他（首）
先秦	33	37	0	0%	15	39%	8	0	0	5（勸戒）9（即興）
漢	15	16	7	44%	11	69%	4	0	0	1（宮廷應制）
魏	3	3	3		2		0	0	1	0
晉	15	63	57		50		0	8	5	0
魏晉共計	18	66	60	91%	52	79%	0	8	6	0

朝代	南朝		南朝		北朝		南北朝共計	隋	唐
	宋	齊	梁	陳	北魏	北齊			
作者總數	2	2	6	4	5	3	22	10	144
詩作數量	8	6	41	4	5	3	67	21	507
五言詩數量（首）	7	5	40	4	2	1	59	18	218
五言詩佔詩作總數的百分比							88%	86%	43%
閨怨詩數量（首）	8	6	18	3	3	1	39	14	261
閨怨詩佔詩作總數的百分比							58%	67%	51%
守節詩數量（首）	0	0	0	0	0	0	0	0	
詠物詩數量（首）	0	0	8	0	1	0	9	0	
詠詩令詩數量（首）	0	0	9	0	0	0	9	0	
其他（首）	0	0	6（即興）	1（諷諭）	1（諷諭）	2（即興）	10	7（閨樂）	

第二章

兩漢時期的婦女閨怨詩

第一節　兩漢婦女閨怨詩的產生背景

兩漢婦女閨怨詩產生的背景應由這一時期的政治和教育說起，政治方面由於內亂和外患的頻仍，因而有紛擾的政爭和胡羌的覬覦；教育方面由於禮教的束縛和男尊女卑的傳統觀念，造成女子只有屈從父權體制下的一切規範，包括了婚姻和生命的自主權。以下分別由禮教思想的束縛和政治動亂的影響兩方面，敘述婦女閨怨詩產生的背景因素。

一、禮教思想的束縛

女性在教育不普及的時代裡，能夠識字習文除非生長在官宦貴族等相當條件的家庭中，才有舞文弄墨的機會，否則女子的生長只是勞力操作多於文事的琢磨。在漢代的婦女作品中閨怨詩佔三分之二的比例（註一），可以看出婦女對生活的滿意度如何，文學作品的產生是人類情緒的一種表達方式，詩的產生更是將生命中的每一動點，作精美而深刻的記錄。這一種濃縮的語言透露出的意義，便是作者對事物的認知和對人力無法解決之事的情緒轉移。在漢代婦女作者的身世概況中，我們可以了解詩作的產生多集中在宮廷婦女和官宦婦女，她們擁有優渥的經濟生活，在衣食無虞之下，受教的機會也比一般婦女多，詩文的寫作自然成了這些知識婦女表現情意的寄託，然而這些詩作多集中在抒發閨中苦悶和保全貞節的心意上（註二），可以看出這些嬌貴的婦女在精神上是孤立無援的，於是悲吟長歎便成了她們抑鬱度日的最佳良伴。

由於身受禮教思想的束縛，女子對於所遭受的一切往往只有逆來順受，屈從認命，不曾有過為自我、婚姻等的抗爭，也因此產生了諸多生活上的怨、恨，這些生活上的怨恨，幾乎全數來自於婚姻，由於不能自主的婚姻，造成了伴隨婚姻而來的不滿和怨恨日漸加深。

宮廷中的婦女能否被選為后妃，完全取決於皇室貴族的寵幸與否，雖然在物質生活上是錦衣玉食，然而精神上卻常有朝不保夕之虞。由於禮教的嚴明，雖嫁入顯貴宮廷，言行舉止更需謹言慎行，一切以順從為主（註三）。如江都公主的遠嫁昆莫便是由於禮教思想的度化，而使得女子壓抑自我心意而曲意承歡，所謂顧全大局便是女子們的重責大任（註四）。可憐她雖有百般不願，卻也只有將思念家國之心化為創作的源頭，以憂鬱的筆調寫心中的怨，以思念成愁的心寫歸鄉的情。在宮廷中的嬪妃雖不必遠別祖國，卻也有無盡的怨恨，一則來自於宮妃間的勾心鬥角，一則來自於王室的權力傾軋。宮妃間的名位角逐往往是悲劇的起因之一，如戚夫人和呂后間的恩怨，在禮教的約束下，屈從夫意而心有不滿則轉入其他嬪妃的身上，自相殘殺的結果造成更多的悲劇，這是宮廷制度主導下的一夫多妻制使然。至於嫁雞隨雞、嫁狗隨狗的觀念在古代女子心中是根深蒂固的，即使和所嫁之人並無感情，而生活上夫妻間仍然是休戚與共、禍福相依的。如唐姬、華容夫人在婚姻上雖遭受弘農王、燕刺王的慘死命運，卻仍願守節以報，這種心態和作法，不能不說受到傳統禮教的影響有以致之。

在官宦婦女方面如徐淑和蔡琰都是嫁為官吏之妻，徐淑因體弱多病而未能照顧夫婿生活起居，只有回娘家養病，甚至丈夫遠宦京師也無法隨行，心中自責甚深，終日以淚洗面。反之夫婿秦嘉並不因為未盡照顧病妻而愧疚仍遠宦在外，徐淑卻一味自責，這便說明了禮教給予女子的定位，便是捨己順人，尤其在婚姻生活上更需以夫為中心，只要稍有不盡婦德之嫌，便覺得罪過，使得自己生活陷入一片愁雲慘霧之中。

蔡琰的遭遇亦說明了在女子不受重視的年代裡受到極大的犧牲。蔡琰的早寡本是自身的不幸，然而在亂離之中，被胡人當做戰利品般擄虐，是深一層的不幸，力弱不能敵的情境下，屈辱忍悲又生下二子。古代的婚姻制度，婦女只是繁衍種族的工具（註五），有了子女後妻子可以另作安排（註六），蔡琰便又在如此的社會觀念下，使得匈奴王同意將之釋回，子女的歸屬權自然隸屬於父親，做母親的一旦與夫相離，就必須忍受別子的哀痛，古來許多婚姻都因為婦女要擁有孩子而痛苦地持續下去。蔡琰的生命歷程由於被禮教思想束縛而任人宰割、任人安排，自己只有悲涼地忍受無情的命運所帶來的愁苦人生。

漢代女子作品多屬於悲苦人生際遇的發抒，可見人類往往在受挫折時心靈的感受最為刻骨銘心，這正是刺激創作的最佳源頭，這些作品所呈現出的女子生活圈，不論是在宮廷大內或深居閨中，接觸的人亦只是丈夫、親戚、侍兒們而已，產生出對生命意識不夠明亮的作品，也足以反映女子生活面的狹隘。與夫同生共死的作法，雖是女子重情義的表徵，但也反映出女子欠缺獨立的人格，必須附庸在丈夫之下才有生存的意志，為夫守志殉節雖令人感動，但也令人無限的惋惜。女子地位的不受重視至此並未得到改善，仍是在傳統的禮教牢籠中周而復始。

禮教的注入是中國宗法社會組織形成的最主要條件，在古代的中國社會，視禮教為人人依循的準則，宗法制度的緊密結構，全仰仗這樣的維繫力量。禮教的影響造成整個社會、家庭重男輕女，男尊女卑的兩極地位形成以男性為主導的社會，一切的法律也以男性為主，因此在婚姻上是一夫多妻制，在嗣續的承繼上是父子相傳，女兒是無權繼承家業的，孟子所謂「不孝有三，無後為大。」在古代這無後便是指無子，生女曰弄瓦，生男曰弄璋（註七），這上下、尊卑、大小動靜、天地之別，都繫於對男女性別上的差異，因而導致在人格發展、受教階層、行為模式，甚至社會價值判斷等方面，都呈現出兩極化的標準。（註八）

人類人格的發展和所受教育的內容及受教的環境有密切的關係，而受教的成果則直接反映在行為上，可以說行為的表現除受社會價值標準的影響外，主要便是來自於所受的教育。以下分別從教育內容和行為表現上，探討古代女子在這兩方面的實際生活情形。

由教育內容言，宗法社會組織下的女子在幼年是深居閨中的，因此居家的女紅之事是女子的必修課程，以便將來主中饋之用。《禮記、內則》即教導男女雞鳴即起、灑掃應對之序和儀節。之後唐代的《女論語、訓男女章》、《鄭氏家範》中皆有對女子以禮教的束縛和守貞節的教育。在宗法制度下，女子在閨中之教育不外乎是謹守貞節、柔順、卑弱、賢淑的美德，更要勤於操持家務以備嫁後事奉公婆、丈夫及撫育子女等要務。女子的一生便是為侍奉週遭親人而活，和男子是無法平等的。尤其在出嫁後的夫婦相處上，更是不平等。漢代班昭作《女誡》便竭盡心力倡導女子的三從四德觀念，其寫作之本意是為教授宮妃嬪婢宮廷禮儀，使之能謹守禮儀規範，然而由於其內容：卑弱、夫婦、敬慎、婦行、專心、曲從、和叔妹等七章，強調三從四德、男尊女卑的觀念，而使得女性被套上了千古不移的牢籠和枷鎖。女性由於受教的限制，以致知識淺薄，再加上被灌輸凡事曲從的思想，不但扼殺了女子的思考力，在人格的成長上更是飽受漠視。班昭卑弱的女性思想，使得數千年來女性一直是扮演著次於男性的附庸角色，對女子在身心兩方面的發展造成極大的傷害。

再由女子的行為表現看，教育的功能在於培養人的觀念，而思想則在引導人的行為，女子們既受長期的閨中教育和女教思想的洗禮，在行為表現上自然是將所學所知行動化，未嫁前凡事從父勤於家事，培養女性應具備的賢淑美德，出閣後便要謹遵夫為妻綱、貞節觀念、三從四德，將女子柔順卑弱的特質發揮出來，一如班昭《女誡、卑弱》篇所說：「晚寢早作，勿憚夙夜，執務和事，不辭劇易。」（註九）女子只要在家努力操持家務，不必多問事，便是克盡了天職，女子只規範她們做肢體勞動的事，而鮮少提及除禮教之外知識方面的學習，（註十）無怪乎漢代以來女子在文學創作上數量鮮少，和男性更是難以相提並論，實在是受到時空、人為因素的影響。在〈婦行〉篇中更可以了解女教思想對女子的控制是將女子局限在言語、行為、容貌、技能的熟練，而完全忽視女子受教求知的權利，對於佔人口半數的女性而言，是一種人格的污蔑和歧視。〈婦行〉篇中的四德規範教條為：「貞靜清閒，行己有恥，是為婦德；不瞎說霸道，擇辭而言，適時而止，是為婦言；穿戴整齊，身不垢辱，是為婦容；專心紡績，不苟言笑，烹調美食，款待嘉賓，是為婦工。」（註十一）在〈專心〉篇中強調事夫要「專心正色，耳無淫聽，目不邪視。」（註十二）班昭強調丈夫可以再娶，而妻子絕不可再嫁。所謂「貞女不嫁二夫」是女子守貞的金科玉律。在〈曲從〉篇更教導女性要善事公婆，凡事以謙遜為主，盡量多忍耐，務必做到曲意順從。〈和叔妹〉篇中更說明如何與丈夫的兄弟姊妹相處，關鍵便在於忍得住氣，把受氣看成是識大體、是天經地義的事。(註十二)女性長期在沒有獨立人格的教育下成長，她們所接受的教育是不健全的，反映在行為上自然也是受虐的、可憐的角色，偶有識字及才華出眾的女子，對她們的生活藉由創作發抒情懷，只可惜這些作品，大多是反映女子生活痛苦的一面，其內容不外乎閨中盼夫歸或是夫亡為守節這類的女教典範，可見得傳統禮教的深入社會人心，禁錮無數婦女的心靈，今日看來，實可謂人類進化過程中的不幸，女性也為此付出了極為慘痛的代價。

二、政治動亂的影響

漢代自高祖開國以來，文治武功卓有建樹，在文景之時，更是蔚為太平盛世。但歷史的演進往往是合久必分，分久必合，文景時代雖為西漢的治世，然而同姓諸侯日益眾多，在朝中更是日漸囂張跋扈，在景帝時終於引爆七國之亂，在事件平定之後，景帝則收回諸侯政權。武帝時更將諸侯國土縮減，行政權直隸朝廷，使得封建制度名存實亡，而邁向中央集權。武帝時代對內進行政治制度大改革，對外則積極開疆闢土，開創了西漢空前的盛世。在文學方面罷黜百家，獨尊儒術，設立太學，提拔儒生，儒學在此一年代裡發榮滋長，奠定往後成為中國學術正統的基石。武帝死後昭帝即位由外戚霍光輔政，昭帝之後為宣帝，仍由霍光主政，霍光死後宣帝親政，政治清明，對外匈奴、西域皆相安無事，史稱昭宣之治。自宣帝以後西漢步入了衰頹期，宣帝時宦官已典掌機要之事，元帝時宦官更把持朝政結黨營私，成帝時雖罷黜宦官，然而大權則又旁落外戚之手，最後竟為王莽所篡。新朝歷時十五年，因政治、經濟、社會等重大問題的改制失敗，又因連年天災，致使反莽聲浪風起雲湧，終為劉秀領軍所破，中興漢室而為東漢光武帝。光武帝即位後朝野一片儒者氣象，因其尊崇儒術又常與公卿討論儒學，在節義方面更是重視表彰有氣節操守之士人，因此東漢士大夫多為重視操守有風骨的社會中堅，於是崇尚氣節便成為東漢士風的特徵。光武之後的明帝、章帝秉持光武遺教尊崇儒術，尊師重道，因此明章時代為東漢的治世，史稱明章之治。在三十多年的太平盛世之後，又再度陷入外戚宦官的惡鬥時代，東漢章帝之後為和帝，這是漢帝國興衰的轉捩期，和帝即位年僅十歲，竇太后聽政，形成外戚專權，和帝長大後欲掃除外戚，與宦官密謀雖斬除了外戚，但卻開了東漢宦官參政的惡例。和帝以後君主皆短命或無嗣，大多為幼主嗣位，母后臨朝，造成大權旁落於外戚之手，等到幼主年長，欲親臨主政又與宦官合作誅殺外戚，滅了外戚政權則又落入宦官之手，因此東漢中葉以後，政治便淪為外戚、宦官間的互相權力傾軋。東漢至桓靈之時，宦官取代了外戚專政，為害更烈，爆發了兩次黨錮之禍以清除異己。東漢原為崇尚氣節的士風，經過兩次黨錮之禍的摧殘，有氣節的儒生士子被消滅殆盡，因此政局更加敗壞不安，靈帝時終於引發了黃巾之亂，社會動盪達十年之久。靈帝死，少帝即位，外戚與宦官互相的鬥爭奪權，終於同歸於盡。董卓挾獻帝，後為呂布所殺，獻帝逃回洛陽，東漢已名存實亡，紛爭擾攘也告一段落。

在兩漢政局和社會時而穩固時而顛覆的狀態下，國家祈求長治久安的可能是渺小的，人在太平盛世之下往往習以為常，一旦淪入戰亂政局動搖時方才體會更深。因此漢代許多抒發怨恨和不滿的詩，與當代政局的紊亂不堪發生極為密切的關連。東漢末年政治已敗壞到極點，士人對國家社會感到絕望，反映在作品中便是對生命無常的慨嘆和對仕途失志的無奈。在婦女作品上，蔡琰對國家大權旁落政局不穩，致使外侮入侵淩虐中原婦女，發出悲憤氣絕的怒吼。唐姬貴為東漢少帝妃子，但在政治權力變幻莫測的時代，也要受到無情的喪夫之痛，因此作品中表現在亂世中雖貴為皇帝，性命也不過如草履一般的卑賤。

宮廷中的政爭也帶來許多婦女的悲痛，由婦女之筆寫來更為貼切，也替那些不識字不能文的婦女抒發了心中之怨。如戚夫人對呂后惡毒相待的舂歌作品，凸顯了宮闈政爭的險惡。華容夫人在夫婿燕刺王旦宮廷政爭失敗後亦隨夫自殺，一為宮廷嬪妃間的內鬥，一為政治野心家的爭權，但受害的都是女性這一群無力伸冤的弱勢團體。

以蔡琰悲憤詩作而言，莫不與政治動亂的影響相契，在東漢末年天下大亂之際，連大將軍何進都被宦官十常侍所殺，何況是手無寸鐵的弱小百姓。董卓在盡誅十常侍後把持朝政，火焚洛陽遷都長安，董卓被呂布所殺後，長安又被其部將攻陷，天下諸侯紛紛起兵靖難，羌胡番兵趁機劫掠中原，胡兵所向披靡，馬邊懸男頭，馬後載婦女，長驅入朔漠，蔡琰就在這樣的情形下和其他的婦女一起被送入南匈奴，一路上的顛簸卻揮不去小女子身逢國難又慘遭家變的心上烙痕，是以有那流傳千古、可歌可泣的悲壯作品出現。

漢代在外戚與宦官長期惡鬥造成重重的內憂外患下（註十四），漢室的國祚已是危在旦夕，宦官最後是在袁紹董卓等武將圍剿下，才算清除殆盡，然而此後政局則處於分裂的局勢；在曹操擁獻帝立許都後，大權在握，形成三國鼎立的局面，天下三分不久之後，終究由曹操得為一統天下。曹操在當政後大肆誅殺望族，造成空前的政治迫害，目的只在剷除異己。至曹操子曹丕即位，因以篡弒得位，於是倍具戒心，使得親如曹植手足，近如內臣親信，都不免身受命運死神的挑戰。在這時期的文士多充滿對生命的恐懼和無奈，如建安七子之一的阮瑀，在怨詩中便透露出做為一個文士的生不逢辰之慨嘆。詩云：「民生受天命，漂若河中塵，雖稱百齡壽，孰能應此身，猶獲嬰凶禍，流落恆苦辛。」（註十五）在男性直接參與政事、文事的生活上自然是感受深刻，而女性雖未直接參與其事，但自漢末黃巾之亂的前後起，整個社會動盪不已，此後戰禍、天災、造成大量的喪命之徒，女子佔人口之半，自然不可能置身事外，對於歷史的遭遇和感觸亦是刻骨銘心的，只要是才力所及，反映在詩作上都可明顯看出政治、社會的興替在作品中留下的痕跡。

註釋

註一：參見第一章表二先秦漢魏晉南北朝隋唐婦女詩作分類量表。

註二：《禮記、郊特牲》曰，「一與之齊，終身不改，故夫死不嫁」。禮教上反對再嫁之最早者說法。

王肅《孔子家語》曰：「禮無再醮之端，言不改事人也，」（新文豐出版，民國七十八年臺一版）

劉向《列女傳》云：「避嫌別遠，……終不更二」。

班昭《女誡》云：「夫有再娶之義，婦無二適之文。」

劉向《列女傳》，（商務印書館，民國八十三年六月初版），卷四〈貞順傳〉，頁一六二，陳寡孝婦。

陳寡孝婦之守節，雖無子亦不改嫁，奉養婆母二十八年至壽終。西漢文帝高其義，貴其信，美其行，賜之黃金四十斤，並號曰孝婦。

班固《漢書》，（藝文印書館，民國六十八年），卷八〈宣帝紀〉，頁一一七。

西漢宣帝神爵四年春二月詔賜貞婦順女帛。

范曄《後漢書》，（鼎文書局，民國六十七年十一月三版），卷五〈孝安帝紀〉，頁二二九。

東漢安帝元初六年春二月乙卯詔曰：「貞婦有節義十斛，甄表門閭，旌顯厥行。」

呂新吾《閨範》、《晉書、列女傳》、歷代女子文集引：

荀爽之女采——年十九而寡，爽使之改嫁郭奕，自縊以免。

桓鸞之女——寡居十年，子忽夭歿，慮不免於再嫁，遂預刑其耳以示決絕。

魏晉、夏侯令女——夫死無子，父母欲嫁之，則斷髮為信，後曹氏滅，族父母以其無依，又欲嫁之，則截耳斷鼻，以死自誓。

段豐妻慕容氏年十四、適豐，豐被殺，父令嫁人，雖成婚而仍自縊。

寡婦淑——夫死守志，兄弟將嫁之，誓而不許，為書責之以義。

守貞之志，為婦女自誓之情操，可見一斑。

註三：《爾雅、釋名》云：「妻，齊也」，亦即「與夫齊體」，事實上，妻之地位低於丈夫。如班固《白虎通》所言：夫婦者何謂也？夫者，扶也，以道扶接也。婦者，服也，以禮屈服也。（清康熙間新安汪士漢刊秘書二十一種本）《儀禮、喪服、子夏傳》：「婦人有三從之義，無專用之道。故未嫁從父，既嫁從夫，夫死從子。故父者，子之天也，夫者妻之天也。」（四部叢刊本、卷十一、頁八・下）

註四：劉德漢《西漢婦女婚姻問題研究、和親》第七頁：「和親始於漢初，斯時匈奴成為北方之強敵，自高帝七年十月平城之圍後，深知匈奴已成最大之禍根。於是採用劉敬以公主和親之策，以為遺以財物，以資羈縻，可以減少邊患。故使劉敬奉宗女翁主為單于閼氏，每年奉送匈奴絮繒酒食物各有定數，約為兄弟以和親，暫時獲得北邊之安寧。」

註五：《大戴禮記、本命篇》，（漢魏叢書本、卷十三、頁五——六），所列婦人七出之理由：「不順父母，為其逆德也；無子，為其絕世也；淫，為其亂族也；妒，為其亂家也；有惡疾，為其不可與共粢盛也；口多言，為其離親也；竊盜，為其反義也。」

註六：《禮記、檀弓》「子思之母死於衛」鄭玄注。在漢代離婚再嫁非常普遍，而夫死再嫁也極多。例如孔子之子伯魚卒，其妻嫁於衛；雖生有子思，亦再嫁之，其視再嫁為不足輕重可知。

《西漢會要》卷六、出宮人條及《漢書、景帝本紀》注載：

文帝後七年遺詔「歸夫人以下至少使」。

荀悅漢紀作「所幸慎夫人以下至少使，得令嫁；」。

景帝後三年遺詔「出宮人歸其家復終身；」

平帝崩，「太后詔出媵妾皆歸家得嫁，如孝文時故事；」

由此可見雖帝王之尊，亦未見其皆以奉陵為制，而強其不嫁。（藝文印書館，民國六十八年）

註七：《詩經、小雅斯干》：「乃生男子，載寢之床，載衣之裳，載弄之璋。其泣喤喤，朱芾斯皇，室家君王。乃生女子，載寢之地，載衣之裼，載弄之瓦，無非無儀，唯酒食是議，無父母詒罹。」對男子尊崇萬分，以為生男如美玉般降臨，日後將做為一家之主，男子將光宗耀祖、榮顯門庭；就女子而言，生如破瓦般的鄙賤，只要凡事順從，不違背父母，不擅作主張，也算是不帶給父母煩憂了。這種男尊女卑的觀念在詩經時代已普遍植根，到了兩漢自然將此古訓奉為聖經遵循了。（藝文印書館，民國六十八年）

註八：《禮記、內則》：「禮始於謹夫婦，為宮室，辨內外。男子居外、女子居內；深宮固門，閽寺守之。男不入，女不出。」（藝文印書館，民國六十八年）

註九：范曄《後漢書、列女傳》，（世界書局，民國七十五年），卷八十四，卑弱第一，頁二七八七。

註十：陳東原《中國婦女生活史、漢代的婦女生活》，（商務印書館，民國七十年十一月臺七版），漢代和漢代以前，女子是沒有教育的，但不成形的教育或家庭教育，不能沒有。內則說：「凡生子，擇於諸母與可者，必求其寬裕慈惠，溫良恭敬，慎而寡言者，使為子師；」這所謂「子師」無異保姆，男女嬰兒，所受相同。「子能食食，教以右手；」這也是男女相同的。「能言，男唯，女俞；男鞶革，女鞶絲；」這便是男女有別了。同是應聲，男子止「唯」女子則「俞」，這是家庭教育上顯出的男尊女卑底現象。

註十一：范曄《後漢書、列女傳》，（世界書局，民國七十五年），卷八十四，婦行第四，頁二七八九。

註十二：范曄《後漢書、列女傳》，（世界書局，民國七十五年），卷八十四，專心第五，頁二七九〇。

註十三：范曄《後漢書、列女傳》，（世界書局，民國七十五年），卷八十四，曲從第六，頁二七九〇，和叔妹第七，二頁七九一。

註十四：班固《漢書、外戚傳》，（藝文印書館，民國六十八年），卷九十七，頁一六七八。

註十五：在這一時期的文人多有傷時感懷之作，也因時代的刺激，造成了許多的避世思想，我們可以由一些文人詩作中，得出這樣的訊息。如：

重贈盧諶詩　劉琨

功業未及見，夕陽忽西流，時哉不我與，去乎若雲浮。

輕薄篇　張華

人生若浮寄，年時忽蹉跎。促促朝露期，榮樂遽幾何？

門有車馬客行　陸機

天道信崇替，人生安得長？慷慨惟平生，俛仰獨悲傷。

楊氏七哀詩　潘岳

人居天地間，飄若遠行客，先後詎能幾。誰能弊金石？

歸田園居　陶淵明

少無適俗韻，性本愛丘山；誤落塵網中，一去三十年；

羈鳥戀舊林，池魚思故淵；開荒南野際，守拙歸園田。

第二節　兩漢婦女閨怨詩的主要內容

兩漢的婦女作品內容以閨怨佔絕大多數，而且幾乎是沈浸在一片哀怨苦痛裡，這些苦悶、幽怨或多或少伴隨婚姻而來。由於婦女附屬的地位和不能自主的婚姻，使得她們在身心兩方面都遭受挫傷，這種刻骨銘心的傷痛，在以夫、以婚姻為生活全部的漢代婦女心中，實在是一種莫大的震撼。不識字的女性只能苦嘆悲鳴，為自己的遭遇自怨自艾，而識字習文的女性，自然不免要一訴衷腸，為內心的創痛做最深刻的陳訴，因此每一篇女性作品就像她們的素描，雖篇幅短小，卻有道不盡的辛酸血淚。

由作者的身分看兩漢婦女作家，有宮廷婦女和官宦婦女兩種，一般平民婦女則不見作品流傳，由這一現象可看出女性的作品流傳和她們的身分地位，有著密切的關係。這一時期正史公認的作者有六人，詩作有七首。宮廷婦女有四人，作品多與戰亂、政爭、宮闈恩怨有關，如和親政策下的政治獻禮江都公主細君的〈悲愁歌〉；在權利鬥爭下喪夫失意的唐姬〈抗袖悲歌〉、華容夫人〈臨終悲歌〉；因宮闈爭寵失利的戚夫人〈永巷歌〉等。官宦婦女有二人，作品則與戰爭、遊宦的離思有關，如在戰亂中被俘受辱的蔡琰〈悲憤詩〉；因夫遊宦他鄉，妻久候未歸而生苦悶的徐淑〈答秦嘉詩〉等。由於戰亂所帶來的動盪，婦女或成為侵略者的戰利品被俘受辱，或為平息戰事而犧牲遠嫁大漠，不論貴為王公貴族或官宦嬌女，同樣要受到戰爭的惡夢所帶來的侵擾和痛苦。以下將這種種的閨怨歸納為一、離鄉去國之怨，如江都公主、蔡琰。二、思夫別情之怨，如徐淑。三、政爭失利之怨，如戚夫人、華容夫人、唐姬等，分別由作者身世、作品產生的背景以及作品反映的現象敘述之。

一、離鄉去國之怨

離鄉去國之怨是指身處戰亂之中，在不可抗力的因素下，或為顧全大局、犧牲小我而遠赴異域，或為胡人在戰陣中強行擄走的婦女，在歷經無數磨難後而興發的感嘆，不僅呈現出國力的不足藉遠嫁漢女而疏緩戰事，也暴露了身處亂離之世女子命運的多舛，只能任人擺佈隨命運的捉弄，這樣的經歷而產生的怨嘆，自然是令人同情傷感的。屬於這類的有宮廷婦女江都公主、官宦婦女蔡琰二人，以下就其時代先後分別論述。

（一）悲愁歌——江都公主

吾家嫁我兮天一方，遠託異國兮烏孫王。穹廬為室兮旃為牆，以肉為食兮酪為漿。居常土思兮心內傷，願為黃鵠兮歸故鄉。（註一）

西漢在高祖死後匈奴更為猖獗，成為雄據塞北的大國，屢犯中原，到了文景時代因國力不足而沿用和親政策，藉以保全國家的安定。漢武帝時對匈奴改採征伐政策，保持了二十年的和平，但武帝晚年對匈奴戰爭節節失利，雙方長年征戰損失慘重，於是再度關係和緩。武帝曾採張騫建議聯結烏孫，以斷匈奴右臂，雖無結果，卻從此與之交換使節保持友好關係。匈奴知其與漢通，怒而擊之，烏孫驚恐而求助於漢廷，願納公主為妻和親，以良馬千匹為聘，與漢室結為兄弟，於是漢武帝元封中（西元前一一〇～一〇五年），遣江都王建之女細君為公主，嫁烏孫王昆莫為妻。在政治因素的考量下細君為國而遠嫁塞外，縱使心有不願也只能暗地怨嘆，禮教之下的順從美德和對國家朝廷的忠貞，終於使得女子屈服了命運的擺佈而勇往直前。

細君遠嫁烏孫王昆莫為妻，平日聚少離多，語言不通，思鄉情切，不能釋懷，昆莫年老，公主更加鬱悶愁苦，於是作歌以發抒遠嫁宮室女的悲憤情懷。《漢書、西域傳》載：「公主至其國，自治宮室居，歲時一再與昆莫會，置酒飲食，以幣帛賜王左右貴人。昆莫年老，語言不通，公主悲愁，自為作歌曰：『吾家嫁我兮天一方，遠託異國兮烏孫王。穹廬為室兮旃為牆，以肉為食兮酪為漿。居常土思兮心內傷，願為黃鵠兮歸故鄉。』天子聞而憐之，間歲遣使者持帷帳錦繡給遺焉。」(註二)

江都公主細君在離鄉遠嫁，生活習慣與中原迥異的情形下，願為黃鵠而歸故鄉的心便油然而生，若塞外一切所處順適，定不致發出居室不定、飲食不慣、一心想故鄉的感嘆。悲愁歌以寫實的生活情況表現在文字上，使人讀之對大漢生活有明顯的了解。

(二) 悲憤詩——蔡琰

1.五言詩

漢季失權柄，董卓亂天常。志欲圖篡弒，先害諸賢良。
逼迫遷舊邦，擁主以自彊。海內興義師，欲共討不祥。
卓眾來東下，金甲耀日光。平土人脆弱，來兵皆胡羌。
獵野圍城邑，所向悉破亡。斬截無孑遺，尸骸相撐拒。
馬邊縣男頭，馬後載婦女。長驅西入關，迥路險且阻。
還顧邈冥冥，肝脾為爛腐。所略有萬計，不得令屯聚。
或有骨肉俱，欲言不敢語。失意機微閒，輒言斃降虜。
要當以亭刃，我曹不活汝。豈復惜性命，不堪其詈罵。
或便加棰杖，毒痛參并下。旦則號泣行，夜則悲吟坐。

欲死不能得，欲生無一可。彼蒼者何辜，乃遭此戹禍！
邊荒與華異，人俗少義理。處所多霜雪，胡風春夏起。
翩翩吹我衣，肅肅入我耳。感時念父母，哀歎無窮已。
有客從外來，聞之常歡喜。迎問其消息，輒復非鄉里。
邂逅徼時願，骨肉來迎己。己得自解免，當復棄兒子。
天屬綴人心，念別無會期。存亡永乖隔，不忍與之辭。
兒前抱我頸，問母欲何之。「人言母當去，豈復有還時。
阿母常仁惻，今何更不慈？我尚未成人，柰何不顧思！」
見此崩五內，恍惚生狂癡。號泣手撫摩，當發復回疑。
兼有同時輩，相送告離別。慕我獨得歸，哀叫聲摧裂。
馬為立踟躕，車為不轉轍。觀者皆歔欷，行路亦嗚咽。
去去割情戀，遄征日遐邁。悠悠三千里，何時復交會？
念我出腹子，胸臆為摧敗。既至家人盡，又復無中外。
城郭為山林，庭宇生荊艾。白骨不知誰，從橫莫覆蓋。
出門無人聲，豺狼號且吠。煢煢對孤景，怛咤糜肝肺。
登高遠眺望，魂神忽飛逝。奄若壽命盡，旁人相寬大。
為復彊視息，雖生何聊賴！託命於新人，竭心自勗厲。
流離成鄙賤，常恐復捐廢。人生幾何時，懷憂終年歲！

2.七言詩

嗟薄祜兮遭世患，宗族殄兮門戶單。身執略兮入西關，歷險阻兮之羌蠻。
山谷眇兮路曼曼，眷東顧兮但悲歎。冥當寢兮不能安，飢當食兮不能餐，
常流涕兮眥不乾，薄志節兮念死難，雖苟活兮無形顏。惟彼方兮遠陽精，
陰氣凝兮雪夏零。沙漠壅兮塵冥冥，有草木兮春不榮。人似禽兮食臭腥，
言兜離兮狀窈停。歲聿暮兮時邁征，夜悠長兮禁門扃。不能寐兮起屏營，
登胡殿兮臨廣庭。玄雲合兮翳月星，北風厲兮肅泠泠。胡笳動兮邊馬鳴，
孤雁歸兮聲嚶嚶。樂人興兮彈琴箏，音相和兮悲且清。心吐思兮胸憤盈，
欲舒氣兮恐彼驚，含哀咽兮涕沾頸。家既迎兮當歸寧，臨長路兮捐所生。
兒呼母兮號失聲，我掩耳兮不忍聽。追持我兮走煢煢，頓復起兮毀顏形。
還顧之兮破人情，心怛絕兮死復生。（註三）

蔡琰為陳留郡蔡邕之女，名琰，字文姬，蔡琰所作〈悲憤詩〉乃承繼其父蔡邕的家學淵源，在東漢末年戰亂的時代，能出現如此動人的婦女作品，推究其因，一為源自父親蔡邕的文學薰陶，一為自身的才華洋溢和生命的經歷所致。先由承繼父學來看，蔡邕是東漢有名的辭賦家，事母至孝，病榻前侍奉三年，母卒後更守孝於冢側。蔡邕與叔父胞弟同住，三代不分家產，鄉里皆稱頌其節行。少博學師事太傅胡廣，好辭章、數術、天文、妙操音律。在東漢靈帝熹平四年時（西元一七五年）奏請勘定六經文字，書於碑上，而由刻工鐫刻立於太學門外，便是著名的熹平石經。「《後漢書、蔡邕傳》載：「東漢靈帝建寧三年（西元一七〇年），辟司徒橋玄府，玄甚敬待之。出補河平長。召拜郎中，校書東觀。遷議郎。邕以經籍去聖久遠，文字多謬，俗儒穿鑿，

疑誤後學。熹平四年，乃與五官中郎將堂谿典、光祿大夫楊賜、諫議大夫馬日磾、議郎張馴、韓說、太史令單颺等，奏求正定六經文字。靈帝許之，邕乃自書丹於碑，使工鐫刻立於太學門外。於是後儒晚學，咸取正焉。及碑始立，其觀視及摹寫者，車乘日千餘兩，填塞街陌。」（註四）蔡邕曾做過校書郎的經歷，使他得以博覽群籍而勘謬經文，得儒林之重望，更是後學師法的對象。蔡琰生長在這樣一個文學氣息濃厚的家庭，受到父親的教化而能作辭賦體的詩歌，是很自然的庭訓和家教成果。

再看她的才情和經歷，蔡琰除了承繼家學博學有才辯、知音律之外，人生的無常、痛苦的經歷，是促使她創作詩歌最大的靈感泉源。東漢末年天下亂，所謂覆巢之下無完卵，國勢傾危，百姓自然得不到平安，即使是名門才女，亦難逃一劫。蔡琰本嫁河東衛仲道，後夫亡無子，歸寧陳留家中，適值袁紹討董卓，董卓則劫持獻帝遷長安，東漢獻帝初平二年（西元一九一年），蔡琰被董卓部下羌胡兵擄走，之後轉入長安，在東漢獻帝興平二年（西元一九五年），李傕、郭汜交戰，南匈奴左賢王加入，蔡琰則又從長安被擄入胡地。（註五）輾轉流離於戰火之中，就一般婦女而言已是一種顛波的痛苦，而深入胡地又再嫁匈奴王為妻，對於知書達禮，受過禮教規範的名門千金而言，實是身心雙重的酷刑。在胡地沒有自主權利之下，做了胡人妻更生了兩個胡兒，然而造化弄人，在亂平之後，曹操遣使者重金將蔡琰贖回，雖幸而能重返故里，而與所生胡兒生離卻是令蔡琰悲痛終生的最大遺憾。據《後漢書、列女傳》載，蔡琰返漢又由曹操安排而再嫁董祀（註六），像蔡琰這樣的才女，竟也不能擁有選擇婚姻的權利，而是一再的被迫嫁人，甚至如同財貨金璧般，以物易物而得以回國，這是漢代女性所受到的莫大恥辱，也難怪蔡琰的詩作是如此的悲憤難抑了。

論蔡琰的才情，由她為曹操默誦四百餘篇文章竟無遺誤，可知她除了上承家學之外，個人的資賦才識則是超人一等的。《後漢書・列女傳》蔡琰傳載：

祀為屯田都尉，犯法當死，文姬詣曹操請之。時公卿名士及遠方使驛坐者滿堂，操謂賓客曰：「蔡伯喈女在外，今為諸君見之。」及文姬進，蓬首行，叩頭請罪，音辭清辯，旨甚酸哀，眾皆為改容。操曰：「誠實相矜，然文狀已去，柰何？」文姬曰：「明公廄馬萬匹，虎士成林，何惜疾足一騎，而不濟垂死之命乎！」操感其言，乃追原祀罪。時且寒，賜以頭巾履襪。操因問曰「聞夫人家先多墳籍，猶能憶識之不？」文姬曰：「昔亡父賜書四千許卷，流離塗炭，罔有存者。今所誦憶，裁四百餘篇耳。」操曰：「今當使十吏就夫人寫之。」文姬曰：「妾聞男女之別，禮不親授。乞給紙筆，真草唯命。」於是繕書送之，文無遺誤。（註七）

蔡琰從父親所賜之書而能背誦四百餘篇，可說是記憶力超強，稟賦甚高的才女，將所學融會貫通而創作出感傷遭逢、追懷悲憤的詩篇，則是學力、才力再加上身遇亂離哀痛欲絕的人生經歷等綜合條件，所迸裂出的文學精品。

蔡琰的兩首悲憤詩，一為五言詩的體裁，一為七言楚歌體的形式，分別以史實與傷懷融鑄在兩首詩中，雖文體有異，悲憤則同。以下由蔡琰兩首悲憤詩的內容分析其所反映的現象。

(1)漢末政情的紊亂

蔡琰五言悲憤詩以敘事手法寫出東漢末年政局大亂，天子喪失了統御權，受叛將董卓的挾持，中原因胡羌入侵燒殺擄掠，造成百姓慘遭橫禍的浩劫。詩中首將歷史的因素忠實的記載說明漢末董卓之亂，殘害忠良，劫持獻帝以自重，義師群起而抗敵，明顯指出罪魁禍首是董卓。中原戰力脆弱不及胡兵的剛猛，因此戰事是一面倒的情勢，胡兵所向披靡、尸骸遍野。如詩云：「漢季失權柄，董卓亂天常。志欲圖篡弒，先害諸賢良。逼迫遷舊邦，擁主以自彊。海內興義師，欲共討不祥。卓眾來東下，金甲耀日光。平土人脆弱，來兵皆胡羌。獵野圍城邑，所向悉破亡。斬截無孑遺，尸骸相撐拒。」（註八）胡人的兇殘更可由取漢人首級表功領賞和對婦女強搶擄掠得知，戰場的可怕，尸骸無數，人民求生不得求死不能的慘狀，由詩中作者對蒼天發出無奈的感嘆聲可知。如詩中所云：「馬邊縣男頭，馬後載婦女。長驅西入關，迥路險且阻。還顧邈冥冥，肝脾為爛腐。所略有萬計，不得令屯聚。……旦則號泣行，夜則悲吟坐。欲死不能得，欲生無一可。彼蒼者何辜，乃遭此戹禍！」

七言悲憤詩則是由自述身世單薄，後遭險阻而至胡地，由感嘆自身經歷反襯政局的紊亂與五言詩之開門見山點出事件原由，有相同功能。七言詩雖僅首四句「嗟薄祜兮遭世患，宗族殄兮門戶單。身執略兮入西關，歷險阻兮之羌蠻。」語意疏緩，而一脈的辛酸則由此排山倒海而來。

(2)胡地生活的悽清

蔡琰描述在胡地的生活情景，在五言詩中寫胡地的俗鄙文化與中原文化有極大差異，雖然只是點到為止，但卻反映出生活文化的歧異而造成無法適應，只有思鄉情湧現，年復一年了。詩云：「邊荒與華異，人俗少義理。處所多霜雪，胡風春夏起。翩翩吹我衣，肅肅入我耳。感時念父母，哀歎無窮已。」在七言部份同樣對胡地的飲食起居、語言文化產生排斥，七言騷體這一首在發抒塞外遊子的心境上著墨最多，幾乎佔全篇的一半篇幅，寫出食難下嚥、寢不成眠，想全節而死卻又不可得，語言不通度日如年，好比孤雁一般離群而思歸，思鄉之情在聽胡笳和琴箏聲中更顯得悽苦冷絕。詩云：「冥當寢兮不能安，飢當食兮不能餐，常流涕兮眥不乾，薄志節兮念死難，雖苟活兮無形顏。……人似禽兮食臭腥，言兜離兮狀窈停。歲聿暮兮時邁征，夜悠長兮禁門扃。不能寐兮起屏營，登胡殿兮臨廣庭。玄雲合兮翳月星，北風厲兮肅泠泠。胡笳動兮邊馬鳴，孤雁歸兮聲嚶嚶。樂人興兮彈琴箏，音相和兮悲且清。心吐思兮胸憤盈，欲舒氣兮恐彼驚，含哀咽兮涕沾頸。」大漠生活的淒清著實在詩文中絲絲入扣的呈現。

（3）婦女因戰爭所遭受的痛苦

婦女在戰爭中是處在最為弱勢的一群，沒有反抗的能力，只能默默的承受這來自外力的身心創傷。由於蔡琰的被擄帶來一連串情感上的苦楚，首先是面臨生存的問題「欲死不能得，欲生無一可。」；嫁匈奴左賢王後，又因語言習俗的迴異而再度陷入思親的迷思中「邊荒與華異，人俗少義理。……感時念父母，哀歎無窮已。」；十二年後曹操因感念蔡邕無後嗣而以金璧贖其女歸漢，雖蔡琰思鄉的夢終得以實現，但此時已生下二個胡兒卻又不能同行，這生離愛兒的痛，離別前胡兒的糾纏只有使自己更增自責和無奈。詩云：「有客從外來，聞之常歡喜。迎問其消息，輒復非鄉里。邂逅徼時願，骨肉來迎己。己得自解免，當復棄兒子。天屬綴人心，念別無會期。存亡永乖隔，不忍與之辭。兒前抱我頸，問母欲何之。」又以兒子的口吻道出幼子對母親的依戀，做母親的面對幼兒的呼號強留，卻仍狠心的離去，這是如何的叫人柔腸寸斷，家鄉的召喚和對父母的思念，是促使蔡琰做下痛苦決定的最大因素。詩云：「『人言母當去，豈復有還時。阿母常仁惻，今何更不慈？我尚未成人，奈何不顧思！』見此崩五內，恍惚生狂癡。號泣手撫摩，當發復回疑。……去去割情戀，遄征日遐邁。悠悠三千里，何時復交會？念我出腹子，胸臆為摧敗。」五言悲憤詩中一半篇幅都在寫母子兩離的傷痛，正因為狠心拋下兩個兒子，才使得內心的悲痛久久揮之不去，在詩中也才處處顯現離恨的情懷。造化弄人，蔡琰拋下胡地的一段情緣回歸故里，所見昔日家園城郭已成了荒林，父母已逝只剩下她孤寂一人。詩云：「既至家人盡，又復無中外。城郭為山林，庭宇生荊艾。……煢煢對孤景，怛咤糜肝肺。登高遠眺望，魂神忽飛逝。」詩末點出對生命的無奈，雖再嫁為人婦，而心中的不安定感，受到戰爭所帶來的遺毒影響，在有限的生命中，恐怕只有常伴憂戚的心而度餘生了。詩云：「託命於新人，竭心自勗厲。流離成鄙賤，常恐復捐廢。人生幾何時，懷憂終年歲！」

〈悲憤詩〉之悲憤首起因於戰亂，由戰亂而被擄胡地生活十二年，在別子歸鄉時悲憤的情緒則到達了最高點。匈奴王可以因獲取贖金而放回蔡琰，可見得胡人將婦女視為器物，利用價值完了，則留下二個胡子而釋回其母，所造成的心靈傷害豈是有形的財貨所能彌補的。蔡琰在眾多被俘的婦女中算是較幸運的，得以返鄉終老，而其他不幸的婦女，無人關注，只能以絕望的眼神目送她的返國。如詩中言：「兼有同時輩，相送告離別。慕我獨得歸，哀叫聲摧裂。馬為立踟躕，車為不轉轍。觀者皆歔欷，行路亦嗚咽。」以這些栩栩如生的景象描述，都是對戰爭的無情和胡人的殘暴，發出最悲切的控訴。七言詩在文字的表現上雖不如五言詩多，但在心境上的矛盾更是做了鮮明的對比。詩云：「家既迎兮當歸寧，臨長路兮捐所生。兒呼母兮號失聲，我掩耳兮不忍聽。」歸寧返鄉本是欣喜之事，而生離愛兒的難捨卻使得她更加不寧，心情撕裂的痛楚是叫人最為動容而一掬同情之淚的，這更反映了人在兩難處境下所做的無奈抉擇。

二、思夫別情之怨

漢代征戰連綿每逢戰役則征調民兵，男人出征打仗多非短時間即可返家，婦女久處閨中思夫之情自是人情之常。在此所指思夫並非因夫出征打仗，而是因夫遊宦他鄉而夫妻遠隔兩地所致。在此舉徐淑之〈答夫秦嘉詩〉為例，以說明個中閨怨之情。

（一）答秦嘉詩——徐淑

妾身兮不令，嬰疾兮來歸；沉滯兮家門，歷時兮不差；
曠廢兮侍覲，情敬兮有違；君今兮奉命，遠適兮京師；
悠悠兮離別，無因兮敘懷；瞻望兮踴躍，佇立兮徘徊；

思君兮感結，夢想兮容暉；君發兮引邁，去我兮日乖；
恨無兮羽翼，高飛兮相追；長吟兮永歎，淚下兮沾衣。（註九）

徐淑與夫秦嘉皆隴西人，秦嘉字士會，在漢桓帝時仕郡，臨行時徐淑因病無法同行，秦嘉曾以詩相贈，徐淑感念夫情意，在答夫詩中亦回應閨中有感。秦嘉後至洛陽任黃門郎，病卒於津鄉亭，徐淑毀容以全婦節，後因夫喪之痛抑鬱而終，徐淑秦嘉夫妻情濃真摯，後世傳為佳話，甚至在詩作、文章中亦常被人引為典型模範夫妻的代表。（註十）徐淑詩作僅〈答秦嘉詩〉一首餘已亡佚（註十一），秦嘉詩則有六首傳世。（註十二）

徐淑〈答秦嘉詩〉為接獲三首詩後的回覆，欲知其詩中之情，當先了解做為前因的秦嘉三首贈婦詩，方可前後呼應連串其情。先看秦嘉三首詩如後：

（二）留郡贈婦詩——秦嘉

之一

人生譬朝露，居世多屯蹇；
憂艱常早至，歡會常苦晚；
念當奉時役，去爾日遙遠；
遣車迎子還，空往復空返；
省書情悽愴，臨時不能飯；
獨坐空房中，誰與相勸勉；
長夜不能眠，伏枕獨展轉；
憂來如循環，匪席不可卷。

之二

皇靈無私親，為善荷天祿；
傷我與爾身，少小罹煢獨；
既得結大義，歡樂苦不足；
念當遠離別，思念敘款曲；
河廣無舟梁，道近隔丘陸；
臨路懷惆悵，中駕正躑躅。
浮雲起高山，悲風激深谷；
良馬不迴鞍，輕車不轉轂；
鍼藥可屢進，愁思難為數；
貞士篤終始，恩義可不屬。

之三

肅肅僕夫征，鏘鏘揚和鈴；
清晨當引邁，束帶待雞鳴；
顧看空室中，彷彿想姿形；
一別懷萬恨，起坐為不寧；
何用敘我心，遺思致款誠；
寶釵好耀首，明鏡可鑒形；

芳香去垢穢，素琴有清聲；
詩人感木瓜，乃欲答瑤瓊；
愧彼贈我厚，慚此往物輕；
雖知未足報，貴用敘我情。

秦嘉贈婦詩之一前半首感嘆人生苦多樂少，因遊宦而離鄉甚遙，加之妻子染病無法同行，迎妻之車「空往復空返」，加深了對妻子的期盼和期待不成的失望之情。後半由日常生活反映對妻子的思念，看書時心情悽愴，獨自一人食難下嚥，長夜漫漫憂思重重，一句「誰與相勸勉」道出了對妻子無盡的思念。

第二首前半敘述夫妻少小孤獨無依，得天意安排而結為連理，但歡樂日短，即夫妻相別，思念之情無由暢達。後半敘述宦遊處與妻所相隔二地，路遙顛仆中仰望白雲、俯視深谷，所見景物都因心境的愁苦而產生負面的感受。己身在外奔波身體勞頓、心情愁苦，妻子在家患病每進針藥，亦是身心受困難以言喻，雖夫妻兩人遠隔但堅心一致，詩末點出自己是堅貞士子，對婚姻的承諾亦是有始有終，正因有「貞士篤終始，恩義可不屬。」的自白，而使得妻子倍受感動，甚至後世也以秦嘉作為模範丈夫的具體實證。

第三首前半由秦嘉的奉役從公，兢兢業業而敘思妻之情，輾夜不眠時而有之，行住坐臥心神不寧，力之不及於顧家，是心中最大的不安。後半敘述為表丈夫的心意，準備了寶釵、明鏡、芳香、素琴四種禮物，盼妻子雖病仍當保重自身，使自己恢復健康，由鏡中而看出明亮照人的神色，而芳香、素琴則是希望妻子在苦澀的養病期中能憑添一分生活情趣，這樣的心意的確是非常細緻而令人感動。贈物表情意點出由詩經衛風木瓜男女互贈禮品以表心意的模擬痕跡，而個人的行為則是有愧於對妻子的薄待所致。雖贈物卻不足以表達對妻子的回饋，只願聊表心意於萬一。

由秦嘉三首贈婦詩可看出他對妻子的深情，不但不受外在環境的轉變影響，反而做出對愛情的宣誓，更以禮品相贈略表心意，雖並非貴重之物，而這種舉動和誓言是在古代男子極為不易的作為，無怪做為妻子的也受到莫大感動，不僅賦詩以報，在夫死後更為守節而自毀容貌，情意真摯傳為美談。

由秦嘉詩的內容再看徐淑答夫詩，在內容敘述上分自責與別情兩個層次，以下依序陳述。

1. 自責

徐淑以「妾身兮不令……情敬兮有違。」三分之一的篇幅寫因染疾而返回娘家養病，對自己的病痛深感自責，未能侍夫於左右更覺愧疚。對重視婦德的漢代女子而言，婦女生活重心完全放在家庭和丈夫，當無法照管家庭、丈夫時，便會自責未盡義務，這可以反映出婦女在當時社會地位的低下所造成的卑弱心理。

2. 別情

由體弱多疾而返家養病，在家中靜養卻曠廢家務的操作，將所有別情的原因都歸在染疾歸寧上，進而再敘述夫妻遠別的思念。夫妻相思本人情之常，而如徐淑秦嘉的真誠和富有文才，能以詩文互訴心念的則不多，因此在秦嘉文情並茂的詩作寄贈後，徐淑自然也要一訴衷曲。答夫詩以「君今兮奉命，淚下兮沾衣。」三分之二的篇幅訴說別後相思之情，或者是徐淑身在病榻因此感情特別脆弱，心思也就更加細膩，對夫婿的思念自然倍於往常的急切，但若非本身的文學造詣，雖有真性情，又何能如泣如訴般的全然表達？在表達別情上由敘懷無由、夢中懷思、幻想相逢、回復現實等層次剝敘而來。在現實生活中因丈夫奉命京師上任，未能同行，欲訴情意更難相見，於是只有假託夢境以解相思，或幻想成為飛鳥得以相隨夫婿，幻想畢竟是不實際的，於是在詩末又回歸現實而沈入思念的苦海中，這對苦命鴛鴦在時代造成的悲劇中，竟能創作出如此動人的文學作品，更印證了詩窮而後工的論點。

三、政爭失利之怨

「政爭」在此意指王室權利轉移中所引發的爭鬥，或各為爭取勢力範圍而產生的戰事，或是宮廷嬪妃間因名銜爭寵而產生的權力傾軋。既是爭鬥必有一方失利，婦女或因夫失利、或因己之遭逢而產生如泣如訴的悲歌，宮闈之怨、貴婦之悲便在這些詩歌之中一一展現出來。屬於這類的有戚夫人、華容夫人、唐姬等三位宮廷婦女，以下分別就其所處之時代先後論述之。

（一）永巷歌——戚夫人

子為王，母為虜，終日舂薄暮，常與死為伍，相離三千里，當誰使告汝。（註十三）

戚夫人是漢高祖劉邦生前最寵愛的妃子，正因其最受寵幸，使得善妒的呂后種下了深恨的種子。在宮闈中后妃們往往為了個人的名銜和既得利益，不惜以各種手段意圖鞏固甚至提升自己的地位，身受榮寵的妃子戚夫人自是極力爭取兒子如意成為太子的機會，雖然劉邦也以為太子劉盈過於幽柔不適任太子之職，然而做母親的呂后為了自己的富貴日子和兒子永續的榮銜自然是要奮鬥到底的。漢高祖十二年（西元前一九五年）劉邦死於長樂宮中，劉盈被立為皇帝，呂后順理成章的做了皇太后，雖然已完成了心願卻沒有澆滅她陰毒善妒的本質，在政爭結束後更掀起了一場世紀的肉刑。在《漢書、外戚傳》中記載呂后因妒嫉戚夫人貌美受寵，由妒生恨，因恨而加害戚夫人母子，將戚夫人囚禁在永巷宮中，剃了她的頭髮，頸上戴了鐵箍，身上穿著囚犯的赤色衣服，罰她日夜舂米。於是戚夫人含悲忍辱、欲訴無人的心情，只有藉著歌詠而宣洩出來。傳曰：「高祖崩，惠帝立，呂后為皇太后，乃令永巷囚戚夫人，髡鉗衣赭衣，令舂。戚夫人舂且歌曰：子為王，母為虜，終日舂薄暮，常與死為伍，相離三千里，當誰使告汝。」

戚夫人身處的境遇與她應有的身分地位，完全是兩極化，母子骨肉親情的牽繫，是使她雖與死為伍，卻依然有一絲生存的冀望。不幸的是這首永巷歌傳到了太后之耳，而使得怨嘆之歌成了催命之歌。傳曰：「太后聞之大怒，曰：『乃欲倚汝子邪？』乃召趙王誅之。使者三反，趙相周昌不遣。太后召趙相，相徵至長安，使人復召趙王，王來。惠帝慈仁，知太后怒，自迎趙王霸上，入宮，挾與起居飲食。數月，帝晨出射，趙王不能蚤起，太后伺其獨居，使人持鴆飲之。遲帝還，趙王死。太后遂斷戚夫人手足，去眼熏耳，飲瘖藥，使居鞠域中，名曰『人彘』。居數月，乃召惠帝視『人彘』，帝視而問知其戚夫人，乃大哭，因病，歲餘不能起。使人請太后曰：『此非人所為，臣為太后子，終不能復治天下！』以此日飲為淫樂，不聽政，七年而崩。」

戚夫人的悲歌雖只是發抒個人的幽怨，竟遭致呂后更加的憤恨，不但加害戚夫人之子趙王，更將戚夫人折磨得成為人彘，供人觀看。可見得詩歌觸動人心的力量，雖然字面上看只是慘遭刑罰的無奈，深思之卻充滿著對加害者的唾棄，皇太后之命有誰敢違抗，縱使兒子貴為王室都莫可奈何，甚至自顧不暇，何況是一朝成為階下囚的過氣嬪妃。宮闈中的恩怨情愁說穿了都來自於嬪妃們內心深處的不確定感，帝王後宮佳麗千萬，一夫多妻的制度使得宮娥嬪妃的未來希望，僅存於爭寵奪位的名利之中，在永無休止的爭奪輪迴下，宮廷的悲劇便一幕幕接續的登場，這是宮闈之亂的源頭，也是宮妃們一生的悲哀。

（二）臨終悲歌——華容夫人

髮紛紛兮寘渠，骨籍籍兮亡居。母求死子兮，妻求死夫。裴回兩渠間兮，君子獨安居。（註十四）

華容夫人作悲歌的歷史前因起於燕刺王旦的謀反事件。《漢書、武五子傳》記載漢武帝因立太子而引起眾子不滿，甚至在立嗣之後產生兄弟相殘的悲劇，名位的爭奪、利慾的薰心使得燕王自食悲慘的惡果。漢書武五子傳燕刺王劉旦傳記載其博學好俠客，然野心勃勃不為武帝喜愛。傳曰：「旦壯大就國，為人辯略，博學經書雜書，好星曆數術倡優射獵之事，招致游士。及衛太子敗，齊懷王又薨，旦自以次第當立，上書求入宿衛。上怒，下其使獄。後坐臧匿亡命，削良鄉、安次、文安三縣。武帝由是惡旦，後遂立少子為太子。」武帝崩，太子立，是為孝昭帝，燕刺王劉旦不服，與宗室中山哀王子劉長、齊孝王孫劉澤等結謀，謊稱武帝下詔命事而大修武備圖謀舉事。後又與劉澤共造謠，傳出少帝非武帝之子，人臣當共伐之，以此動搖群臣百姓之心。劉澤謀於臨淄發兵，劉旦亦屢閱車騎兵士蓄勢待發，然而事跡敗露，劉澤被誅。俟後劉旦姊鄂邑蓋長公主及左將軍上官桀父子與劉旦陰謀廢昭帝、殺霍光而欲迎立燕王為天子。後事跡又敗露且天雨而有異象。傳曰：「是時天雨，虹下屬宮中，飲井水，井水竭。廁中豖群出，壞大官竈。烏鵲鬥死。鼠舞殿端門中。殿上戶自閉，不可開。天火燒城門。大風壞宮城樓，折拔樹木，流星下墮，后姬以下皆恐。王驚病，使人祠葭水、台水。王客呂廣等知星，為王言『當有兵圍城，期在九月十月，漢當有大臣戮死者。』王愈憂恐，謂廣等曰：『謀事不成，妖祥數見，兵氣且至，奈何？』會蓋主舍人父燕倉知其謀，告之，由是發覺。丞相賜璽書，部中二千石逐捕孫縱之及左將軍桀等，皆伏誅。旦聞之，召相平曰：『事敗，遂發兵乎？』平曰：『左將軍已死，百姓皆知之，不可發也。』王憂懣，置酒萬載宮，會賓客群臣妃妾坐飲。王自歌曰：『歸空城兮，狗不吠，雞不鳴，橫術何廣廣兮，固知國中之無人。』華容夫人起舞曰：『髮紛紛兮寘渠，骨籍籍兮亡居，母求死子兮，妻求死夫。裴回兩渠間兮，君子獨安居！』坐者皆泣。」

在一連串陰謀舉事行動中，可知劉旦之出發點基於好勇鬥狠、爭名奪位，因師出不義而事跡敗露，連上天亦降下禍災燒樓毀城，使他的野心圖謀終難得逞。天子降赦令於吏民而獨不赦燕王，終以綬自縊，后夫人隨旦自殺者二十餘人，天子赦太子建為庶人，賜旦諡為刺王。燕王劉旦在謀反事敗又遇天災的情形下，不得不懾於形勢而臨酒悲歌，在失意憂憤、大禍臨頭的情形下將城中空蕩無物之狀，以無奈的口吻實際描述。在燕刺王旦以空城連雞、狗都容不下，何況是人身的滯留，來呈現一片風聲鶴唳、走投無路景象的同時，華容夫人身為燕王的愛妾亦慷慨激昂地表現忠貞和面對死亡的勇氣。這首臨終悲歌雖僅短短六句詩歌，卻反映出掙扎在死亡邊緣上的人面臨的困境。茲將此詩歌內容分成預見死狀、視死如歸兩方面說明婦女的命運是隨丈夫搖擺不定的。丈夫做了違法亂紀之事，妻子也要受到牽連或為忠於丈夫而殉節自殺，這其中的幽怨可由詩歌中尋出一些端倪來。預見死狀在第一、二句中呈現出頭填溝渠而身骨無所處，身首異處，慘遭極刑的可怖，雖有著凡人求生的本能，但在莫可奈何的危急下，恐怕也只有以歌抒怨了。第三、四、五、六句中，表現出婦女視死如歸，不願受辱苟活剛強的一面，做為妻子、母親的人，豈有冀盼丈夫、兒子遭遇不測的，但權衡之下流露出心中的希望，表現出勇於認錯的無畏精神，但也隱見一個哀怨的妻子、無助的母親心中的淒苦，在生死之間做了與丈夫、兒子共赴黃泉的慘烈抉擇。在燕王劉旦以綬自縊身亡後，華容夫人等隨王自殺者多達二十餘人，這些后妃難道不愛惜自己生命，實因生比死難，無文字流傳者或被視為忠貞守節，而有文字流傳者如華容夫人，我們由其即興之詩歌，便可了解在死亡邊緣掙扎的人，並非勇氣過人，而是雖死猶怨，「母求死子」、「妻求死夫」豈為所願，實不得已也。由此可反映出宮廷婦女的悲哀，她們的生存只是粧點侯王們的聲勢，是附屬的、備位的，而侯王們的喜怒哀樂、命運走勢卻深深影響著婦女們，是她們生命的指標、生存的唯一依靠。

（三）悲歌——唐姬

皇天崩兮后土頹，身為帝兮命夭摧；死生路異兮從此乖，奈我煢獨兮心中哀。（註十五）

唐姬，潁川人，為東漢少帝之妃子。漢靈帝享年三十四，駕崩後由長皇子劉辯即位，在靈帝中平六年四月登基，年僅十七，是為少帝，由太后臨朝，改元光熹。八月大將軍何進被宦官所殺，少帝與異母弟陳留王劉協同被中常侍張讓、段珪等劫持，宮廷遂淪入宦官和外戚手中，少帝與劉協兄弟兩人輾轉夜行終得以回宮，於是大赦天下改光熹為昭寧。不久并州牧董卓自立為司空，殘虐無道，九月甲戌，董卓廢少帝為弘農王，改立少帝異母弟陳留王劉協為帝即漢獻帝，少帝在位前後僅五個月而已。次年，山東義兵大起討董卓之亂，董卓挾年僅九歲的獻帝為所欲為，更進逼少帝弘農王欲致其死地。《後漢書、皇后紀》第十下曰：「卓乃置弘農王於閣上，使郎中令李儒進酖，曰：『服此藥，可以避惡。』王曰：『我無疾，是欲殺我耳！』不肯飲。強飲之，不得已，乃與妻唐姬及宮人飲讌別。酒行，王悲歌曰：『天道易兮我何艱，棄萬乘兮退守蕃。逆臣見迫兮命不延，逝將去汝兮適幽玄。』因令唐姬起舞，姬抗袖而歌曰：『皇天崩兮后土穨，身為帝兮命夭摧。死生路異兮從此乖，奈我煢獨兮心中哀。』因泣下嗚咽，坐者皆歔欷。王謂姬曰：『卿王者妃，勢不復為吏民妻。自愛，從此長辭！』遂飲藥而死，時年十八。」

少帝弘農王英年早逝，懾服於暴權之下不得已飲酖而死，雖生為帝王之命卻無奈遭叛臣挾迫以至於命喪。在臨終悲歌中將他苦短的一生作了最露骨的告白，對生命尚有無限的依戀，卻迫於形勢只能悲切慨歌以死。少帝死前對唐姬所說的一段盼妻為其守節言語，希望唐姬守身自愛，切勿再嫁，這樣的心態頗堪玩味。在臨終所交待的事，自然是最掛念的事，而少帝以妻之再嫁否視為最重要的牽絆，可見得古代帝王對婦女守節的看重。反之對男性守節的觀點則是少之又少，這也是自古以來男女在婚姻上的極大不平權之處。少帝之不幸被迫而死，唐姬自然悲慟逾恆，在少帝臨終前起舞歌詩，舞出內心的無奈，更唱出心中的悲悽，貴為皇帝卻連自己的命都保不住，「身為帝兮命夭摧」是一種對皇室威權的懷疑，也是對董卓以下犯上踰越行為發出的譴責。犯罪已然形成，少帝的死更是無可避免，想到從此將生死兩離分，不禁悲傷孤寂之感悚然而生。簡短四句卻言簡意賅地表現心中哀淒，死者之日短而生者之日長，唐姬雖未殉節，然而堅強活下去則比從容就死更展現出過人的勇氣。唐姬在少帝死後，果遵守諾言誓不再嫁，終得獻帝之褒揚封賜弘農王妃以終。《後漢書、皇后紀》第十下：「王薨，歸鄉里。父會稽太守瑁欲嫁之，姬誓不許。及李傕破長安，遣兵鈔關東，略得姬。傕因欲妻之，固不聽，而終不自名。尚書賈詡知之，以狀白獻帝。帝聞感愴，乃下詔迎姬，置園中，使侍中持節拜為弘農王妃。」唐姬歌詩雖不如華容夫人所歌悲壯，然而為夫守節之心意相同，都是在丈夫面臨死亡考驗時，能以忠誠和同舟一命的心境共處，由詩歌內容透露出的訊息，使我們更能體會到古代婦女們的有情有義。

註釋

註一：班固《漢書》，（藝文印書館，民國六十八年），卷六十六下，〈西域傳〉頁一六五九。

註二：同註一。

註三：范曄《後漢書》，（世界書局，民國七十五年），卷八十四〈列女傳〉，頁二八〇一、二八〇二。

註四：范曄《後漢書》，（世界書局，民國七十五年），卷六十〈蔡邕傳〉，頁一九七九。記載蔡邕之女蔡琰早年亡夫，寡居娘家，後在兵亂中被胡騎擄去，流落南匈奴長達十二年，並為左賢王妻，生有兩子。直到建安十三年，曹操哀憐蔡邕死而無後，才派使節以重金把文姬贖回，再嫁給同郡人董祀。文姬富有文才，記憶力超人，曾默寫其父四百餘篇遺作獻給曹操，一時傳為美談。

註五：邱燮友《中國歷代故事詩》，（三民書局，民國七十四年）。

註六：范曄《後漢書、列女傳》，（世界書局，民國七十五年），卷八十四〈蔡琰傳〉，頁二八〇〇。陳留董祀妻者，同郡蔡邕之女也，名琰，字文姬。博學有才辯，又妙於音律。適河東衛仲道。夫亡無子，歸寧于家。興平中，天下喪亂，文姬為胡騎所獲，沒於南匈奴左賢王，在胡中十二年，生二子。曹操素與蔡邕善，痛其無嗣，乃遣使者以金璧贖之，而重嫁於祀。

註七：范曄《後漢書、列女傳》，（世界書局，民國七十五年），卷八十四〈蔡琰傳〉，頁二八〇〇。

註八：悲憤詩全詩長達一百零八行，分三大段，以當事人的立場敘述了她從被擄到生還的悲慘經歷。第一段寫漢末兵亂，文姬落入賊營後所遭受到的蹂躪。第二段寫文姬流落匈奴，以及與兒子分離的淒慘景。第三段文姬歸故里後所目睹家園破敗景象而生感嘆。此首詩其文學價值在於它深刻地揭示了戰爭所帶來的殘酷及苦難。有關此一故事尚有韋莊的秦婦吟可與相比。

註九：逯欽立輯校《先秦漢魏晉南北朝詩》，（中華書局，西元一九九三年十二月），卷六〈漢詩〉，頁一八八。

註十：徐陵輯《玉臺新詠》卷三，楊方合歡詩：「秦氏自言至，我情不可儔。」、「徐氏自言至，我情不可陳。」（文光圖書，民國六十一年六月二版）兩首詩末二句分別使用秦嘉與徐淑夫婦人名為典故使用。清代女詩人汪端論宮閨詩和高湘筠女史一首：「上計還家路阻修，寶釵明鏡悵分儔，怨詩伯仲秋紈詠，絕勝文君歎白頭。」對徐淑情切的讚許甚高。另汪端亦在多首詩中言「可人夫婿是秦嘉」亦是以秦嘉為一夫婿模範的指標讚美其夫。唐代閨怨詩人姚月華亦有倣徐淑答夫詩而作怨詩效徐淑體，形式、語氣皆倣徐而篇幅增加。

註十一：錢大昭《補續漢書藝文志、徐淑集》，（新文豐出版，民國七十四年）。僅存答秦嘉詩一首及答夫秦嘉書、又報嘉書二篇、為書誓與兄弟。

註十二：秦嘉詩作今存留郡贈婦詩三首、述婚詩二首、贈婦詩一首見《先秦漢魏晉南北朝詩》、《全漢三國晉南北朝詩》。

註十三：班固《漢書、外戚傳》，（藝文印書館，民國六十八年），卷六十七，頁一六七八。

註十四：班固《漢書、武五子傳》，（藝文印書館，民國六十八年），卷三十三，頁一二六二。

註十五：范曄《後漢書、皇后紀》，（世界書局，民國七十五年），卷十，頁四五一。

第三節　兩漢婦女閨怨詩的文學表現

兩漢婦女閨怨詩的文學表現由詩的形式和意境上分別敘述。

一、由詩的形式上言

兩漢婦女閨怨詩在寫作形式上可分為即興詩歌的表現、楚歌體的創作、敘事抒情的形式三項，其中敘事抒情的形式又可分為即興式和創作式二種。分項敘述於后。

（一）即興詩歌的表現

兩漢時期婦女閨怨詩多為即興式的創作，在生活上所發生的境遇，使得她們面臨悲苦的思念或遭逢生死的抉擇，百感交集之下即興而作。這些即興的創作多為可以吟唱的詩歌，在詩題上亦附有歌字以明其體裁，如江都公主〈悲愁歌〉、戚夫人〈永巷歌〉、華容夫人〈臨終悲歌〉、唐姬〈悲歌〉等。詩作內容如下：

悲愁歌　江都公主

吾家嫁我兮天一方，遠託異國兮烏孫王。
穹廬為室兮旃為牆，以肉為食兮酪為漿。
居常土思兮心內傷，願為黃鵠兮歸故鄉。

永巷歌　戚夫人

子為王，母為虜，終日舂薄暮，常與死為伍，相離三千里，當誰使告汝。

臨終悲歌　華容夫人

髮紛紛兮寘渠，骨籍籍兮亡居。母求死子兮，妻求死夫。裴回兩渠間兮，君子獨安居。

悲歌　唐姬

皇天崩兮后土頹，身為帝兮命夭摧。

死生路異兮從此乖，奈我煢獨兮心中哀。

這些作者在所遇情境下意興而歌，藉此短捷有力的即興創作形式，呈現出言有盡而意無窮的爆發力。讀江都公主的〈悲愁歌〉，可以感受到一個迫嫁塞外而心繫家園故國的傷心女子，發出聲聲思念的吶喊；讀戚夫人的〈永巷歌〉，可以感受到一個被凌虐而無助的嬪妃，在自訴有怨難伸的痛苦；讀華容夫人的〈臨終悲歌〉，可以感受在生死間掙扎的無奈和作為王妃的悲哀；讀唐姬的〈悲歌〉，可以感受做妻子的面臨與夫訣別的傷痛和哀惋。正因為這些詩歌是即興的創作，因此篇幅都是六句以內的短詩，在臨場歌唱時事實上也不太可能即興吟出長篇的文字，而這些短詩都是作者在痛苦到極點或意氣激昂亢奮時，內心的感觸和傷痛，因此文字篇幅雖短卻能將當時一剎那間的感受實際的描繪出來，那一觸而發的靈感便是創造即興詩歌的源頭。

（二）楚歌體創作形式

兩漢婦女閨怨詩以楚歌體形式而作的有江都公主〈悲愁歌〉、蔡琰〈悲憤詩〉、徐淑〈答秦嘉詩〉、華容夫人〈臨終悲歌〉、唐姬〈悲歌〉等。楚歌體的形式在句中置「兮」字，以使語意疏緩，增加哀傷的氣氛，雖只一字語詞的運用，在語氣的誦讀上則有完全不同的效果。如江都公主〈悲愁歌〉，若去除「兮」字語詞是一首七言詩，如「吾家嫁我（兮）天一方，遠託異國（兮）烏孫王。穹廬為室（兮）旃為牆，以肉為食（兮）酪為漿。居常土思（兮）心內傷，願為黃鵠（兮）歸故鄉。」的形式，雖不影響整齊性，但節奏嫌猝愕不諧，加入兮字，更幫襯出遠嫁異國歲月的「悠長」、穹廬為室以肉為食的「深深」不適、思鄉情懷的「久久」難忘。徐淑的〈答秦嘉詩〉，若去除「兮」字語詞，則是一首四言詩，如「妾身（兮）不令，嬰疾（兮）來歸，沈滯（兮）家門，歷時（兮）不差，曠廢（兮）侍覲，情敬（兮）有違，君今（兮）奉命，遠適（兮）京師，悠悠（兮）離別，無因（兮）敘懷，……」的形式，不影響詩本身的字數，去除「兮」字節奏短捷有力卻和作者彎曲的離別情意不符，可見得「兮」字的必要性，雖是無意義的語詞，卻能帶來意念上和節奏上哀戚的效果。詩經中亦有以「兮」字語尾助詞來強調所要表現的怨恨、不滿情緒，如鄭風狡童「彼狡童兮，不與我言兮，維子之故，使我不能餐兮。彼狡童兮，不與我食兮，維子之故，使我不能息兮。」，詩中以一女子口吻表現她見絕於男的怨恨，因為男子的不理不睬而使得她食不下嚥，寢難成眠，於是發出不滿的情緒，宣洩在詩歌中，因此可知「兮」字的運用除使詩篇的節奏緩慢，更有強調哀怨、憤恨、不滿的效果。蔡琰七言〈悲憤詩〉主要訴求是抒發鬱積的幽怨、反映對政治的不滿和自憐所處的苦況，若除去詩中「兮」字的映襯則可為三言詩如「嗟薄祜，遭世患，宗族殄，門戶單，身執略，入西關，歷險阻，之羌蠻，山谷眇，路曼曼，眷東顧，但悲歎，……「或可為六言詩如」嗟薄祜（兮）遭世患，宗族殄（兮）門戶單，身執略（兮）入西關，歷險阻（兮）之羌蠻，山谷眇（兮）路曼曼，眷東顧（兮）但悲歎，……」的形式，三言或六言雖同樣合於聲律的和諧，但三言讀之如說書般的快節奏，六言讀之則失之單調呆板，與詩題悲憤難以相諧，加入「兮」字時不但不影響詩的原貌，卻帶來意想不到賺人熱淚的感動。華容夫人的臨終悲歌若去除「兮」字即成四言、五言混合的形式如「髮紛紛（兮）寘渠，骨籍籍（兮）亡居。母求死子（兮），妻求死夫。裴回兩渠間（兮），君子獨安居。」，讀之生硬不自然使原有的悲悽無助嚴重打了折扣，可謂增一字靈魂盡出，減一字原味盡失。又如唐姬〈悲歌〉若去除「兮」字則為六、七言混合的形式如「皇天崩（兮）后土頽，身為帝（兮）命夭摧。死生路異（兮）從此乖，奈我煢獨（兮）心中哀。」，那呼天喚地、欲訴無由的情境無「兮」字的烘托語意，實難全然表達出來。因此我們看諸多的閨怨詩以楚歌體的形式表現的相當多，也可以看出那悲怨、愁苦的心境是由騷體來詮釋而得到眾多作者的共鳴。

（三）敘事抒情的形式

兩漢婦女閨怨詩多有敘事的成分穿插在所表現的詩歌中，有即興式不期言而言的將己身的遭遇融入詩歌，如江都公主的〈悲愁歌〉和戚夫人的〈永巷歌〉。也有在創作時將個人悲苦境遇，嵌入詩作中，如蔡琰的〈悲憤詩〉和徐淑的〈答秦嘉詩〉。以下分別就即興之歌詩和援筆而作之詩分析其敘事抒情的形式。

1. 即興式敘事抒情

即興式敘事抒情的作品有江都公主的〈悲愁歌〉和戚夫人的〈永巷歌〉兩首。江都公主的〈悲愁歌〉在詩歌一開始便唱道「吾家嫁我兮天一方，遠託異國兮烏孫王。」，便是指出遠嫁烏孫之事，將事件點明使得後四句的文字敘述，能與整個事件做一貫串，因此我們可以很清楚的將後四句「穹廬為室兮旃為牆，以肉為食兮酪為漿。居常土思兮心內傷，願為黃鵠兮歸故鄉。」與遠嫁烏孫之事串連，可知作者感慨烏孫塞外生活的不適，發出一心想要回故鄉的渴望。

戚夫人的〈永巷歌〉是整首詩歌都籠照在敘述不幸遭遇的慘痛心境下，雖短短六句即興歌詩卻能融合敘事和抒情於一體。首二句「子為王，母為虜。」以對比的方式點出身為王妃卻受到軟禁為囚虜，兒子為趙王，母親卻為階下囚，實在是一大諷刺的事件。三、四句「終日舂薄暮，常與死為伍。」敘述戚夫人被罰舂米從早到晚不得休息，生命危在旦夕，被呂后整肅排擠的事件隨著文字映襯而出。末二句「相離三千里，當誰使告汝。」將遭此不幸事件而苦無人訴的心境，在這末二句中和前面四句的事件敘述完全契合。

〈悲愁歌〉和〈永巷歌〉雖是篇幅短小的六句即興詩歌，但卻能在剎那抒情的同時將事件帶出，使得詩歌不僅具有發抒個人幽怨的功能外，也呈現出敘事的特性，以敘事方式抒情，以抒情手法回應敘事，二者相輔相成，而一個事件能使作者在剎那興起間即能朗朗入詩，必是觸動至深、時刻縈繞腦際的痛楚，也正因為如此而使得作品能反映出那深深的不幸遭遇，帶來感人至深的心靈觸動。

2.創作式敘事抒情

創作式敘事抒情的作品有蔡琰五言、七言〈悲憤詩〉和徐淑〈答秦嘉詩〉兩位作者的三首作品。蔡琰五言和七言的悲憤詩都是在詩的起首即說出事件的起因，以順敘的方式帶出悲憤的因果關係，五言〈悲憤詩〉由敘述董卓殘害忠良、違亂法紀而遭至胡羌入邊「漢季失權柄，董卓亂天常。……獵野圍城邑，所向悉破亡。」、中原喪亂、人民殘遭凌虐而亡「斬截無孑遺，尸骸相撐拒。……彼蒼者何辜，乃遭此戹禍。」、胡漢生活的迴異引起對家鄉的思念「邊荒與華異，人俗少義理。……感時念父母，哀歎無窮已。」、宿願得償回歸故里，骨肉生離又叫人痛斷腸「有客從外來，聞之常歡喜。……號泣手撫摩，當發復回疑。」、昔日一同被生擒至胡地者目睹其歸漢的羨情和自憐之狀「兼有同時輩，相送告離別。……觀者皆歔欷，行路亦嗚咽。」、別子返家而父母俱亡、家園殘破、苦不堪言「去去割情戀，遄征日遐邁。……為復彊視息，雖生何聊賴。」、命運弄人再嫁新夫，卻再也揮不去心頭深烙的悲愁「託命於新人，竭心自勗厲。……人生幾何時，懷憂終年歲。」層層剝敘，一路鋪排，是經過作者融合己身的遭遇和所見所聞而以感性的筆調綴連創作的。再看蔡琰七言〈悲憤詩〉的敘事抒情，由自己身世遭遇說起，將發生事件的地點自中原而帶入羌蠻之境如「嗟薄祜兮遭世患，宗族殄兮門戶單。身執略兮入西關，歷險阻兮之羌蠻。」描述在胡地的生活起居、大漠的景色等，在在興起她思歸的念頭，如「冥當寢兮不能安，飢當食兮不能餐，……欲舒氣兮恐彼驚，含哀咽兮涕沾頸。」既至歸寧又難捨愛兒，骨肉親情摧敗撕裂之痛作結，如「家既迎兮當歸寧，臨長路兮捐所生。……還顧之兮破人情，心怛絕兮死復生。」與五言悲憤詩相較敘事的成份較少，抒發對身陷胡羌的境遇著墨較多，但整首詩仍是順著所受遭遇由遠而近，悲憤之情由死裡求生再度陷入生不如死的悲痛境遇。

徐淑的〈答秦嘉詩〉在作者鋪排之下，由個人的染疾、自責、思君、懷想做了情感真切的發抒，同時亦經由敘事的成份，說明了丈夫奉命遠役京師，是自己自責以至於思君、懷想的前因。在詩一開始便說明了自身多病歸寧休養而無暇顧家，如「妾身兮不令，嬰疾兮來歸，……曠廢兮侍覲，情敬兮有違。」時逢丈夫遠行遊宦京師，因而思念之情油然而生，如「君今兮奉命，遠適兮京師，……思君兮感結，夢想兮容暉。」在相思而不能相見的情境下，轉而由懷想成為飛鳥以一圓心願如「君發兮引邁，去我兮日乖，恨無兮羽翼，高飛兮相追，長吟兮永歎，淚下兮沾衣。」以幻化作結卻又必須回歸現實，因而只有永歎長吟，淚下沾衣發抒胸臆了。

徐淑將敘事與抒情並肩鋪敘，有情有義，是極令人觸動心弦的思夫之作。鍾嶸詩品評其悽怨，而將之置於婦人第二是極高的評價。（註一）

二、由詩的意境上言

兩漢婦女閨怨詩在作品意境上而言，可分為具象的表述、文字動態化、感官的意象表現三項，其中具象的表述分別說明死後的幻景、藉託動物移情、胡人劫掠的實景等寫作手法；文字動態化則由文字導引其生動意象而分別說明夫妻患難之情、母子骨肉之情、遊子思鄉之情；感官的意象表現則由視覺、聽覺等感官的意象傳達而使文字意境更加傳神深入等方式來說明。

（一）具象的表述

在兩漢的婦女閨怨詩中作者常將自己的所見所聞所思所想，以具體意象表現（註二），不論所表現的是真實抑或是虛幻的，對於詩作在意境上的呈現，具有深刻而明顯易解的功效。以下分死後的幻景、藉託動物移情、實景的描述等三項分別舉例說明。

1.死後的幻景

將死後的情景具象化如華容夫人的〈臨終悲歌〉，華容夫人已心知丈夫燕刺王劉旦謀反不成的下場，在劉旦悲歌後亦將自己生死拋諸腦後，願與夫君共赴黃泉，因此唱出了身後屍骨不全，天人兩隔的情景。「髮紛紛兮寘渠，骨籍籍兮亡居。」處以極刑身首異處，頭髮紛陳填置溝渠之中，屍骨狼籍不堪而流離失所，將死的可怖時空具象化了（註三）。為了怕親人遭受凌辱，甚或以毒刑折磨而死，華容夫人希望自己和丈夫兒子能以最快速的方式求死，以免遭受更大痛苦的心意以「母求死子兮，妻求死夫。」具體的表明身為母親和妻子的她下了最大也最難的決定，也就是幫助兒子、丈夫求死。

2.藉託動物移情

假藉動物禽鳥等作為個人情意寄託的對象（註四），如江都公主的〈悲愁歌〉，自訴在異邦的生活不適，因而思念故鄉親人，卻又不得回故里，只好藉精神上的幻化為物而得到紓解，所以在末二句言「居常土思兮心內傷，願為黃鵠兮歸故鄉。」，盼能成為黃鵠鳥一般飛翔自如，得以飛回家鄉。又如徐淑的〈答秦嘉詩〉，訴說夫遠行而自己嬰疾未能相隨，思念之情與日俱增卻不能相見，於是有感而言「君發兮引邁，去我兮日乖，恨無兮羽翼，高飛兮相追，長吟兮永歎，淚下兮沾衣。」，但願成為有羽翼的禽鳥而能高飛相隨夫君，這種遐想畢竟只是一種移情作用，事實上是不可能如願的，在詩作的意境傳達上，更顯出淒美的情韻。

3. 胡人劫掠的實景

蔡琰五言和七言〈悲憤詩〉中都呈現出胡人劫掠殘暴中原人民的實景，如「馬邊懸男頭，馬後載婦女。」、「豈復惜性命，不堪其詈罵。或便加棰杖，毒痛參并下。旦則號泣行，夜則悲吟坐。欲死不能得，欲生無一可。」、「城郭為山林，庭宇生荊艾。白骨不知誰，從橫莫覆蓋。」、「流離成鄙賤，常恐復捐廢。」等。

（二）文字動態化

兩漢婦女閨怨詩作普遍使用動態意象的文字表現，藉文字的動態意象使傳達的心念更加凸顯（註五），強調事件的真實性和給讀者的臨場感（註六）。以下就展現夫妻患難真情、母子骨肉親情、異域遊子思鄉的情懷等三部份說明其文字的動態使用。

1. 夫妻患難之情

因夫妻情而感嘆吟詠的有徐淑〈答秦嘉詩〉、華容夫人〈臨終悲歌〉、唐姬〈悲歌〉等，以下分別就詩作中文字舉例說明。徐淑答秦嘉詩以感性之筆，寫因染病未能侍夫之愧疚心意和無法與夫同行上任之思念詩文如：「嬰疾兮來歸」、「沉滯兮家門」、「曠廢兮侍覲」、「遠適兮京師」、「悠悠兮離別」、「瞻望兮踊躍」、「佇立兮徘徊」、「夢想兮容暉」、「君發兮引邁」、「去我兮日乖」、「高飛兮相追」、「長吟兮永歎」、「淚下兮沾衣」（全文見第二節）等以文字表現徐淑染疾歸家、難以照管夫婿、遠別的思念、長歎、淚溼、冥想等痛苦情境的動化意象。

華容夫人臨終悲歌中對死後情景作動態意象的預測如「髮紛紛兮置渠，骨籍籍兮亡居。母求死子兮，妻求死夫。裴回兩渠間兮，君子獨安居。」經由身首異處的歷歷描繪，使得家庭破碎的悲劇更加清晰呈現。

唐姬悲歌以天崩地裂的現象，表現生命的將盡。如詩云：「皇天崩兮后土頹，身為帝兮命夭摧。」以天崩、地頹、命摧並比，用動態意境的文字，表現夫將亡妻心悲，似乎天地也為之含悲、傾頹、崩陷，加深了悲歌的情境。

2. 母子骨肉之情

因母子骨肉親情而感嘆吟詠的有戚夫人〈永巷歌〉、蔡琰〈悲憤詩〉。以下分別由詩作中文字舉例說明。戚夫人母思子親情的牽繫，將身繫囹圄的情景生動化，如「終日舂薄暮，常與死為伍，相離三千里，當誰使告汝。」在戚夫人受虐的生活細節中，以文字表現出舂米的動態，而由這重覆的動作表現出作者的無望，一如日薄西山暮靄沈沈的黯然神傷心境。

蔡琰悲憤詩寫胡羌襲中原的動態表述如：「馬邊懸男頭，馬後載婦女。」胡地居住的苦悶如：「豈復惜性命，不堪其詈罵。或便加棰杖，毒痛參并下。旦則號泣行，夜則悲吟坐。欲死不能得，欲生無一可。」；蔡琰回返中原時的別子之痛和友人相送之景。如：「兒前抱我頸，問母欲何之。」、「兼有同時輩，相送告離別。慕我獨得歸，哀叫聲摧裂。馬為立踟躕，車為不轉轍。觀者皆歔欷，行路亦嗚咽。」；歷劫歸來的心境如：「出門無人聲，豺狼號且吠。煢煢對孤景，怛咤糜肝肺。登高遠眺望，魂神忽飛逝。」以動態方式作文字陳述，更能深入實景扣人心弦。

3. 遊子思鄉之情

因遠赴異域而思鄉成愁的有江都公主〈悲愁歌〉和蔡琰〈悲憤詩〉。以下分別舉例說明。江都公主以和親之名遠嫁，身在異地心念故土，在〈悲愁歌〉中以文字動態表現其無奈的思鄉情緒。如：「吾家嫁我兮天一方，遠託異國兮烏孫王。」、「居常土思兮心內傷，願為黃鵠兮歸故鄉。」

蔡琰〈悲憤詩〉思念家鄉和父母的情懷亦在動態的文字敘述中一表無遺。如：「感時念父母，哀歎無窮已。」、「山谷眇兮路曼曼，眷東顧兮但悲歎。」、「心吐思兮胸憤盈，欲舒氣兮恐彼驚，含哀咽兮涕沾頸。」等是。

（二）感官的意象表現

兩漢婦女閨怨詩作品有使用感官的意象表現如視覺、聽覺等（註七），在這樣的寫作中呈現了女性細緻柔媚的一方面。分別舉例說明於後。

1. 視覺的呈現

在視覺的呈現上以徐淑〈答秦嘉詩〉、華容夫人〈臨終悲歌〉、戚夫人〈永巷歌〉、江都公主〈悲愁歌〉、蔡琰〈悲憤詩〉為例。

徐淑〈答秦嘉詩〉中具有視覺效果的詩句，如：「瞻望兮踴躍，佇立兮徘徊。」除字面上凸顯以瞻望的視覺來表現妻子思念丈夫之情，在文字的傳達上也構成一幅蹺首望夫的圖畫。在「長吟兮永歎，淚下兮沾衣。」詩句中亦經由文字的導引而產生一位長吟永歎而竟淚下沾衣的閨中思婦，這便是視覺意象所帶給人的一種傳達效果。

華容夫人〈臨終悲歌〉中幻覺意象的呈現，使人似乎在曚矓之中被作者引入生死之隔的冥想境界（註八）。詩如：「髮紛紛兮置渠，骨籍籍兮亡居。母求死子兮，妻求死夫。裴回兩渠間兮，君子獨安居。」詩中呈現的視覺意象更強調作者的悲壯心緒。

戚夫人〈永巷歌〉中自述每日舂米的窘迫狀，受虐之情實生不如死。詩云：「終日舂薄暮，常與死為伍，相離三千里，當誰使告汝。」一幅受苦婦女思念愛兒的畫面，經由文字的敘述而呈現出視覺的效果。

江都公主〈悲愁歌〉將空間指出是在大漠異域，給人一種視覺的寄託，而塞外生活的粗燥隨興，在文字上更是一種視覺的鮮明表達。詩云：「吾家嫁我兮天一方，遠託異國兮烏孫王。穹廬為室兮旃為牆，以肉為食兮酪為漿。居常土思兮心內傷，願為黃鵠兮歸故鄉。」末二句更以視覺效果收尾，讓人不禁由黃鵠振翅返鄉而聯想到江都公主的歸心似箭，是一種巧妙的導引方式。

蔡琰〈悲憤詩〉呈現視覺意象的效果，在五言詩有「斬截無孑遺，尸骸相撐拒。」屍橫遍野的景象畢現。「見此崩五內，恍惚生狂癡。」、「城郭為山林，庭宇生荊艾。」、「白骨不知誰，從橫莫覆蓋。」、「煢煢對孤景，怛咤糜肝肺。」、「登高遠眺望，魂神忽飛逝。」返鄉後所見滿目瘡痍、屍不蔽體、心神恍惚之情和孤寂心境在文字上都產生了輔助的視覺效果。在七言〈悲憤詩〉中有視覺效果的如：「山谷眇兮路曼曼，眷東顧兮但悲歎」、「沙漠壅兮塵冥冥，有草木兮春不榮。」、「玄雲合兮翳月星，北風厲兮肅泠泠。」、「追持我兮走煢煢，頓復起兮毀顏形。」等。

2. 聽覺的呈現

在聽覺的呈現上[註九]以蔡琰的〈悲憤詩〉為例。表現胡人粗鄙的對待和身受凌虐者的悲泣，如：「豈復惜性命，不堪其詈罵。或便加棰杖，毒痛參并下。旦則號泣行，夜則悲吟坐。」在文字的敘述下似可聽見詈罵聲、棰杖聲、號泣聲和悲吟聲。

蔡琰回鄉時相送之漢女羨慕期盼的哀鳴和旁觀者的啜泣。如：「兼有同時輩，相送告離別。慕我獨得歸，哀叫聲摧裂。馬為立踟躕，車為不轉轍。觀者皆歔欷，行路亦嗚咽。」哀叫聲、欷歔聲、嗚咽聲等導引出聽覺的意象來。

回鄉後所見所聞，如：「出門無人聲，豺狼號且吠。」豺狼號吠聲和無人聲形成動靜強烈的對比。

寫胡人生活習慣和言語聲音，如：「人似禽兮食臭腥，言兜離兮狀窈停。」

寫邊塞風情，如：「胡笳動兮邊馬鳴，孤雁歸兮聲嚶嚶。樂人興兮彈琴箏，音相和兮悲且清。」胡笳聲、馬鳴聲、孤雁聲、琴箏聲等交織而由聽覺意象傳達特殊的地域風緻。

母子生離之情，如：「兒呼母兮號失聲，我掩耳兮不忍聽。」幼子的呼號聲淒厲動人，使得做母親的也只有強忍椎心之痛不忍聽之。

兩漢婦女閨怨詩在形式上仍沿襲先秦詩歌創作，並無太大突破發展，由於內容屬於閨怨因此在意境上也多半與夫妻、母子等親情相連創作而成，創作的風格屬於細緻柔美的類型與當代男性作者較大格局的作法是比較不同的地方（註十）。漢代的樂府歌辭和古詩，在中國古典詩歌的歷史上，有不可忽視的藝術評價（註十一），尤其在女子創作的作品或以女子為主題探討的作品，我們可以看到那些在舊社會下發生的婚姻悲劇（註十二）、戰爭的苦痛（註十三）、妻離子散的別情、孤兒寡婦的愁悶無依等，這些充滿寫實意味的內容，在文字形式上，不僅承繼著詩經的血脈筋骨，更創造了漢代獨有的詩歌內涵，對於了解當時婦女生活不僅有實質上的幫助，同時在研究漢代的社會、文化層面上實亦具有相當的啟示意義。

註釋

註一：鍾嶸《詩品》，（開明書局，民國六十二年十月五版），卷中，頁十九，漢上計秦嘉，嘉妻徐淑：「夫妻事既可傷，文亦悽怨。為五言者，不過數家，而婦人居二，徐淑敘別之作，亞於團扇矣。」

註二：黃永武《中國詩學、設計篇》，（巨流圖書公司，民國七十七年），頁三，所謂「意象」，即是作者的意識與外界的物象相交會，經過觀察、審思與美的創造，造成有意境的景象，再透過文字，經過視覺意象或其他感官意象的傳達，將完美的意境與物象清晰地重現出來。此種寫作技巧，一般稱為意象的浮現。

註三：前引書〈鑑賞篇〉頁六二。時空變化的方式極多，運用之妙，一如作者的匠心，各個不同。或者在時間上求變化，用今日與昔日來對映，用今日與來日相對映；又或者時間由短而漸長，由長而漸蹙，變化不一。或者在空間上求變化，用大小相襯映，用遠近相襯映；又或者是由遠寫到近，景物是由大物寫到小物，又或者是由近寫到遠，景物是由小物寫到大物，時空的流動，比一幅靜止的畫更易聳動讀者的耳目。

用今日來與昔日對映的，如杜甫的解悶詩：

一辭故國十經秋，每見秋瓜憶故丘，

今日南湖采薇蕨，何人為覓鄭瓜州。

情感改造空間

情感可以改造現實的空間，另創一個詩的空間。詩的空間不是給人作為一個真實的對象去理解的，而是作為詩人表現其內心情意的一種假設，這個假設的新世界，它是變化任意、趣味盎然的新空間。這新創的空間，和現實有一段距離，這距離常帶給讀者一個具有美感的詩境。

如李白的秋浦歌：

白髮三千丈，離愁似箇長。不知明鏡裡，何處得秋霜！

王安石的示俞秀老詩：

不見故人天際舟，小亭殘日更回頭。
繰成白雪三千丈，細草遊雲一寸愁。

岑參的春夢：

洞庭昨夜春風起，遙憶美人湘江水。
枕上片時春夢中，行盡江南數千里。

註四：前引書〈思想篇〉頁四九。中國詩人眼中動物世界的觀念。

註五：前引書〈設計篇〉頁八。將靜態敘述的形象，改作動態演示的動作意象。詩句要求精簡生動，詩中用靜態敘述的部分應降到最低度，儘少通過分析或說明的文字，去表現人物事態。與其敘述一件人物事態，不如讓它自己表演給讀者看，動態的演示能構成活生生的場景，生氣盎然，則意象自然浮現得格外清晰。

註六：前引書〈設計篇〉頁四。理論未必會妨礙詩境，但以議論為主的詩，究非詩的本色。抽象的理論只是一種虛泛的觀念，不能引導讀者進入切身實感的境域，因為它不能形成顯明的意象。必須改用比較固定形象的字眼，化抽象為具體，變理論成圖畫，詩句才會靈動。

註七：前引書〈設計篇〉頁一三。加強各種感官意象的輔助，使意象鮮明逼真。化抽象的理論為具體的圖畫，化靜態的敘述為動態的演示，大都是訴諸視覺的，讓讀者看到的僅是形象，如何讓形象帶聲、帶光、帶香味、帶觸覺讓人有立體的實臨的感受，那還得借助各種感官意象的輔助。

註八：前引書〈設計篇〉頁一七。故意將接納感官交綜運用，造成印象與感官間的錯綜移屬，使意象更活潑生新。所謂「接納感官的交綜運用」，即是：本該由眼睛獲得的印象，卻由鼻子去領受，本該訴諸觸覺的印象，卻訴諸聽覺。諸如此類，故意將五官的感受力交換，引起一種超越尋常的強烈的美感活動，使感官意象表現得分外活潑與新創。

註九：前引書〈設計篇〉頁二〇三。聽到一首快耳爽心的曲子，感到弦外有裊裊的餘音，它才是真好的樂章；看到一幅山水景物圖畫，感到周圍尚有無限的境地，它才是絕妙的畫面。詩文也是一樣，必須在言外有耐人尋繹的飽滿情趣，才是一篇有深度有神韻的傑作。惲壽平論畫說：「今人用心，在有筆墨處；古人用心，在無筆墨處。」畫理與詩理是相通的，畫要在筆墨之外用心，詩也要在筆墨之外傳神。

註十：鍾嶸《詩品》評詩作等第如：

「陸機所擬十四首，文溫以麗，意悲而遠；驚心動魄，可謂幾乎一字千金。其外去者日以疎四十五首，雖多哀怨，頗為總雜。」（卷上，古詩）

「其源出於楚辭，文多悽愴，怨者之流。」（卷上，李陵）

「骨氣奇高，詞采華茂，情兼雅怨，體被文質。」（卷上，曹植）

「其源出於李陵，發愀愴之詞，文秀而質羸。」（卷上，王粲）

「其源出於公幹，文典以怨，頗為精切，得諷諭之致。」（卷上，左思）

「其源出於王粲，善為悽戾之詞，自有清拔之氣。」（卷中，盧諶）

「泰機寒女之製，孤怨宜恨。」（卷中，郭泰機）

「所以不閑於經綸，而長於清怨。」（卷中，沈約）

「孟堅才流，而老于掌故。觀其詠史，有感歎之詞。」（卷下，班固）

「元叔散憤蘭蕙，指斥囊錢，苦言切句，良亦勤矣。」（卷下，趙壹）

「曹公古直，甚有悲涼之句。」（卷下，曹操）（地球出版社，民國八十三年）

註十一：劉大杰《中國文學發展史、漢代的詩歌》，（華正書局，民國六十五年），頁一九三。樂府中收集的民歌和那些無名作家的古詩，形式是新創的，情感是豐富的，文字是質樸的，題材都是現實的，使我們現在讀了，對於當日民眾的生活情感，還能親切地體會與共鳴。這些詩篇，比起那些華麗虛誇的辭賦來，是最有價值的作品。

註十二：除確知之作者作品之外，另有孔雀東南飛為漢代樂府詩，是中國五言敘事詩中最長篇。中國詩體自古多為重點綱要式的含蓄敘述，較少長篇大論式之詳論。孔雀東南飛一反往例，而以詩代文，將故事始末精微描摹，而中國古代由來已久的婆媳問題、父母對子女的權威教育及民間習俗，社會意識等，亦一一呈現在文字中，雖作者至今已不可考，而最初於南朝梁徐陵之《玉臺新詠》卷一所載，題為「古詩為焦仲卿、劉蘭芝夫妻之摯愛，並為蘭芝所受不平待遇終至五字，樸實中帶有絢麗色彩，平述中宛見曲折、纏綿、悲壯的情意，閱者莫不為之動容，更甚有不禁為之淚溼襟衫者，非惟中國五言敘事詩中之最長篇，實乃個中蹺楚。推究其寫作原意，一則為蘭芝之沈冤昭雪，婆婆眼中的惡媳婦，其實不過是農業父系社會的小可憐，何嘗能欺下犯上、十惡不赦呢？二則經由對蘭芝的無限同情，導引大眾對女性人權的尊重，並呈現社會畸型心態的現象。

註十三：如古詩中戰城南一首，將戰爭帶來的傷痕，描寫得哀怨而荒涼恐怖，詩云：「戰城南，死郭北，野死不葬烏可食。……水深激激，蒲葦冥冥。梟騎戰鬥死，駑馬徘徊鳴。梁築室，何以南，何以北，……禾黍不獲君何食？願為忠臣安可得？思子良臣，良臣誠可思，朝行出攻，暮不夜歸。」又如古詩中的十五從軍征一首，「十五從軍征，八十始得歸。道逢鄉里人，家中有阿誰？遙望是君家，松柏冢纍纍。兔從狗竇入，雉從梁上飛。中庭生旅穀，井上生旅葵。烹穀持作飯，采葵持作羹。羹飯一時熟，不知貽阿誰？出門東向望，淚落霑我衣。」亦為戰爭苦痛的最佳描述。

第三章

隋唐時期的婦女閨怨詩

第一節　隋唐婦女閨怨詩的產生背景

在談到隋唐詩的肇興之前，不禁要回溯到前代的文風，以明文體的演化，實代代相因的。因此唐代近體詩的昌盛，必定肇因於前代，而在唐代因緣際會方才發展成熟而開花結果。鹽谷溫氏在《中國文學概論講話》裡說到魏晉南北朝以來，文學體勢的遞嬗，乃至於唐朝的律詩成形，實為一脈相承之文學軌跡。古詩尚質，樂府重律，近體乃兼而有之，既重內在之真實活潑性更可歌詠，並重文字、聲律格調，因此有人稱近體為唐之樂府。鹽谷溫氏在〈詩式篇〉中亦提到受樂府、古詩影響兼而有之的近體，能夠在當代形成一種最熱門而流行廣遠的文體，不是朝夕可成，而是歷時由眾多文人志士匯集心力眾志完成的時代創作。(註一)因此綜觀兩漢時期的婦女閨怨詩，實受前代詩經、楚辭的餘風影響而帶有濃厚的前朝韻味，只因作者屬宮廷、官宦的身分，故內容較少如民歌能反映一般百姓的生活。魏晉南北朝時期則較多大膽白描的作品具有民歌的特性。到了隋唐更承襲了前朝的遺風而有詩意更加明顯而形式多樣的創作。在隋唐時期婦女閨怨詩產生的背景因素上分禮教的傳統包袱、國勢興衰更迭的影響、家庭因素造成的閨怨和女性本有的多愁善感四點敘述。

一、禮教的傳統包袱

禮教的傳統由周朝宗法封建社會建立後，更展開長期統御中國婦女生活行為、觀念思想和生命價值。在漢代班昭作《女誡》明定婦女應有三從四德的規範，使得婦女在行儀上的教條戒律深固不移(註二)。在教育上，男子有充分的讀書權利，女子是少有讀書受教機會，有則多半是教導她們如何相夫教子和與婆家的生活應對之道（註三）。如劉向的《列女傳》提倡女教，對於女子行為亦有所褒貶，以作為後世的殷鑑，這些對女子警惕的女教範圍都跳不出以家庭為核心的窠臼中。在經濟上，在傳統社會裡女子是沒有遺產繼承權的，在教育上偏狹於生活倫理方面，使得女子更沒有獨立謀生的能力，因此一切都必須依附於男性，經濟的無法獨立造成人格的矮化。由於男女在經濟上的主從關係，使得婚姻上的嫁娶關係也幾近成為生活保障的一種交易。班昭《女誡》和劉向《列女傳》同樣撰寫了女教思想的教科書，《列女傳》其中將女子賢與不賢者均列出，給後代女子一種啟示和殷鑑，而班昭《女誡》則是有系統的將束縛女性的觀念和方法具體化，可謂女教思想理論和實踐的創造者。這種壓迫女性生活和貶抑其地位的思想並沒有因為朝代的結束而消失，漢以後女子的人格更加低落，女教思想的著作和實踐亦代有人才接續之。《禮記‧昏義》中言：「古者天子后立六宮，三夫人，九嬪，二十七世婦，八十一御妻，以聽天下之內治。」這是在帝王時代，對天子無比的尊崇所立下不合理的一夫多妻制，而這些後宮佳麗有些一生也沒機會見到君王，有的在短暫時日後，又因君王的喜新厭舊而遭拋棄，她們的地位嚴格說並不是妻子，而只是帝王掌中的一種寵物而已。隋代到了煬帝荒淫至極，依〈昏義〉中之宮夫人儀制而蹂虐女性，後宮之眾美女不止所謂「三千粉黛」，唐太宗時數千人，到唐玄宗時最多達到五、六萬人。隋煬帝鑿運河，雖是有益於中國南北交通的流暢，而其真正動機實在是為便於由長安到楊州間縱情聲色、遍遊四十餘所離宮而已。隋煬帝的暴虐使眾多宮娥的生存只因君王一人，造成怨聲四起。識字的嬪妃則以詩文展現其不為人知的苦悶心境，如隋煬帝宮人侯夫人所寫宮中悲情，以歷史人物王昭君自喻其美麗無人欣賞的〈自遣詩〉；或以楊花自喻其心情煩亂有如楊花隨處飛舞一般沒有定所；或以擬人化的寫法，以梅花來映襯自己的哀愁。（註四）如煬帝侍前女吳絳仙，在與君王贈答詩中反映對現狀的不滿。如煬帝宮人杭靜，以諷喻方式寫江都迷樓夜歌，對煬帝的淫佚無度作刻骨的描述。（註五）這些女子們背負著禮教傳統的包袱，對所嫁之人特別是委身的君王應當全然忍受順從，但人類追求理想，嚮往自由與愛情的心卻是強烈的，因此這股怨氣不吐不快，閨怨作品便從而開花結果了。隋煬帝可以說是女教思想的忠實推廣者，他不但親自主導更蔚為風潮，使得後代宮人制度愈加繁盛。唐代婦女雖仍沿襲傳統的教化，但風氣有開放的趨勢，這與唐朝姻親中帶有胡人血統不無關係，加之女權勢力有抬頭的傾向，由唐代歷經高祖、太宗、高宗、中宗、睿宗、玄宗等皇帝以來，女禍之說頻頻出現，其中武后、韋后、安樂公主、太平公主以及楊貴妃，可以稱得上是名列前茅者，其中又以武則天與楊貴妃最為有名。這二位轟動歷史震驚宇內的美女，便是唐代最大兩起亂倫事件的女主角。男性政爭無人稱之為男禍，而女性爭權則以女禍稱之，僅在稱謂上便可看出對女性歧視的痕跡。唐代國祚迭有女權伸展於政治舞台，女子又能在君王前有呼風喚雨的本事，但女教思想在唐代仍與這樣開放的風氣同步存在，在理論創作上有鄭氏和宋若華，鄭氏為唐陳邈妻，作《女孝經》，內容要點為：一、開宗明義；二、后妃；三、夫人；四、邦君；五、庶人；六、事舅姑；七、三才；八、孝治；九、賢明；十、紀德行；十一、五刑；十二、廣要道；十三、廣守信；十四、廣揚名；十五、諫諍；十六、胎教；十七、母儀；十八、舉惡等共十八章。鄭氏依據班昭《女誡》而撰，風行當時更為後代女子啟蒙的教科書，其影響可謂深遠。另一作者為宋若華，宋若華為唐宋之問的女兒，有姊妹五人，世稱尚宮五宋，在宮中司秘禁圖籍總領，所著《女論語》，內容要點為：一、立身；二、習作；三、學禮；四、早起；五、事父母；六、事舅姑；七、事夫；八、訓男女；九、營家；十、待客；十一、和柔；十二、守節等十二章（註六）。全書精神在貞節柔順，塑造沒有自我、凡事屈從的女性典型。在其〈立身〉章言：「行莫回頭；語莫掀唇；坐莫動膝；立莫搖裙；喜莫大笑；怒莫高聲；內外各處，男女異群；莫窺外壁，莫出外庭；出必掩面，窺必藏形。男非眷屬，莫與通名。」〈事夫〉章云：「將夫比天，其義匪輕。」〈守節〉章云：「夫婦結髮，義重千金。若有不幸，中路先傾，三年重服，守志堅心。」可以看出宋氏對於女子的言行舉止、一顰一笑，都有著嚴格規範，女子從出生就成為統一模式教育下的傀儡，不僅對自己嚴苛約束，更要絕對的尊崇丈夫，比之如天高，對亡夫更要守節，這些教條在唐代傳統包袱仍在時，自然發揮了女子信受奉行的功效。因此唐代婦女一方面受到宮廷內的女權開放氣息，一方面又沿襲著傳統禮教壓抑的影響，自然產生出一些怨詩來，社會開放的氣息造成娼妓作品的出現，文學風氣的昌盛造成了各階層婦女的大量創作。

由詩作的傳達，閨中的鬱積隨之宣洩，不論是宮廷、官宦家的婦女，抑或是平民、娼妓婦女，甚至女冠女尼和不詳身世的婦女，都有大量對生命的慨嘆或對人事的訴怨作品出現。

二、國勢興衰更迭的影響

隋朝國祚雖僅短短三十八年（西元五八一——六一八年），但在這期間國富民強，加之煬帝好大喜功性格，隨即展開多項建設，如修長城、闢馳道、建新都、開運河、設穀倉等，對國家的發展有極大的助益，其中又以開通運河對國計民生及後世有深遠的影響，從此打破了南北橫斷的地形，也使軍事、政治為重心的北方，能和經濟繁榮的南方，凝結為一政經穩固的整合力量。由於煬帝晚年奢靡無度、淫佚狂亂，使得隋朝在短短三十八年中便結束了，其間受到蹂躪的婦女不計其數，隋朝由盛而衰的國勢，對這些宮娥來說似乎也象徵著她們的青春、愛情、婚姻的由盛而衰；一般平民婦女少數的作品也因時代開放的風氣，而有較鮮明大膽的作品出現。宮廷婦女如侯夫人自感、妝成、自遣、春日看梅等詩；吳絳仙謝君詩；杭靜江都迷樓夜歌等。而身世不詳之作也有如羅愛愛、秦玉鸞、蘇蟬翼、張碧蘭等人的作品（註七）。這些婦女眼見國勢傾頹在轉瞬之間，就其切身的影響，也不能不有所觸動，因此藉詩抒情，這一時期婦女的創作並不普遍，因而作品或作家仍是聊備一格。

到了唐代，政治和民風都有了轉變，正因為國祚較長，享國二百九十年（西元六一八——九〇七年），使得其間有更多的政治、軍事、經濟、外交等建樹。唐太宗時有所謂的貞觀之治，可比美於西漢的文景之治。唐太宗在位的二十三年（西元六二七——六四九年）可以說是唐代的盛世，對內採納雅言，知人善任；對外戎狄綏服，聲威遠播，是唐朝盛業的開創者。到了唐玄宗時是唐代的隆盛時期，有所謂的開元之治，對內任用賢能，賦役寬緩；對外四裔君長，競來款獻。然而玄宗在位的四十三年中，由開元之治（西元七一三——七四一年）到天寶時期（西元七四二——七五五年），竟由盛而衰地走完他落寞的晚年，也造成了唐代由盛而衰的分水嶺。在政治上有治世也有亂世，似乎是歷史更迭中的一項定律，而治世的國君又常在功成名就之餘陷入荒淫無度、廢弛朝政的深淵裡，唐玄宗便是典型的一個例子。唐玄宗晚年的敗德亂行，實肇因於荒淫好色，後宮佳麗，除王皇后外，動輒以千萬人計，主要的有趙麗妃、皇甫德儀、劉才人、武惠妃、江采蘋、楊貴妃等人所受寵幸最多，所生皇子亦有數十人之多，后妃間的爭寵自是無法避免。開元二十八年（西元七四〇年），玄宗寵幸楊貴妃到了荒淫之極，正如白居易〈長恨歌〉所作的描述「雲鬢花顏金步搖，芙蓉帳暖度春宵；春宵苦短日高起，從此君王不早朝；承歡侍宴無閒暇，春從春遊夜專夜。」、「緩歌慢舞凝絲竹，盡日君王看不足。」不僅文人士子對宮廷淫蕩生活有所不滿，宮中婦女也對皇帝的愛情打了問號，對自己在宮中的歲月發出了自憐之聲（註八），如徐賢妃〈長門怨〉「舊愛柏梁臺，新寵昭陽殿；守分辭芳輦，含情泣團扇；一朝歌舞榮，夙昔詩書賤；頹恩誠已矣，覆水難重薦。」帝王的舊愛、新寵誠無定數，而妃子宮人的一生只在於帝王的好惡一瞬間，甚至嬪妃的生死更繫於皇帝國勢的傾頹與興盛，如楊貴妃引進外戚入主亂政，造成叛變危機（註九）。位列宰相尊榮的楊國忠與擁有雄厚勢力的安祿山產生間隙，不僅兩人財大權高，又對楊貴妃產生爭風吃醋的心理，因而造成安祿山叛變，以討伐楊國忠為名而起兵，終至一發不可收拾，這事件全起因於外戚。在大禍鑄成的同時，玄宗為求脫罪，只有讓楊貴妃以死向全民謝罪，正如〈長恨歌〉中所寫「六軍不發無奈何，宛轉娥眉馬前死。」楊貴妃是玄宗最寵幸的妃子，在危急情勢之時，雖貴為一國之尊的君王，也顧不得以往的情愛，大限來時各自飛了。可見得宮娥嬪妃的生死命運，完全繫之於帝王一身。

經由外交政策而遠嫁他國的政治聯姻，將婦女給予番邦做為貢品，女子便在政治獻禮中成了犧牲品。如豆盧氏女宜芬公主，頗具才色，天寶四年，因安祿山請立其質子，玄宗則以宜芬公主配之（註十）。宜芬公主被送往東胡途中在虛池驛作〈悲愁歌〉：「出嫁辭鄉國，由來此別難；聖恩愁遠道，行路泣相看；沙塞容顏盡，邊隅粉黛殘；妾心何所斷，他日望長安。」（註十一）藉此詩表達作為女子的身不由己，由此可看出朝廷君主在安撫夷族的同時，竟視女子為無物，女子地位的不受重視更可見一斑了。在宮廷中的婦女或因得寵、爭寵、失寵而生愁怨，或因遠嫁、思家而生苦悶（註十二），她們在物質生活上都相當富裕，而精神上卻時有不滿，她們在身分地位上要比一般民婦來得高，竟也有如泣如訴的怨懟宣洩，然而平民婦女在一切生活、物質都無法相比的情況下，身分、地位更談不上的劣勢中，訴怨作品數量的增加，則是必然的生活反映了。

三、家庭因素造成的閨怨

在家庭因素所造成的閨怨中，大多數起於思夫和自傷身世這兩類情形。其中多半來自於官宦婦女、平民婦女和娼妓婦女三類。官宦婦女由於丈夫遠宦在外，久而未歸，婦女久居閨中無人關懷，自然產生思夫之情，甚而有因寂寞無告而與人賦詩贈答者。平民婦女有因思念丈夫科考在外經久未歸、因久而無子竟遭休妻、或夫居外地久而不歸所產生的愁思。娼妓婦女在從良後因夫早亡或商旅未歸而產生思念、自傷身世淒涼之嘆、甚而有因閨中寂寞而與人賦詩寄情者。在這些家庭因素所造成的閨怨中，可以發現女子幽怨的核心總是在男性身上，不論她是何種身分對丈夫、家庭、愛情都有一定程度的期盼，所以當此願望無法達成時，所產生的期待、懸念，則是女性本能的一種自然反映。以下分別由思夫和身世之嘆兩類，看婦女因丈夫或遠宦、或商旅、或科考、或居外而造成妻子的傷痛思別，另則因自身的遭遇而產生自憐自嘆之作，這一類多半為娼妓之作，特別是對自己的身世有深刻的感觸。

（一）思夫

思夫類作品以丈夫遠宦、經商、早歿、科考、棄妻等因素，發抒婦女之幽居閨怨。

1. 遠宦

（1）張氏，為評事彭伉之妻，其夫在貞元中及第，至江西為官後則不歸，張氏作詩二首，盼能喚回夫婿，也藉此一展久思的情愁。〈寄夫詩〉二首：

久無音信到羅幃，路遠迢迢遣問誰；
聞君折得東堂桂，折罷那能不暫歸。（之一）
驛使今朝過五湖，殷勤為我報狂夫；
從來誇有龍泉劍，試割相思得斷無。（之二）

（全唐詩，卷七九九，頁八九八九。）

（2）侯氏，為邊將張揆妻，張揆戍守邊關防戎，十餘年未歸，侯氏為之〈繡龜形迴文詩〉，得武宗所覽，於是敕張揆還鄉，並賜侯氏絹布三百疋。侯氏用心良苦作迴文詩，與晉蘇蕙〈璇璣圖詩〉和晉蘇伯玉妻〈盤中詩〉等，為表相思之情而竭殫心力創作出的藝術精品，有異曲同工之妙。

繡龜形詩

暌離已是十秋強，對鏡那堪重理妝；
聞雁幾迴修尺素，見霜先為製衣裳；
開箱疊練先垂淚，拂杵調砧更斷腸；
繡作龜形獻天子，願教征客早還鄉。

（全唐詩，卷七九九，頁八九九二。）

詩中既表時間的久長，經冬復歷春有十載之久，相思之情只有託雁兒傳遞，冬日為夫製寒衣，開箱見布匹，未裁先垂淚，以杵砧衣心如刀割，繡龜形祈壽獻於天子，願丈夫得受寬待而返家團圓，一則託繡像寓急切的盼夫心意，一則怨朝政之不公，使得婦人徒增無盡的哀愁。

（3）陳玉蘭，為吳人王駕之妻，有〈寄夫詩〉一首，表現夫婿戍守邊防，夫妻相隔兩地、牽腸掛肚的情意，非書信可全然表達，充分表現婦人無奈的心情。詩云：

夫戍邊關妾在吳，西風吹妾妾憂夫；
一行書信千行淚，寒到君邊衣到無。

（全唐詩，卷七九九，頁八九九〇。）

思夫之情，在「一行書信千行淚」句中，以誇大的語意形容心境的落寞，字字相思淚，行行相思情，由於相隔之遙，而使得情感更加濃郁。以數字來比擬情感的宣洩，凸顯閨中落寞的情緒，使關懷夫婿的心全然表現。

2.經商

（1）劉采春，本為越州妓女，感嘆嫁作商人婦，獨守空閨，年復一年的閨中苦寂，婦人苦守閨中，而商人早已一地又換一地作商旅之遊，二者的處境實有天淵之別。有〈囉嗊曲〉六首。詩云：

不喜秦淮水，生憎江上船；
載兒夫婿去，經歲又經年。（之一）
借問東園柳，枯來得幾年；
自無枝葉分，莫怨太陽偏。（之二）
莫作商人婦，金釵當卜錢；
朝朝江口望，錯認幾人船。（之三）
那年離別日，只道住桐廬；
桐廬人不見，今得廣州書。（之四）
昨日勝今日，今年老去年；
黃河清有日，白髮黑無緣。（之五）
昨日北風寒，牽船浦裡安；
潮來打纜斷，搖櫓始知難。（之六）

（全唐詩，卷八〇二，頁九〇二四。）

〈囉嗊曲〉之一，將與夫相離之情，寄恨於秦淮水，帶走經商的夫婿，思念之情年復一年，如江水般永無息止。首二句以託物寓意方式言不喜秦淮水、憎恨江上船，實則不是恨水又恨船，乃是對夫婿乘船而離去的感傷，發出無限的感慨。末二句則直敘夫經久未歸，使得苦候之日歲歲又年年，永無止境。此首一明喻，一直敘交錯敘述，編織出婦女在閨中連綿思念的情感。

〈囉嗊曲〉之二，柳樹本有二意，一則惜別，一則喻美人之輕柔婀娜多姿。首二句以發問語氣，道出東園柳已乾枯日久。實則是以枯柳自喻，本為窈窕美女因日久失色而以柳自比，以枯柳而喻花容憔悴，亦為一託物寓意之安排。末二句寫柳樹無枝葉發榮滋長的茂盛，以「莫怨」二字道出其實就是因為「太陽偏」，這是一種欲擒故縱的強調法。此末二句託物寓意，「無枝葉分」比之無子之憾，「太陽偏」喻經商之夫久而不歸，「莫怨」二字則以否定強調肯定的意味，對夫婿的久別真是怨之又怨。

〈囉嗊曲〉之三，以過來人的身分發出警醒的語句「莫作商人婦」，又以寫實的生活狀況，道出經濟生活的拮据，連頭上的金釵髮飾，都要典當變賣成銀兩度日。物質上得不到滿足，精神上更是空虛，朝朝望江船，卻總是失望而歸。此首直敘白描法道出望夫心切和悔作商人婦的心聲。

〈囉嗊曲〉之四，以今昔對比方式，寫出商人行蹤的飄忽不定，又以頂真法「桐盧」的反覆使用，反映夫婿在一地停留的短暫。囉嗊曲之五，以「昨日勝今日，今年老去年。」重覆今昔對比的方式，強調今年在各方面都不如以往的心境。又以顏色對比、有無對比「黃河清有日，白髮黑無緣。」說明大自然的變化往往是可以期待的，而人事的變化卻往往是悲多於喜、哀多於樂的。囉嗊曲之六，再使用「昨日」、「潮來」今昔對比，以潮水洶湧使行船加難，比喻事非經過不知難，反映在自身上，則是與夫相別後才知相思之苦的無奈自訴。

3.早歿

（1）關盼盼，為徐州妓，後為張建封納為妾，夫歿後獨居彭城故燕子樓，歷十餘年，有〈燕子樓詩〉三首表寡居婦之相思苦。詩云：

樓上殘燈伴曉霜，獨眠人起合歡牀；
相思一夜情多少，地角天涯不是長。（之一）

北邙松柏鎖愁煙，燕子樓中思悄然；
自埋劍履歌塵散，紅袖香銷一十年。（之二）

適看鴻雁岳陽迴，又覩玄禽逼社來；
瑤瑟玉簫無意緒，任從蛛網任從灰。（之三）

（全唐詩，卷八〇二，頁九〇二三。）

關盼盼因白居易作諷刺之詩，譏其未為夫殉節從死，乃作詩和白，表明非不能死，而是恐懼有從死之妾隨而效尤，有辱張公清範而作罷。詩成旬日不食而卒。和白公詩云：

自守空樓斂恨眉，形同春後牡丹枝；
舍人不會人深意，訝道泉臺不去隨。

（全唐詩，卷八〇二，頁九〇二三。）

4. 科考

（1）趙氏，洹水人，杜羔之妻，有因丈夫科考不第而為作勸夫詩，以表願夫功成名就的迫切期望，甚至可犧牲團聚的時光。有詩二首如下：

夫下第

良人的的有奇才，何事年年被放回；
如今妾面羞君面，君若來時近夜來。

雜言寄杜羔

君從淮海遊，再過蘭杜秋；
歸來未須臾，又欲向梁州；
梁州秦嶺西，棧道與雲齊；
羌蠻萬餘落，矛戟自高低；
已念寡儔侶，復慮勞攀躋；
丈夫重志氣，兒女空悲啼；
臨邛滯遊地，肯顧濁水泥；
人生賦命有厚薄，君但遨遊我寂寞。

（全唐詩，卷七九九，頁八九八八。）

趙氏對夫杜羔的期盼，由詩文中表現夫婿行蹤的多變，滯遊一地的流連忘返，帶出家中兒女的悲啼和妻子的寂寞。趙氏原以為丈夫求得功名之後，一家可團圓相聚，卻不知人性的喜新厭舊、好逸惡勞，因此在夫落第之時，趙氏滿心苦勸再接再厲，而夫得中科考時，有鴻鵠之志、倦鳥不知還時，則又是充滿著「悔教夫婿覓封侯」的滿懷惆悵。

（2）程長文，鄱陽人，因丈夫進京科考十年未歸，有感而作詩。〈春閨怨詩〉云：

綺陌香飄柳如線，時光瞬息如流電；
良人何處事功名，十載相思不相見。

（全唐詩，卷七九九，頁八九九七。）

以柳比之春到人間，使人感受時光飛逝如流電一般，春日景色令人感到自身的孤寂與外界的蓬勃、欣欣向榮有莫大的差異，這其間的情緒掙扎帶出因夫婿科考求功名，妻子卻要為此付出十載的離別苦而仍不知結局如何。此首以春柳寄情時光易逝，以良人的求名而寄情相思，寫景抒情，妥貼有致。

5. 棄妻

（1）慎氏，毘陵儒家女，嫁蘄春嚴灌夫，因久而無子嗣，遭夫休妻，於是作詩感夫（註十三）。詩云：

當時心事已相關，雨散雲飛一餉間；
便是孤帆從此去，不堪重上望夫山。

（全唐詩，卷七九九，頁八九九三。）

慎氏詩以絕望的心情，譜出與夫訣別之詩。婦女對婚姻的無由自主，好惡全在丈夫的喜怒之間，在「雨散雲飛一餉間」句中，以天有不測風雲比之丈夫的喜怒無常，婦人除了悲傷地默默承受之外，又能如何。只因詩句孤帆遠揚、人海茫茫，表露出婦人訣絕的心，而使得丈夫受到感動予以挽留。

（2）周仲美，成都人，嫁李氏，本隨夫宦遊金陵，後夫棄官入華山而無音訊，周氏隨母舅返家，有感而發，對於丈夫棄官又棄妻的作法頗有怨辭，古訓之女教，婦人應為夫守節，而夫棄已他去，不免思之悲從中來。詩云：

愛妾不愛子，為問此何理；
棄官更棄妻，人情寧可已；
永訣泗之濱，遺言空在耳；
三載無朝昏，孤幃淚如洗；
婦人義從夫，一節誓生死；
江鄉感殘春，腸斷晚煙起；
西望太華峯，不知幾千里。
（全唐詩，卷七九九，頁八九九六。）

周仲美在隨從母舅調任長沙之便返回娘家，途中題壁有感而發，藉抒己懷。對於男子任意拋妻棄子，推卸家庭責任，隨興棄官他去，渺視肩負的社會責任，只能在詩句中表達不解和悲憤之情。婦人回想與夫之三載晨昏，自言克盡婦職而夫竟背棄而去，時值暮春時節，不禁觸景傷情，每見傍晚炊烟裊裊，家家團聚用餐，更使得形單影隻的人悲戚腸斷。

（二）身世之嘆

自傷身世作品多為妓女感嘆淒涼的命運而作。以下由自傷淪為贈品、飄零生涯、歡場情感的無依、青春的早逝等因素，發抒娼妓婦女的幽居閨怨。

1. 自傷淪為贈品

（1）崔紫雲，為尚書李愿家妓，時人杜牧往李愿家中作客，席中引滿三爵後探聽紫雲事，李愿喚之出示客人，杜牧激賞不已而欲私之，李愿遂將紫雲贈之杜牧。紫雲臨行悲從中來，一則情衷於主人而不捨，二則悲傷自己竟淪為贈品而隨意予人，似此不受尊重甚或被人鄙視，是最叫人斷腸欲絕的。〈臨行獻李尚書〉詩云：

從來學製斐然詩，不料霜臺御史知；
忽見便教隨命去，戀恩腸斷出門時。

（全唐詩，卷八〇〇，頁九〇〇三。）

家妓生得聰明伶俐，雖是主人的光彩，對其本身而言，卻常是慘遭淪為贈品，幾經轉換環境、顛沛流離的命運。她們的去留決定於主人的一句話，「忽見便教隨命去」忽字用得傳神，將多少個不願，百般的不滿都表露無遺。

2.自傷飄零生涯

（1）武昌妓，為韋蟾在鄂州宴飲席間所遇，因和韋蟾詩句得賞識，韋蟾以數十千錢而納之為妾。詩中對倡優生涯的映照非常鮮明，人生最悲涼莫過於離別相送，身為有情有意的女子，卻面對著送往迎來飄泊的生活，總有自憐自傷的濃厚惋惜。〈和韋蟾詩句〉詩云：

悲莫悲兮生別離，登山臨水送將歸；
武昌無限新栽柳，不見楊花撲面飛。

（全唐詩，卷八〇二，頁九〇二五。）

首句道出女樂最敏感的便是悲別離，別離的傷痛本是人情之常，對這些歌妓而言則更是倍增傷感。

（2）顏令賓，為南曲妓，嘗從事詩文寫作，更常收集騷人墨客所留下的墨寶詩作。病危之際，適值暮春，見落花而作詩一首，對自己身世的飄零，有無限的慨嘆。〈臨終召客詩〉詩云：

氣餘三五喘，花剩兩三枝；
話別一尊酒，相邀無後期。

（全唐詩，卷八〇二，頁九〇二九。）

3.自傷歡場情感的無依

（1）太原妓，曾與歐陽詹遊太原，別後思念殷切，竟以刀刃剪下髮髻，作詩寄贈歐陽詹後，絕筆而逝。〈寄歐陽詹〉詩云：

自從別後減容光，半是思郎半恨郎；
欲識舊來雲髻樣，為奴開取縷金箱。

（全唐詩，卷八〇二，頁九〇二四。）

在歡場中，女子的多情只有招致無盡的傷情，在詩中以苦肉計奪取男子的憐愛，但社會的價值觀不曾改變，妓女的感情歸屬，多半是無疾而終收場。

（2）張窈窕，寓居於蜀，頗為當時詩人推重。有贈所思一首表明心有所屬，但卻望眼欲穿，苦等無人，又再次落入肝腸寸斷的境遇中。

贈所思

與君咫尺長離別，遣妾容華為誰說；
夕望層城眼欲穿，曉臨明鏡腸堪絕。

（全唐詩，卷八〇二，頁九〇三〇。）

4. 自傷青春易逝

（1）常浩，寄遠詩一首，描寫春日雖美，卻不是去年的枝葉，青春雖美，卻時日有限，一年不如一年，傷春又傷心，末句點出雖身為妓，仍盼擁有美好歸宿的心願。〈寄遠〉詩云：

年年二月時，十年期別期；
春風不知信，軒蓋獨遲遲；
今日無端捲珠箔，始見庭花復零落；
人心一往不復歸，歲月來時未嘗錯；
可憐熒熒玉鏡臺，塵飛冪冪幾時開；
卻念容華非昔好，畫眉猶自待君來。

（全唐詩，卷八〇二，頁九〇二五）

（2）薛濤，字洪度，本為長安良家女隨父宦遊，後流落蜀中遂入樂籍。

韋皋鎮蜀，召令侍酒賦詩，稱為女校書，出入幕府，歷事十一鎮，皆以詩受知。暮年屏居浣花溪，著女冠服，好製松花小箋，時人號薛濤箋，有洪度集一卷。在段相國遊武擔寺病不能從題寄一詩，道出時光催人老的無情，憔悴的病容，更加速青春逝去的無奈。詩云：

> 消瘦翻堪見令公，落花無那恨東風；
> 儂心猶道青春在，羞看飛蓬石鏡中。
>
> （全唐詩，卷八〇三，頁九〇四三。）

綜觀以上所述，家庭因素造成婦女的思夫和身世之嘆。思夫方面，起因於身為一家之主的丈夫，或因遠宦、經商、早歿、科考、棄妻等因素，使得妻子產生無盡的思念情愁。身世之嘆方面，起因於娼妓對淒涼命運的感嘆，或因自傷淪為贈品、感傷飄零的生涯、歡場情感的無依、青春的早逝等因素，使得娼妓婦女產生無窮的悲嘆。凡此種種均為產生婦女閨怨詩的主要原因。

四、女性本有的多愁善感

女性在生理上相較於男子是屬於弱與強的兩極分野，在心理上，由於傳統的觀念和教育，塑造出男子的典型便是堅強、勇敢、不屈不撓、不畏不懼的形象，反之，女性生性是溫柔細緻、善解人意，傳統女教下的思想更是塑造女性成為附屬品，禮讓、順從、忍耐、勤儉等全和女性劃上了等號。女性在生理上居於弱勢，在心理上更是絕對的輸家，沒有地位，不求所獲，一生只為禮教的規範而不得踰矩，稍有不符合社會、傳統價值標準的行為時，便是大逆不道，違反倫常，將受到嚴厲的譴責。在內外重重的壓力之下，女性對生活的不滿，對婚姻的渴望，對未來的祈求等都尋不到出路，於是養成她們變得多愁善感，凡事看不到正面、光明的一方，只看見灰暗、無望的一面。因此女性在宮廷生活中，或因色衰見棄，或因孤寂無依，似乎只有自怨自艾，藉文字宣洩情感一途而已。如徐賢妃的詠史抒怨、上官婉兒的離思、宜芬公主的自傷遠嫁、武后宮人、鮑君徽的由景抒怨、開元宮人、天寶宮人、德宗宮人、宣宗宮人、僖宗宮人等的藉物抒怨。在官宦婦女中，或因夫遠仕他鄉、夫移情他處、無故被棄等，女性實無由申訴，只有默默忍受，幻化為文字上的情感流露，更顯得女性的多愁善感，殊不知除天生之外，多愁善感的情緒表現，應是來自於政治、教育、社會、家庭和傳統禮教思想等等的融鑄薰陶所致。因此有趙氏、張氏、侯氏、柳氏等的思夫遠宦，有孫氏、張立本女、程洛賓、王霞卿、趙氏、蔣氏、薛濤等大書閨中寂寞之情，甚至有步非煙、李節度姬、崔鶯鶯、薛濤等人，因閨中寂寞而與人賦詩贈答的情形。在平民婦女中，有思念丈夫的閨怨如趙氏、陳玉蘭、薛媛、慎氏、周仲美、程長文、晁采、關盼盼等。有思念情郎的閨怨如姚月華、鮑家四弦、楊萊兒、孟氏等。在教坊婦女中，或因夫久居外地未歸、或傷痛自身際遇，或因閨中孤寂而與人賦詩寄情，此外尚有劉采春思夫經商未歸，武昌妓、崔紫雲、太原妓、張窈窕、徐月英、常浩、襄陽妓、王福娘等的身世之嘆，紅綃妓的閨中寂寞而與人賦詩寄情者。女冠也多因景、人、事、物而生愁怨如魚玄機、李冶、元淳等是。而身分不詳的婦女則多為相思之作，這些多愁善感雖是婦女創作的重要靈感源頭，但更重要的是造成婦女們多愁善感的原因，並不全然是天生的，而是受禮教、國勢、家庭等因素影響的結果。在隋唐整體大環境沒有改變前，女性的生存空間仍是依循前代一般的狹窄，這是閨怨詩產生的主要因素。

註釋

註一：鹽谷溫《中國文學概論講話》，（上海開明書店，民國十八年），第三章〈詩式〉，第三節〈近體〉，九五頁。
「漢魏之詩專尚質，但至六朝而趨重華豔，晉之陸機、潘岳出，一變而開排偶之端，至宋之謝靈運、顏延年，齊之謝朓，再變三變而儷句遂愈加多起來了。……迨齊、梁之際，四聲之論起，沈約等論詩的八病而主張作詩應整理平仄。至陳之徐陵、周之庾信，體例漸嚴，成為唐詩的先驅。其中所用平仄，與唐詩無甚區別。……至唐而聲律對偶之法更加嚴格，沈佺期、宋之問等愈努力於研鍊精切，穩順聲勢，以定五七言，八句之式，號為律詩。於是平仄的圖式遂完全定了，故後世稱沈、宋為律詩之祖。」

註二：班昭《女誡》七篇為卑弱、夫婦、敬慎、婦行、專心、曲從、和叔妹等，倡行卑弱柔順的婦言婦行思想。（《後漢書、列女傳》第七十四，鼎文書局，民國六十七年十一月三版）。

註三：章學誠《章氏遺書》，（漢聲出版社，民國六十二年），〈婦學篇〉云：「周官有女祝、女史。漢制有史起居註。婦人之於文字，於古蓋有所用之矣。婦學之名，見於天官內職。德言容功，所該者廣，非如後世衹以文藝為學也。」又云：「婦學之目，德言容功，自非嫻於禮經，習於文章，不足為學。乃知誦詩習禮，古之婦學，略亞丈夫。」又云：「婦學掌於九嬪，教法行乎宮壼，內而臣采，外及侯封。大典未詳，自可例測，葛覃師氏，著於風詩，婉婉姆教，垂於內則。歷覽春秋內外諸傳，諸侯夫人丈夫內子，並能稱文道故，斐然有章。若乃盈滿之祥，鄧曼詳推於天道，利貞之義，穆姜精解於乾元。魯穆伯之令妻，典言垂順。齊司徒之內主，有禮加封。士師考終牖下，妻有誄文。國殤魂返沙場，婺辭郊弔，以至泉水毖流，委宛赴懷歸之什，燕飛上下，淒涼送歸媵之詩。凡斯經禮典法，文采風流，與名卿大夫，有何殊別？」指出古代亦有嫻於詩文之女子，但畢竟只是極少數而已。

註四：逯欽立輯校《先秦漢魏晉南北朝詩》，（中華書局，西元一九九三年十二月），卷七，〈隋詩〉，頁二七三九。

註五：謝无量《中國婦女文學史》，（中華書局，民國六十八年八月臺二版），第九章，頁一七三。

註六：宋若華《女論語》序云：

大家曰：妾乃賢人之妻，名家之女。四德粗全，亦通書史。因輟女工，閒觀文字。九烈可嘉，三貞可慕。懼夫後人，不能追步。乃撰一書，名為論語。敬戒相承，教訓女子，若依斯言，是為賢婦。罔俾前人獨美千古。

全書十二章，（一）立身、（二）學作、（三）學禮、（四）早起、（五）事父母、（六）事舅姑、（七）事夫、（八）訓男女、（九）營家、（十）待客、（十一）和柔、（十二）守節。此書內容不外「貞節柔順」，比班昭《女誡》詳盡切實多了。《女論語》中的〈習作〉章是講「習女工」的。〈學禮〉章是講「溫良恭儉」、「修飾容儀」的。〈早起〉章是講「議論酒食」的。〈事父母〉章與〈事舅姑〉章是講「善事尊長」的。〈立身〉章與〈守節〉章是講「閨房貞節」的。其餘各事，訓男女章及和柔章都曾說到。

〈事夫〉章說：女子出嫁、夫主為親。前生緣分，今世婚姻。

〈守節〉章勸人守節說：夫婦結髮，義重千金。若有不幸，中路先傾，三年重服，守志堅心。保持家業，整頓墳塋。殷勤訓後，存歿光榮。（清順治丁亥四年兩浙督學李際期刊本）班昭只說過「婦無二適」之文，這卻正式提出守節的話，也是時俗進步使然。女論語的作者宋若華，可算是班昭以後第一個女聖人。

李義山《雜纂》載有十則唐代女教的項目一、習女工，二、議論酒食，三、溫良恭儉，四、修飾容儀，五、學書學算，六、小心軟語，七、閨房貞潔，八、不唱詞曲，九、聞事不傳，十、善事尊長。（新文豐出版公司，民國七十四年）

《女論語》對於女教的主張大體與此彷彿。

《女論語、訓男女》章說訓女道：女處閨門，少令出戶；喚來便來，喚去便去；稍有不從，當加叱怒。朝暮訓誨，各勤事務；掃地燒香，紉麻緝苧。若在人前，修她禮數；遞獻茶湯，從容退步。莫縱驕癡，恐她啼怒；莫縱跳梁，恐她輕侮；莫縱歌詞。恐她淫污；莫縱遊行，恐她惡事。

〈和柔〉章有云：東鄰西舍，禮數周全，往來動問，款曲盤旋，一茶一水，笑語忻然。當說則說，當行則行，閒是閒非，不入我門。《女論語》中並未提及學書學算之事，可見她並未反對學書。

註七：逯欽立輯校《先秦漢魏晉南北朝詩》，（中華書局，西元一九九三年十二月），卷七〈隋詩〉，頁二七三六——二七三九。

註八：清聖祖御定《全唐詩》，（文史哲出版社，民國六十七年），卷五，頁五九。

註九：王溥《唐會要》，（世界書局，民國四十九年），卷三，頁三十三。貞觀十三年（西元六三九）二月二十五日尚書八座之議上的記載：「謹按王者正位，作為人極，朝有公卿之列，室有嬪御之序，內政修而家理，外教和而國安，爰自周代，洎乎漢室，名號損益，時或不同，然皆寤寐賢才，博徵淑令，非唯德洽宮壼，抑亦慶流邦國，近代以降，情溺私寵，掖庭之選，有乖故實，或微賤之族，禮訓蔑聞，或刑戮之家，怨懟尤積。而濫吹名級，入侍宮闈。即事而言，竊未為得，臣等伏請，今日以後，後宮及東宮內職員有闕者，皆選有才行充之，若內無其人，則旁求於外，采擇良家，以禮聘納。」在專制體系下帝王當然享受著許多特權，而在宮廷裡，妍紅黛粉，佳麗何止三千，但誰能「三千寵愛在一身」，誰能「長得君王帶笑看」？就有所謂的「幸」與「不幸」了。而為了榮光耀祖的父母們更是「不重生男重生女」，希望閨中女兒能平步青雲，一朝「選」在君王側。

註十：唐代和親史實集中於太宗貞觀十四年至高宗龍朔三年（六四〇——六六三）、中宗景龍四年至穆宗長慶元年（七一〇——八二一）及僖宗中和三年（八八三）等三期。《新唐書》卷二一九奚列傳作宜芬公主下嫁饒樂都督懷信王李延龍。《資治通鑑》玄宗天寶四年，作「甥楊氏為宜芬公主，嫁奚王李延龍。」。唐代有異族和親的習俗由宜芬公主下嫁奚國的君王可見。

註十一：清聖祖御定《全唐詩》，（文史哲出版社，民國六十七年），卷七，頁六七。

註十二：婦女遠嫁、思鄉本人情之常，最早在詩經國風便有描述婦女在嫁後對家鄉的牽繫，對父母懷念的愁思，這往往是古代婦女因婚姻所帶來的終生遺憾。如國風中邶風燕燕：「燕燕于飛，差池其羽，之子于歸，遠送于野。瞻望弗及，泣涕如雨。燕燕于飛，頡之頏之。之子于歸，遠于將之。瞻望弗及，佇立以泣。」又如泉水：「出宿于泲，飲餞于禰。女子有行，遠父母兄弟。問我諸姑，遂及伯姊。」等皆是。

註十三：同時期的文人之作，亦有對婦人被棄，丈夫喜新厭舊的對待，有極無奈的訴說。詩如：孟郊薄命妾云：「不惜十指絃，為君千萬彈，常恐新聲至，坐使故聲愁。棄置今日悲，即是昨日歡、將新變故易，持故為新難。」

第二節　隋唐婦女閨怨詩的主要內容

隋唐婦女閨怨詩的主要內容，以婦女作者身分劃分為宮廷、官宦、平民、女冠、教坊婦女、身分不詳等六類，分別探討其閨怨詩作。每一類婦女的閨怨詩作，再予以分類歸納並舉例說明。如宮廷婦女的閨怨詩，有藉物抒怨、因景抒怨、思君久離、自傷遠嫁、詠史抒怨等五類。官宦婦女的閨怨詩，有思夫遊宦未歸的情愁、閨中寂寞愁緒的排遣、閨中苦寂而與人賦詩贈答等三類。平民婦女的閨怨詩，有思念丈夫的閨怨、思念情郎的閨怨等二類。女冠的閨怨詩，有因景而生愁怨、因人而生愁怨、因事而生愁怨等三類。教坊婦女的閨怨詩，有思念丈夫之怨、自傷身世之嘆、因孤寂而與人賦詩寄情等三類。身分不詳婦女的閨怨詩，全數屬於相思愁怨一類。隋代婦女閨怨詩作者有宮廷婦女和身分不詳婦女二類，因此除第一類宮廷婦女和第六類身分不詳婦女這兩類中有隋、唐兩代的婦女閨怨詩之外，其餘第二類官宦婦女、第三類平民婦女、第四類女冠、第五類教坊婦女等四類中皆為唐代婦女的閨怨作品。以下分別依其身分類別先後順序及詩作閨怨性質分類，予以舉例說明。

一、宮廷婦女的閨怨詩

宮廷婦女在此是指住在宮中的嬪妃、宮人或以公主為名而遠嫁的婦女而言。宮廷婦女的閨怨多與宮中的生活、制度有關。以藉物抒怨、因景抒怨、思君久離、自傷遠嫁、詠史抒怨等五類分別舉例說明宮廷婦女的閨怨。

（一）藉物抒怨

藉物抒怨的內容在隋代有吳絳仙、杭靜二人。在唐代有開元宮人、天寶宮人、德宗宮人、宣宗宮人、僖宗宮人等。在此所謂「物」有指合歡果器、楊柳、李花、戰袍、梧葉、花葉等。以下依朝代分別敘述其詩作內容。

隋代

（1）吳絳仙，是煬帝臨幸江都時，所乘龍舟上的殿腳女，即在龍舟上執雕板鏤金檝的划龍舟女子。煬帝在不經意間注意到如此美人，欲納為婕妤，當時吳絳仙已嫁玉工為妻，煬帝則升其為龍舟首楫，號曰崆峒夫人。一日煬帝命人馳騎賜吳絳仙合歡水果容器，卻因馬急而掉落，果器破碎不成形。吳絳仙有感而作謝君王詩以報。詩云：

驛騎傳雙果，君王寵念深；
寧知辭帝里，無復合歡心。

煬帝讀此詩不悅而言：「絳仙不獨貌可觀，詩意深切，乃女相如也，亦何謝左貴嬪乎？」在詢問侍騎知合歡果送達已不成形，因此並不怪罪吳絳仙有此怨辭，雖然文字對皇帝不甚恭謹，但煬帝卻是對她讚許有加的。（註一）吳絳仙藉合歡果器之同音字，表達心已有屬，不願與君王結為新歡，是一種藉物抒怨的表達。

（2）杭靜，為煬帝宮人，對煬帝淫佚無度極為憎惡，以其宮人身分，敘述帝王侈靡的華麗生活，是很寫實的。有江都迷樓夜歌，藉柳樹、李花之質性以諷刺煬帝的風流浪蕩。

詩曰：

河南楊柳樹，江南李花營；
楊柳飛綿何處去，李花結果自然成。（註二）

這首詩運用了地方對句如河南對江南，植物對句如楊柳樹對李花營，反義對句楊柳飛綿何處去對李花結果自然成。這首詩對句迭蕩有致，而詩意更是極盡諷刺煬帝之能事。將江南、河南的楊柳、李花影射成煬帝由各地選得的秀女有胖有瘦有高有矮，煬帝臨幸之多已連他自己都不清楚了，因此那一個妃子被冷落了多久，他早已不知道有這回事，而那一個妃子又為他懷了龍種，他也以為是稀鬆自然、平淡無奇的事，像他這樣的玩世不恭、淫佚無度，反映君主世襲制度下的弊端，若不是制度上給予君王極大的權限與尊榮，怎可能使他享受如此的逸樂？正因為他的窮奢極慾，終於咎由自取，走上了毀滅的道路，作者在藉物抒怨的同時，也極盡了諷刺的能事。

唐代

1. 開元宮人

開元年間，由後宮人自製邊軍纊衣，有兵士得袍中詩，告之於主帥，主帥上朝稟之皇帝，明皇以詩示六宮，宮人自稱萬死而願領罪，明皇憐之，而成就得詩者與宮女之姻緣。袍中詩藉物「戰袍」的傳遞，而將宮娥深宮幽怨、青春日復一日消滅的痛苦和飽受君王冷落的寂寞，以敘事抒情、藉物抒怨的方式，道出手織征衣，而心亂如麻，情意無由發抒，於是只好「蓄意多添線，含情更著綿。」了。詩見例一。

2.天寶宮人

天寶末年，洛苑宮娥題詩於梧葉上，隨御溝流出，藉梧葉而抒發心中倍受冷落的心境，在帝王眼中舊寵、新恩的更替有如春去秋來的自然，而身為宮人的女子只有無奈的託付詩句，藉梧葉流向他方，「聊題一片葉，將寄接流人。」語帶玄機地訴說著深宮幽怨。詩見例二、例三。

3.德宗宮人

為奉恩院王才人養女鳳兒，貞元中，進士賈全虛於御溝得一花葉，後德宗以宮女妻之。詩中寫深宮一入即不見天日，呼吸不到自由的空氣，只有藉花葉傳情，有所慰藉。詩見例四。

4.宣宗宮人

姓韓氏，作題紅葉詩，後得與盧偓成就美滿姻緣。全唐詩載：「盧偓應舉時，偶臨御溝，得一紅葉，上有絕句，置於巾箱。及出宮人，偓得韓氏，睹紅葉，吁嗟久之，曰，當時偶題，不謂郎君得之。」韓氏藉物抒怨之詩，透露了深宮嬪婢的生活閒散，見流水湍急好似青春的易逝，君王的輕忽，使得宮人們只有藉無記名的花葉詩句，探索自己的姻緣路，寄託個人的深宮幽怨了。詩見例五。

5.僖宗宮人

宮人為奉行僖宗為塞外征人製袍政策，終日操作而未得寵幸，因而作詩並金鎖片縫入征衣中，以求得有緣人，果有將士得之，皇帝憐憫宮人的寂寞生活，因而賜予姻緣。詩見例六。

在宮廷中的婦女，不是嬪妃的失寵見棄，便是宮女的冷落淒清生活，因此而產生了這些反映宮廷婦女心聲的作品，由作品中看到帝王似乎總要等到婦女的閨怨詩被發掘，方才頗具憐憫之心地予以關注，否則恐怕一生也難相見，或許正因為如此，竟造成宮女們題花葉詩的一股風潮。

（例一）袍中詩　開元宮人

沙場征戍客，寒苦若為眠；戰袍經手作，知落阿誰邊；蓄意多添線，含情更著綿；今生已過也，結取後生緣。

（全唐詩，卷七九七，頁八九六六。）

（例二）題洛苑梧葉上　天寶宮人

舊寵悲秋扇，新恩寄早春；聊題一片葉，將寄接流人。

（全唐詩，卷七九七，頁八九六七。）

（例三）又題　天寶宮人

一葉題詩出禁城，誰人酬和獨含情；自嗟不及波中葉，蕩漾乘春取次行。

（全唐詩，卷七九七，頁八九六七。）

（例四）題花葉詩　德宗宮人

一入深宮裡，無由得見春；題詩花葉上，寄與接流人。

（全唐詩，卷七九七，頁八九六七。）

（例五）題紅葉　宣宗宮人

流水何太急，深宮盡日閒；殷勤謝紅葉，好去到人間。

（全唐詩，卷七九七，頁八九六八。）

（例六）金鎖詩　僖宗宮人

玉燭製袍夜，金刀呵手裁；鎖寄千里客，鎖心終不開。

（全唐詩，卷七九七，頁八九六八。）

（二）因景抒怨

因景抒怨的內容在隋代有侯夫人的詩作七首。在唐代有武后宮人、鮑君徽等人。這類詩作多為作者觸景生情，引發心中鬱積已久的宿怨，因而多感人至深。以下依朝代分別敘述其詩作內容。

隋代

1. 侯夫人

隋煬帝弒父文帝而篡位後，仗恃著既有的成就，於是荒廢朝政，沈溺於聲色之中。煬帝到了晚年，志得意滿，剛愎自用，不但荒淫於歌舞酒色之中，更恣意興建迷樓蓄養美女，任其縱慾。其中選入宮中的女子，能再有幸選入迷樓的，莫不引以為傲。許多容貌姣好被選入宮的秀女，終生不得與帝王見一面的，更是不乏其人。美女侯夫人，因未入選為迷樓宮女，想到自己未來的歲月將終老後宮，無異於監禁一生，是斷難忍受的，於是年輕的侯夫人便在百般無奈又憤恨身為女子、身處後宮的命運下，上吊自盡，結束了悔恨短暫的一生，死後被人發現在懷中藏有詩稿以明心境。以下舉其詩作七首分別敘述。

自傷

初入承明日，深深報未央；
長門七八載，無復見君王；
寒春入骨清，獨臥愁空房；
躧履步庭下，幽懷空感傷；
平日所愛惜，自待卻非常；
色美反成棄，命薄何可量；
君恩實疎遠，妾意徒徬徨；
家豈無骨肉，偏親老北堂；
此身無羽翼，何計出高牆；
性命誠所重，棄割誠可傷；
懸帛朱棟上，肝腸如沸湯；
引頸又自惜，有若絲牽腸；
毅然就死地，從此歸冥鄉。

侯夫人這位和眾多宮女命運相同的女子，天賦美色姿容，被帶進了深宮大院，別了家鄉，離了親人，乍到之時，喜燈結彩，感君恩澤，編織了美好的遠景，嚮往著如膠似漆的愛戀；但是天不從人願，進宮七八年後就再也沒見過君王，春寒料峭、乍暖還寒時，獨臥愁悶在閨閣中，信步於宮廷深院裡，也只能空悲切、打妄想了。想著自己天生美色竟遭遺棄，命薄使得自己下半生託付無人，想要奔回爹娘的懷抱中哭訴，得到一些家的溫暖，又可恨插翅難飛，深宮嚴禁，無法脫離那後宮禁錮，至此只有出此下策，懸樑自盡，了卻殘生。凡人皆有求生的意志，螻蟻尚且偷生，難道侯夫人不眷戀有情世界，不珍惜骨肉親情？正如她最後八句所說「性命誠所重，棄割誠可傷；懸帛朱棟上，肝腸如沸湯；引頸又自惜，有若絲牽腸；毅然就死地，從此歸冥鄉。」這是如何的哀戚，明知生命的可貴卻要鄙視摒棄，明知不該自盡懸樑，卻要毅然就死。若不是生命到了絕望的關頭，若是宮闈生活還能給人一絲的留戀，半點的回憶，怎可能叫人如此慷慨赴死。侯夫人的死留下了帝王時代的罪惡標記，侯夫人的深宮斷魂也給予後世人更多唾棄暴君的證據。

粧成

粧成多自惜，夢好卻成悲；
不及楊花意，春來到處飛。

這首詩運用白描手法將帝王後宮三千佳麗的幽思心情表現得妥貼有致。由字面上分析，語意多帶自憐自悲的惋惜哀憐意韻，侯夫人因見棄於君王，每日打扮梳粧竟無人理睬，只有自我欣賞，自我珍惜，珍惜之餘不禁發出嘆息聲，原來的好夢竟成了一場惡夢，想到楊柳春花處處飛舞任意流竄，再看看自己是如此的封閉、可憐，失去了如春花般的嬌嫩光彩，更沒有春花柳絮處處飛舞的自在，怎地連一朵花都不如，將深宮中的不自由和精神上的牢獄一表無遺。

看梅

砌雪無消日，捲簾時自顰；
庭梅見吾有憐意，先露枝頭一點春。（之一）

香清寒豔好，誰識是天真；
玉梅謝後陽和至，散與群芳自在春。（之二）

這兩首看梅詩，用意深沉，意境幽遠。妃子在深宮中，既被冷落，自然有許多獨處沉思的時間，識字習文的女子，如侯夫人看梅兩首的語意頗為深刻，其意：在冬季裡堆砌難消的冰雪，深厚沉重，就好似夫人心頭憤恨的難解，積怨的深重，身處閨房中捲起垂簾時，不禁自蹙起眉頭來，深鎖的眉間就像捲起的珠簾一條條、一串串的眉紋，那樣地化不開，那樣地愈積愈深。庭院裡的梅花見了夫人像極了淚人的臉，也生了同情心、可憐意，於是梅樹將它報春的枝頭尖，提早冒了出來，做為討夫人歡欣的賀禮。梅花的清香、冷豔又是一年中首先開放的花朵，象徵著人性的本真、良善、純潔，要梅花每年依然綻放春的氣息，必須有人細心的照料，澆灌施肥；同樣的道理，人們要保有天真浪漫無邪的心，也一樣要自我修養、自我陶冶、自我教育。冬天在梅花謝了，梅尖突出的時候，春天的腳步就近了，春天一到，詳和之氣布滿了大地，人間處處充滿了生機，但願君王就像那春日風，再度吹開臣妾的心扉，將冬日的陰霾全然驅走，沒有了冷寞，忘卻了孤寂，往日所承受的苦楚，全然都獲得了代價，更願所有冷宮的妃子都能再得皇帝垂愛，如自在的鳥兒般，唱出歡樂的生命樂章，在最後兩句展現出作者寬厚的心。最希望過熱鬧歡喜生活的侯夫人，沒想到竟選擇了最冷寞的方式結束了生命。看梅兩首是寓意佳妙以聯想寫作的詩篇，讀詩如見畫，有美人，有梅樹，有積雪，有大地回春的景象，更有群芳亂舞的狂鬧喧嘩，看梅曲被視為後代詞的濫觴，實有其理。

婦女閨怨詩的產生，在這樣的年代裡，可使嬪妃一展才華，以她們生活上的遭遇為素材，也讓那平淡無奇的深宮歲月，憑添些許色彩。或許她們當時的賦詩為文，只是生命中無奈的表白，但至今仍能流傳，不禁令我們讚嘆文字所展現的不朽生命。看梅詩描述冬日的景色襯托個人的心境，形成了因景抒怨的絕佳寫作法。

自感

庭絕玉輦迹，芳草自成窠；
隱隱聞簫鼓，君恩何處多。（之一）
欲泣不成淚，悲來翻強歌；
庭花方爛漫，無計奈春何。（之二）
春色正無際，獨步意何如；
不及閒花草，翻承雨露多。（之三）（註三）

在〈自感詩〉三首中，濃郁的自憐氣息和怨恨之聲充斥其間。第一首敘述宮闈裡早已無皇帝垂幸愛憐的踪跡，滿園的芳草久無修整，使得院子更加的荒蕪雜亂，成了鳥兒築巢的場所。在冷宮中的侯夫人，隱隱地聽見迷樓傳來的簫鼓聲，那嬉戲喧鬧的沸騰，使得侯夫人心中更加感傷。觸景傷情的使用及聯想極為深入而感人。皇帝座車絕迹於侯夫人門室，就好像侯夫人心中絕望的泣血。院中叢生的雜草和鳥兒的窩巢，像極了侯夫人如亂草般的心緒，此時又巧聞煬帝縱情聲色的淫樂，自是更加怨恨煬帝的薄幸寡恩、無情無義了。

第二首第三首同樣是觸景傷情，欲說還休，藉詩中文字做為發抒鬱積的最佳媒介。第二首表現出侯夫人在宮中的寂寞，心事無人知，因此只有泣不成聲，眼淚早已哭乾所以說出「泣不成淚」的話，既是如此，這悲涼痛苦自是積怨已久，連生機盎然的春天，滿庭芳草的嫩綠，竟也激不起她淺淺的笑容。第三首寫著侯夫人在春色無邊的日子裡，至御花園散心，愈走心愈煩，原本為散心，心結卻愈結愈緊。看著那花草的閒適無心，不禁生起了羨慕之意，若人也能像花草樹木一般不生瞋癡心，不生怨懟心，也就少了苦悶，沒了煩愁。看那花草植物隨意生長，都有雨露的滋潤、大地的包容，為何侯夫人得不到皇帝一點點的關愛，一點點的照顧？語意到此有許多言外的痛楚隱含其中，只有讓後人揣摩詩意而得其梗概了。

侯夫人的一生，我們由〈自傷〉、〈粧成〉、〈自遣〉、〈看梅〉、〈自感〉等詩中，可以看出宮闈生活的不幸，嬪妃的角色事實上是身不由己缺乏保障的。當她們在入宮之前就應有適切的心理準備，而不是入宮後的自怨自嘆甚至自殺，正因為人性是受不住淒清冷寂的，所以會有無限惆悵落寞；正因為人性是貪婪無知的，所以會有淫佚冶蕩；正因為人們都是由錯誤中學習成長的，所以歷史人物才是我們最好的殷鑑。

唐代

1.武后宮人

有離別難詩，以景發抒宮中幽怨。詩云：

離別難

此別難重陳，花飛復戀人；來時梅覆雪，去日柳含春；物候催行客，歸途淑氣新；剡川今已遠，魂夢暗相親。

（全唐詩，卷七九七，頁八九六六。）

2.鮑君徽

字文姬，與五宋齊名，為鮑徵君女，善作詩，唐德宗曾召入宮，與侍臣唱和文事，和五宋才女同時而齊名，但入宮不久，因家有老母，不忍棄之不顧，於是有乞歸疏，文中語「惟是煢然老母，置諸不問，豈為子女者恝然若是耶。臣一思維，寸腸百結，伏願陛下開莫大之宏恩，聽愚臣之片牘，得賜歸家以供甘旨，則老母一日之餘生，即陛下一日之恩賜也。臣不揣愚昧，冒死以進。」（註四）令做為人子的後世人，讀了都不禁要潸然淚下，倫理親情令人感動，實著墨於真情的流露。鮑君徽詩今存四首，幽閑淡雅，不作浮言炫飾，品格風高。

且看惜〈春花詩〉一首，以明其詩風。

惜春花

枝上花，花下人，可憐顏色俱青春；昨日看花花灼灼，今日看花花欲落；不如盡此花下歡，莫待春風總吹却；鶯歌蝶舞媚韶光，紅爐煮茗松花香，粧成吟罷恣游樂，獨把花枝歸洞房。

（全唐詩，卷七，頁六九。）

〈惜春花〉詩傷春光的易逝，眼中看的是枝上花，心底思的是枝下人，看著人兒仍青春貌美、妙齡年華，不經意間也要斑白垂髫、扶杖過橋了，正如寫實的「昨日看花花灼灼，今日看花花欲落。」人生的際遇也同樣和植物的花開花落有著相互輝映的關係，因此在人宴飲享樂、煮茗焚香的同時，應更珍惜韶光、把握良機。這樣的領悟與啟示和杜秋娘的金縷衣詩實有異曲同工之妙。

（三）思君久離

上官昭容，唐初詩人仍沿襲梁陳之宮體詩作，其中上官儀的詩作屬於辭句綺麗敷陳之宗，因此蔚為當時詩作的風氣而競相效尤，號稱上官體。其詩作文辭華靡甚至超越唐初四傑詩人沈佺期、宋之問先師的功力。上官婉兒為上官儀的孫女，承繼家學，性情機敏、善作文章，十四歲入宮，中宗拜為昭容，進諫皇帝獎掖文事，增列文官教引古籍，常使君主賜宴賦詩，而君臣享以文采和樂，上官婉兒更代帝、后為辭，朝廷上下蔚為風氣，雖此等應制之作，仍難逃歌功頌德、辭句浮靡之流，但一時形成風潮，作品之厚實功力可觀，上官婉兒的推波助瀾是厥有功勳的。睿宗景雲元年（西元七一〇年）臨淄王李隆基起兵殺韋后及其同黨，婉兒亦不幸遇害。玄宗開元初年皇帝下詔集婉兒所作詔，由張說題篇，有文集二十卷，現不傳。有思君詩如下：

綵書怨

葉下洞庭初，思君萬里餘；露濃香被冷，月落錦屏虛；欲奏江南曲，貪封薊北書；書中無別意，惟悵久離居。

（全唐詩，卷五，頁六一。）

〈綵書怨〉一云綵毫怨，婉兒以「怨」為題，將她自幼進宮對嬪妃生活的見聞納入詩中，呈現宮娥們的深宮怨、嘆息聲。詩中的感傷氣息，來自於與君王久離的無盡思念，其中「露濃香被冷，月落錦屏虛。」刻意雕琢的華麗字句，凸顯宮娥獨守空閨、孤夜難耐的心情。雖有富麗的物質享受，無奈「香被」、「錦屏」卻無法與君王同享，「冷」、「虛」字，道盡了後宮的淒清和得不到君王寵幸的苦悶。

（四）自傷遠嫁

隋代有大義公主，唐則有宜芬公主，境遇皆因政治聯姻而造成遠別家鄉的愁怨。

1. 大義公主

為周趙王宇文昭之女，北周靜帝大象元年（西元五七九年），嫁突厥他缽可漢，至隋賜姓楊氏。有書屏風詩，對歷史的更迭、朝代興衰勝敗的無常，發出無限的感嘆，由歷史、政局反映至個人，獨自嫁入大漠，與漢王昭君的境遇自有同病相憐之處。詩云：

書屏風詩

盛衰等朝露，世道若浮萍；
榮華實難守，池臺終自平；
富貴今何在，空事寫丹青；
杯酒恆無樂，弦歌詎有聲；
余本皇家子，飄流入虜廷；
一朝睹成敗，懷抱忽縱橫；
古來共如此，非我獨申名；
惟有明君曲，偏傷遠嫁情。（註五）

〈書屏風詩〉反映出對富貴虛無的認知，物質的杯酒、弦歌只是使人浮靡的工具，「富貴今何在，空事寫丹青」兩句，對宮中的浮華生活產生不確定感。這種心境不外乎是失寵的宮人和失意的公主、嬪妃所產生感傷遭遇的心境寫照。

2. 宜芬公主

本為豆盧氏之女，有才色。玄宗天寶年間，因奚霫無主，安祿山請立其質子，而以公主與之婚配，玄宗遣使護送，至虛池驛，公主悲而作愁詩一首，說明其遠嫁異域誠非本心，一路塵沙飛揚，與家鄉相隔日益遙遠，不禁更牽動離別愁緒。詩云：

盧池驛題屏風

出嫁辭鄉國，由來此別難；聖恩愁遠道，行路泣相看；沙塞容顏盡，邊隅粉黛殘；妾心何所斷，他日望長安。

（全唐詩，卷七，頁六七。）

（五）詠史抒怨

隋代有侯夫人自遣詩，唐代則有徐賢妃長門怨詩作，皆由吟詠史實而抒發個人幽怨。

1. 侯夫人

為隋煬帝之嬪妃，後失寵，有閨怨詩八首，皆為自傷身世之嘆。如自遣詩一首云：

祕洞扃仙卉，雕房鎖玉人；
毛君誠可戮，不肯寫昭君。（註六）

這首詩以含蓄用典的筆調，寫出了宮廷嬪妃幽居失寵的怨恨。仙卉雖好卻深藏在祕洞之中，鮮為人知，猶如美人雖美卻深鎖在雕樑畫棟的深宮裡。由一、二句詩中，映襯出作者心境的寫照，對於深處幽閨不得寵信，發出深深的無奈。西漢孝元帝時畫匠毛延壽逞其職務之便，使王昭君得不到漢王的垂愛，遠赴匈奴和蕃，誤了昭君一生幸福。之後，毛延壽雖遭殺戮的下場，卻已無法改變昭君的命運。作者在三、四句中，由王昭君的故事影射自己的遭遇，不再受君王寵愛，已是萬難更改的事實，由詩會意，感嘆至深。

2. 徐賢妃

為唐太宗妃子，名惠，幼聰慧，四歲通論語、詩經，八歲會作文，唐太宗得知她能擬離騷作小山篇文乃召為才人，之後升為充容，卒贈賢妃。貞觀末年，太宗數度調兵討定四夷，宮室又徵調民夫加以整治，於是百姓怨聲四起，徐賢妃不忍民間疾苦，有上疏極諫太宗之書表陳情，文辭順暢達意，更顯愛民如子之心。有〈長門怨〉詩一首表達心中的閨怨，而藉史實漢成帝嬪妃班婕妤〈團扇詩〉和武帝陳皇后的〈長門賦〉，道出失寵宮妃的哀愁。詩云：

長門怨

舊愛柏梁臺，新寵昭陽殿；
守分辭芳輦，含情泣團扇；
一朝歌舞榮，夙昔詩書賤；
頹恩誠已矣，覆水難重薦。

〈長門怨〉似乎在低訴著做為嬪妃終難逃色衰的命運，詩題〈長門怨〉，便有藉漢武帝后陳皇后的失寵，請司馬相如作長門賦的一段歷史，作為影射失歡妾媵們的寓意，舊愛新歡在帝王家有如家常便飯更替頻繁，女人們不過是做為王室尋歡的工具而已，一旦失愛，只能消極地「含情泣團扇」，眼見皇帝座駕別移，自己只好無奈地以團扇掩面而泣了。昔日的恩愛成了紙上永遠的回憶，往日的歡樂只能永留為心頭裡無限的甜蜜。對於皇帝的無情、薄倖、見異思遷，身為婢媵侍妾的妃子豈有埋怨、反抗的權利，只有默默承受著永難抹平的內心傷痕和永世不滅的痛楚悲涼。所以詩末句以覆水難收作結，不但指的是君王的愛，一旦失去了就不可能再降臨；更意味著妃子們一旦失寵，將接受萬劫不復、永絕臨幸的命運。

二、官宦婦女的閨怨詩

官宦婦女在此所指為官吏之妻、之女、之姬妾和自薦為官等情形的婦女。其閨怨之作內容可分為思夫遊宦未歸的情愁、閨中寂寞愁緒的排遣、閨中苦寂而與人賦詩贈答三類，以下分別舉例敘述之。

（一）思夫遊宦未歸的情愁

1. 楊容華

華陰人，楊炯之姪女，思夫遊宦而作新妝詩，描述日日對鏡自憐而苦候無人的景象。詩見例一。

2. 張氏

袁州人，評事彭伉妻，貞元年間彭伉登第，辟江西幕，久而不歸，張氏思夫心切，乃作詩寄夫，以表相思及盼夫早歸之意。詩見例二。

3. 侯氏

為邊將張揆妻，夫戍守邊關十餘年未歸，侯氏乃作迴文詩繡成龜形，呈諸皇帝，武宗覽詩果敕揆還鄉，並賜侯氏絹三百疋。詩作敘述其苦等丈夫的心境，並表明陳情的心意。詩見例三。

4. 柳氏

為李生姬妾，後贈予韓翃，韓翃為淄青侯希逸所辟，柳留都下。遭亂，寄決靈寺為尼，為番將沙吒利所劫，虞侯許俊以計取之，後歸於翃。有詩寄夫表思君經年而難償夙願。詩見例四。

5. 趙氏

洹水人，杜羔妻，杜羔科考不第，趙氏雖思夫，但盼夫成就之心仍切，因而有「良人的的有奇才，何事年年被放回；如今妾面羞君面，君若來時近夜來。」（註七）夫下第詩，勸夫求得功名，以光耀門楣。之後杜羔得中，遊宦外地久而不歸，趙氏寄詩以表思念之情。詩見例五、六。

6. 魏氏

魏求己之妹，有贈外詩一首，寫夫遊宦不歸而思念之情。詩中言婦人嬰疾病榻中，不克與君同遊，卻仍心念在外之夫，而丈夫則是喜新厭舊，不復思故人，詩作與漢徐淑答夫詩之情有共通之處，只是魏氏之夫薄倖而秦嘉多情的不同而已。詩見例七。

（例一）新妝詩　楊容華

啼鳥驚眠罷，房櫳乘曉開；鳳釵金作縷，鸞鏡玉為臺；妝似臨池出，人疑向月來；自憐終不見，欲去復裴回。

（全唐詩，卷七九九，頁八九八二。）

（例二）寄夫　張氏

久無音信到羅幃，路遠迢迢遣問誰；聞君折得東堂桂，折罷那能不暫歸。驛使今朝過五湖，殷勤為我報狂夫；從來誇有龍泉劍，試割相思得斷無。

（全唐詩，卷七九九，頁八九八九。）

（例三）繡龜形詩　侯氏

睽離已是十秋強，對鏡那堪重理妝；聞雁幾迴修尺素，見霜先為製衣裳；開箱疊練先垂淚，拂杵調砧更斷腸；繡作龜形獻天子，願教征客早還鄉。

（全唐詩，卷七九九，頁八九九二。）

（例四）答韓翃　柳氏

楊柳枝，芳菲節，可恨年年贈離別；一葉隨風忽報秋，縱使君來豈堪折。

（全唐詩卷八〇〇，頁八九九八。）

（例五）雜言寄杜羔　趙氏

君從淮海遊，再過蘭杜秋；歸來未須臾，又欲向梁州；梁州秦嶺西，棧道與雲齊；羌蠻萬餘落，矛戟自高低；已念寡儔侶，復慮勞攀躋；丈夫重志氣，兒女空悲啼；臨邛滯遊地，肯顧濁水泥；人生賦命有厚薄，君但遨遊我寂寞。

（全唐詩，卷七九九，頁八九八八。）

（例六）雜言　趙氏

上林園中青青桂，折得一枝好夫壻；杏花如雪柳垂絲，春風蕩颺不同枝。

（全唐詩，卷七九九，頁八九八八。）

（例七）贈外　魏氏

浮萍依綠水，弱蔦寄青松；與君結大義，移天得所從；翰林無雙鳥，劍水不分龍；諧和類琴瑟，堅固同膠漆；義重恩欲深，夷險貴如一；本自身不令，積多嬰痛疾；朝夕倦牀枕，形體恥巾櫛；遊子倦風塵，從官初解巾；束裝赴南郢，脂駕出西秦；比翼終難遂，銜雌苦未因；徒悲楓岸遠，空對柳園春；男兒不重舊，丈夫多好新；新人喜新聘，朝朝臨粉鏡；兩鴛固無比，雙蛾誰與競；詎憐愁思人，銜啼嗟薄命；蕣華不足恃，松枝有餘勁；所願好九思，勿令虧百行。

（全唐詩，卷七九九，頁八九八二。）

（二）閨中寂寞愁緒的排遣

1. 孫氏

樂昌人，為進士孟昌期之妻，每代夫為文，一日忽覺才思非婦人事，於是自焚詩集。有詩三首分別以物而抒解閨中寂寞，聞琴詩，藉琴聲的淒厲來表現閨中惆悵。詩見例一。白蠟燭詩，藉蠟燭影曳搖動而抒發孤夜的清寂。詩見例二。謝人送酒詩，以酒之作用，解愁復添愁而自比。詩見例三。

2.王霞卿

藍田人，會稽宰韓嵩之妾。韓嵩死後，王霞卿流落會稽，曾題詩唐安寺，風光雖旖旎嬌媚，但愁緒卻仍存，只願美景令人暫忘煩憂。詩見例四。後有進士鄭殷彝和詩求謁，霞卿答詩拒之。

3.程洛賓

長水人，京兆參軍李華侍兒，安史亂後，流離失所，李華後為江州牧，登庾樓，見其於舟中鼓胡琴，問之已為岳陽王氏之侍女，終將之贖歸。有詩一首，表多年思念只能藉詩樂聊以排遣。詩見例五。

4.黃崇嘏

臨邛人，因事下獄，獻詩予蜀相周庠，庠薦而為司戶參軍。處事精敏，庠甚愛其才，欲妻以女，黃崇嘏作詩辭婚，庠得之大驚，方才知為女參軍也。詩見例六、七。黃崇嘏在閨中的寂寞和欲與男子一較長短的心，在辭蜀相詩中，非常清楚表白想成為男兒的願望，若是做女人好，為何她要千方百計以男裝示人，到宰相府做事，和戲劇中三笑姻緣，敘述唐伯虎為求佳人而委身相府為僮一事，兩件事雖目的不同，但同為喬裝入相府謀職。又如東晉梁山伯與祝英台同窗三載，義結金蘭一事，祝英台也為了求學而女扮男裝，滿足心願。祝英台與黃崇嘏雖為不同年代的女子，然而想要衝出樊籠自由飛翔的心是完全相同的。可見得男兒要想海闊天空、從心所欲，只要他願意，都有機會獲得，而女子若想展露長才，則只能以變通方法一償宿願了。

5.蔣氏

為吳越時湖州司法參軍陸濛之妻，性嗜酒，善屬文。姊妹勸其節飲加餐，蔣氏答之，以表飲酒實因閨中寂寞而藉以排遣煩悶之用，其心可憫。詩見例八。

6. 薛瑤

東明國人，左武衛將軍承沖之女，十五歲時削髮為尼，六年後思凡而還俗，嫁郭元振為妾。有返俗謠一首表閨中寂寞，見芳草綠而思青春短，故而愁緒油然生起。詩見例九。

7. 張立本女

草場官張立本之女，少未讀書，忽自吟詩，由父記錄。詩中說出閨中寂寞，夜晚獨步於家園中，自娛自唱以聊愁緒。詩見例十。

8. 趙氏

南海人，房千里初及第，遊嶺徼，舉人韋滂自南海攜趙氏來，擬為房千里之妾，而房倦於遊，未得與趙成婚，及後遣人訪之，趙已從韋滂為妾。趙氏有寄情詩一首，以表本欲付託房生然姻緣未至，而後方才隨韋生而去，女子的青春短暫實不容長久的等待，道出閨中的寂寥和對婚姻的期盼。詩見例十一。

9. 薛濤

薛濤字洪度，本長安良家女，隨父遊宦而遷徙至四川，薛濤八、九歲即能解詩歌，一日，父指井旁梧桐樹曰：「庭除一古桐，聳幹入雲中。」命薛濤對下聯句，薛濤乃曰：「枝迎南北鳥，葉送往來風。」父憂愁而思女未來命運頗有桃花之兆。薛濤十五歲時父已卒，有詩名在外，與士子相交又能玲瓏應對，四川府吏韋臯賢其文采，於是召令薛濤侍酒賦詩，而欲封其為校書郎，為薛濤所止，但此名稱乃不脛而走，傳為美談。其間曾和薛濤唱和的文人才子們有元稹、白居易、牛僧孺、令狐楚、裴度、嚴綬、張籍、杜牧、劉禹錫、張祜等名家，可見薛濤的才情實不亞於一般文士。薛濤居住在浣花溪，能造松花紙及深紅小彩箋，有名於當時，晚年居住在碧雞坊，建吟詩樓，在此安享晚年，卒年七十二。段文昌曾為作墓誌銘，有洪度集一卷（註八）。薛濤詩情洋溢多言情小品，以七絕、五絕較佳。其中春望詞四首藉景抒情都是情境清妙、奪人哀憐的文字。詩見例十二。

其第一首將花開花落時比喻成相思情愁的喜與悲，又將思念時的孤寂訴說為花開不同賞、花落不同悲。第二首手結同心草贈與知音人，春愁與春鳥相對更是充滿了哀吟悲鳴的低訴。第三首哀傷青春易逝、韶光易老，未能結同心人，只有空結同心草一慰寂寥。第四首眼見秋去春來，日月如梭，賞花不能見花美，見花繁多卻有如相思之雜亂紛紛。在春意盎然的早晨，竟只能暗自對鏡雙淚流，末句以擬人法對不解事的春風發出無解之問。這四首五絕因景抒情託物喻意，將春情的湧現，襯托出對芳華易逝猶不得與君相見的恐懼。

另因景而自傷身世之詩尚有〈謁巫山廟〉、〈牡丹〉兩首七律及七絕十首。詩見例十三至二十三。

（例一）聞琴　孫氏

玉指朱弦軋復清，湘妃愁怨最難聽；初疑颯颯涼風勁，又似蕭蕭暮雨零；近比流泉來碧嶂，遠如玄鶴下青冥；夜深彈罷堪惆悵，露溼叢蘭月滿庭。

（全唐詩，卷七九九，頁八九九一。）

（例二）白蠟燭詩　孫氏

景勝銀釭香比蘭，一條白玉偪人寒；他時紫禁春風夜，醉草天書仔細看。

（全唐詩，卷七九九，頁八九九一。）

（例三）謝人送酒　孫氏

謝將清酒寄愁人，澄澈甘香氣味真；好是綠窗風月夜，一杯搖蕩滿懷春。

（全唐詩，卷七九九，頁八九九二。）

（例四）題唐安寺閣壁　王霞卿

春來引步暫尋遊，愁見風光倚寺樓；正好開懷對煙月，雙眉不覺自如鉤。

（全唐詩，卷七九九，頁八九九三。）

（例五）歸李江州後寄別王氏　程洛賓

魚雁回時寫報音，難憑剉蘗數年心；雖然情斷沙吒後，爭奈平生怨恨深。

（全唐詩，卷七九九，頁八九九八。）

（例六）下獄貢詩　黃崇嘏

偶辭幽隱在臨邛，行止堅貞比澗松；何事政清如水鏡，絆他野鶴在深籠。

（全唐詩，卷七九九，頁八九九五。）

（例七）辭蜀相妻女詩　黃崇嘏

一辭拾翠碧江湄，貧守蓬茅但賦詩；自服藍衫居郡掾，永拋鸞鏡畫蛾眉；立身卓爾青松操，挺志鏗然白璧姿；幕府若容為坦腹，願天速變作男兒。

（全唐詩，卷七九九，頁八九九五。）

（例八）答諸姊妹戒飲　蔣氏

平生偏好酒，勞爾勸吾餐；但得杯中滿，時光度不難。

（全唐詩，卷七九九，頁八九九五。）

（例九）謠　薛瑤

化雲心兮思淑貞，洞寂滅兮不見人；瑤草芳兮思芬蒀，將奈何兮青春。

（全唐詩，卷七九九，頁八九九三。）

（例十）詩　張立本女

危冠廣袖楚宮妝，獨步閒庭逐夜涼；自把玉簪敲砌竹，清歌一曲月如霜。

（全唐詩，卷七九九，頁八九九二。）

（例十一）寄情　趙氏

春風白馬紫絲韁，正值蠶娘未採桑；五夜有心隨暮雨，百年無節抱秋霜；重尋繡帶朱藤合，卻忍羅裙碧蒀長；為報西遊減離恨，阮郎纔去嫁劉郎。

（全唐詩，卷八〇〇，頁九〇〇五。）

（例十二）春望詞四首　薛濤

花開不同賞，花落不同悲；欲問相思處，花開花落時；

攬草結同心，將以遺知音；春愁正斷絕，春鳥復哀吟；

風花日將老，佳期猶渺渺；不結同心人，空結同心草；
那堪花滿枝，翻作兩相思；玉筯垂朝鏡，春風知不知。
（全唐詩，卷八〇三，頁九〇三五。）

（例十三）謁巫山廟　薛濤

亂猿啼處訪高唐，路入煙霞草木香；山色未能忘宋玉，水聲猶是哭襄王；朝朝夜夜陽臺下，為雨為雲楚國亡；惆悵廟前多少柳，春來空鬬畫眉長。
（全唐詩，卷八〇三，頁九〇三七。）

（例十四）牡丹　薛濤

去春零落暮春時，淚溼紅箋怨別離；常恐便同巫峽散，因何重有武陵期；傳情每向馨香得，不語還應彼此知；只欲欄邊安枕席，夜深閒共說相思。
（全唐詩，卷八〇三，頁九〇三七。）

（例十五）聽僧吹蘆管　薛濤

曉蟬嗚咽暮鶯愁，言語殷勤十指頭；罷閱梵書聊一弄，散隨金磬泥清秋。
（全唐詩，卷八〇三，頁九〇三七。）

（例十六）送姚員外　薛濤

萬條江柳早秋枝，裊地翻風色未衰；欲折爾來將贈別，莫教煙月兩鄉悲。

（例十七）九日遇雨二首　薛濤

萬里驚飆朔氣深，江城蕭索晝陰陰；誰憐不得登山去，可惜寒芳色似金；
茱萸秋節佳期阻，金菊寒花滿院香；神女欲來知有意，先令雲雨暗池塘。

（全唐詩，卷八〇三，頁九〇三八。）

（例十八）江亭餞別　薛濤

綠沼紅泥物象幽，范汪兼倅李並州；離亭急管四更後，不見公車心獨愁。

（全唐詩，卷八〇三，頁九〇四〇。）

（例十九）寄張元夫　薛濤

前溪獨立後溪行，鷺識朱衣自不驚；借問人間愁寂意，伯牙弦絕已無聲。

（全唐詩，卷八〇三，頁九〇四一。）

（例二十）贈遠二首　薛濤

芙蓉新落蜀山秋，錦字開緘到是愁；閨閣不知戎馬事，月高還上望夫樓。
擾弱新蒲葉又齊，春深花落塞前溪；知君未轉秦關騎，月照千門掩袖啼。

（全唐詩，卷八〇三，頁九〇四二。）

（例二十一）秋泉　薛濤

冷色初澄一帶煙，幽聲遙瀉十絲弦；長來枕上牽情思，不使愁人半夜眠。

（全唐詩，卷八〇三，頁九〇四三。）

（例二十二）柳絮　薛濤

二月楊花輕復微，春風搖蕩惹人衣；他家本是無情物，一任南飛又北飛。

（全唐詩，卷八〇三，頁九〇四三。）

（例二十三）鄉思　薛濤

峨嵋山下水如油，憐我心同不繫舟；何日片帆離錦浦，櫂聲齊唱發中流。

（全唐詩，卷八〇三，頁九〇三九。）

（三）閨中苦寂與人賦詩贈答

1. 李節度姬

李節度有寵姬，在元宵夜時，以紅綃帕裹詩擲於路，約得之者，來年此夕會於相藍後門，宦子張生得之，如期而往，姬與生偕逃於吳。有〈書紅綃帕〉及〈會張生述懷〉二詩，見例一、二。詩中說明閨中寂寥，而不羨身邊已有的富貴，只盼尋得良人廝守一生。在唐代宮廷有諸多宮人或藉縫戰袍、織征衣、花葉、梧桐葉來傳遞情詩而得良緣。在官宦亦有諸如李節度姬的以紅綃帕與人賦詩寄情之事，可見得女子在情無所託時，也隨著時代的開放而尋求出路，由此可見一斑。

2. 步非煙

為河南功曹武公業妾，鄰生趙象以詩誘之，非煙答之，趙象因而踰垣相從，事機敗露，為夫鞭笞而死。有詩四首，表明傷春之情和與情郎相思難相見的愁別，可看出女子生活的狹窄，因此只能在情緒上愁思不得解，跳不開原有的樊籠。詩見例三、四、五、六。

3. 崔鶯鶯

貞元中，隨母鄭氏寓居蒲東佛寺，有張生與之賦詩贈答，情好甚暱，有答情郎詩三首。詩見例七、八、九。

4. 薛濤

有因人而自傷之詩，見例十至二十三。其中十離詩，因怒激元微之而作十離詩以獻，後友情復合，實詩作因人而自傷的感人至深使然。

（例一）書紅綃帕　李節度姬

囊裹真香誰見竊，鮫綃滴淚染成紅；殷勤遺下輕綃意，好與情郎懷袖中；金珠富貴吾家事，常渴佳期乃寂寥；偶用志誠求雅合，良媒未必勝紅綃。

（全唐詩，卷八〇〇，頁九〇〇五。）

（例二）會張生述懷　李節度姬

門前畫戟尋常設，堂上犀簪取次看；最是惱人情緒處，鳳皇樓上月華寒。

（全唐詩，卷八〇〇，頁九〇〇六。）

（例三）答趙子　步非煙

綠慘雙蛾不自持，只緣幽恨在新詩；郎心應似琴心怨，脈脈春情更泥誰。

（全唐詩，卷八〇〇，頁九〇〇二。）

（例四）又答趙象獨坐　步非煙

無力嚴妝倚繡櫳，暗題蟬錦思難窮；近來嬴得傷春病，柳弱花攲怯曉風。

（全唐詩，卷八〇〇，頁九〇〇二。）

（例五）寄懷　步非煙

畫簷春燕須同宿，蘭浦雙鴛肯獨飛；長恨桃源諸女伴，等閒花裏送郎歸。

（全唐詩，卷八〇〇，頁九〇〇二。）

（例六）答趙象　步非煙

相思只恨難相見，相見還愁卻別君；願得化為松上鶴，一雙飛去入行雲。

（全唐詩，卷八〇〇，頁九〇〇二。）

（例七）答張生　崔鶯鶯

待月西廂下，迎風戶半開；拂牆花影動，疑是玉人來。

（全唐詩，卷八〇〇，頁九〇〇一。）

（例八）寄詩　崔鶯鶯

自從銷瘦減容光，萬轉千迴懶下床；不為傍人羞不起，為郎憔悴卻羞郎。

（全唐詩，卷八〇〇，頁九〇〇二。）

（例九）告絕詩　崔鶯鶯

棄置今何道，當時且自親；還將舊來意，憐取眼前人。

（全唐詩，卷八〇〇，頁九〇〇二。）

（例十）別李郎中　薛濤

花落梧桐鳳別凰，想登秦嶺更淒涼；安仁縱有詩將賦，一半音詞雜悼亡。

（全唐詩，卷八〇三，頁九〇三八。）

（例十一）段相國遊武擔寺病不能從題寄　薛濤

消瘦翻堪見令公，落花無那恨東風；儂心猶道青春在，羞看飛蓬石鏡中。

（全唐詩，卷八〇三，頁九〇四三。）

（例十二）犬離主　薛濤

馴擾朱門四五年，毛香足淨主人憐；無端咬著親情客，不得紅絲毯上眠。

（全唐詩，卷八〇三，頁九〇四三。）

（例十三）筆離手　薛濤

越管宣毫始稱情，紅箋紙上撒花瓊；都緣用久鋒頭盡，不得羲之手裡擎。

（全唐詩，卷八〇三，頁九〇四四。）

（例十四）馬離廄　薛濤

雪耳紅毛淺碧蹄，追風曾到日東西；為驚玉貌郎君墜，不得華軒更一嘶。

（全唐詩，卷八〇三，頁九〇四四。）

（例十五）鸚鵡離籠　薛濤

隴西獨自一孤身，飛去飛來上錦茵；都緣出語無方便，不得籠中再喚人。

（全唐詩，卷八〇三，頁九〇四四。）

（例十六）燕離巢　薛濤

出入朱門未忍抛，主人常愛語交交；銜泥穢污珊瑚枕，不得梁間更壘巢。

（全唐詩，卷八〇三，頁九〇四四。）

（例十七）珠離掌　薛濤

皎潔圓明內外通，清光似照水晶宮；只緣一點玷相穢，不得終宵在掌中。

（全唐詩，卷八〇三，頁九〇四四。）

（例十八）魚離池　薛濤

跳躍深池四五秋，常搖朱尾弄綸鉤；無端擺斷芙蓉朵，不得清波更一遊。

（全唐詩，卷八〇三，頁九〇四四。）

（例十九）鷹離鞲　薛濤

爪利如鋒眼似鈴，平原捉兔稱高情；無端竄向青雲外，不得君王臂上擎。

（全唐詩，卷八〇三，頁九〇四四。）

（例二十）竹離亭　薛濤

蓊鬱新栽四五行，常將勁節負秋霜；為緣春筍鑽牆破，不得垂陰覆玉堂。

（全唐詩，卷八〇三，頁九〇四四。）

（例二十一）鏡離臺　薛濤

鑄瀉黃金鏡始開，初生三五月裴回；為遭無限塵蒙蔽，不得華堂上玉臺。

（全唐詩，卷八〇三，頁九〇四四。）

（例二十二）酬杜舍人　薛濤

雙魚底事到儂家，撲手新詩片片霞；唱到白蘋洲畔曲，芙蓉空老蜀江花。

（全唐詩，卷八〇三，頁九〇四五。）

（例二十三）寄舊詩與元微之　薛濤

詩篇調態人皆有，細膩風光我獨知；月下詠花憐暗澹，雨朝題柳為敧垂；長教碧玉藏深處，總向紅牋寫自隨；老大不能收拾得，與君開似教男兒。

（全唐詩，卷八〇三，頁九〇四六。）

三、平民婦女的閨怨詩

平民婦女的閨怨詩可分成思念丈夫的閨怨和思念情郎的閨怨二種。以下分別敘述。

（一）思念丈夫的閨怨

1. 趙氏

寇坦母，有古興詩三首，對丈夫的閨思日久成愁怨，「君子去不還，遙心欲何託。」表現出獨守家門的無奈。對夫妻久別，青春早逝也發出慨嘆：「良人猶不歸，芳菲豈常有，不惜芳菲歇，但傷別離久。」、「所嗟遊宦子，少小荷天祿，前程未云至，悽愴對車僕。」詩見例一。

2.陳玉蘭

吳人王駕妻，有寄夫詩一首，夫在外地，妻心繫其安危，書信傳情，字字皆是相思淚所寫成，有七絕一首。詩見例二。

3.薛媛

濠梁人，南楚材之妻。南楚材遊陳，受潁牧眷顧，欲以女妻之，楚材許諾，因託言不返家，薛媛善畫又妙善屬文，微得其情，於是對鏡作自畫像並為詩寄之，楚材大慚，遂歸而與之偕老，鄰里傳為美談。這是唐代婦女為自己的婚姻而奮鬥成功的案例。她的寫真寄夫詩「淚眼描將易，愁腸寫出難。恐君渾忘卻，時展畫圖看。」幾句讀來最為感人，這也是古代婦女，在無計可施的情形下以柔克剛的辦法。詩見例三。

4.慎氏

為毘陵儒家之女，嫁蘄春嚴灌夫為妻，因久而無子，竟遭休妻命運，慎氏以退為進作詩相別，終於感動丈夫使之回心轉意。詩見例四。

5.周仲美

成都人，嫁李氏，隨夫宦遊金陵，後其夫棄官又棄妻，仲美返家途中作詩思夫敘懷。詩中「三載無朝昏，孤幃淚如洗，婦人義從夫，一節誓生死。」感人至深，反映古代婦女被棄、被休後的生活常是生死之間的抉擇。詩見例五。

6. 郭紹蘭

長安人，巨商任宗之妻，其夫居外數年不歸，紹蘭作詩託燕寄夫，任宗見詩感泣而歸。詩見例六。

7. 程長文

鄱陽人，有思夫詩，寫時光飛逝和對丈夫求取功名十年未歸的思念。詩見例七。

8. 晁采

小字試鶯，唐大歷時人，年少時與鄰生文茂相許約定終生，年長時，文茂時常寄詩和晁采互通款曲，晁采母於是順遂其心志而許嫁文茂。晁采生平事蹟多不可考，有春日送夫之長安詩，明示思念丈夫日復一日、年復一年的心情，眼睜睜看著夕陽西下，送君終須一別，美景當前，離別在即，怎不叫人心愁。又有子夜歌十八首，敘述日夜的思念情，筆意傳神。詩見例八、九、十、十一、十二。

由〈子夜歌〉題名可知女子在午夜時分，因思念而徹夜不眠，故而有將心境轉化為文辭的詩作。其寫作與漢代民歌有同功之妙，如使用稱呼字「儂」，有使用同音異字的雙關語如「絲」「思」、「匹」「配」、「蓮」「憐」、「連」「憐」、「晴」「情」、「藕」「偶」等，有疊詞使用如「夜夜」、「啞啞」、「離離」、「字字」等，有使用大膽的文字如「先懷儂袖裡，然後約郎腰。」、「郎欲繫儂心，儂思著郎體。」，有巧用對句的如「儂既翦雲鬟，郎亦分絲髮。」、「儂贈綠絲衣，郎遺玉鈎子。」等。一連十八首字字心血，字字思念，用心良苦。

9.若耶溪女子

思夫之作并序文，實為一痴情女子李弄玉憶夫之作。詩見例十三。

10.關盼盼（註九）

為徐州妓，張建封納而為妾，張歿後獨居於彭城故燕子樓歷十餘年，思夫之情未滅，有〈燕子樓〉詩三首（見例十四），對與夫相處時的情景仍時有懷念，對已是形單影隻的自己更有無限的悲愁情意。白居易曾贈詩諷刺其守貞之節操，盼盼有和白詩一首（見例十五）表白思夫之堅貞不變志節。

（例一）古興　趙氏

鬱蒸夏將半，暑氣扇飛閣；驟雨滿空來，當軒卷羅幕；度雲開夕霽，宇宙何清廓；明月流素光，輕風換炎鑠；孤鸞傷對影，寶瑟悲別鶴；君子去不還，遙心欲何託。（之一）

金菊延清霜，玉壺多美酒；良人猶不歸，芳菲豈常有；不惜芳菲歇，但傷別離久；含情罷斟酌，凝怨對窗牖。（之二）

霽雪舒長野，寒雲半幽谷；嚴風振枯條，猿啼抱冰木；所嗟遊宦子，少小荷天祿；前程未云至，悽愴對車僕；歲寒成詠歌，日暮棲林樸；不憚行險道，空悲年運促。（之三）

（全唐詩，卷七九九，頁八九八四。）

（例二）寄夫　陳玉蘭

夫戍邊關妾在吳，西風吹妾妾憂夫；一行書信千行淚，寒到君邊衣到無。

（例三）寫真寄夫　薛媛

欲下丹青筆，先拈寶鏡寒；已經顏索寞，漸覺鬢凋殘；淚眼描將易，愁腸寫出難；恐君渾忘卻，時展畫圖看。

（全唐詩，卷七九九，頁八九九〇。）

（例四）感夫詩　慎氏

當時心事已相關，雨散雲飛一餉間；便是孤帆從此去，不堪重上望夫山。

（全唐詩，卷七九九，頁八九九一。）

（例五）書壁　周仲美

愛妾不愛子，為問此何理；棄官更棄妻，人情寧可已；永訣泗之濱，遺言空在耳；三載無朝昏，孤幃淚如洗；婦人義從夫，一節誓生死；江鄉感殘春，腸斷晚煙起；西望太華峯，不知幾千里。

（全唐詩，卷七九九，頁八九九三。）

（例六）寄夫　郭紹蘭

我婿去重湖，臨窗泣血書；殷勤憑燕翼，寄與薄情夫。

（全唐詩，卷七九九，頁八九九六。）

（全唐詩，卷七九九，頁八九八四。）

（例七）春閨怨　程長文

綺陌香飄柳如線，時光瞬息如流電；良人何處事功名，十載相思不相見。

（全唐詩，卷七九九，頁八九九七。）

（例八）寄文茂　晁采

花箋製葉寄郎邊，的的尋魚為妾傳；並蒂已看靈鵲報，倩郎早覓買花船。

（全唐詩，卷八〇〇，頁八九九九。）

（例九）秋日再寄　晁采

珍簟生涼夜漏餘，夢中恍惚覺來初；魂離不得空成病，面見無由浪寄書；窗外江村鐘響絕，枕邊梧葉雨聲疏；此時最是思君處，腸斷寒猿定不如。

（全唐詩，卷八〇〇，頁八九九九。）

（例十）春日送夫之長安　晁采

思君遠別妾心愁，踏翠江邊送畫舟；欲待相看遲此別，只憂紅日向西流。

（全唐詩，卷八〇〇，頁九〇〇〇。）

（例十一）雨中憶夫　晁采

窗前細雨日啾啾，妾在閨中獨自愁；何事玉郎久離別，忘憂總對豈忘憂；

春風送雨過窗東，忽憶良人在客中；安得妾身今似雨，也隨風去與郎同。

（例十二）子夜歌十八首　晁采

儂既剪雲鬟，郎亦分絲髮；覓向無人處，綰作同心結；
夜夜不成寐，擁被啼終夕；郎不信儂時，但看枕上跡；
何時得成匹，離恨不復牽；金針刺菡萏，夜夜得見蓮；
相逢逐涼候，黃花忽復香；顰眉臘月露，愁殺未成霜；
明窗弄玉指，指甲如水晶；翦之特寄郎，聊當攜手行；
寄語閨中娘，顏色不常好；含笑對棘實，歡娛須是棗；
良會終有時，勸郎莫得怒；薑蘖畏春蠶，要綿須辛苦；
醉夢幸逢郎，無奈烏啞啞；中山如有酒，敢借千金價；
信使無虛日，玉醞寄盈觥；一年一日雨，底事太多晴；
繡房擬會郎，四窗日離離；手自施屏障，恐有女伴窺；
相思百餘日，相見苦無期；褰裳摘藕花，要蓮敢恨池；
金盆盥素手，焚香誦普門；來生何所願，與郎為一身；
花池多芳水，玉杯挹贈郎；避人藏袖裏，溼卻素羅裳；
感郎金針贈，欲報物俱輕；一雙連素縷，與郎聊定情；
寒風響枯木，通夕不得臥；早起遣問郎，昨宵何以過；
得郎日嗣音，令人不可覩；熊膽磨作墨，書來字字苦；
輕巾手自製，顏色爛含桃；先懷儂袖裏，然後約郎腰；

（全唐詩，卷八〇〇，頁九〇〇〇。）

儂贈綠絲衣，郎遺玉鉤子；即欲繫儂心，儂思著郎體。

（全唐詩，卷八〇〇，頁九〇〇〇。）

（例十三）題三鄉詩　若耶溪女子

昔逐良人西入關，良人身歿妾空還；謝娘衛女不相待，為雨為雲歸此山。

（全唐詩，卷八〇一，頁九〇二〇。）

（例十四）燕子樓三首　關盼盼

樓上殘燈伴曉霜，獨眠人起合歡牀；相思一夜情多少，地角天涯不是長。（之一）

北邙松柏鎖愁煙，燕子樓中思悄然；自埋劍履歌塵散，紅袖香銷一十年。（之二）

適看鴻雁岳陽迴，又覩玄禽逼社來；瑤瑟玉簫無意緒，任從蛛網任從灰。（之三）

（全唐詩，卷八〇二，頁九〇二三。）

（例十五）和白公詩　關盼盼

自守空樓斂恨眉，形同春後牡丹枝；舍人不會人深意，訝道泉臺不去隨。

（全唐詩，卷八〇二，頁九〇二三。）

（二）思念情郎的閨怨

1. 姚月華

聰慧過人，少失母，隨父寓楊子江，見鄰舟書生楊達詩，屢相酬和，時見情詩。詩見例一、二、三、四。

2. 鮑家四弦

四弦為鮑生之妾，席間侍酒韋生，歌詩致意。詩見例五、六。

3. 楊萊兒

字蓬仙，利口敏妙，進士趙光遠一見溺之，後為豪家所得，有思君詩一首。詩見例七。

4. 孟氏

本壽春妓，後歸維揚萬貞為妻，萬貞商賈於外，孟氏春日獨遊家園，忽有美少年踰垣而入，賦詩贈答互通情意，隨即私會，一年後萬貞回，少年恐事發而逃去。有詩二首「獨遊家園」詩，寫閨中孤寂，只能對春花而淚雙流。〈答少年〉詩，寫與少年之輕率相識情形。詩見例八、九。

（例一）怨詩效徐淑體　姚月華

妾生兮不辰，盛年兮逢屯；寒暑兮心結，夙夜兮眉顰；循環兮不息，如彼兮車輪；車輪兮可歇，妾心兮焉伸；雜沓兮無緒，如彼兮絲棼；絲棼兮可理，妾心兮焉分；空閨兮岑寂，妝閣兮生塵；萱草兮徒樹，茲憂兮豈泯；幸逢兮君子，許結兮殷勤；分香兮翦髮，贈玉兮共珍；指天兮結誓，願為兮一身；所遭兮多舛，玉體兮難親；損餐兮減寢，帶緩兮羅裙；菱鑑兮慵啟，博鑪兮焉熏；整襪兮欲舉，塞路兮荊榛；逢人兮欲語，鞈匝兮頑嚚；煩冤兮憑胸，何時兮可論；願君兮見察，妾死兮何瞋。

（全唐詩，卷八〇〇，頁九〇〇四。）

（例二）有期不至　姚月華

銀燭清尊久延佇，出門入門天欲曙；月落星稀竟不來，煙柳朧朣鵲飛去。

（全唐詩，卷八〇〇，頁九〇〇四。）

（例三）怨詩寄楊達　姚月華

春水悠悠春草綠，對此思君淚相續；羞將離恨向東風，理盡秦箏不成曲；與君形影分吳越，玉枕經年對離別；登臺北望煙雨深，回身泣向寥天月。

（全唐詩，卷八〇〇，頁九〇〇四。）

（例四）楚妃怨　姚月華

梧桐葉下黃金井，橫架轆轤牽素綆；美人初起天未明，手拂銀瓶秋水冷。

（全唐詩，卷八〇〇，頁九〇〇四。）

（例五）送韋生酒　鮑家四弦

白露溼庭砌，皓月臨前軒；此時去留恨，含思獨無言。

（例六）送鮑生酒　鮑家四弦

風颭荷珠難暫圓，多情信有短姻緣；西樓今夜三更月，還照離人泣斷弦。

（全唐詩，卷八〇〇，頁九〇〇七。）

（例七）和趙光遠題壁　楊萊兒

長者車塵每到門，長卿非慕卓王孫；定知羽翼難隨鳳，卻喜波濤未化鯤；嬌別翠鈿黏去袂，醉歌金雀碎殘尊；多情多病年應促，早辦名香為返魂。

（全唐詩，卷八〇二，頁九〇二七。）

（例八）獨遊家園　孟氏

可惜春時節，依前獨自遊；無端兩行淚，長只對花流。

（全唐詩，卷八〇〇，頁九〇〇五。）

（例九）答少年　孟氏

誰家少年兒，心中暗自欺；不道終不可，可即恐郎知。

（全唐詩，卷八〇〇，頁九〇〇五。）

四、女冠的閨怨詩

唐代重道教，官宦名門之女，多願入道觀，潛心靜修，為國祈福，為家還願。女冠者，女道士也，為女子居觀院之道教徒，不與世人通婚，但可隨時還俗。其服飾異於民間女子，上下黃帔，故名之女冠，或女冠子。六朝稱為「女官」，唐代通稱為「女冠」，宋代則稱為「女道士」。女子入道本為屬靈清修養性之事，但後來卻演變為男子進入道觀中尋歡的場所，女冠成了娼優，而道場無疑也成了青樓妓院了。雖然道觀末流成了不清靜的場所，文人墨客也常涉足唱和，成就了當代許多女冠詩人的勃興，更為唐代詩人的創作園地開出了燦爛的花朵。李季蘭、魚玄機等人在當時都是蔚為文才女冠的先鋒，為時人所稱道，因此不以人廢言，雖然她們的行為引人議論，但作品的精美，卻是她們純靜心靈的寫照，這是值得重視的一項文學貢獻。在女冠的閨怨詩部份，其內容可分為因景而生愁怨、因人而生愁怨、因事而生愁怨等三類，以下分別敘述。

（一）因景而生愁怨

1. 李冶

字季蘭，吳興人（註十）。其父曾令咏薔薇，作詩曰：「經時未架卻，心緒亂縱橫。」父大怒以為日後必為失節婦人，後竟由女冠淪為娼優。（註十一）劉長卿等文人相與往還唱和詩作，高仲武曾云：「士有百行，女唯四德，季蘭則不然也。形氣既雄，詩意亦蕩，自鮑照以下罕有其倫，如遠水浮仙棹，寒星伴使車。五言之佳者也。」又常與山人陸羽（字鴻漸）、上人皎然，意甚相得。皎然嘗為詩笑之曰：「天女來相試，將花欲染衣。禪心竟不起，還捧舊花歸。」（註十二）可見其生活之浪漫。季蘭雖然生活放浪，然其詩才並未為所沒，反而因與風流人士相交，而詩譽漸著。天寶時，玄宗聞其詩才而召入宮中，然時已近遲暮，故留住宮中月餘，即返回故里。李治一生創作有詩集行世，但今已亡佚，僅存全唐詩十六首（註十二）。凡因景而抒怨者見詩例一至例八。由詩題便可見李季蘭與文人墨客間偶有詩文往還，可說在贈答與應景之作著墨許多的女作家。在相思怨詩中，（詩見例三）可以看出李冶作品感情的細膩和柔腸寸斷的哀怨之情。其中「人道海水深，不抵相思半，海水尚有涯，相思渺無畔。」和胡適的詩句「明知相思苦，也想不相思，幾番細思量，寧願相思苦」。對為情苦，為愛難，為了相思心傷殘的詮釋，兩人有古今對稱之妙。李冶詩句以海水的深沉、有涯，更強調相思的苦悶、無涯；以月華的圓滿和相思琴曲的美妙彈奏，映襯出獨上高樓的孤寂空虛和腸斷無由訴的痛楚，實為一首言情的佳作。

（例一）寄校書七兄　李冶

無事烏程縣，蹉跎歲月餘；不知芸閣吏，寂寞竟何如；遠水浮仙棹，寒星伴使車；因過大雷岸，莫忘八行書。

（全唐詩，卷八〇五，頁九〇五七。）

（例二）寄朱放　李冶

望水試登山，山高湖又闊；相思無曉夕，相望經年月；鬱鬱山木榮，綿綿野花發；別後無限情，相逢一時說。

（全唐詩，卷八〇五，頁九〇五七。）

（例三）相思怨　李治

人道海水深，不抵相思半；海水尚有涯，相思渺無畔；攜琴上高樓，樓虛月華滿；彈著相思曲，弦腸一時斷。

（全唐詩，卷八〇五，頁九〇五八。）

（例四）感興　李治

朝雲暮雨鎮相隨，去雁來人有返朝；玉枕祇知長下淚，銀燈空照不眠時；仰看明月翻含意，俯眄流波欲寄詞；卻憶初聞鳳樓曲，教人寂寞復相思。

（全唐詩，卷八〇五，頁九〇五八。）

（例五）得閻伯鈞書　李治

情來對鏡懶梳頭，暮雨蕭蕭庭樹秋；莫怪闌干垂玉　。只緣惆悵對銀鉤。

（全唐詩，卷八〇五，頁九〇五九。）

（例六）偶居　李治

心遠浮雲知不還，心雲併在有無間；狂風何事相搖蕩，吹向南山復北山。

（全唐詩，卷八〇五，頁九〇五九。）

（例七）明月夜留別　李治

離人無語月無聲，明月有光人有情；別後相思人似月，雲間水上到層城。

（例八）春閨怨　李冶

百尺井欄上，數株桃已紅；念君遼海北，拋妾宋家東。

（全唐詩，卷八〇五，頁九〇五九。）

（全唐詩，卷八〇五，頁九〇五九。）

2.魚玄機

字幼微，一字蕙蘭，長安里家女，少喜讀書，有才思，善屬文，尤工詩。補闕李億納為妾，色衰愛弛之後，入咸宜觀為女道士，其後因笞殺女童綠翹一事，（註十四）為京兆溫璋所殺。其境遇堪憐，觀其生活縱情覓歡，故詩句亦多穠豔放誕。當時與士大夫及文人來往者如李子安，溫飛卿、李近仁、李郢等，皆過往甚密。魚玄機有詩集行世，今尚存五十首詩。其詩多傷時感懷之作，其中寓言一詩對偶極為巧妙工整，因景而生愁怨的詩作見詩例九至廿三。

（例九）賦得江邊柳　魚玄機

翠色連荒岸，煙姿入遠樓；影鋪秋水面，花落釣人頭；根老藏魚窟，枝低繫客舟；蕭蕭風雨夜，驚夢復添愁。

（全唐詩，卷八〇四，頁九〇四七。）

（例十）寄國香　魚玄機

旦夕醉吟身，相思又此春；雨中寄書使，窗下斷腸人；山捲珠簾看，愁隨芳草新；別來清宴上，幾度落梁塵。

（全唐詩，卷八〇四，頁九〇四七。）

（例十一）酬李學士寄簟　魚玄機

珍簟新鋪翡翠樓，泓澄玉水記方流；唯應雲扇情相似，同向銀床恨早秋。

（全唐詩，卷八〇四，頁九〇四八。）

（例十二）暮春有感寄友人　魚玄機

鶯語驚殘夢，輕妝改淚容；竹陰初月薄，江靜晚煙濃；溼觜銜泥燕，香鬚採蕊蜂；獨憐無限思，吟罷亞枝松。

（全唐詩，卷八〇四，頁九〇四九。）

（例十三）冬夜寄溫飛卿　魚玄機

苦思搜詩燈下吟，不眠長夜怕寒衾；滿庭木葉愁風起，透幌紗窗惜月沈；疏散未閑終遂願，盛衰空見本來心；幽棲莫定梧桐處，暮雀啾啾空繞林。

（全唐詩，卷八〇四，頁九〇四九。）

（例十四）愁思　魚玄機

落葉紛紛暮雨和，朱絲獨撫自清歌；放情休恨無心友，養性空拋苦海波；長者車音門外有，道家書卷枕前多；布衣終作雲霄客，綠水青山時一過。

（例十五）秋怨　魚玄機

自歎多情是足愁，況當風月滿庭秋；洞房偏與更聲近，夜夜燈前欲白頭。

（全唐詩，卷八〇四，頁九〇五一。）

（例十六）早秋　魚玄機

嫩菊含新彩，遠山閒夕煙；涼風驚綠樹，清韻入朱弦；思婦機中錦，征人塞外天；雁飛魚在水，書信若為傳。

（全唐詩，卷八〇四，頁九〇五二。）

（例十七）遣懷　魚玄機

閒散身無事，風光獨自遊；斷雲江上月，解纜海中舟；琴弄蕭梁寺，詩吟庾亮樓；叢篁堪作伴，片石好為儔；燕雀徒為貴，金銀志不求；滿杯春酒綠，對月夜窗幽；繞砌澄清沼，抽簪映細流；臥床書冊徧，半醉起梳頭。

（全唐詩，卷八〇四，頁九〇五二。）

（例十八）寄飛卿　魚玄機

階砌亂蛩鳴，庭柯煙露清；月中鄰樂響，樓上遠山明；珍簟涼風著，瑤琴寄恨生；嵇君懶書札，底物慰秋情。

（例十九）夏日山居　魚玄機

移得仙居此地來，花叢自徧不曾栽；庭前亞樹張衣桁，坐上新泉泛酒杯；軒檻暗傳深竹徑，綺羅長擁亂書堆；閒乘畫舫吟明月，信任輕風吹卻回。

（全唐詩，卷八〇四，頁九〇五三。）

（例廿）暮春即事　魚玄機

深巷窮門少侶儔，阮郎唯有夢中留；香飄羅綺誰家席，風送歌聲何處樓；街近鼓鼙喧曉睡，庭閒鵲語亂春愁；安能追逐人間事，萬里身同不繫舟。

（全唐詩，卷八〇四，頁九〇五三。）

（例廿一）和人　魚玄機

茫茫九陌無知己，暮去朝來典繡衣；寶匣鏡昏蟬鬢亂，博山爐暖麝煙微；多情公子春留句，少思文君畫掩扉；莫惜羊車頻列載，柳絲梅綻正芳菲。

（全唐詩，卷八〇四，頁九〇五三。）

（例廿二）折楊柳　魚玄機

朝朝送別泣花鈿，折盡春風楊柳煙；願得西山無樹木，免教人作淚懸懸。

（全唐詩，卷八〇四，頁九〇五六。）

（例廿三）寓言　魚玄機

紅桃處處春色，碧柳家家月明；
樓上新妝待夜，閨中獨坐含情；
芙蓉月下魚戲，螮蝀天邊雀聲；
人世悲歡一夢，如何得作雙成。

（全唐詩，卷八〇四，頁九〇五四頁。）

由寓言一詩盪漾的桃花春色，牽引出小家碧玉的閨中情，梳罷了新妝獨坐含情對孤月，夜長人靜，帶給人無限回憶和遐思，花前月下的儷影雙雙，只給人更多的悲涼感觸，尤其對於不幸的人而言，所有的歡情都只能引發她的苦痛，詩句末話峰轉入人生悲歡離合有如黃粱一夢，好夢成真、好事成雙，實在太難，所謂福無雙至，禍不單行，人生不如意者十常八九，能凡事順遂，福慧雙修，無疑是寄託了太多的心力，而又能蒙老天眷顧而得。魚玄機的詩作，仍有許多可觀之處，就意境上言，是較遜於李冶之作的。

（二）因人而生愁怨

因人而生愁怨一類為魚玄機之閨怨作品，主要是因夫婿李億之移情別戀而生之怨，因此詩作中呈現的全是苦情苦戀的悲涼心聲。詩見例一至例十一。

其寄子安及飛卿之詩，措辭婉麗，情意綿綿。在魚玄機詩集中，以寄子安之詩最多，除〈情書寄子安〉及〈春情寄子安〉二首外，尚有〈隔漢江寄子安〉、〈江陵愁望寄子安〉、〈寄子安〉等首，由其詩句中亦可了解她對李子安的情深義重。

〈贈鄰女〉中「易求無價寶，難得有心郎」，實是對愛情之企盼，有無限之感慨。雖然落淚斷腸，卻能毅然面對現實。「自能窺宋玉，何必恨王昌。」可見其個性之爽朗。「遊崇真觀南樓睹新及第題名處」，此詩明顯表露其內心之無奈，惟恨己身非男子，雖有詩才似海，亦無以應試，求取功名。

（例一）贈鄰女　魚玄機

羞日遮羅袖，愁春懶起妝；易求無價寶，難得有心郎；枕上潛垂淚，花間暗斷腸；自能窺宋玉，何必恨王昌。

（全唐詩，卷八〇四，頁九〇四七。）

（例二）情書寄李子安　魚玄機

飲冰食蘗志無功，晉水壺關在夢中；秦鏡欲分愁墮鵲，舜琴將弄怨飛鴻；井邊桐葉鳴秋雨，窗下銀燈暗曉風；書信茫茫何處問，持竿盡日碧江空。

（全唐詩，卷八〇四，頁九〇四八。）

（例三）閨怨　魚玄機

蘼蕪盈手泣斜暉，聞道鄰家夫婿歸；別日南鴻纔北去，今朝北雁又南飛；春來秋去相思在，秋去春來信息稀；扃閉朱門人不到，砧聲何事透羅幃。

（全唐詩，卷八〇四，頁九〇四九。）

（例四）春情寄子安　魚玄機

山路敧斜石磴危，不愁行苦苦相思；冰銷遠磵憐清韻，雪遠寒峰想玉姿；莫聽凡歌春病酒，休招閒客夜貪棋；如松匪石盟長在，比翼連襟會肯遲；雖恨獨行冬盡日，終期相見月圓時；別君何物堪持贈，淚落晴光一首詩。

（全唐詩，卷八〇四，頁九〇四九。）

（例五）次韻西鄰新居兼乞酒　魚玄機

一首詩來百度吟，新情字字又聲金；西看已有登垣意，遠望能無化石心；河漢期賒空極目，瀟湘夢斷罷調琴；況逢寒節添鄉思，叔夜佳醪莫獨斟。

（全唐詩，卷八〇四，頁九〇五〇。）

（例六）隔漢江寄子安　魚玄機

江南江北愁望，相思相憶空吟；鴛鴦暖臥沙浦，鸂鶒閒飛橘林；煙裏歌聲隱隱，渡頭月色沈沈；含情咫尺千里，況聽家家遠砧。

（全唐詩，卷八〇四，頁九〇五四。）

（例七）江陵愁望寄子安　魚玄機

楓葉千枝復萬枝，江橋掩映暮帆遲；憶君心似西江水，日夜東流無歇時。

（全唐詩，卷八〇四，頁九〇五四。）

（例八）寄子安　魚玄機

醉別千卮不浣愁，離腸百結解無由；蕙蘭銷歇歸春圃，楊柳東西絆客舟；聚散已悲雲不定，恩情須學水長流；有花時節知難遇，未肯厭厭醉玉樓。

（全唐詩，卷八〇四，頁九〇五四。）

（例九）送別　魚玄機

秦樓幾夜愜心期，不料仙郎有別離；睡覺莫言雲去處，殘燈一醆野蛾飛。

（全唐詩，卷八〇四，頁九〇五四。）

（例十）送別　魚玄機

水柔逐器知難定，雲出無心肯再歸；惆悵春風楚江暮，鴛鴦一隻失群飛。

（全唐詩，卷八〇四，頁九〇五五。）

（例十一）遊崇真觀南樓睹新及第題名處　魚玄機

雲峰滿目放春晴，歷歷銀鉤指下生；自恨羅衣掩詩句，舉頭空羨榜中名。

（全唐詩，卷八〇四，頁九〇五〇。）

（三）因事而生愁怨

因事而生怨的詩作有李冶、魚玄機、元淳三人。詩見例一至九。

（例一）湖上臥病喜陸鴻漸至　李冶

昔去繁霜月，今來苦霧時；相逢仍臥病，欲語淚先垂；強勸陶家酒，還吟謝客詩；偶然成一醉，此外更何之。

（全唐詩，卷八〇四，頁九〇五七。）

（例二）道意寄崔侍郎　李冶

莫漫戀浮名，應須薄宦情；百年齊旦暮，前事盡虛盈；愁鬢行看白，童顏學未成；無過天竺國，依止古先生。

（全唐詩，卷八〇五，頁九〇五八。）

（例三）和新及第悼亡詩二首　魚玄機

仙籍人間不久留，片時已過十經秋；鴛鴦帳下香猶暖，鸚鵡籠中語未休；朝露綴花如臉恨，晚風敧柳似眉愁；彩雲一去無消息，潘岳多情欲白頭。

一枝月桂和煙秀，萬樹江桃帶雨紅；且醉尊前休悵望，古來悲樂與今同。

（全唐詩，卷八〇四，頁九〇五〇。）

（例四）聞李端公垂釣回寄贈　魚玄機

無限荷香染暑衣，阮郎何處弄船歸；自慚不及鴛鴦侶，猶得雙雙近釣磯。

（全唐詩，卷八〇四，頁九〇五一。）

（例五）感懷寄人　魚玄機

恨寄朱弦上，含情意不任；早知雲雨會，未起蕙蘭心；灼灼桃兼李，無妨國士尋；蒼蒼松與桂，仍羨世人欽。月色苔階淨，歌聲竹院深；門前紅葉地，不掃待知音。

（全唐詩，卷八〇四，頁九〇五二。）

（例六）代人悼亡　魚玄機

曾睹夭桃想玉姿，帶風楊柳認蛾眉；珠歸龍窟知誰見，鏡在鸞臺話向誰；從此夢悲煙雨夜，不堪吟苦寂寥時；西山日落東山月，恨想無因有了期。

（全唐詩，卷八〇四，頁九〇五三。）

（例七）賣殘牡丹　魚玄機

臨風興歎落花頻，芳意潛消又一春；應為價高人不問，卻緣香甚蝶難親；紅英只稱生宮裡，翠葉那堪染路塵；及至移根上林苑，王孫方恨買無因。

（全唐詩，卷八〇四，頁九〇四八。）

（例八）和友人次韻　魚玄機

何事能銷旅館愁，紅牋開處見銀鉤；蓬山雨灑千峰小，嶰谷風吹萬葉秋；字字朝看輕碧玉，篇篇夜誦在衾裯；欲將香匣收藏卻，且惜時吟在手頭。

（全唐詩，卷八〇四，頁九〇五〇。）

（例九）寄洛中諸姊　元淳

舊國經年別，關河萬里思；題詩憑雁翼，望月想蛾眉；白髮愁偏覺，歸心夢獨知；誰堪離亂處，掩淚向南枝。

（全唐詩，卷八〇五，頁九〇六〇。）

〈湖上臥病喜陸鴻漸至〉在詩題上明顯指出臥病之事，病中友人探望，一則以喜，一則更引發個人的新愁舊恨。以今昔對比寫出久病之抑鬱心情，「相逢仍臥病」的「仍」字，與下句「欲語淚先垂」形成緊密的連鎖關係。人名的對句使用「強勸陶家酒，還吟謝客詩。」以陶淵明、謝靈運等山水田園派詩人的以酒消憂助興之舉，自喻除以詩酒自娛而外，竟已不知何所有，深深的閨怨情愁表露無遺。

〈道意寄崔侍郎〉詩，抒發對世俗功名利祿的淡泊看法，能學赤子之心與大自然為友，則是長久以來的心願。

〈和新及第悼亡詩〉二首，對新及第之人的悼亡詩作，以景物依舊、人事全非的筆法，從整齊的對句發抒幽怨。

因事生怨之作，或與人贈答和寄之詩，或為人作悼亡之詩，以事起興而發抒個人內心的悵惘。

五、教坊婦女的閨怨詩

教坊婦女是指唐代教坊或青樓女子，過著送往迎來的賣笑生涯，其中不乏識字通詩文的女性，與之來往的人中有許多騷人墨客穿梭其間，與文人士子間的酬唱或自身的感懷都是最佳的寫作動機，有些教坊婦女在從良之後又與丈夫時有分離，於是造成她們的不滿。以下分思念丈夫之怨、自傷身世之嘆、因孤寂而與人賦詩寄情等三類，敘述教坊婦女的詩作內容。

（一）思念丈夫之怨

1. 劉采春

唐時教坊名妓多能為詩，劉采春為越中妓女，雖無生平的詳載，而在詩作的表現上，卻不能因其為青樓女子而抹滅既有的詩歌成就。她以直述、樸實、純真的心情，無隱地傳達出教坊婦女的無奈心境。第一首直述厭惡秦淮水與江上船的原因，實在是因為它載走了夫婿，使得思婦的離情年復一年地得不到平息、遠行的丈夫卻愈走愈遠。用語行文嬌嗲自然，意明而生動。第二首借園柳的枯槁形容婦人顏容憔悴，只怨自己久而無子而使得丈夫另生二心，用「自無枝葉分，莫怨太陽偏。」作比喻，是非常適切的。第三首以勸世人切莫嫁作商人婦，乃因商人重利輕別離，常置妻小於不顧，妻子只好以金釵飾品典當度日，在苦澀的日子裡，日日朝朝向渡口張望，卻常錯認出外行人，心中的悲切真是難過到了極點。第四首以頂真法強調桐廬這住著夫婿的地方，不但隔斷了夫妻情，也增添了離別意。第五首以對偶「昨日勝今日，今年老去年。」表現一日濃過一日的愁滋味，一年老過一年的年華，凸顯淒切悲涼的商婦情懷。思念丈夫的心，隨著時光的流逝，幻化為斑斑的白髮，「黃河清有日，白髮黑無緣。」無疑是婦人絕望心情的最佳寫照。第六首以直敘法說明如人飲水冷暖自知的道理，以牽船安渡口，風雨太大使得船纜繩斷，才知行船安家的不易。以此比喻女子思夫之心，只有經過風霜的洗鍊才知苦痛，所謂事非經過不知難，比喻巧妙予人深省的作用。

（例一）囉嗊曲六首　劉采春

不喜秦淮水，生憎江上船；載兒夫婿去，經歲又經年。（之一）

借問東園柳，枯來得幾年；自無枝葉分，莫怨太陽偏。（之二）
莫作商人婦，金釵當卜錢；朝朝江口望，錯認幾人船。（之三）
那年離別日，只道住桐廬；桐廬人不見，今得廣州書。（之四）
昨日勝今日，今年老去年；黃河清有日，白髮黑無緣。（之五）
昨日北風寒，牽船浦裏安；潮來打纜斷，搖櫓始知難。（之六）

（全唐詩，卷八〇二，頁九〇二四。）

（二）因孤寂而與人賦詩寄情

因孤寂而與人賦詩寄情者有紅綃妓，為追求自己幸福而甘冒社會輿論、道德價值的批判而背叛丈夫，是作風大膽的女子。

1. 紅綃妓，為大曆年間勳臣之家妓，勳臣有疾，崔生往視，勳臣令妓送出院，二人互視傳情。憶崔生詩寫閨中孤寂巧遇阮郎而賦詩傳情。

詩見例一。

（例一）**憶崔生**　**紅綃妓**

深洞鶯啼恨阮郎，偷來花下解珠璫；碧雲飄斷音書絕，空倚玉簫愁鳳凰。

（全唐詩，卷八〇〇，頁八九九九。）

（三）自傷身世之嘆

自傷身世之嘆分因景而自傷和因人而自傷兩類敘述。

1.因景而自傷身世

（1）武昌妓，因於席間賦詩續韋蟾句受蟾賞識而贈數十千納而為妾，詩句以景自傷身世飄零的遭遇。詩見例一。

（2）張窈窕，寓居於蜀，當時詩人雅相推重。有因景自傷之詩三首。詩見例二、三、四。

張窈窕因景而自傷身世之詩，寫作上每將「景」置於第一句，如「淡淡春風花落時」（〈寄故人〉）、「昨日賣衣裳，今日賣衣裳。」（〈上成都在事〉）、「門前梅柳爛春輝」（〈春思〉）等。因景而引發的愁怨與自身處境有密切關連，〈寄故人〉詩中，因春風花落之景，使作者不堪愁望，更惹起相思情，以有無對句、詩名對句，帶出對感情生活的空虛無奈，如陳皇后的失寵心情，在寂寞的日子裏，也只有空吟如班婕妤失寵的團扇詩，聊以度過充滿相思恨的歲月。

〈上成都在事〉詩，以賣衣裳之景，帶出經濟生活的拮据，亦因而引發身世飄零的感傷。寄故人與春思兩首，都可看出作者生活面的狹窄，每日只能愁對春景而望（〈寄故人〉）、在深閨中做女紅繡舞衣。自身的遭遇和生活面的狹小，在所見景色的觸動下，做了切身的宣洩。

（3）常浩，有〈寄遠〉一首，寫春日景經冬復歷春，而來往客人則一去不復返，道出妓女的傷痛。詩見例五。

（4）襄陽妓（註十五），因景訴怨，詩見例六。

〈送武補闕〉詩，首先點出弄珠灘上之景，再將別離之愁懷，寄託於酒樽之間，因景而抒發身世之嘆。

（例一）續韋蟾句　武昌妓

悲莫悲兮生別離，登山臨水送將歸；武昌無限新栽柳，不見楊花撲面飛。

（全唐詩，卷八〇二，頁九〇二五。）

（例二）寄故人　張窈窕

淡淡春風花落時，不堪愁望更相思；無金可買長門賦，有恨空吟團扇詩。

（全唐詩，卷八〇二，頁九〇二九。）

（例三）上成都在事　張窈窕

昨日賣衣裳，今日賣衣裳；衣裳渾賣盡，羞見嫁時箱；有賣愁仍緩，無時心轉傷；故園有虜隔，何處事蠶桑。

（全唐詩，卷八〇二，頁九〇二九。）

（例四）春思　張窈窕

門前梅柳爛春輝，閉妾深閨繡舞衣；雙燕不知腸欲斷，銜泥故故傍人飛。

（全唐詩，卷八〇二，頁九〇三〇。）

（例五）寄遠　常浩

年年二月時，十年期別期；春風不知信，軒蓋獨遲遲；今日無端捲珠箔，始見庭花復零落；人心一往不復歸，歲月來時未嘗錯；可憐熒熒玉鏡臺，塵飛冪冪幾時開；卻念容華非昔好，畫眉猶自待君來。

（全唐詩，卷八〇二，頁九〇二五。）

（例六）送武補闕　襄陽妓

弄珠灘上欲銷魂，獨把離懷寄酒尊；無限煙花不留意，忍教芳草怨王孫。

（全唐詩，卷八〇二，頁九〇二六。）

2.因人而自傷身世

（1）崔紫雲，本為李愿家妓，後贈予杜牧，因衷情主人而臨行賦詩自傷命運弄人（註十六）。詩見例一。

（2）太原妓，與客人歐陽詹出遊，別後相思不相見，乃手刃髮髻作詩寄詹，因思夫而減容光，但出身卑賤又令人卻步，乃以詩表心意，援筆而書，絕筆而逝，痴情感人（註十七）。詩見例二。

（3）張窈窕，有贈所思，因思念情人了無音訊，乃自傷遭遇。詩見例三。

（4）徐月英（註十八），江淮間妓，有敘懷、送人二首，因見他人美姻緣而自傷身世。詩見例四、五。

（5）王福娘，字宜之，解梁人，北里前曲妓（註十九），有問棨詩自傷身世。詩見例六。

（例一）臨行獻李尚書　崔紫雲

從來學製斐然詩，不料霜臺御史知；忽見便教隨命去，戀恩腸斷出門時。

（全唐詩，卷八〇〇，頁九〇〇三。）

（例二）寄歐陽詹　太原妓

自從別後減容光，半是思郎半恨郎；欲識舊來雲髻樣，為奴開取縷金箱。

（全唐詩，卷八〇二，頁九〇二四。）

（例三）贈所思　張窈窕

與君咫尺長離別，遣妾容華為誰說；夕望層城眼欲穿，曉臨明鏡腸堪絕。

（全唐詩，卷八〇二，頁九〇三〇。）

（例四）敘懷　徐月英

為失三從泣淚頻，此身何用處人倫；雖然日逐笙歌樂，長羨荊釵與布裙。

（全唐詩，卷八〇二，頁九〇三三。）

（例五）送人　徐月英

惆悵人間萬事違，兩人同去一人歸；生憎平望亭前水，忍照鴛鴦相背飛。

（全唐詩，卷八〇二，頁九〇三三。）

（例六）問棨　王福娘

日日悲傷未有圖，懶將心事話凡夫；非同覆水應收得，只問仙郎有意無。

（全唐詩，卷八〇二，頁九〇二六。）

六、身分不詳婦女的閨怨詩

身分不詳的婦女閨怨詩全數為相思之作。在隋代有蘇蟬翼、張碧蘭、羅愛愛、秦玉鸞等四人，在唐代則有郎大家宋氏、裴羽仙、梁瓊、劉雲、崔公遠、崔萱、張琰、崔仲容、劉媛、葛鴉兒、劉瑤、廉氏、田娥、長孫佐輔妻、京兆女子、誰氏女等十六人。以下分別依朝代列舉其詩作。

隋代

1.蘇蟬翼

因故人歸有感

郎去何太速，郎來何太遲；
欲借一樽酒，共敘十年悲。（註二十）

埋怨情郎的冷落，也表現出女子情繫太痴的心情，古代女子的生活完全以男性為重心，一朝盼得郎歸，只有滿心歡喜迎接，又怎忍埋怨，回想往日悠悠歲月，只有借酒傾吐心中長年的悲苦了。

2.張碧蘭

寄阮郎

郎如洛陽花，妾似武昌柳；
兩地惜春風，何時一攜手。（註二十一）

運用對比於一、二句，郎如對妾似，洛陽花對武昌柳，郎心寄官位，妾意如柳長，相隔兩地，再逢春日，不禁使作者因景而傷情，以疑問語氣提出何日再逢君的慨嘆。

3. 羅愛愛

閨思

幾當孤月夜，遙望七香車；
羅帶因腰緩，金釵逐鬢斜。（註二十二）

五言絕句的描述，充滿幽思閨情的落寞，不僅精神上的愁思無奈，身體上更是因傷情而消瘦，為愛而無心梳粧，每當清夜獨守時，在迷茫中亦好似盼得歸人，閨中幽思之情隱然可見。

4. 秦玉鸞

憶情人

蘭幕蟲聲切，椒庭月影斜；
可憐秦館女，不及洛陽花。（註二十三）

以一、二句蘭幕對椒庭的地方對、蟲聲切對月影斜的形容詞對、秦館女對洛陽花的人物比擬對，透露出女子憶念情人，又恐懼情人移情別戀而忐忑不安，在寂寂蟲聲的月夜，只有自己孤單一人，詩中感傷情人移情別戀，語短情長。

唐代

唐代婦女身分不詳者之作品可一覽其相思之筆意。詩見例一至廿八。

如「此時望君君不來，此時思君君不顧。」（例二）、「不見君形影，何曾有歡悅。」（例三）、「從此不歸成萬古，空留賤妾怨黃昏。」（例五）、「綠窗寂寞背燈時，暗數寒更不成寢。」（例十九）、「誰知獨夜相思處，淚滴寒塘蕙草時。」（例二十一）等，皆為思念情愁的表現。

（例一）採桑　郎大家宋氏

春來南雁歸，日去西蠶遠；妾思紛何極，客遊殊未返。

（全唐詩，卷八〇一，頁九〇〇八。）

（例二）宛轉歌　郎大家宋氏

風已清，月朗琴復鳴；掩抑非千態，殷勤是一聲；歌宛轉，宛轉和且長；願為雙鴻鵠，比翼共翱翔；日已暮，長簷鳥聲度；此時望君君不來，此時思君君不顧；歌宛轉，宛轉那能異棲宿；願為形與影，出入恆相逐。

（全唐詩，卷八〇一，頁九〇〇八。）

（例三）長相思　郎大家宋氏

長相思，久離別；關山阻，風煙絕；臺上鏡文銷，袖中書字滅；不見君形影，何曾有歡悅

（全唐詩，卷八〇一，頁九〇〇八。）

（例四）朝雲引　郎大家宋氏

巴西巫峽指巴東，朝雲觸石上朝空；巫山巫峽高何已，行雨行雲一時起；一時起，三春暮；若言來，且

就陽臺路。

（全唐詩，卷八〇一，頁九〇〇八。）

（例五）哭夫二首　裴羽仙

風卷平沙日欲曛，狼煙遙認犬羊群；李陵一戰無歸日，望斷胡天哭塞雲。

良人平昔逐蕃渾，力戰輕行出塞門；從此不歸成萬古，空留賤妾怨黃昏。

（全唐詩，卷八〇一，頁九〇一三。）

（例六）宿巫山寄遠人　梁瓊

巫山雲，巫山雨，朝雲暮雨無定所；南峰忽暗北峰晴，空裡仙人語笑聲；曾侍荊王枕席處，直至如今如有靈；春風澹澹白雲閒，驚湍流水響千山；一夜此中對明月，憶得此中與君別；感物情懷如舊時，君今渺渺在天涯；曉看襟上淚流處，點點血痕猶在衣。

（全唐詩，卷八〇一，頁九〇〇九。）

（例七）有所思　劉雲

朝亦有所思，暮亦有所思；登樓望君處，藹藹蕭關道；掩淚向浮雲，誰知妾懷抱；玉井蒼苔春院深，桐花落盡無人掃。

（全唐詩，卷八〇一，頁九〇一〇。）

（例八）婕妤怨　劉雲

君恩不可見，妾豈如秋扇；秋扇尚有時，妾身永微賤；莫言朝花不復落，嬌容幾奪昭陽殿。

（全唐詩，卷八〇一，頁九〇一〇。）

（例九）獨夜詞　崔公遠

晴天霜落寒風急，錦帳羅幃羞更入；秦箏不復續斷弦，回身掩淚挑燈立。

（全唐詩，卷八〇一，頁九〇一二。）

（例十）古意　崔萱

灼灼葉中花，夏萎春又芳；明明天上月，蟾缺圓復光；未如君子情，朝違夕已忘；玉帳枕猶暖，紈扇思何長；願因西南風，吹上玳瑁床；嬌眠錦衾裡，展轉雙鴛鴦。

（全唐詩，卷八〇一，頁九〇一〇。）

（例十一）敘別　崔萱

碧池漾漾春水綠，中有佳禽暮棲宿；願持此意永相貽，祇慮君情中反覆。

（全唐詩，卷八〇一，頁九〇一〇。）

（例十二）春詞二首　張琰

垂柳鳴黃鸝，關關若求友；春情不可耐，愁殺閨中婦；日暮登高樓，誰憐小垂手。

昨日桃花飛，今朝梨花吐；春色能幾時，那堪此愁緒；蕩子遊不歸，春來淚如雨。

（例十三）贈所思　崔仲容

所居幸接鄰，相見不相親；一似雲間月，何殊鏡裡人；丹誠空有夢，腸斷不禁春；願作梁間燕，無由變此身。

（全唐詩，卷八〇一，頁九〇一二。）

（例十四）戲贈　崔仲容

暫到崑崙未得歸，阮郎何事教人非；如今身佩上清籙，莫遣落花霑羽衣。

（全唐詩，卷八〇一，頁九〇一二。）

（例十五）長門怨　劉媛

雨滴梧桐秋夜長，愁心如雨到昭陽；淚痕不學君恩斷，拭卻千行更萬行；學畫蛾眉獨出群，當時人道便承恩；經年不見君王面，花落黃昏空掩門。

（全唐詩，卷八〇一，頁九〇一三。）

（例十六）送遠　劉媛

聞道瞿塘灩澦堆，青山流水近陽臺；知君此去無還日，妾亦隨波不復迴。

（全唐詩，卷八〇一，頁九〇一三。）

（例十七）懷良人　葛鴉兒

蓬鬢荊釵世所稀，布裙猶是嫁時衣；胡麻好種無人種，正是歸時不見歸。

（全唐詩，卷八〇一，頁九〇一四。）

（例十八）暗別離　劉瑤

槐花結子桐葉焦，單飛越鳥啼青霄；翠軒輾雲輕遙遙，燕脂淚迸紅線條；瑤草歇芳心耿耿，玉佩無聲畫屏冷；朱弦暗斷不見人，風動花枝月中影；青鸞脈脈西飛去，海闊天高不知處。

（全唐詩，卷八〇一，頁九〇一四。）

（例十九）古意曲　劉瑤

梧桐階下月團團，洞房如水秋夜闌；吳刀翦破機頭錦，茱萸花墜相思枕；綠窗寂寞背燈時，暗數寒更不成寢。

（全唐詩，卷八〇一，頁九〇一四。）

（例二十）懷遠　廉氏

隙塵何微微，朝夕通其輝；人生各有託，君去獨不歸；青林有蟬響，赤日無鳥飛；裴回東南望，雙淚空霑衣。

（全唐詩，卷八〇一，頁九〇一五。）

（例二十一）寄征人　廉氏

淒淒北風吹鴛被，娟娟西月生蛾眉；誰知獨夜相思處，淚滴寒塘蕙草時。

（全唐詩，卷八〇一，頁九〇一五。）

（例二十二）中秋夜泊武昌　劉淑柔

兩城相對峙，一水向東流；今夜素娥月，何年黃鶴樓；悠悠蘭棹晚，渺渺荻花秋；無奈柔腸斷，關山總是愁。

（全唐詩，卷八〇一，頁九〇一六。）

（例二十三）寄遠　田娥

憶昨會詩酒，終日相逢迎；今來成故事，歲月令人驚；淚流紅粉薄，風度羅衣輕；難為子猷志，虛負文君名。

（全唐詩，卷八〇一，頁九〇一六。）

（例二十四）攜手曲　田娥

攜手共惜芳菲節，鶯啼錦花滿城闕；行樂逶迤念容色，色衰祇恐君恩歇；鳳笙龍管白日陰，盈虧自感青天月。

（全唐詩，卷八〇一，頁九〇一六。）

（例二十五）長信宮　田娥

團圓手中扇，昔為君所持；今日君棄捐，復值秋風時；悲將入篋笥，自歎知何為。

（全唐詩，卷八〇一，頁九〇一六。）

（例二十六）答外　長孫佐輔妻

征人去年戍邊水，夜得邊書字盈紙；揮刀就燭裁紅綺，結作同心答千里；君寄邊書書莫絕，妾答同心心自結；同心再解不心離，離字頻看字愁滅；結成一衣和淚封，封書只在懷袖中；莫如書故字難久，願學同心長可同。

（全唐詩，卷八〇一，頁九〇一八。）

（例二十七）題與元明珠亭　京兆女子

寂寥滿地落花紅，獨有離人萬恨中；回首池塘更無語，手彈珠淚與春風。

（全唐詩，卷八〇一，頁九〇一九。）

（例二十八）題沙鹿門　誰氏女

昔逐良人去上京，良人身歿妾東征；同來不得同歸去，永負朝雲暮雨情。

（全唐詩，卷八〇一，頁九〇二〇。）

註釋

註一：周壽昌輯《歷代宮閨文選》，（廣文書局，民國六十八年五月），卷十七，頁三三三一。
註二：謝无量《中國婦女文學史》，（中華書局，民國六十八年八月臺二版），九章，頁一七三。
註三：逯欽立輯校《先秦漢魏晉南北朝詩》，（中華書局，西元一九九三年十二月版），卷七〈隋詩〉，頁二七三九。
註四：謝无量《中國婦女文學史》，（中華書局，民國六十八年八月臺二版），第四章，頁二〇〇。
註五：逯欽立輯校《先秦漢魏晉南北朝詩》，（中華書局，西元一九九三年十二月版），卷七〈隋詩〉，頁二七三六。
註六：同註三。
註七：清聖祖御定《全唐詩》，（文史哲出版社，民國六十七年），卷七九九，頁八九八八。
註八：明王昌會纂輯《詩話類編》，（廣文書局，民國六十一年），卷十五，頁一三二〇。云：「年近八十卒，有詩五百餘首。」今全唐詩僅存八十七首，《四庫全書》有薛濤詩集。
註九：《全唐詩》作盼盼，《全唐詩話》、《名媛詩歸》，《續唐詩話》作眄眄，洪邁《容齋隨筆》、彭國棟《藝文掌故叢談》作眄眄。
註十：辛文房《唐才子傳》，（文津出版社，民國七十七年三月），載李冶為峽中人。
註十一：計有功《唐詩紀事》，（鼎文書局，民國六十年），卷七八。
註十二：譚正璧《中國女性的文學生活》，（河洛出版社，民國七十五年），第四章。
註十三：陳應行編《吟窗雜錄》，（明嘉靖戊申二十七年崇文書堂刊本），有詠薔薇二句，臥病二句，陷賊寄故人二句，寄房明府二句。
註十四：王度等撰《唐人傳奇小說》，（世界書局，民國八十二年十版），收錄唐皇甫枚《三水小牘綠翹傳》。
註十五：賈中郎與武補闕登峴山，遇一妓同飲，自稱襄陽人。臨別，送「武補闕」詩。

註十六：孟棨《本事詩》，（明崇禎庚午三年虞山毛氏汲古閣刊本），高逸第三。

註十七：孫棨《北里志》，（明嘉靖甲辰二十三年雲間陸氏儼山書院刊本）。

註十八：徐月英在《名媛詩歸》、《中國女性的文學生活》中歸於唐代，其詳細年代，今已無考。

註十九：孫棨《北里志・王團兒傳》，（明嘉靖甲辰年刊本）。云：「王團兒，前曲自西第一家也。已為假母，有女數人：長曰小潤，字子美……次曰福娘，字宜之……次曰小福，字能之……予在京師，與群從少年習業，或倦悶時，同詣此處，與二福環坐，清談雅飲，尤見風態。」

註二十：逯欽立輯校《先秦漢魏晉南北朝詩》，（中華書局，西元一九九三年十二月），卷七，頁二七三六。

註二十一：同註二十。

註二十二：同註二十。

註二十三：同註二十。

第三節　隋唐婦女閨怨詩的文學表現

隋唐婦女閨怨詩的文學表現，歸納有詩句的形式、對句的運用、字辭的使用等三項。在詩句的形式中，將隋唐兩代婦女閨怨詩較具特色的如詩形的模擬、詩題鑲在詩句中、敘事詩形式、五、七言的分布、兮字的使用等分別舉例說明。對句的運用歸納有反義字、同義字、數字、疊辭、稱呼字、地名、物名、方位字、顏色字等。字辭的使用歸納有詩中經常出現悲涼、愁苦之字、辭如相思、斷腸、愁、恨、淚等，又常有詩、酒、暱呼字、頂真法、比喻法、人名、典故的使用及對春秋季節的感傷。由詩型、詩句、用字探討其呈現出的詩作意境。以下分別敘述。

一、詩句的形式

（一）詩型的模擬

在詩型的模擬上，有同一時期詩作的互相模擬，也有不同時期詩作的倣效。同時期的模擬如唐代作品若耶溪女子所作的〈題三鄉詩〉、誰氏女所作的〈題沙鹿門〉詩即是。並列比較其內容如下：

題三鄉詩　若耶溪女子

昔逐良人西入關，良人身歿妾空還；
謝娘衛女不相待，為雨為雲歸此山。

題沙鹿門　誰氏女

昔逐良人去上京，良人身歿妾東征；
同來不得同歸去，永負朝雲暮雨情。（註一）

以上二首詩的詩型、詩意有明顯類同的情形，〈題三鄉詩〉一首並附有序文，言女子隨良人西入函關寓居晉昌里第，不料良人仙逝而女子邈然無依，幽思哀悼之餘，乃援筆而書詩題隱名「二九子為父後，玉無瑕弁無首，荊山石往往有。」彤管遺編云「若耶溪女隱名不書」，後李舒解為「二九十八，十加八木字，子為父後，木下子，李字也。玉無瑕去其點也，弁無首，存其廾也，王下廾，弄字也。荊山石往往有者，荊山多玉，當是姓李名弄玉也。」因此若耶溪女子之詩因有序文而易於了解詩作原意。若依詩句來看兩首極為神似，透露出女子詩作互為模擬的型式。這是由字面上含意及用字直接可感受到模擬的情形，另外尚有不同時期詩作的倣效，在詩題上明白標示為倣效之作，如姚月華的〈怨詩效徐淑體〉，這是一個明顯的唐代倣效漢代女詩人徐淑的作品。

徐淑與姚月華兩人詩並列於后以作比較。

怨詩效徐淑體　姚月華

妾生兮不辰，盛年兮逢屯；
寒暑兮心結，夙夜兮眉顰；
循環兮不息，如彼兮車輪；
車輪兮可歇，妾心兮焉伸；
雜沓兮無緒，如彼兮絲棼；
絲棼兮可理，妾心兮焉分；

空閨兮岑寂，妝閣兮生塵；
萱草兮徒樹，茲憂兮豈泯；
幸逢兮君子，許結兮殷勤；
分香兮翦髮，贈玉兮共珍；
指天兮結誓，願為兮一身；
所遭兮多舛，玉體兮難親；
損餐兮減寢，帶緩兮羅裙；
菱鑑兮慵啟，博鑪兮焉熏；
整襪兮欲舉，塞路兮荊榛；
逢人兮欲語，鞈匝兮頑嚚；
煩冤兮憑胸，何時兮可論；
願君兮見察，妾死兮何瞋。（註二）

答秦嘉詩　徐淑

妾身兮不令，嬰疾兮來歸；
沉滯兮家門，歷時兮不差；
曠廢兮侍覲，情敬兮有違；
君今兮奉命，遠適兮京師；
悠悠兮離別，無因兮敘懷；
瞻望兮踴躍，佇立兮徘徊；

思君兮感結，夢想兮容暉；
君發兮引邁，去我兮日乖；
恨無兮羽翼，高飛兮相追；
長吟兮永歎，淚下兮沾衣。（註三）

唐姚月華怨詩與漢徐淑答夫詩相較，姚詩語氣倣徐，而篇幅增加，不脫婦人思夫且自責未盡義務，守貞美德與徐淑有共通之處，文辭雖佳，卻因詩型詩意類同而欠缺新意。

（二）詩題鑲在詩句中

詩作形式中，若詩題與詩句內容相符，則易使人一目了然此詩作之內容性質，而詩句中所用之字有與其詩題相同者，就作者主動而言，一則或為巧合，二則為作者有意的文字經營所致。然而或有作者未命詩題，後人為方便計，代之以詩作主旨命題，或拈出詩作之詞語為題者，亦在此範圍之內。以下將隋唐兩代婦女閨怨詩作歸納舉例，以印證此一時期之作品，有將詩題文字鑲入詩句中的作法，以強調詩題所傳達之旨趣。

隋代婦女閨怨詩有將詩題鑲在詩句中的如侯夫人的〈自傷詩〉「傷」字鑲入詩句「躧履步庭下，幽懷空感傷。」、「性命誠所重，棄割誠可傷。」〈看梅詩〉「梅」字鑲入詩句「庭梅見吾有憐意，先露枝頭一點春。」、「玉梅謝後陽和至，散與群芳自在春。」（先秦漢魏晉南北朝詩，卷七，頁二七三六。）吳絳仙〈謝君詩〉將「君」字鑲入詩句中如「驛騎傳雙果，君王寵念深。」（歷代宮闈文選，卷十七，頁三三二。）這些詩題鑲入詩句中的語意更加鮮明，詩句與詩題有相輔相成、相得益彰之效。

唐代婦女閨怨詩共二百六十餘首，其中詩題鑲在詩句中的詩有八十三首之多，約佔三分之一，可見得當代創作上有此一種流行趨勢。以下歸納詩作中鑲有詩題之例而在所鑲之字旁以圓圈做記以明其與詩題之關係。

詩題鑲在詩句中

編號	例句	作者	詩題	全唐詩卷數	全唐詩頁數
1	秋◦風◦起函◦谷◦， 勁氣動河山。	徐賢妃	秋◦風◦函◦谷◦ 應詔	卷五	五九
2	欲奏江南曲， 貪封薊北書◦。 書◦中無別意， 惟悵久離居。	上官昭容	綵書◦怨	卷五	六一
3	枝上花◦，花◦下人。 昨日看花◦花◦灼灼， 今朝看花◦花◦欲落。 不如盡此花◦下歡， 莫待春風總吹卻。	鮑君徽	惜花◦吟	卷七	六九
4	高高秋月◦明， 北照遼陽城。	鮑君徽	關山月◦	卷七	六九
5	此別◦難◦重陳， 花飛復戀人。	武后宮人	離別◦難◦	卷七九七	八九六六
6	戰袍◦經手作， 知落阿誰邊。	開元宮人	袍◦中詩	卷七九七	八九六六
7	聊題◦一片葉◦， 將寄接流入。	天寶宮人	題洛◦苑梧 葉◦上	卷七九七	八九六七
8	一葉◦題◦詩出禁城， 誰人酬和獨含情。 自嗟不及波中葉◦， 蕩漾乘春取次行。	天寶宮	又題◦	卷七九七	八九六七
9	題◦詩◦花◦葉◦上， 寄與接流入。	德宗宮人	題◦花◦葉◦詩	卷七九七	八九六七
10	殷情謝紅◦葉◦， 好去到人間。	宣宗宮人	題紅◦葉◦	卷七九七	八九六八
11	玉鐲製袍夜， 金◦刀呵手裁。 鎖◦寄千里客， 鎖◦心終不開。	僖宗宮人	金◦鎖◦詩	卷七九七	八九六八
12	妝◦似臨池出， 人疑向月來。	楊容華	新妝◦詩	卷七九九	八九八二
13	景勝銀釭香比蘭， 一條白◦玉偪人寒。	孫氏	白◦蠟燭詩	卷七九九	八九九一
14	繡◦作龜◦形◦獻天子， 願教征客早還鄉。	侯氏	繡◦龜◦形◦	卷七九九	八九九二

編號	例句	作者	詩題	全唐詩卷數	全唐詩頁數
15	自有春愁正斷魂，不堪芳草思王孫。	灼灼（前蜀）	春愁	卷五六（全五代詩）	八五七
16	窗前細雨日啾啾，妾在閨中獨自愁。春風送雨過窗東，忽憶良人在客中。	晁采	雨中憶失	卷八〇〇	八九九九
17	金刀翦紫羢，與郎作輕履。	姚月華	製履贈楊達	卷八〇〇	九〇〇三
18	囊裡真香誰見竊，鮫綃滴淚染成紅。殷勤遺下輕綃意，好與情郎懷袖中。偶用志誠求雅合，良媒未必勝紅綃。	李節度姬	書紅綃帕	卷八〇〇	九〇〇五
19	長相思，久離別，關山阻，風煙絶。	郎大家宋氏	長相思	卷八〇一	九〇〇八
20	歌宛轉，宛轉和且長。歌宛轉，宛轉那能異棲宿。	郎大家宋氏	宛轉歌	卷八〇一	九〇〇八
21	誰憐未死妾，掩袂下銅臺。	梁瓊	銅雀臺	卷八〇一	九〇〇九
22	朝亦有所思，暮亦有所思。	劉雲	有所思	卷八〇一	九〇一〇
23	春情不可耐，愁殺閨中婦。春色能幾時，那堪此愁緒。蕩子遊不歸，春來淚如雨。	張琰	春詞二首	卷八〇一	九〇一二
24	君王冥漠不可見，銅雀歌舞空裴回。	張琰	銅雀臺	卷八〇一	九〇一二
25	李陵一戰無歸日，望斷胡天哭塞雲。	裴羽仙	哭夫二首	卷八〇一	九〇一三

編號	例句	作者	詩題	全唐詩卷數	全唐詩頁數
26	玉窗仙會何人見，唯有春風仔細知。群玉山前人別處，紫鸞飛起望仙臺。	葛鴉兒	會仙詩	卷八〇一	九〇一四
27	清秋一峽此中去，鳴鳥孤猿不可聞。	廉氏	峽中即事	卷八〇一	九〇一五
28	悠悠蘭棹晚，渺渺荻花秋。	劉淑柔	中秋夜泊武昌	卷八〇一	九〇一六
29	門前梅柳爛春輝，閉妾深閨繡舞衣。若教不向深閨種，春過門前爭得知。	張窈窕	春思二首	卷八〇二	九〇九二
30	南天春雨時，那鑿雪霜姿。	薛濤	酬人雨後翫竹	卷八〇三	九〇三五
31	春愁正斷絕，春鳥復哀吟。玉筯垂朝鏡，春風知不知。	薛濤	春望詞四首	卷八〇三	九〇三五
32	獵蕙微風遠，飄弦唳一聲。	薛濤	風	卷八〇三	九〇三六

編號	例句	作者	詩題	全唐詩卷數	全唐詩頁數
33	雙棲綠池上，朝暮共飛還。	薛濤	池上雙鳥	卷八〇三	九〇三六
34	綠陰滿香砌，兩兩鴛鴦小。	薛濤	鴛鴦草	卷八〇三	九〇三六
35	惆悵廟前多少柳，春來空鬬畫眉長。	薛濤	謁巫山廟	卷八〇三	九〇三七
36	花落梧桐鳳別凰，想登秦嶺更淒涼。	薛濤	別李郎中	卷八〇三	九〇三八
37	聞說凌雲寺里苔，風高日近絕纖埃。聞說凌雲寺里花，飛空繞磴逐江斜。	薛濤	賦凌雲寺二首	卷八〇三	九〇三九～九〇四〇
38	神女欲來知有意，先令雲雨暗池塘。	薛濤	九日遇雨二首	卷八〇三	九〇四〇
39	竹郎廟前多古木，夕陽沉沉山更綠。何處江村有笛聲，聲聲盡是迎郎曲。	薛濤	題竹郎廟	卷八〇三	九〇四〇
40	萬里橋頭獨越吟，知憑文字寫愁心。	薛濤	和郭員外題萬里橋	卷八〇三	九〇四一

編號	例句	作者	詩題	全唐詩卷數	全唐詩頁數
41	離亭。急管四更後，不見公車心獨愁。	薛濤	江亭。餞別	卷八〇三	九〇四一
42	水荇。斜牽綠藻浮，柳絲和葉臥清流。何時得向。溪頭賞，旋摘菱花旋泛舟。	薛濤	菱。荇。沼	卷八〇三	九〇四一
43	何事碧溪孫。處。士。，伯勞東去燕西飛。	薛濤	春郊遊眺寄孫。處。士。二首	卷八〇三	九〇四二
44	青鳥東飛正落梅，銜花。滿口下瑤台。	薛濤	酬辛員外折花。見遺	卷八〇三	九〇四二
45	卓氏長卿稱士女，錦江玉壘獻。山川。	薛濤	續嘉陵驛詩獻。武相國	卷八〇三	九〇四三
46	公子翩翩說校。書。，玉弓金勒紫綃裾。	薛濤	贈段校。書。	卷八〇三	九〇四三
47	馴擾朱門四五年，毛香足淨主。人憐。	薛濤	犬離主。	卷八〇三	九〇四三
48	都緣用久鋒頭盡，不得羲之。手里擎。	薛濤	筆離手。	卷八〇三	九〇四四
49	都緣出語無方便，不得籠。中再喚人。	薛濤	鸚鵡離籠。	卷八〇三	九〇四四
50	銜泥穢污珊瑚枕，不得梁間更壘巢。	薛濤	燕離巢。	卷八〇三	九〇四四
51	只緣一點玷相穢，不得終宵在掌。中。	薛濤	珠離掌。	卷八〇三	九〇四四
52	跳躍深池。四五秋，常搖朱尾弄綸鉤。	薛濤	魚離池。	卷八〇三	九〇四四
53	鑄瀉黃金鏡。始開，初生三五月徘徊，為遭無限塵蒙蔽，不得華堂上玉臺。	薛濤	鏡。離臺。	卷八〇三	九〇四四～九〇四五
54	諸將莫貪羌族馬，最高層處見邊。頭。	薛濤	籌邊。樓	卷八〇三	九〇四五
55	秋風彷彿吳江。冷，鷗鷺參差夕陽影。陽安小兒拍手笑，使君幻出江。南景。	薛濤	江。月樓	卷八〇三	九〇四五

編號	例句	作者	詩題	全唐詩卷數	全唐詩頁數
56	螢在荒蕪月在天，螢飛豈到月輪邊。	薛濤	罰赴邊上韋相公二首	卷八〇三	九〇四五
57	詩篇調態人皆有，細膩風光我獨知。	薛濤	寄舊詩與元微之	卷八〇三	九〇四五～九〇四六
58	感君識我枕流意，重示瞿塘峽口圖。	薛濤	酬雍秀才貽巴峽圖	卷八〇三	九〇五〇
59	不為魚腸有真訣，誰能夢夢立清江。	薛濤	江邊	卷八〇三	九〇五〇
60	吳越相謀計策多，浣紗神女已相和。	魚玄機	浣紗廟	卷八〇四	九〇四八
61	珍簟新鋪翡翠樓，泓澄玉水記方流。	魚玄機	酬李學士寄簟	卷八〇四	九〇四八
62	書信茫茫何處問，持竿盡日碧江空。	魚玄機	情書寄李子安	卷八〇四	九〇四八
63	莫聽凡歌春病酒，休招閒客夜貪棋。	魚玄機	春情寄子安	卷八〇四	九〇四九

編號	例句	作者	詩題	全唐詩卷數	全唐詩頁數
64	苦思搜詩燈下吟，不眠長夜怕寒衾。	魚玄機	冬夜寄溫飛卿	卷八〇四	九〇四九
65	自嘆多情是足愁，況當風月滿庭秋。	魚玄機	秋怨	卷八〇四	九〇五一
66	大江橫抱武昌斜，鸚鵡洲前戶萬家。醉臥醒吟都不覺，今朝驚在漢江頭。	魚玄機	江行	卷八〇四	九〇五一
67	自慚不及鴛鴦侶，猶得雙雙近釣磯。	魚玄機	聞李端公垂釣回寄贈	卷八〇四	九〇五一
68	落帽臺前風雨阻，不知何處醉金杯。	魚玄機	重陽阻雨	卷八〇四	九〇五一
69	恨寄朱弦上，含情意不任。	魚玄機	感懷寄人	卷八〇四	九〇五二
70	移得仙居此地來，花叢自偏不曾栽。	魚玄機	夏日山居	卷八〇四	九〇五三
71	街近鼓鼙喧曉睡，庭閑鵲語亂春愁。	魚玄機	暮春即事	卷八〇四	九〇五三

編號	例句	作者	詩題	全唐詩卷數	全唐詩頁數
72	江南江北愁望，相思相憶空吟。	魚玄機	隔漢江寄子安	卷八〇四	九〇五四
73	楓葉千枝復萬枝，江橋掩映暮帆遲。憶君心似西江水，日夜東流無歇時。	魚玄機	江陵愁望寄子安	卷八〇四	九〇五四
74	朝朝送別泣花鈿，折盡春風楊柳煙。	魚玄機	折楊柳	卷八〇四	九〇五六
75	相遇仍臥病，欲語淚先垂。	李冶	湖上臥病喜陸鴻漸至	卷八〇五	九〇五七
76	萬里江西水，孤舟何處歸。	李冶	送韓揆之江西	卷八〇五	九〇五七
77	妾家本住巫山雲，巫山流泉常自聞。玉琴彈出轉寥夐，直是當時夢裡聽。三峽迢迢幾千里，一時流入幽閨里。巨石崩崖指下生，飛泉走浪弦中起。初疑憤怒含雷風，又似嗚咽流不通。憶昔阮公為此曲，能令仲容聽不足。一彈既罷復一彈，願作流泉鎮相續。	李冶	從蕭叔子聽彈琴賦得三峽流泉歌	卷八〇五	九〇五八
78	人道海水深，不抵相思半。海水尚有涯，相思渺無畔。彈著相思曲，絃腸一時斷。	李冶	相思怨	卷八〇五	九〇五八

編號	例句	作者	詩題	全唐詩卷數	全唐詩頁數
79	至近至遠東西，至深至淺清溪。至高至明日月，至親至疏夫妻。	李冶	八至	卷八〇五	九〇五九
80	妾夢經吳苑，君行到剡溪。	李冶	送閻二十六赴剡縣	卷八〇五	九〇五九
81	尺素如殘雪，結為雙鯉魚。	李冶	結素魚貽友人	卷八〇五	九〇五九
82	離人無語月無聲，明月有光人有情。別後相思人似月，雲間水上到層城。	李冶	明月夜留別	卷八〇五	九〇五九
83	鳳樓春望好，宮闕一重重。	元淳	秦中春望	卷八〇五	九〇六〇

（三）敘事詩形式

隋代婦女的閨怨敘事詩在詩作中常透露出對歷史興衰的感嘆和身為宮廷嬪妃的哀怨，如侯夫人的〈自傷詩〉，道出在深宮七、八載的時光是受盡冷落，抑鬱終日的。詩云：

自傷

初入承明日，深深報未央；
長門七八載，無復見君王；
寒春入骨清，獨臥愁空房；
躧履步庭下，幽懷空感傷；
平日所愛惜，自待卻非常；
色美反成棄，命薄何可量；
君恩實疎遠，妾意徒徬徨；
家豈無骨肉，偏親老北堂；
此身無羽翼，何計出高牆；
性命誠所重，棄割誠可傷；
懸帛朱棟上，肝腸如沸湯；
引頸又自惜，有若絲牽腸；
毅然就死地，從此歸冥鄉。（註四）

又如大義公主書屏風詩雖篇幅較短，但也足以將她的身世遭遇做簡短的提示，生在富貴之家而竟飄流入東胡國嫁奚霫王，對遭遇表示不滿卻又無可奈何的心情表露無遺。詩云：

書屏風詩

盛衰等朝露，世道若浮萍；
榮華實難守，池臺終自平；
富貴今何在，空事寫丹青；
杯酒恆無樂，弦歌詎有聲；
余本皇家子，飄流入虜廷；
一朝覩成敗，懷抱忽縱橫；
古來共如此，非我獨申名；
惟有明君曲，偏傷遠嫁情。（註五）

唐代婦女的閨怨敘事詩遍及宮廷、官宦、平民、女冠、娼妓、身分不詳等類別的作者，以下分別敘述之。

1. 宮廷婦女

在宮廷婦女中，有敘遠嫁的悲傷、深宮失寵的痛苦。如豆盧氏女宜芬公主和唐太宗嬪妃徐賢妃等。詩如下：

虛池驛題屏風　宜芬公主

出嫁辭鄉國，由來此別難；

聖恩愁遠道，行路泣相看；
沙塞容顏盡，邊隅粉黛殘；
妾心何所斷，他日望長安。（註六）

長門怨　徐賢妃

舊愛柏梁臺，新寵昭陽殿；守分辭芳輦，含情泣團扇；一朝歌舞榮，夙昔詩書賤；頹恩誠已矣，覆水難重薦。（註七）

徐賢妃〈長門怨〉一首更以詠史的方式敘述自己的遭遇與漢武帝之陳皇后相似，為詠史敘事抒情的形式。

2. 官宦婦女

在官宦婦女中有趙氏述夫下第的恥辱和丈夫得第之後的遊宦不歸。有張氏述丈夫的宦遊外地不歸，有孫氏謝人贈酒一事，有侯氏述丈夫十年戍邊未歸而上呈天子求憐憫一事，有蔣氏敘自己嗜酒成痴一事，有黃崇嘏敘己嚮往男兒身而女扮男妝一事，有李節度姬敘述自己書詩於紅綃帕上，而與情郎張生相偕逃於吳之事。詩附錄於後。

夫下第　趙氏

良人的的有奇才，何事年年被放回？
如今妾面羞君面，君若來時近夜來。（註八）

雜言寄杜羔　趙氏

君從淮海遊，再過杜蘭秋；
歸來不須臾，又欲向梁州；
梁州秦嶺西，棧道與雲齊；
羌虜萬餘落，戟矛自高低；
已念寡儔侶，復慮勞攀躋；
丈夫重志氣，兒女空悲啼；
臨邛滯遊地，肯顧濁水泥；
人生賦命有厚薄，君自遨遊我寂寞。（註九）

聞夫杜羔登第　趙氏

長安此去無多地，鬱鬱葱葱佳氣浮；
良人得意正年少，今夜醉眠何處樓？（註十）

寄夫　張氏

久無音信到羅幃，路遠迢迢遣問誰；
聞君折得東堂桂，折罷那能不暫歸。（註十一）

謝人送酒　孫氏

謝將清酒寄愁人，澄澈甘香氣味真；

好是綠窗風月夜，一杯搖蕩滿懷春。（註十二）

繡龜形詩　侯氏

暌離已是十秋強，對鏡那堪重理粧；
聞雁幾迴修尺素，見霜先為製衣裳；
開箱疊練先垂淚，拂杵調砧更斷腸；
繡作龜形獻天子，願教征客早還鄉。（註十三）

答諸姊妹戒飲　蔣氏

平生偏好酒，勞爾勸吾餐；
但得杯中滿，時光度不難。（註十四）

下獄貢詩　黃崇嘏

偶辭幽隱在臨邛，行止堅貞比澗松；
何事政清如水鏡，絆他野鶴在深籠。

辭蜀相妻女詩　黃崇嘏

一辭拾翠碧江湄，貧守蓬茅但賦詩；
自服藍衫居郡掾，永拋鸞鏡畫蛾眉；
立身卓爾青松操，挺志鏗然白璧姿；

幕府若容為坦腹，願天速變作男兒。（註十五）

書紅綃帕　李節度姬

囊裹真香誰見竊，鮫綃滴淚染成紅；
般勤遺下輕綃意，好與情郎懷袖中。
金珠富貴吾家事，常渴佳期乃寂寥；
偶用志誠求雅合，良媒未必勝紅綃。

會張生述懷　李節度姬

門前畫戟尋常設，堂上犀簪取次看；
最是惱人情緒處，鳳皇樓上月華寒。（註十六）

3.平民婦女

在平民婦女中，有敘述畫自畫像一幅贈夫，以提醒夫婿遠方的妻子仍在苦候的薛媛〈寫真寄夫〉；有慎氏敘述無子被休對夫家的絕望，亦有程長文敘述被強暴者所誣陷的詩。舉例如後：

寫真寄夫　薛媛

欲下丹青筆，先拈寶鏡寒；
已經顏索寞，漸覺鬢凋殘；
淚眼描將易，愁腸寫出難；

恐君渾忘卻，時展畫圖看。（註十七）

獄中書情上使君　程長文

妾家本住鄱陽曲，一片真心比孤竹；
當年二八盛容儀，紅牋草隸恰如飛；
盡日閒窗刺繡坐，有時極浦採蓮歸；
誰道居貧守都邑，幽閨寂寞無人識。

感夫詩　慎氏

當時心事已相關，雨散雲飛一餉間；
便是孤帆從此去，不堪重上望夫山。（註十八）

獄中書情上使君　程長文

海燕朝歸衾枕寒，山花夜落階墀溼；
強暴之男何所為，手持白刃向簾幃；
一命任從刀下死，千金豈受暗中欺；
我心匪石情難轉，志奪秋霜意不移；
血濺羅衣終不恨，瘡黏錦袖亦何辭；
縣僚曾未知情緒，即便教人縶囹圄；
朱唇滴瀝獨銜冤，玉筯闌干歎非所；

十月寒更堪思人，一聞擊析一傷神；
高髻不梳雲已散，蛾眉罷掃月仍新；
三尺嚴章難可越，百年心事向誰說；
但看洗雪出圜扉，始信白圭無玷缺；（註十九）

4.女冠

在女冠詩作中有李冶敘病中與友人以酒消愁之事。有魚玄機敘新及第者命喪而為作悼亡詩之事等。詩作如後：

湖上臥病喜陸鴻漸至　李冶

昔去繁霜月，今來苦霧時；
相逢仍臥病，欲語淚先垂；
強勸陶家酒，還吟謝客詩；
偶然成一醉，此外更何之。（註二十）

和新及第悼亡詩　魚玄機

仙籍人間不久留，片時已過十經秋；
鴛鴦帳下香猶暖，鸚鵡籠中語未休；
朝露綴花如臉恨，晚風敧柳似眉愁；
彩雲一去無消息，潘岳多情欲白頭。（註二一）

5. 娼妓婦女

在娼妓婦女中，有崔紫雲敘述成為李愿贈杜牧之禮，臨別前作詩記其事，抒發心中之怨與不捨之情。有崔素娥敘其本為韋洵美之妾，而為鄴都羅紹威強逼韋獻妾，臨行敘其不願相離之意。有太原妓與歐陽詹遊，此後妓思之成疾，為君落髮寄情詩後絕筆而逝等等敘事抒情兼具之詩作。舉例如後：

臨行獻李尚書　崔紫雲

從來學製斐然詩，不料霜臺御史知；
忽見便教隨命去，戀恩腸斷出門時。（註二二）

別韋洵美詩　崔素娥

妾閉閒房君路岐，妾心君恨兩依依；
神魂倘遇巫娥伴，猶逐朝雲暮雨歸。（註二三）

寄歐陽詹　太原妓

自從別後減容光，半是思郎半恨郎；
欲識舊來雲髻樣，為奴開取縷金箱。（註二四）

6. 身分不詳婦女

在身分不詳婦女詩中，有劉雲詠史事，由漢成帝時班婕妤失寵一事而反照己身際遇。有裴羽仙〈哭夫詩〉

二首，敘夫征戎被擒，以漢李陵史事比喻夫之際遇音信斷絕，使得妻子孤守蓬門的苦痛。有長孫佐輔妻敘夫戍邊闕久而不歸一事，使得妻子盼團圓之心益加殷切。詩例如後：

婕妤怨　劉雲

君恩不可見，妾豈如秋扇；
秋扇尚有時，妾身永微賤；
莫言朝花不復落，嬌容幾奪昭陽殿。（註二五）

哭夫之一　裴羽仙

風卷平沙日欲曛，狼煙遙認犬羊群；
李陵一戰無歸日，望斷胡天哭塞雲。

哭夫之二　裴羽仙

良人平昔逐蕃渾，力戰輕行出塞門；
從此不歸成萬古，空留賤妾怨黃昏。（註二六）

答外　長孫佐輔妻

征人去年戍邊水，夜得邊書字盈紙；
揮刀就燭裁紅綺，結作同心答千里；
君寄邊書書莫絕，妾答同心心自結；

同心再解不心離，離字頻看字愁滅；
結成一衣和淚對，封書只在懷袖中；
莫如書故字難久，願學同心長可同。（註二七）

（四）五、七言詩的分布

隋代婦女閨怨詩在寫作技巧上承襲南北朝的遺風，以五言詩直敘的寫作方式呈現。隋代婦女閨怨作品除侯夫人春日〈看梅詩〉二首（見例一、二）及杭靜〈江都迷樓夜歌〉（見例三）為五、七言夾雜外，全數為純粹的五言詩，可以看出隋代在閨怨詩的創作上，已趨向以五言為主要寫作的代表形式，而五絕的短小抒情形式也為數最多，除侯夫人的〈自傷詩〉和大義公主的〈書屏風詩〉，有敘事成份的五言古詩外，其餘則為五絕的作品。（見例四——例十三）。

（例一）看梅之一　侯夫人

砌雪無消日，捲簾時自顰；
庭梅見吾有憐意，先露枝頭一點春。

（例二）看梅之二　侯夫人

香清寒豔好，誰識是天真；
玉梅謝後陽和至，散與群芳自在春。

（例三）江都迷樓夜歌　杭靜

河南楊柳樹，江南李花營；
楊柳飛綿何處去，李花結果自然成。

（例四）粧成　侯夫人

粧成多自惜，夢好卻成悲；
不及楊花意，春來到處飛。

（例五）自遣　侯夫人

祕洞扃仙卉，雕房鎖玉人；
毛君誠可戮，不肯寫昭君。

（例六）自感之一　侯夫人

庭絕玉輦迹，芳草自成窠；
隱隱聞簫鼓，君恩何處多！

（例七）自感之二　侯夫人

欲泣不成淚，悲來翻强歌；
庭花方爛漫，無計奈春何！

（例八）自感之三　侯夫人

春色正無際，獨步意何如；
不及閒花草，翻承雨露多。

（例九）謝君詩　吳絳仙

驛騎傳雙果，君王寵念深；
寧知辭帝里，無復合歡心。

（例十）因故人歸有感　蘇蟬翼

郎去何太速，郎來何太遲；
欲借一樽酒，共敘十年悲。

（例十一）寄阮郎　張碧蘭

郎如洛陽花，妾似武昌柳；
兩地惜春風，何時一攜手。

（例十二）閨思　羅愛愛

幾當孤月夜，遙望七香車；
羅帶因腰緩，金釵逐鬢斜。

（例十三）憶情人　秦玉鸞

蘭幕蟲聲切，椒庭月影斜；
可憐秦館女，不及洛陽花（註二八）

唐代婦女閨怨詩總計約為二百六十一首，佔詩作總數三百七十一首的百分之七十以上，因此閨怨詩作的產生和其內容便成為值得探討的文學素材。以唐代婦女詩作總量而言，七絕數量最多為一百六十二首，五絕次之有七十首，五律有四十六首，七律三十五首，古詩四十九首，雜體九首。可以看出唐代女性寫作仍以絕句、律詩、古詩為最常見之形式表現。而閨怨詩作中亦是以七絕的數量為冠，有九十六首之多，佔全數的百分之四十。其次為五絕，有四十首，七律有二十八首，五律有二十二首，五古有二十五首，七古有十一首，雜體有六首，六言詩則有二首。可以知道唐代婦女閨怨詩的寫作與當時風行的絕句、律詩格式有極大的影響，婦女創作的產生不能不受當代文風的趨勢所薰陶，很明顯由數字的分布可以了然。

（五）兮字的使用

在隋代婦女閨怨詩中不見有兮字語助詞的使用，到唐代婦女閨怨詩作時已不多見，僅三首類似楚歌體的兮字使用形式，分別舉例說明。

（例一）謠　薛瑤

化雲心兮思淑貞，洞寂滅兮不見人；
瑤草芳兮思氛氳，將奈何兮青春。（註二九）

（例二）怨詩效徐淑體　姚月華

妾生兮不辰，盛年兮逢屯；……

（見（一）詩型的模擬中）

（例三）續韋蟾句　武昌妓

悲莫悲兮生別離，登山臨水送將歸；

武昌無限新栽柳，不見楊花撲面飛。（註三十）

以上所舉兮字的使用，如「化雲心兮思淑真，洞寂滅兮不見人。」（例一）、「妾生兮不辰，盛年兮逢屯。」（例二）、「悲莫悲兮生別離」（例三）等，例一、例二為全首皆以兮字使用的楚歌體，例三則僅首句有兮字，使得語意疏緩，更顯哀戚之情。僅此三首足以說明隋唐婦女閨怨詩，在楚歌體的兮字使用形式上已逐漸式微。

綜觀隋唐時期婦女閨怨詩的文學表現，在詩型模擬的形式上，唐代倣效漢代女詩人的作品如姚月華倣徐淑的怨詩。同一時期互相模擬的如唐代若耶溪女子與誰氏女的作品。隋代的婦女詩作則全無此詩型的模擬形式。

在詩題鑲在詩句中的形式上，隋代婦女閨怨詩有侯夫人的自傷、看梅詩，吳絳仙的謝君詩，有詩句與詩題互相輝映的情形。其中八首有三首類似的情形。至於唐代婦女閨怨詩，在二百六十餘首中，有八十三首之多為詩題鑲在詩句中的情形，佔三分之一的比重。由此可見隋唐時期婦女閨怨詩，在文學表現上有此詩題鑲在詩句中的創作趨勢。

在敘事詩形式上，隋代婦女閨怨敘事詩，祇表現在宮廷婦女的詩作中，如侯夫人、大義公主兩人的作品。至於唐代婦女閨怨敘事詩的形式，則廣泛呈現在各類婦女作者的作品中。

五、七言詩的分布情形，隋代婦女閨怨詩在創作上已趨向以五言為主的形式，而以五言絕句數量居冠。唐代婦女閨怨詩作中以七言絕句作品數量居冠，其次為五言絕句、五言律詩。

在兮字的使用上，隋代的婦女閨怨詩中，不見兮字語辭的使用。唐代婦女閨怨詩兮字語辭的使用僅三首。由此可見隋唐婦女閨怨詩作，受到楚歌體的影響已是微乎其微。

二、對句的運用

有關隋唐時期婦女閨怨詩對句運用的情形，分別歸納如下。

隋代

隋代婦女閨怨詩作普遍有使用對句的情形，以下歸納成（一）反義字對句，（二）數字對句，（三）稱呼字對句，（四）植物名對句等四類，分別舉例說明之。由這些對句使用可知隋代婦女在創作時亦重視對句的運用。

（一）反義字對句

反義字對句如「郎去何太速，郎來何太遲。」、「杯酒恆無樂，弦歌詎有聲。」中「去」「來」、「有」「無」等反義字的相對使用。（見反義字對句表）

（二）數字對句

數字對句如「欲借一樽酒，共敘十年悲。」中「一」、「十」數字的相對使用。（見數字對句表）

（三）稱呼字對句

稱呼字對句如「君恩實疏遠，妾意徒徬徨。」、「郎如洛陽花，妾似武昌柳。」中「君」「妾」、「郎」「妾」等稱呼字的相對使用。（見稱呼字對句表）

（四）植物名對句

植物名對句如「楊柳」對「李花」、「蘭」對「椒」等植物名稱的相對使用。（見植物對句表）

反義字對句表

編號	例句	作者	詩題	先秦漢魏晉南北朝詩卷數	先秦漢魏晉南北朝詩頁數
1	郎去何太速，郎來何太遲。	蘇蟬翼	因故人歸有感	卷七	二七三八
2	杯酒恆無樂，弦歌詎有聲。	大義公主	書屏風詩	卷七	二七三六

數字對句表

編號	例句	作者	詩題	先秦漢魏晉南北朝詩卷數	先秦漢魏晉南北朝詩頁數
1	欲借一樽酒，共敘十年悲。	蘇蟬翼	因故人歸有感	卷七	二七三八

稱呼字對句表

編號	例句	作者	詩題	先秦漢魏晉南北朝詩卷數	先秦漢魏晉南北朝詩頁數
1	君恩實疏速，妾意徒彷徨。	侯夫人	自傷	卷七	二七三九
2	郎如洛陽花，妾似武昌柳。	張碧蘭	寄阮郎	卷七	二七三八

植物名對句表

編號	例句	作者	詩題	先秦漢魏晉南北朝詩卷數	先秦漢魏晉南北朝詩頁數
1	河南楊柳樹，河北李花營。	杭静	江都迷樓夜歌	（歷代宮閨文選）卷一二	二七一
2	楊柳飛綿何處去，李花結果自然成。	杭静	江都迷樓夜歌	（歷代宮閨文選）卷一二	二七一
3	蘭目蟲聲切，椒庭月影斜。	秦玉鸞	憶情人	卷七	二七三八

唐代

唐代婦女閨怨詩作，有相當普遍而多樣的對句使用，將其歸納為（一）反義、同義等字辭對句，（二）數字、疊辭對句，（三）稱呼字對句，（四）地名、物名等名稱對句，（五）方位字、顏色字對句等五項。其中第一項除反義字、同義字對句外，尚有意義倒裝對句。第三項稱呼字對句又分人名、君妾對句，第四項地名、物名等名稱對句中，物名對句又分用品名、動物名、植物名等對句。以下分別舉例說明。

（一）反義字、同義字等字辭對句

此類分1.反義字對句2.同義字對句3.意義倒裝對句等三項。以下分項逐條舉例說明。

1.反義字辭對句

反義字辭對句如「去」「來」、「新」「舊」、「朝」「暮」、「行」「坐」、「今」「昔」、「難」「易」、「有」「無」、「今朝」「昨日」、「前生」「今世」、「花開」「花落」等反義字辭的相對使用。（見反義字辭對句表）

2.同義字辭對句

同義字辭對句如「如」「若」、「疑」「似」、「比」「如」、「潛」「暗」、「如」「似」、「春來秋去」「秋去春來」等同義字辭的相對使用。（見同義字辭對句表）

3.意義倒裝對句

意義倒裝對句如「細雨聲中停去馬，夕陽影裡辭鳴蜩。」中「去馬」「鳴蜩」置句末皆為意義倒裝的相對使用。（見意義倒裝對句表）

反義字辭對句表

編號	例句	作者	詩題	全唐詩卷數	全唐詩頁數
1	來時梅覆雪，去日柳含春。	武后宮人	離別難	卷七九七	八九六六
2	舊寵悲秋歌，新恩寄早春。	天寶宮人	題洛苑梧葉上	卷七九七	八九六七
3	淚眼描將易，愁腸寫出難。	薛媛	寫真寄夫詩	卷七九九	八九九一
4	五夜有心隨暮雨，百年無節抱秋霜。	趙氏	寄情	卷八〇〇	九〇〇五
5	黃河清有日，白髮黑無緣。	劉采春	囉嗊曲	卷八〇二	九〇二四
6	無金可買長門賦，有恨空吟團扇詩。	張窈窕	寄故人	卷八〇二	九〇二九
7	有賣愁仍緩，無時心轉傷。	張窈窕	上成都在事	卷八〇二	九〇二九
8	花開不同賞，花落不同悲。	薛濤	春望詞	卷八〇三	九〇三五
9	不嫌袁室無煙火，惟笑商山有姓名。	薛濤	酬楊供奉法師見招	卷八〇三	九〇四二
10	易求無價寶，難得有心郎。	魚玄機	贈鄰女	卷八〇四	九〇四七
11	無滯礙時從撥弄，有遮攔處任鉤留。	魚玄機	打毬作	卷八〇四	九〇四九
12	雁魚空有信，雞黍恨無期。	魚玄機	期友人阻雨不至	卷八〇四	九〇五二
13	白雪調高題舊寺，陽春歌在換新詞。	魚玄機	過鄂州	卷八〇四	九〇五三
14	文姬有貌終堪比，西子無言我更慚。	魚玄機	和光威裒姊妹三人詩	卷八〇四	九〇五五
15	昔去繁霜月，今來苦霧時。	李冶	湖上臥病喜陸鴻漸至	卷八〇五	九〇五七
16	海水尚有涯，相思渺無畔。	李冶	相思怨	卷八〇五	九〇五八
17	離人無語月無聲，明月有光人有情。	李冶	明月夜留別	卷八〇五	九〇五九

同義字辭對句表

編號	例句	作者	詩題	全唐詩卷數	全唐詩頁數
1	昔別容如玉，今來鬢若絲。	薛蘊	贈故人	卷七九九	八九八九
2	初疑颯颯涼風勁，又似蕭蕭暮雨零，近比流泉來碧嶂，遠如玄鶴下青冥。	孫氏	聞琴	卷七九九	八九九一
3	枕上潛垂淚，花間暗斷腸	魚玄機	贈鄰女	卷八〇四	九〇四七
4	春來秋去相思在，秋去春來信息稀。	魚玄機	閨怨	卷八〇四	九〇四九
5	朝露綴花如臉恨，晚風欹柳似著愁。	魚玄機	和新及第悼亡詩	卷八〇四	九〇五〇

意義倒裝對句表

編號	例句	作者	詩題	全唐詩卷數	全唐詩頁數
1	細雨聲中停去馬，夕陽影裏亂鳴蜩。	薛濤	西巖	卷八〇三	九〇四五

（二）數字、疊辭等對句

此類分1.數字對句2.疊辭對句兩項。以下分項逐條舉例說明。

1.數字對句

數字對句如「偃松千嶺上，雜雨二陵間。」中「千」「二」數字相對，又如「醉別千卮不浣愁，離腸百結解無由。」中「千」「百」相對，此外如「千」「一」、「兩」「雙」、「九」「百」、「五」「百」、

「百」「千」、「三五」「兩三」、「萬」「一」、「九」「五」、「八」「四」、「三」「百」、「一」「十」、「一」「三」等皆為數字相對的使用。（見數字對句表）

2. 疊辭對句

疊辭對句如「的的」「年年」、「颯颯」「蕭蕭」、「脈脈」「微微」、「灼灼」「明明」、「嘖嘖」「沈沈」、「年年」「日日」、「搖搖」「漠漠」、「遙遙」「耿耿」、「淒淒」「娟娟」、「悠悠」「渺渺」、「撲撲」「喃喃」、「熒熒」「冪冪」、「蘘蘘」「豔豔」、「納納」「耽耽」、「字字」「篇篇」、「灼灼」「蒼蒼」、「隱隱」「沈沈」、「處處」「家家」、「杳杳」「喃喃」、「鬱鬱」「綿綿」等為疊辭的相對使用。（見疊辭對句表）

數字對句表

編號	例句	作者	詩題	全唐詩卷數	全唐詩頁數
1	偃松千嶺上，雜雨二陵間。	徐賢妃	秋風函谷應詔	卷五	五九
2	千金始一笑，一召詎能來。	徐賢妃	進太宗	卷五	六〇
3	兩鴛固無比，雙蛾誰與競。所願好九思，勿令虧百行。	魏氏	贈外	卷七九九	八九八二
4	五夜有心隨暮雨，百年無節抱秋霜。	趙氏	寄情	卷八〇〇	九〇〇五
5	水翦雙眸霧翦衣，當筵一曲媚春輝。	崔仲容	贈歌姬	卷八〇一	九〇一一
6	兩城相對峙，一水向東流。	劉淑柔	中秋夜泊武昌	卷八〇一	九〇一六
7	百味鍊來憐益母，千花開處鬬宜男。	光威裒	聯句	卷八〇一	九〇二一

編號	例句	作者	詩題	全唐詩卷數	全唐詩頁數
8	氣餘三五喘，花剩兩三枝。	顏令賓	臨終召客	卷八〇二	九〇二八
9	惆悵人間萬事違，兩人同去一人歸。	徐月英	送人	卷八〇二	九〇三三
10	九氣分為九色霞，五靈仙馭五雲車。	薛濤	試新服裁製初成	卷八〇三	九〇四一
11	平臨雲鳥八窗秋，壯壓西川四十州。	薛濤	籌邊樓	卷八〇三	九〇四五
12	汾川三月雨，晉水百花春。	魚玄機	寄劉尚書	卷八〇四	九〇四八
13	一雙笑靨纔回面，十萬精兵盡倒戈。	魚玄機	浣紗廟	卷八〇四	九〇四八
14	一枝月桂和煙秀，萬樹江桃帶雨紅。	魚玄機	和新及第悼亡詩	卷八〇四	九〇五〇
15	折牌峰上三閭墓，遠火山頭五馬旗。	魚玄機	過鄂州	卷八〇四	九〇五三
16	人世悲歡一夢，如何得作雙成。	魚玄機	寓言	卷八〇四	九〇五四

編號	例句	作者	詩題	全唐詩卷數	全唐詩頁數
17	醉別千卮不浣愁，離腸百結解無由。	魚玄機	寄子安	卷八〇四	九〇五四
18	詩詠東西千嶂亂，馬隨南北一泉流。	魚玄機	左名場自澤州至京使人傳語	卷八〇四	九〇五五
19	一曲豔歌琴杳杳，四絃輕撥語喃喃。	魚玄機	光威裒三姊妹聯詩	卷八〇四	九〇五五
20	三峽迢迢幾千里，一時流入幽閨裏。	李冶	從蕭叔子聽彈琴賦得三峽流泉歌	卷八〇五	九〇五八
21	不覩河陽一縣花，空見青山三兩點。	李冶	句	卷八〇五	九〇六〇

疊辭對句表

編號	例句	作者	詩題	全唐詩卷數	全唐詩頁數
1	良人的的有奇才，何事年年被放回。	趙氏	夫下第	卷七九九	八九八八
2	初疑颯颯涼風勁，又似蕭蕭暮雨零。	孫氏	聞琴	卷七九九	八九九一
3	脈脈長攄氣，微微不離心。	梁瓊	遠意	卷八〇一	九〇〇九
4	灼灼葉中花，夏萎春又芳；明明天上月，蟾缺圓復光。	崔萱	古意	卷八〇一	九〇一〇
5	西陵嘖嘖悲宿鳥，高殿沈沈閉青苔。	張琰（同張瑛詩）	銅雀臺	卷八〇一	九〇一二
6	年年人自老，日日水東流。	張琰	句	卷八〇一	九〇一三
7	彩鳳搖搖下翠微，煙光漠漠徧芳枝。	葛鵶兒	會仙詩	卷八〇一	九〇一四

編號	例句	作者	詩題	全唐詩卷數	全唐詩頁數
8	翠軒輾雲輕遙遙，燕脂淚迸紅線條。瑤草歇芳心耿耿，玉佩無聲畫屏冷。	劉瑤	暗別離（隔句對）	卷八〇一	九〇一四
9	淒淒北風吹鴛被，娟娟西月生蛾眉。	廉氏	寄征人	卷八〇一	九〇一五
10	悠悠蘭棹晚，渺渺荻花秋。	劉淑柔	中秋夜泊武昌	卷八〇一	九〇一六
11	浪喜遊蜂飛撲撲，佯驚孤燕語喃喃。	光威裒	聯句	卷八〇一	九〇二一
12	可憐熒熒玉鏡台，塵飛幂幂幾時開。	常浩	寄遠	卷八〇二	九〇二五
13	闌邊不見蘘蘘葉，砌下惟翻豔豔叢。	薛濤	金燈花	卷八〇三	九〇四一
14	垂虹納納臥譙門，雉堞眈眈俯漁艇。	薛濤	江月樓	卷八〇三	九〇四五
15	字字朝看輕碧玉，篇篇夜誦在衾裯。	魚玄機	和友人次韻	卷八〇四	九〇五〇

編號	例句	作者	詩題	全唐詩卷數	全唐詩頁數
16	灼灼桃兼李，無妨國士尋。蒼蒼松與桂，仍羨世人欽。	魚玄機	感懷寄人（隔句對）	卷八〇四	九〇五二
17	煙裏歌聲隱隱，渡頭月色沈沈。	魚玄機	隔漢江寄子安	卷八〇四	九〇五四
18	紅桃處處春色，碧柳家家月明。	魚玄機	寓言	卷八〇四	九〇五四
19	一曲豔歌琴杳杳，四絃輕撥語喃喃。	魚玄機	和光威裒姊妹三人詩	卷八〇四	九〇五五
20	鬱鬱山木榮，綿綿野花發。	李冶	寄朱放	卷八〇五	九〇五七

（三）稱呼字對句

稱呼字對句有以人名稱謂相對的如「宋玉」「襄王」、「范蠡」「伍胥」、「文姬」「西子」等，亦有以「君」「妾」稱呼的相對使用。（見稱呼字對句表）

稱呼字對句表

編號	例句	作者	詩題	全唐詩卷數	全唐詩頁數
1	山色未能忘宋玉，水聲猶是哭襄王。	薛濤	謁巫山廟	卷八〇三	九〇三七
2	自能窺宋玉，何必恨王昌。	魚玄機	贈鄰女	卷八〇四	九〇四七
3	范蠡功成身隱遯，伍胥諫死國消磨。	魚玄機	浣紗廟	卷八〇四	九〇四八
4	文姬有貌終堪比，西子無言我更慚。	魚玄機	和光威裒姊妹三人詩	卷八〇四	九〇五五

編號	例句	作者	詩題	全唐詩卷數 / 全唐詩頁數
5	妾夢經吳苑，君行到剡溪。	李冶	送閻二十六赴剡縣	卷八〇五 / 九〇五九

編號	例句	作者	詩題	全唐詩卷數 / 全唐詩頁數
6	念君遼海北，拋妾宋家東。	李冶	春閨怨	卷八〇五 / 九〇五九

（四）地名、物名等名稱對句

此類分1.地名對句2.物名對句兩項。其中第二項物名對句，又分（1）用品名對句（2）動物名對句（3）植物名對句三類。以下分項逐條舉例說明。

1. 地名對句

地名對句如「鸕鷀港」「鸚鵡洲」、「湓城」「夏口」等地名相對的使用。（見地名對句表）

2. 物名對句

物名對句中有用品名對句如「秦鏡」「舜琴」、「鴛鴦帳」「鸚鵡籠」的相對使用。（見用品名對句表）有動物名對句如「鴛」「蛾」、「黃鳥」「青牛」、「鴛鴦」「鸚鵡」、「游蜂」「孤燕」、「馬」「蜩」、「魚」「雀」等的相對使用。（見動物名對句表）有植物名對句如「桃花」「梨花」、「黃菊」「芙蓉」等的相對使用。（見植物名對句表）

地名對句表

編號	例句	作者	詩題	全唐詩卷數	全唐詩頁數
1	煙花已入鸕鷀巷，畫舸猶沿鸚鵡洲。	魚玄機	江行	卷八〇四	九〇五一
2	溢城潮不到，夏口信應稀。	李冶	送韓揆之江西	卷八〇五	九〇五七

物名對句——用品名對句

編號	例句	作者	詩題	全唐詩卷數	全唐詩頁數
1	秦鏡欲分愁墮鵲，舜琴將弄怨飛鴻。	魚玄機	情書寄李子安	卷八〇四	九〇四八
2	鴛鴦帳下香猶暖，鸚鵡籠中語未休。	魚玄機	和新及第悼亡詩二首	卷八〇四	九〇五〇

物名對句——動物名對句

編號	例句	作者	詩題	全唐詩卷數	全唐詩頁數
1	兩鴛固無比，雙蛾誰與競。	魏氏	贈外	卷七九九	八九八二
2	黃鳥翻紅樹，青牛臥綠苔。鴛鴦有伴誰能羨，鸚鵡無言我自慚。	薛瓊	賦荊門	卷八〇一	九〇一七
3	浪喜游蜂飛撲撲，佯驚孤燕語喃喃。	光威裒	聯句	卷八〇一	九〇一二
4	細雨聲中停去馬，夕陽影裏亂鳴蜩。	薛濤	西巖	卷八〇三	九〇四五
5	芙蓉月下魚戲，螮蝀天邊雀聲。	魚玄機	寓言	卷八〇四	九〇五四

物名對句——植物名對句

編號	例句	作者	詩題	全唐詩卷數	全唐詩頁數
1	昨日桃花飛，今朝梨花吐。	張琰	春詞二首	卷八〇一	九〇一二
2	滿庭黃菊籬邊拆，兩朵芙蓉鏡裏開。	魚玄機	重陽阻雨	卷八〇四	九〇五一

（五）方位字、顏色字等對句

此類分1.方位字對句2.顏色字對句兩項。以下分項逐條舉例說明。

1. 方位字對句

方位字對句如「上」「下」、「南」「北」、「西」「北」、「上」「中」、「下」「中」等方位字的相對使用。（見方位字對句表）

2. 顏色字對句

顏色字對句如「綠」「青」、「銀」「白」、「青」「白」、「紅」「白」、「黃」「青」、「綠」「朱」、「紅」「碧」等顏色字的相對使用。（見顏色字對句表）

方位字對句表

編號	例句	作者	詩題	全唐詩卷數	全唐詩頁數
1	枝上花，花下人	鮑君徽	惜花吟	卷七	六九
2	一命任從刀下死，千金豈受暗中欺。	程長文	獄中書情上使君	卷七九九	八九九七
3	雙旌千騎駢東陌，獨有羅敷望上頭。	薛濤	送鄭眉州	卷八〇三	九〇四一

編號	例句	作者	詩題	全唐詩卷數	全唐詩頁數
4	細雨聲中停去馬，夕陽影裏亂鳴蜩。	薛濤	西巖	卷八〇三	九〇四五
5	枕上潛垂淚，花間暗斷腸。	魚玄機	贈鄰女	卷八〇四	九〇四七
6	別日南鴻纔北去，今朝北雁又南飛。	魚玄機	閨怨	卷八〇四	九〇四九

編號	例句	作者	詩題	全唐詩卷數	全唐詩頁數
7	鴛鴦帳下香猶暖，鸚鵡籠中語未休。	魚玄機	和新及第悼亡詩二首	卷八○四	九○五○
8	滿庭黃菊籬邊拆，兩朵芙蓉鏡裏開。	魚玄機	重陽阻雨	卷八○四	九○五一
9	斷雲江上月，解覽海中舟。	魚玄機	遣懷	卷八○四	九○五二
10	月中鄰樂響，樓上遠山明。	魚玄機	寄飛卿	卷八○四	九○五三
11	樓上新妝待夜，閨中獨坐含情。芙蓉月下魚戲，螮蝀天邊雀聲。	魚玄機	寓言	卷八○四	九○五四
12	詩詠東西千嶂亂，馬隨南北一泉流。	魚玄機	左名場自澤州至京使人傳語	卷八○四	九○五五
13	小有洞中松露滴，大羅天上柳煙含。阿母幾嗔花下語，潘郎曾向夢中參。	魚玄機	和人次韻	卷八○四	九○五五
14	巨石崩崖指下生，飛泉走浪絃中起。	李治	從蕭叔子聽彈琴賦得三峽流泉歌	卷八○五	九○五八
15	馳心北闕隨芳草，極目南山望舊峰。	李治	恩命追入留別廣陵故人	卷八○五	九○五八
16	欲知心裏事，看取腹中書。	李治	結素魚貽友人	卷八○五	九○五九

顏色字對句表

編號	例句	作者	詩題	全唐詩卷數	全唐詩頁數
1	浮萍依綠水，弱蔦寄青松。	魏氏	贈外	卷七九九	八九八二
2	近比流泉來碧嶂，遠如玄鶴下青冥。	孫氏	聞琴	卷七九九	八九九一
3	景勝銀釭香比蘭，一條白玉偪人寒。	孫氏	白蠟燭詩	卷七九九	八九九一

編號	例句	作者	詩題	全唐詩卷數	全唐詩頁數
4	立身卓爾青松操，挺志鏗然白璧姿。	黃崇嘏	辭蜀相妻女詩	卷七九九	八九九五
5	不覺紅顏去，空嗟白髮生。	崔仲容	句——感懷	卷八〇一	九〇一一
6	黃鳥翻紅樹，青牛臥綠苔。	薛瓊	賦荊門	卷八〇一	九〇一七

編號	例句	作者	詩題	全唐詩卷數	全唐詩頁數
7	涼風驚綠樹，清韻入朱弦。	魚玄機	早秋	卷八〇四	九〇五二
8	紅桃處處春色，碧柳家家月明。	魚玄機	寓言	卷八〇四	九〇五四
9	當臺競鬭青絲髮，對月爭誇白玉簪。	魚玄機	和光威裒姊妹三人詩	卷八〇四	九〇五五

綜觀隋唐婦女閨怨詩文學表現中，有關對句的運用方面，在反義字對句運用上，隋代婦女閨怨詩作較為單調，如「來」、「去」，「有」、「無」的相對。唐代則較具變化、多樣性。如「新」、「舊」，「朝」、「暮」，「今」、「昔」，「難」、「易」……等。除了反義字外，尚有同義字、相同字、意義倒裝等對句。

在數字對句上，隋代運用甚少。相較之下，唐代詩作在數字的運用上則呈現量多，數字的變化亦多的情形。唐代普遍使用疊辭的情形，也是隋代詩作中所少見的。

在稱呼字對句上，隋代的稱呼字對句，用到「君」、「妾」，「郎」、「妾」的相對。唐代除有「君」、「妾」相對外，亦有人名稱謂的相對使用。

在植物名對句上，隋代詩作中祇有植物名對句。唐代詩作則除植物名對句外，尚有地名、物名、動植物名等對句，呈現多樣化的文學表現。

在方位字、顏色字對句上，是隋代婦女詩作中少見的。僅在唐代詩作中運用，由於唐代詩作內容的廣度增加，方位字、顏色字對句的使用，則更是豐富唐代婦女詩作意境的重要因素之一。

三、字辭的使用

有關隋唐時期婦女閨怨詩字辭使用的情形，分別歸納如下。

隋代

隋代婦女閨怨詩的用字多趨向悲涼愁怨的字，文字表達內心的思想，這種表現在文字上的愁苦，是一種最直接而又易使人了解的方式。詩中多使用「春」字，藉春景而抒情意，表現與春完全不同的落寞情緒，也是值得注意的詩人情緒反照。以下列舉歸納的詩作有（一）「春」字的使用，（二）悲涼字的使用兩項。

（一）「春」字的使用

詩中「春」字的使用如「寒春」、「春色」、「春風」等，由春的景色表現作者閨中孤寂落寞之情。（見「春」字的使用表）

（二）悲涼字的使用

悲涼字的使用如「愁」、「傷」、「悲」、「憐」、「泣」、「淚」、「孤」、「死」等字，表現婦女閨中的無限哀怨。（見悲涼字的使用表）

「春」字的使用表

編號	例句	作者	詩題	先秦漢魏晉南北朝詩卷數	先秦漢魏晉南北朝詩頁數
1	寒春入骨清，獨臥愁空房。	侯夫人	自傷	卷七	二七三九
2	不及楊花意，春來到處飛。	侯夫人	粧成	卷七	二七三九
3	庭梅見吾有憐意，先露枝頭一點春。	侯夫人	看梅	卷七	二七三九
4	玉梅謝後陽和至，散與群芳自在春。	侯夫人	看梅	卷七	二七三九
5	庭花方爛漫，無計奈春何。	侯夫人	自感三首	卷七	二七三九
6	春陰正無際，獨步意如何。	侯夫人	自感三首	卷七	二七三九
7	兩地惜春風，何時一攜手。	張碧蘭	寄阮郎	卷七	二七三八

悲涼字的用法表

編號	例句	作者	詩題	先秦漢魏晉南北朝詩卷數	先秦漢魏晉南北朝詩頁數
1	寒春入骨清，獨臥愁空房。	侯夫人	自傷	卷七	二七三九
2	躚履步庭下，幽懷空感傷。	侯夫人	自傷	卷七	二七三九
3	性命誠所重，棄割誠可傷。	侯夫人	自傷	卷七	二七三九
4	毅然就死地，從此歸冥鄉。	侯夫人	自傷	卷七	二七三九
5	惟有明君曲，偏傷遠嫁情。	大義公主	書屏風詩	卷七	二七三六
6	粧成多自惜，夢好卻成悲。	侯夫人	粧成	卷七	二七三九
7	庭梅見吾有憐意，先露枝頭一點春。	侯夫人	看梅	卷七	二七三九

編號	例句	作者	詩題	先秦漢魏晉南北朝詩卷數	先秦漢魏晉南北朝詩頁數
8	庭絕玉輦迹，芳草自成窠。	侯夫人	自感三首	卷七	二七三九
9	欲泣不成淚，悲來翻彊歌。	侯夫人	自感三首	卷七	二七三九
10	庭花方爛漫，無計奈春何。	侯夫人	自感三首	卷七	二七三九
11	寧知辭帝里，無復合歡心。	吳絳仙	謝君詩	（歷代宮閨文選）卷一七	三三三一
12	欲借一樽酒，共敘十年悲。	蘇蟬翼	因故人歸有感	卷七	二七三八
13	幾當孤月夜，遙望七香車。	羅愛愛	閨思	卷七	二七三七
14	可憐秦館女，不及洛陽花。	秦玉鸞	憶情人	卷七	二七三八

唐代

唐代婦女閨怨詩作用字特色，歸納為詩中有春、秋、愁、思、淚、恨、怨、詩、酒、斷腸、暱呼字等。其中春、秋字使用最為普遍，可見得婦女對季節的易感度最高，春字高達六十八例，表現春季對女性思春和懷想的刺激性較高所致。而秋字亦出現四十二例次高的現象使用，秋季的景象蕭瑟肅殺，不免又為女性們帶來更多的觸景傷情和憂愁幽思。此外詩中使用悲涼字眼和消極字句的亦為數不少，分別是詩中有愁字的三十七例，有思字的三十六例，有淚字的二十四例，有恨、怨的二十二例，有斷腸字的十一例，用暱呼字的有二十七例。可知婦女的心情在現實生活中實是堪憐的。而詩中有詩字的十六例，有酒字的十一例，可以知道女性們詩酒自娛、解愁的行為偶亦出現，這在社會風氣已漸開放的唐代是可以想見的。此外暱呼字的使用以儂、郎來稱呼丈夫的情形也甚為普遍有二十七例，可以更加了解當時婦女使用的稱呼。歸納列舉唐代婦女閨怨作品的用字情形，以明婦女詩作的寫作內容。以下分成（一）「春」、「秋」字的使用，（二）悲涼字的使用，（三）人名、典故的使用，（四）頂真法的使用，（五）比喻法的使用，（六）「詩」、「酒」字的使用，（七）暱呼字的使用等七項，以下分項舉例說明。

（一）「春」、「秋」字的使用

此類分1.「春」字的使用2.「秋」字的使用兩項。以下分項逐條舉例說明。

1.「春」字的使用

詩中「春」字的使用如「青春」、「早春」、「春風」、「春情」、「春草」、「春愁」、「春水」、「春輝」、「春色」、「春雨」、「春鳥」、「春筍」、「春病」、「春晴」、「春眠」、「春花」、「春酒」、「春望」等，將「春」的景緻一一展現，成為婦女閨怨詩藉景抒情的一種模式。（見「春」字的使用表）

2.「秋」字的使用

詩中「秋」字的使用，如「秋風」、「秋月」、「秋扇」、「秋夜」、「秋霜」、「秋露」、「秋水」、「清秋」、「秋光」、「早秋」、「秋節」、「新秋」、「秋雨」、「春去秋來」、「滿庭秋」、「秋月」、

「悲秋」、「秋情」、「白露秋」、「庭樹秋」等，將「秋」的景色多樣描述，是婦女閨怨詩藉景抒情的另一種模式。（見「秋」字的使用表）

「春」字的使用表

編號	例句	作者	詩題	全唐詩卷數	全唐詩頁數
1	枝上花，花下人，可憐顏色俱青春。不如盡此花下歡，莫待春風總吹卻。	鮑君徽	惜花吟	卷七	六八
2	來時梅覆雪，去日柳含春。	武后宮人	離別難	卷七九七	八九六六
3	舊寵悲秋扇，新恩寄早春。	天寶宮人	題洛苑梧葉上	卷七九七	八九六七
4	自嗟不及波中葉，蕩漾乘春取次行。	天寶宮人	又題	卷七九七	八九六七
5	一入深宮裡，無由得見春。	德宗宮人	題花葉詩	卷七九七	八九六七
6	徒悲楓岸遠，空對柳園春。	魏氏	贈外	卷七九九	八九八二
7	豔陽灼灼河洛神，珠簾繡戶青樓春。	薛縕	贈鄭女郎	卷七九九	八九八九
8	他時紫禁春風夜，醉草天書仔細看。	孫氏	白蠟燭詩	卷七九九	八九九一
9	好是綠窗風月夜，一杯搖蕩滿懷春。	孫氏	謝人送酒	卷七九九	八九九二
10	郎心應似琴心怨，脈脈春情更泥誰。	步非煙	答趙子	卷八〇〇	九〇〇二
11	近來贏得傷春病，柳弱花欹怯曉風。	步非煙	又答趙象獨坐	卷八〇〇	九〇〇二
12	畫簷春燕須同宿，蘭浦雙鴛肯獨飛。	步非煙	寄懷	卷八〇〇	九〇〇二
13	春水悠悠春草綠，對此思君淚相續。	姚月華	怨詩寄楊達	卷八〇〇	九〇〇四
14	可惜春時節，依然獨自遊。	孟氏	獨遊家園	卷八〇〇	九〇〇四
15	春風白馬紫絲韁，正值蠶眠未採桑。	趙氏	寄情	卷八〇〇	九〇〇五

編號	例句	作者	詩題	全唐詩卷數	全唐詩頁數
16	自有春愁正斷魂，不堪芳草思王孫。	灼灼（前蜀）	春愁	（全五代詩）卷五六	八五七
17	春來南鴈歸，日去西蠶遠。	郎大家宋氏	採桑	卷八〇一	九〇〇八
18	衣薄狼山雪，妝成虜塞春。	梁瓊	昭君怨	卷八〇一	九〇〇九
19	玉井蒼苔春院深，桐花落盡無人歸。	劉雲	有所思	卷八〇一	九〇一〇
20	灼灼葉中花，夏萎春又芳。	崔萱	古意	卷八〇一	九〇一〇
21	碧池漾漾春水綠，中有佳禽暮棲宿。	崔萱	敘別	卷八〇一	九〇一〇
22	丹誠空有夢，腸斷不禁春。	崔仲容	贈所思	卷八〇一	九〇一一
23	水翦雙眸霧翦衣，當筵一曲媚春輝。	崔仲容	贈歌姬	卷八〇一	九〇一一
24	桐花落盡春又盡，紫塞征人猶未歸。	崔仲容	句	卷八〇一	九〇一一
25	春情不可耐，愁殺閨中婦。春色能幾時，那堪此愁緒。蕩子遊不歸，春來淚如雨。	張琰	春詞二首	卷八〇一	九〇一二
26	春風報梅柳，一夜發南枝。	劉媛	句	卷八〇一	九〇一四
27	玉窗仙會何人見，唯有春風仔細知。	葛鴉兒	會仙詩	卷八〇一	九〇一四
28	五湖春水接遙天，國破君亡不記年。	劉瑤	闔閭城懷古	卷八〇一	九〇一五
29	春至偏無興，秋來祇是眠。	田娥	句	卷八〇一	九〇一六
30	回首池塘更無語，手彈珠淚與春風。	京兆女子	題興元明珠亭	卷八〇一	九〇一九
31	自守空樓斂恨眉，形同春後牡丹枝。	關盼盼	和白公詩	卷八〇二	九〇二三
32	春風不知信，軒蓋獨遲遲。	常浩	寄遠	卷八〇二	九〇二五

編號	例句	作者	詩題	全唐詩卷數	全唐詩頁數
33	淡淡**春**風花落時，不堪愁望更相思。	張窈窕	寄故人	卷八〇二	九〇二九
34	門前梅柳爛**春**輝，閉妾深閨繡舞衣。若教不向深閨種，**春**過門前爭得知。	張窈窕	春思二首	卷八〇二	九〇三〇
35	南天**春**雨時，那鑒雪霜姿。	薛濤	酬人雨後翫竹	卷八〇三	九〇三五
36	**春**愁正斷絕，**春**鳥復哀吟。玉筯垂朝鏡，**春**風知不知。	薛濤	春望詞四首	卷八〇三	九〇三五
37	但娛**春**日長，不管秋風早。	薛濤	鴛鴦草	卷八〇三	九〇三六
38	惆悵廟前多少柳，**春**來空鬭畫眉長。	薛濤	謁巫山廟	卷八〇三	九〇三七
39	去**春**零落暮**春**時，淚溼紅箋怨別離。	薛濤	牡丹	卷八〇三	九〇三七
40	東閣移尊綺席陳，貂簪龍節更宜**春**。	薛濤	上川主武元衡相國二首	卷八〇三	九〇三七
41	詩家利器馳聲久，何用**春**闈榜下看。	薛濤	酬祝十三秀才	卷八〇三	九〇三八
42	吳均蕙圃移嘉木，正及東溪**春**雨時。	薛濤	棠梨花和李太尉	卷八〇三	九〇三九
43	今日謝庭飛白雪，巴歌不復舊陽**春**。	薛濤	酬文使君	卷八〇三	九〇三九
44	手持雲篆題新榜，十萬人家**春**日長。	薛濤	上王尚書	卷八〇三	九〇四〇
45	**春**教風景駐仙霞，水面魚身總帶花。	薛濤	海棠溪	卷八〇三	九〇四一
46	**春**風因過東君舍，偷樣人間染百花。	薛濤	試新服裁製初成三首	卷八〇三	九〇四二
47	擾弱新蒲葉又齊，**春**深花落塞前溪。	薛濤	贈遠二首	卷八〇三	九〇四二
48	二月楊花輕復微，**春**風搖蕩惹人衣。	薛濤	柳絮	卷八〇三	九〇四三

編號	例句	作者	詩題	全唐詩卷數	全唐詩頁數
49	儂心猶道青春在，羞看飛蓬石鏡中。	薛濤	段相國遊武擔寺病不能從題寄	卷八〇三	九〇四三
50	為緣春筍鑽牆破，不得垂陰覆玉堂。	薛濤	竹離亭	卷八〇三	九〇四四
51	旦夕醉吟身，相思又此春。	魚玄機	寄國香	卷八〇四	九〇四七
52	高堂春睡覺，暮雨正霏霏。	魚玄機	寄題鍊詩	卷八〇四	九〇四七
53	汾川三月雨，晉水百花春。	魚玄機	寄劉尚書	卷八〇四	九〇四八
54	臨風興歎落花頻，芳意潛消又一春。	魚玄機	賣殘牡丹	卷八〇四	九〇四八
55	春來秋去相思在，秋去春來信息稀。	魚玄機	閨怨	卷八〇四	九〇四九
56	莫聽凡歌春病酒，休招閑客夜貪棋。	魚玄機	春情寄子安	卷八〇四	九〇四九

編號	例句	作者	詩題	全唐詩卷數	全唐詩頁數
57	雲峰滿目放春晴，歷歷銀鉤指下生。	魚玄機	遊崇真觀南樓覩新及第題名處	卷八〇四	九〇五〇
58	晝舸春眠朝未足，夢為蝴蝶也尋花。	魚玄機	江行	卷八〇四	九〇五一
59	春花秋月入詩篇，白日清宵是散仙。	魚玄機	題隱霧亭	卷八〇四	九〇五一
60	滿杯春酒綠，對月夜窗幽。	魚玄機	導懷	卷八〇四	九〇五二
61	街近鼓鼙喧曉睡，庭閑鵲語亂春愁。	魚玄機	暮春即事	卷八〇四	九〇五三
62	紅桃處處春色，碧柳家家月明。	魚玄機	寓言	卷八〇四	九〇五四
63	蕙蘭銷歇歸春圃，楊柳東西絆客舟。	魚玄機	寄子安	卷八〇四	九〇五四
64	惆悵春風楚江暮，鴛鴦一隻失群飛。	魚玄機	送別	卷八〇四	九〇五五

編號	例句	作者	詩題	全唐詩卷數	全唐詩頁數
65	莫倦蓬門時一訪，每**春**忙在曲江頭。	魚玄機	左名場自澤州至京使人傳語	卷八〇四	九〇五五
66	朝朝送別泣花鈿，折盡**春**風楊柳煙。	魚玄機	折楊柳	卷八〇四	九〇五六
67	綺陌**春**望遠，瑤徽春興多。	魚玄機	句	卷八〇四	九〇五六
68	鳳樓**春**望好，宮闕一重重。	元淳	秦中春望	卷八〇五	九〇六〇

「秋」字的使用表

編號	例句	作者	詩題	全唐詩卷數	全唐詩頁數
1	**秋**風起函谷，勁氣動河山。	徐賢妃	秋風函谷應詔	卷五	五九
2	高高**秋**月明，北照遼陽城。	鮑君徽	關山月	卷七	六九
3	舊寵悲**秋**扇，新恩寄早春。	天寶宮人	題洛苑梧葉上	卷七九七	八九六七
4	君從淮海遊，再過蘭杜**秋**。	趙氏（劉氏）（杜羔妻）	雜言寄杜羔	卷七九九	八九八八
5	晚起羅衣香不斷，滅燭每嫌**秋**夜短。	薛蘊	贈鄭女郎	卷七九九	八九八九
6	我心匪石情難轉，志奪**秋**霜意不移。	程長文	獄中書情上使君	卷七九九	八九九七
7	玉階寂寞墜**秋**露，月照當時歌舞處。	程長文	銅雀臺怨	卷七九九	八九九七
8	美人初起天未明，手拂銀瓶**秋**水冷。	姚月華	楚妃怨	卷八〇〇	九〇〇四
9	五夜有心隨暮雨，百年無節抱**秋**霜。	趙氏	寄情	卷八〇〇	九〇〇五
10	一葉隨風忽報**秋**，縱使君來豈堪折。	柳氏	答韓翃	卷八〇〇	八九九八
11	君恩不可見，妾豈如**秋**扇。**秋**扇尚有時，妾身永微賤。	劉雲	婕妤怨	卷八〇一	九〇一〇

編號	例句	作者	詩題	全唐詩卷數	全唐詩頁數
12	天漢涼秋。夜，澄澄一鏡明。	劉雲	望月	卷八〇一	九〇一〇
13	君今遠戍在何處，遣妾秋。來長望天。	崔公遠	句	卷八〇一	九〇一二
14	梧桐階下月團團，洞房如水秋。夜闌。	劉瑤	古意曲	卷八〇一	九〇一五
15	清秋。一峽此中去，鳴鳥孤猨不可聞	廉氏	峽中即事	卷八〇一	九〇一五
16	今日君棄捐，復值秋。風時。	田娥	長信宮	卷八〇一	九〇一六
17	春至偏無興，秋。來祇是眠。	田娥	句	卷八〇一	九〇一六
18	悠悠蘭棹晚，渺渺荻花秋。。	劉淑柔	中秋夜泊武昌	卷八〇一	九〇一六
19	晴空白鳥度，萬里秋。光碧。	張窈窕	西江行	卷八〇二	九〇三〇
20	但娛春日長，不管秋。風早。	薛濤	鴛鴦草	卷八〇三	九〇三六
21	罷閱梵書聊一弄，散隨金磬泥清秋。。	薛濤	聽僧吹蘆管	卷八〇三	九〇三七
22	萬條江柳早秋。枝，裹地翻風色未衰。	薛濤	送姚員外	卷八〇三	九〇三八
23	茱萸秋。節佳期阻，金菊寒花滿院香。	薛濤	九日遇雨	卷八〇三	九〇四〇
24	洛陽陌上埋輪氣，欲逐秋。空擊隼飛。	薛濤	贈蘇十三中丞	卷八〇三	九〇四一
25	風前一葉壓荷蕖，解報新秋。又得魚。	薛濤	採蓮舟	卷八〇三	九〇四二
26	芙蓉新落蜀山秋。，錦字開緘到是愁。	薛濤	贈遠二首	卷八〇三	九〇四二
27	跳躍深池四五秋。，常搖朱尾弄綸鉤。	薛濤	魚離池	卷八〇三	九〇四四
28	蓊鬱新栽四五行，常將勁節負秋。霜。	薛濤	竹離亭	卷八〇三	九〇四四
29	平臨雲鳥八窗秋。，壯壓西川四十州。	薛濤	籌邊樓	卷八〇三	九〇四五

編號	例句	作者	詩題	全唐詩卷數	全唐詩頁數
30	秋風彷彿吳江泠，鷗鷺參差夕陽影。	薛濤	江月樓	卷八〇三	九〇四五
31	影鋪秋水面，花落釣人頭。	魚玄機	賦得江邊柳	卷八〇四	九〇四七
32	唯應雲扇情相似，同向銀牀恨早秋。	魚玄機	酬李學士寄簟	卷八〇四	九〇四八
33	舜琴將弄怨飛鴻，井邊桐葉鳴秋雨。	魚玄機	情書寄李子安	卷八〇四	九〇四八
34	春來秋去相思在，秋去春來信息稀。	魚玄機	閨怨	卷八〇四	九〇四九
35	蓬山雨灑千峰小，嶰谷風吹萬葉秋。	魚玄機	和友人次韻	卷八〇四	九〇五〇
36	仙籍人間不久留，片時已過十經秋。	魚玄機	和新及第悼亡詩二首	卷八〇四	九〇五〇
37	自歎多情是足愁，況當風月滿庭秋。	魚玄機	秋怨	卷八〇四	九〇五一
38	春花秋月入詩篇，白日清宵是散仙。	魚玄機	題隱霧亭	卷八〇四	九〇五一
39	鄉思悲秋客，愁吟五字詩。	魚玄機	期友人阻雨不至	卷八〇四	九〇五二
40	嵇君嬾書札，底物慰秋情。	魚玄機	寄飛卿	卷八〇四	九〇五三
41	相如琴罷朱弦斷，雙燕巢分白露秋。	魚玄機	左名場自澤州至京使人傳語	卷八〇四	九〇五五
42	情來對鏡懶梳頭，暮雨蕭蕭庭樹秋。	李冶	得閻伯鈞書	卷八〇四	九〇五九

（二）悲涼字的使用

此類分1.「愁」字的使用2.「思」字的使用3.「淚」字的使用4.「怨」、「恨」字的使用5.「斷腸」字的使用等五項。以下分項逐條舉例說明。

1.「愁」字的使用

詩中「愁」字的使用如「相見還愁卻別君」、「不堪愁望更相思」、「知憑文字寫愁心」、「借問人間愁寂意」、「不使愁人半夜眠」、「驚夢復添愁」、「愁隨芳草新」、「不愁行苦苦相思」、「滿庭木葉愁風起」、「何事能銷旅館愁」、「晚風敧柳似眉愁」、「自歎多情是足愁」、「江南江北愁望」、「醉別千卮不浣愁」、「閑居作賦幾年愁」、「白髮愁篇覺」、「自有春愁正斷魂」等，明顯表現婦女閨怨詩中，或覩物思人、藉景抒情，或藉酒消憂、賦詩寄情，在「愁」字的引導使用下，盡是訴不完的哀怨情愁。（見「愁」字的使用表）

2.「思」字的使用

詩中「思」字的使用如「相思」、「思人」、「思君」、「情思」、「綺思」、「苦思」等，加強了作品中思念情懷的效果。（見「思」字的使用表）

3.「淚」字的使用

詩中「淚」字的使用，如「淚痕」、「淚眼」、「淚如雨」、「燕脂淚」、「雙淚」、「珠淚」、「泣淚」、「垂淚」、「淚容」、「掩淚」等，對於作者心中苦悶的宣洩，有啟示性的作用。（見「淚」字的使

用表）

4.「怨」、「恨」字的使用

詩中「怨」、「恨」字的使用，如「長恨」、「離恨」、「餘恨」、「怨黃昏」、「萬恨」、「恨人」、「恨東風」、「恨早秋」、「恨獨行」等，諸多的怨、恨皆為情緒的反映，可以看出婦女們的生活情形，因離別而生的愁思怨恨，是很值得注意的。（見「怨」、「恨」字的使用表）

5.「斷腸」字的使用

詩中「斷腸」字的使用，如「腸斷阿誰知」、「拂杵調砧更斷腸」、「腸斷不禁春」、「無奈柔腸斷」、「花間暗斷腸」等，愁苦之情的極致，以「斷腸」形容，更凸顯了詩中的悲涼意識。（見「斷腸字」的使用表）

（愁）字的使用表

編號	例句	作者	詩題	全唐詩卷數	全唐詩頁數
1	淚眼描將易，愁腸寫出難。	薛媛	寫真寄夫	卷七九九	八九九一
2	玉指朱紘軋復清，湘妃愁怨最難聽。	孫氏	聞琴	卷七九九	八九九一
3	謝將清酒寄愁人，澄澈甘香氣味真。	孫氏	謝人送酒	卷七九九	八九九二
4	春來引步暫尋遊，愁見風光倚寺樓。	王霞卿	題唐安寺閣壁	卷七九九	八九九三
5	碧雲飄斷音書絕，空倚玉簫愁鳳凰。	紅綃妓	憶崔生	卷八〇〇	八九九八
6	相思只恨難相見，相見還愁卻別君。	步非煙	答趙象	卷八〇〇	九〇〇二

編號	例句	作者	詩題	全唐詩卷數	全唐詩頁數
7	蕭湘夜瑟怨猶在。巫峽曉雲愁不稀。	崔仲容	贈歌姬	卷八〇一	九〇一一
8	雨滴梧桐秋夜長，愁心和雨到昭陽。	劉媛	長門怨	卷八〇一	九〇一三
9	唯有妖娥曾舞處。古臺寂寞起愁煙	劉瑤	闔閭城懷古	卷八〇一	九〇一五
10	無奈柔腸斷，關山總是愁。	劉淑柔	中秋夜泊武昌	卷八〇一	九〇一六
11	同心再解不心離，離字頻看字愁滅。	長孫佐輔妻	荅外	卷八〇一	九〇一八
12	繡牀怕引烏龍吠，錦字愁教青鳥銜。	光威裒姊妹三人	聯句（裒）	卷八〇一	九〇二一
13	有賣愁仍緩，無時心轉傷。	張窈窕	上成都在事	卷八〇二	九〇二九
14	淡淡春風花落時。不提愁望更相思。	張窈窕	寄故人	卷八〇二	九〇二九
15	春愁正斷絶，春鳥復哀吟。	薛濤	春望詞四首	卷八〇三	九〇三五
16	黠虜猶違命，烽煙直北愁。	薛濤	罰赴邊有懷上韋令公	卷八〇三	九〇三六
17	萬里橋頭獨越吟，知憑文字寫愁心。	薛濤	和郭員外題萬里橋	卷八〇三	九〇四一
18	離亭急管四更後，不見公車心獨愁。	薛濤	江亭餞別	卷八〇三	九〇四一
19	借問人間愁寂意，伯牙絃絶已無聲。	薛濤	寄張元夫	卷八〇三	九〇四一
20	芙蓉新落蜀山秋，錦字開緘到是愁。	薛濤	贈遠二首	卷八〇三	九〇四二
21	長來枕上牽情思，不使愁人半夜眠。	薛濤	秋泉	卷八〇三	九〇四三
22	蕭蕭風雨夜，驚夢復添愁。	魚玄機	賦得江邊柳	卷八〇四	九〇四七
23	山捲珠簾看，愁隨芳草新。	魚玄機	寄國香	卷八〇四	九〇四七
24	秦鏡欲分愁墮鵲，舜琴將弄怨飛鴻。	魚玄機	情書寄李子安	卷八〇四	九〇四八

編號	例句	作者	詩題	全唐詩卷數	全唐詩頁數
25	山路欹斜石磴危，不愁。行苦苦相思。	魚玄機	春情寄子安	卷八〇四	九〇四九
26	滿庭木葉愁。風起，透幌紗窗惜月沈。	魚玄機	冬夜寄溫飛卿	卷八〇四	九〇四九
27	何事能銷旅館愁。，紅牋開處見銀鉤。	魚玄機	和友人次韻	卷八〇四	九〇五〇
28	朝露綴花如臉恨，晚風欹柳似眉愁。。	魚玄機	和新及第悼亡詩二首	卷八〇四	九〇五〇
29	自歎多情是足愁。，況當風月滿庭秋。	魚玄機	愁怨	卷八〇四	九〇五一
30	莫愁。魂逐清江去，空使行人萬首詩。	魚玄機	夏日山居	卷八〇四	九〇五三
31	街近鼓鼙喧曉睡，庭閑鵲語亂春愁。。	魚玄機	暮春即事	卷八〇四	九〇五三
32	江南江北愁。望，相思相憶空吟。	魚玄機	隔漢江寄子安	卷八〇四	九〇五四
33	醉別千卮不浣愁。，離腸百結解無由。	魚玄機	寄子安	卷八〇四	九〇五四

編號	例句	作者	詩題	全唐詩卷數	全唐詩頁數
34	閑居作賦幾年愁。，王屋山前是舊遊。	魚玄機	左名場自澤州至京使人傳語	卷八〇四	九〇五五
35	愁。鬢行看白，童顏學未成	李治	道意寄崔侍郎	卷八〇五	九〇五八
36	白髮愁。偏覺，歸心夢獨知。	元淳	寄洛中諸姊	卷八〇五	九〇六一
37	自有春愁。正斷魂，不堪芳草思王孫。	（前蜀）灼灼	春愁	（全五代詩）卷五六	八五七

（思）字的使用表

編號	例句	作者	詩題	全唐詩卷數	全唐詩頁數
1	葉下洞庭初，思。君萬里餘。	上官昭容	綵書怨	卷五	六一
2	征人望鄉思。，戰馬聞鼙驚。	鮑君徽	關山月	卷七	六九

編號	例句	作者	詩題	全唐詩卷數	全唐詩頁數
3	詎憐愁思人，銜啼嗟薄命。	魏氏	贈外	卷七九九	八九八二
4	從來誇有龍泉劍，試割相思得斷無。	張氏	寄夫	卷七九九	八九八九
5	寂寞相思處，雕梁落燕泥。	薛蘊	句	卷七九九	八九九〇
6	十月寒更堪思人，一聞擊柝一傷神。	程長文	獄中書情上使君	卷七九九	八九九七
7	此時最是思君處，腸斷寒猿定不如。	晁采	秋日再寄	卷八〇〇	八九九九
8	相思百餘日，相見苦無期。	晁采	子夜歌十八首	卷八〇〇	八九九九
9	無力嚴妝倚繡櫳，暗題蟬錦思難窮。	步非煙	又答趙象獨坐	卷八〇〇	九〇〇二
10	相思只恨難相見，相見還愁卻別君。	步非煙	荅趙象	卷八〇〇	九〇〇二
11	對此思君淚相續。羞將離恨向東風	姚月華	怨詩寄楊達	卷八〇〇	九〇〇四

編號	例句	作者	詩題	全唐詩卷數	全唐詩頁數
12	此時去留恨，含思獨無言。	鮑家四弦	送韋生酒	卷八〇〇	九〇〇七
13	長相思，久離別。	郎大家宋氏	長相思	卷八〇一	九〇〇八
14	此時望君君不來，此時思君君不顧。	郎大家宋氏	宛轉歌	卷八〇一	九〇〇八
15	玉帳枕猶暖，紈扇思何長。	崔萱	古意	卷八〇一	九〇一〇
16	吳刀剪破機頭錦，茱萸花墜相思枕。	劉瑤	古意曲	卷八〇一	九〇一五
17	日暮泛舟溪澈口，那堪夜永思氛氳。	廉氏	峽中即事	卷八〇一	九〇一五
18	誰知獨夜相思處，淚滴寒塘蕙草時。	廉氏	寄征人	卷八〇一	九〇一五
19	自從別後減容光，半是思郎半恨郎	太原妓	寄歐陽詹	卷八〇二	九〇二四
20	淡淡春風花落時，不堪愁望更相思。	張窈窕	寄故人	卷八〇二	九〇二九

編號	例句	作者	詩題	全唐詩卷數	全唐詩頁數
21	欲問相思處，花開花落時。那堪花滿枝，翻作兩相思。	薛濤	春望詞四首	卷八〇三	九〇三五
22	只欲欄邊安枕席，夜深閑共說相思。	薛濤	牡丹	卷八〇三	九〇三七
23	浩思藍山玉彩寒，冰囊敲碎楚金盤。	薛濤	酬祝十三秀才	卷八〇三	九〇三八
24	長來枕上牽情思，不使愁人半夜眠。	薛濤	秋泉	卷八〇三	九〇四三
25	澹地鮮風將綺思，飄花散蕊媚青天。	薛濤	贈韋校書	卷八〇三	九〇四五
26	旦夕醉吟身，相思又此春。	魚玄機	贈鄰女	卷八〇四	九〇四七
27	春來秋去相思在，秋去春來信息稀。	魚玄機	閨怨	卷八〇四	九〇四九
28	山路欹斜石磴危，不愁行苦苦相思。	魚玄機	春情寄子安	卷八〇四	九〇四九

編號	例句	作者	詩題	全唐詩卷數	全唐詩頁數
29	苦思搜詩燈下吟，不眠長夜怕寒衾。	魚玄機	冬夜寄溫飛卿	卷八〇四	九〇四九
30	獨憐無限思，吟罷亞枝松。	魚玄機	暮春有感寄友人	卷八〇四	九〇五三
31	江南江北愁望，相思相憶空吟。	魚玄機	隔漢江寄子安	卷八〇四	九〇五四
32	相思無曉夕，相望經年月。	李冶	寄朱放	卷八〇五	九〇五七
33	卻憶初聞鳳樓曲，教人寂寞復相思。	李冶	感興	卷八〇五	九〇五八
34	別後相思人似月，雲間水上到層城。	李冶	明月夜留別	卷八〇五	九〇五九
35	舊國經年別，關河萬里思。	元淳	寄洛中諸姊	卷八〇五	九〇六〇
36	自有春愁正斷魂，不堪芳草思王孫。	灼灼（前蜀）	春愁	（全五代詩）卷五六	八五七

「淚」字的使用表

編號	例句	作者	詩題	全唐詩卷數	全唐詩頁數
1	淚痕應共見，腸斷阿誰知。	薛蘊	贈故人	卷七九九	八九八九
2	淚眼描將易，愁腸寫出難。	薛媛	寫真寄夫	卷七九九	八九九一
3	開箱疊練先垂淚，拂杵調砧更斷腸。	侯氏	繡龜形詩	卷七九九	八九九二
4	春水悠悠春草綠，對此思君淚相續。	姚月華	怨詩寄楊達	卷八〇〇	九〇〇三
5	無端兩行淚，長只對花流。	孟氏	獨遊家園	卷八〇〇	九〇〇五
6	囊里真香誰見竊，鮫綃滴淚染成紅。	李節度姬	書紅綃帕	卷八〇〇	九〇〇六
7	曉看襟上淚流處，點點血痕猶在衣。	梁瓊	宿巫山寄遠人	卷八〇一	九〇〇九
8	玉枕空流別後淚，羅衣已盡去時香。	梁瓊	句	卷八〇一	九〇〇九
9	掩淚向浮雲，誰知妾懷抱。	劉雲	有所思	卷八〇一	九〇一〇
10	蕩子遊不歸，春來淚如雨。	張琰	春詞二首	卷八〇一	九〇一二
11	淚痕不學君恩斷，拭卻千行更萬行。	劉媛	長門怨	卷八〇一	九〇一三
12	翠軒輾雲輕遙遙，燕脂淚迸紅線條。	劉瑤	暗別離	卷八〇一	九〇一四
13	裴回東南望，雙淚空霑衣。	廉氏	懷遠	卷八〇一	九〇一五
14	誰知獨夜相思處，淚滴寒塘蕙草時。	廉氏	寄征人	卷八〇一	九〇一五
15	回首池塘更無語，手彈珠淚與春風。	京兆女子	題興元明珠亭	卷八〇一	九〇一九
16	歸來投玉枕，始覺淚痕垂。	常浩	贈盧夫人	卷八〇二	九〇二五
17	為失三從泣淚頻，此身何用處人倫。	徐月英	敘懷	卷八〇三	九〇三三
18	去春零落暮春時，淚溼紅箋怨別離。	薛濤	牡丹	卷八〇三	九〇三七

編號	例句	作者	詩題	全唐詩卷數	全唐詩頁數
19	枕上潛垂淚，花間暗斷腸。	魚玄機	贈鄰女	卷八〇四	九〇四七
20	別君何物堪持贈，淚落晴光一首詩。	魚玄機	春情寄子安	卷八〇四	九〇四九
21	鶯語驚殘夢，輕妝改淚容。	魚玄機	暮春有感寄友人	卷八〇四	九〇四九
22	願得西山無樹木，免教人作淚懸懸。	魚玄機	折楊柳	卷八〇四	九〇五六
23	相逢仍臥病，欲語淚先垂。	李冶	湖上臥病喜陸鴻漸至	卷八〇五	九〇五七
24	誰堪離亂處，掩淚向南枝。	元淳	寄洛中諸姊	卷八〇五	九〇六〇

「怨」、「恨」字的使用表

編號	例句	作者	詩題	全唐詩卷數	全唐詩頁數
1	血濺羅衣終不恨，瘡粘錦袖亦何辭。	程長文	獄中書情上使君	卷七九九	八九九七
2	可恨年年贈離別。一葉隨風忽報秋	柳氏	答韓翃	卷八〇〇	八九九八
3	雖然情斷沙叱後，爭奈平生怨恨深。	程洛賓	歸李江州後寄別王氏	卷八〇〇	八九九八
4	深洞鶯啼恨阮郎，偷來花下解珠璫。	紅綃妓	憶崔生	卷八〇〇	八九九九
5	綠慘雙蛾不自持，只緣幽恨在新詩。郎心應是琴心怨，脈脈春情更泥誰。	步非煙	答趙子	卷八〇〇	九〇〇二
6	長恨桃源諸女伴，等閒花裡送郎歸。	步非煙	寄懷	卷八〇〇	九〇〇二
7	羞將離恨向東風，理盡秦箏不成曲。	姚月華	怨詩寄楊達	卷八〇〇	九〇〇四
8	為報西遊減離恨，阮郎纔去嫁劉郎。	趙氏	寄情	卷八〇〇	九〇〇五
9	妾閉閒房君路岐，妾心君恨兩依依。	崔素娥	別韋洵美詩	卷八〇〇	九〇〇六

編號	例句	作者	詩題	全唐詩卷數	全唐詩頁數
10	此時去留恨，含思獨無言。	鮑家四弦	送韋生酒	卷八〇〇	九〇〇六
11	月色空餘恨，松聲莫更哀。	梁瓊	銅雀臺	卷八〇一	九〇〇九
12	從此不歸成萬古，空留賤妾怨黃昏。	裴羽仙	哭夫二首之二	卷八〇一	九〇一三
13	寂寥滿地落花紅。獨有離人萬恨中。	京兆女子	題興元明珠亭	卷八〇一	九〇一九
14	自從別後減容光，半是思郎半恨郎。	太原妓	寄歐陽詹	卷八〇二	九〇二四
15	泥蓮既沒移栽分，今日分離莫恨人。	王福娘	謝棨詩	卷八〇二	九〇二六
16	消瘦翻堪見令公，落花無那恨東風。	薛濤	段相國遊武擔寺病不能從題寄	卷八〇三	九〇四三
17	及至移根上林苑，王孫方恨買無因。	魚玄機	賣殘牡丹	卷八〇四	九〇四八

編號	例句	作者	詩題	全唐詩卷數	全唐詩頁數
18	唯應雲扇情相似，同向銀床恨早秋。	魚玄機	酬李學士寄簟	卷八〇四	九〇四八
19	雖恨獨行冬盡日，終期相見月圓時。	魚玄機	春情寄子安	卷八〇四	九〇四九
20	朝露綴花如臉恨，晚風欹柳似看愁。	魚玄機	和新及第悼亡詩二首	卷八〇四	九〇五〇
21	珍簟涼風至，瑤琴寄恨生。	魚玄機	寄飛卿	卷八〇四	九〇五三
22	西山日落東山月，恨想無因有了期。	魚玄機	代人悼亡	卷八〇四	九〇五三

（斷腸）字的使用表

編號	例句	作者	詩題	全唐詩卷數	全唐詩頁數
1	淚痕應共見，腸斷阿誰知。	薛蘊	贈故人	卷七九九	八九八九
2	開箱疊練先垂淚，拂杵調砧更斷腸。	侯氏	繡龜形詩	卷七九九	八九九二

編號	例句	作者	詩題	全唐詩卷數	全唐詩頁數
3	江鄉感殘春，腸斷晚煙起。	周仲美	畫壁	卷七九九	八九九六
4	此時最是思君處，腸斷寒猿定不如。	晁采	秋日再寄	卷八〇〇	八九九九
5	忽見便教隨命去，戀恩腸斷出門時。	崔紫雲	臨行獻李尚書	卷八〇〇	九〇〇三
6	丹誠空有夢，腸斷不禁春。	崔仲容	贈所思	卷八〇一	九〇一一
7	無奈柔腸斷，關山總是愁。	劉淑柔	中秋夜泊武昌	卷八〇一	九〇一六
8	夕望層城眼欲穿，曉臨明鏡腸堪絕。	張窈窕	贈所思	卷八〇二	九〇三〇
9	枕上潛垂淚，花間暗斷腸。	魚玄機	贈鄰女	卷八〇四	九〇四七
10	雨中寄書使，窗下斷腸人。	魚玄機	寄國香	卷八〇四	九〇四七
11	彈著相思曲，絃腸一時斷。	李冶	相思怨	卷八〇五	九〇五八

（三）人名、典故的使用

詩句中出現鑲有人名者，可知當時婦女所熟悉的人物有潘岳、伯牙、司馬相如、王羲之、蔡琰、西施等人。婦女偶有使用典故的，但為數不多，例如以長門賦漢武帝漢皇后的失寵，比之團扇詩漢成帝班婕妤的被棄一則。（見人名、典故的使用表）

人名的使用表

編號	人名使用	例句	作者	詩題	全唐詩卷數	全唐詩頁數
1	潘岳	安仁縱有詩將賦，一半音詞雜悼亡。	薛濤	別李郎中	卷八○三	九○三八
2	王羲之	山陰妙術人傳久，也說將鵝與右軍。	薛濤	送扶鍊師	卷八○三	九○三八
3	伯牙	借問人間愁寂意，伯牙絃絕已無聲。	薛濤	寄張元夫	卷八○三	九○四二
4	潘岳	彩雲一去無消息，潘岳多情怨白頭。	魚玄機	和新及第悼亡詩二首	卷八○四	九○五○
5	潘岳	焚香出戶迎潘岳，不羨牽牛織女家。	魚玄機	迎李近仁員外	卷八○四	九○五四
6	司馬相如	相如琴罷朱弦斷，雙燕巢分白露秋。	魚玄機	左名場自澤州至京使人傳語	卷八○四	九○五五
7	蔡琰西施	文姬有貌終堪比，西子無言我更慚。	魚玄機	和光威裒姊妹三人詩	卷八○四	九○五五

典故的使用

編號	例句	作者	詩題	全唐詩卷數	全唐詩頁數
1	無金可買長門賦，有恨空吟團扇詩。	張窈窕	寄故人	卷八○二	九○二九

（四）頂真法的使用

「頂真」一辭據黃慶萱《修辭學》的解釋為「前一句的結尾，來作下一句的起頭，叫做頂真。」，又「在同一段語文中，有連續或不連續的幾句，使用頂真法的，叫聯珠格。」婦女作品中有聯珠格的使用如：「枝上花，花下人。」、「丈夫多好新，新人喜新聘。」、「相思只恨難相見，相見還愁卻別君。」、「今日賣衣裳，衣裳渾賣盡。」、「行雨行雲一時起，一時起三春暮若」等。透過頂真的使用，可以看出婦女在用字技巧

上，已達到使意象緊湊、環環相扣的效果。（見頂真法的使用表）

頂真法的使用表

編號	例句	作者	詩題	全唐詩卷數	全唐詩頁數
1	貪封薊北書。 書中無別意，	上官昭容	綵書怨（綵毫怨）	卷五	六一
2	枝上花， 花下人	鮑君徽	惜花吟	卷七	六九
3	丈夫多好新。 新人喜新聘	魏氏	贈外	卷七九九	八九八二
4	又欲向梁州。 梁州秦嶺西	趙氏	雜言寄杜羔	卷七九九	八九八八
5	相思只恨難相見， 相見還愁卻別君。	步非煙	答趙象	卷八〇〇	九〇〇二
6	如彼兮車輪。 車輪兮可歇 如彼兮絲棼。 絲棼兮可理	姚月華	怨詩效徐淑體	卷八〇〇	九〇〇三
7	不道終不可， 可即恐郎知。	孟氏	答少年	卷八〇〇	九〇〇五
8	歌宛轉， 宛轉和且長。 歌宛轉， 宛轉那能異棲宿。	郎大家宋氏	宛轉歌	卷八〇一	九〇〇八
9	行雨行雲一時起。 一時起三春暮若。	郎大家宋氏	朝雲引	卷八〇一	九〇〇八
10	妾豈如秋扇。 秋扇尚有時	劉雲	婕妤怨	卷八〇一	九〇一〇
11	高殿沈沈閉青苔， 青苔無人跡。	張琰	銅雀臺	卷八〇一	九〇一二
12	行樂逶迤念容色， 色衰秖恐君恩歇。	田娥	攜手曲	卷八〇一	九〇一六
13	高殿沈沈閉青苔， 青苔無人跡。	張瑛	銅雀臺	卷八〇一	九〇一七

編號	例句	作者	詩題	全唐詩卷數	全唐詩頁數
14	同心再解不心離，離字頻看字愁滅。結成一衣和淚封，封書只在懷袖中。	長孫佐轉妻	答外	卷八〇一	九〇一八
15	只道住桐廬，桐廬人不見。	劉采春	囉嗊曲	卷八〇二	九〇二三
16	今日貴衣裳，衣裳渾貴盡。	張窈窕	上成都在事	卷八〇二	九〇二九

編號	例句	作者	詩題	全唐詩卷數	全唐詩頁數
17	何處江村有笛聲，聲聲盡是迎郎曲。	薛濤	題竹郎廟	卷八〇三	九〇四〇
18	望水試登山，山高湖又闊。	李治	寄朱放	卷八〇五	九〇五七
19	攜琴上高樓，樓虛月華滿。	李治	相思怨	卷八〇五	九〇五八

（五）比喻法的使用

比喻法的使用如「初疑颯颯涼風勁，又似蕭蕭暮雨零。」、「近比流泉來碧嶂，遠如玄鶴下青冥。「將琴聲比之涼風、暮雨、流泉、玄鶴，作明顯而生動的比喻。「景勝銀釭香比蘭，一條白玉偪人寒。」將蠟燭比之白玉，景色比之夜色，味香比之蘭馨。「清歌一曲月如霜」將月色的皎潔比之霜白無染。「朝露綴花如臉恨，晚風敧柳似眉愁。」將臉上的淚痕比之朝露綴花，將愁眉比之如迎風搖曳的斜柳。這些用字的技巧可以表現出婦女作品的多變性，只可惜創作的數量並不多。（見比喻法的使用表）

比喻法的使用表

編號	例句	作者	詩題	全唐詩卷數	全唐詩頁數
1	初疑颯颯涼風勁，又似蕭蕭暮雨零。近比流泉來碧嶂，遠如玄鶴下青冥。	孫氏	聞琴	卷七九九	八九九一
2	景勝銀釭香比蘭，一條白玉逼人寒。	孫氏	白蠟燭詩	卷七九九	八九九一
3	自把玉簪敲砌竹，清歌一曲月如霜。	張立本女	詩	卷七九九	八九九二
4	朝露綴花如臉恨，晚風欹柳似眉愁。	魚玄機	和新及第悼亡詩	卷八〇四	九〇五〇

（六）「詩」、「酒」字的使用

此類分1.「詩」字的使用2.「酒」字的使用兩項。以下分項逐條舉例說明。

1.「詩」字的使用

詩中「詩」字的使用如「題詩」、「賦詩」、「新詩」、「搜詩」、「詩篇」等，表現婦女生活中有文學創作的動機，透露出除了灑掃以外知性的一面。（見「詩」字的使用表）

2.「酒」字的使用

詩中「酒」字的使用如「平生偏好酒」、「憶昨會詩酒」、「獨把離懷寄酒尊」、「話別一尊酒」」、「滿杯春酒綠」、「坐上清泉泛酒杯」、「強勸陶家酒」等，表現婦女剛強、豪邁的一面，也說明了詩酒自娛、娛人的另一種婦女生活方式。（見「酒」字的使用表）

「詩」字的使用表

編號	例句	作者	題詩	全唐詩卷數	全唐詩頁數
1	一朝歌舞榮，夙昔詩書賤。	徐賢妃	長門怨	卷五	五九
2	一葉題詩出禁城，誰人酬和獨含情。	天寶宮人	題洛苑梧葉上	卷七九七	八九六七
3	題詩花葉上，寄與接流人。	德宗宮人	題花葉詩	卷七九七	八九六七
4	一辭拾翠碧江湄，貧守蓬茅但賦詩。	黃崇嘏	辭蜀相妻女詩	卷七九九	八九九五
5	綠慘雙蛾不自持，只緣幽恨在新詩。	步非煙	答趙子	卷八〇〇	九〇〇二
6	從來學製斐然詩，不料霜臺御史知。	崔紫雲	臨行獻李尚書	卷八〇〇	九〇〇三
7	憶昨會詩酒，終日相逢迎。	田娥	寄遠	卷八〇一	九〇一六
8	詩家利器馳聲久，何用春闈榜下看。	薛濤	酬祝十三秀才	卷八〇三	九〇三八
9	安仁縱有詩將賦，一半音詞雜悼亡。	薛濤	別李郎中	卷八〇三	九〇三八
10	橫雲點染芙蓉壁，似待詩人寶月來。	薛濤	賦凌雲寺二首之二	卷八〇三	九〇三九
11	雙魚底事到儂家，撲手新詩片片霞。	薛濤	酬杜舍人	卷八〇三	九〇四五
12	筆硯行隨手，詩書坐繞身。	魚玄機	寄劉尚書	卷八〇四	九〇四八
13	苦思搜詩燈下吟，不眠長夜怕寒衾。	魚玄機	冬夜寄溫飛卿	卷八〇四	九〇四九
14	一首詩來百度吟，新情字字又聲金。	魚玄機	次韻西鄰新居兼乞酒	卷八〇四	九〇五〇
15	春花秋月入詩篇，白日清宵是散仙。	魚玄機	題隱霧亭	卷八〇四	九〇五一
16	莫愁魂逐清江去，空使行人萬首詩。	魚玄機	過鄂州	卷八〇四	九〇五三

「酒」字的使用表

編號	例句	作者	詩題	全唐詩卷數	全唐詩頁數
1	謝將清酒寄愁人，澄澈甘香氣味真。	孫氏	謝人送酒	卷七九九	八九九二
2	平生偏好酒，勞爾勸吾餐。	蔣氏	答諸姊妹戒飲	卷七九九	八九九五
3	中山如有酒，敢借千金價。	晁采	子夜歌十八首	卷八〇〇	八九九九
4	憶昨會詩酒。終日相逢迎。	廉氏	寄遠	卷八〇一	九〇一六
5	弄珠灘上欲銷魂，獨把離懷寄酒尊。	襄楊妓	送武補闕	卷八〇二	九〇二六
6	話別一尊酒，相邀無後期。	顏令賓	臨終召客	卷八〇二	九〇二八
7	凭闌卻憶騎鯨客，把酒臨風手自招。	薛濤	西巖	卷八〇三	九〇四五
8	莫聽凡歌春病酒，休招閑客夜貪棋。	魚玄機	春情寄子安	卷八〇四	九〇四九
9	滿杯春酒綠，對月夜窗幽。	魚玄機	遣懷	卷八〇四	九〇五二
10	庭前亞樹張衣桁，坐上清泉泛酒杯。	魚玄機	夏日山居	卷八〇四	九〇五三
11	強勸陶家酒，還吟謝客詩。	李冶	湖上臥病喜陸鴻漸至	卷八〇五	九〇五七

（七）暱呼字的使用

詩中暱呼字的使用如「阮郎」、「倩郎」、「玉郎」、「郎心」、「情郎」、「仙郎」、「有心郎」、「潘郎」等，婦女自稱則為「儂」、「妾」的使用。（見暱呼字的使用表）

暱呼字的使用表

編號	例句	作者	詩題	全唐詩卷數	全唐詩頁數
1	深洞鶯啼恨阮郎， 偷來花下解珠璫。	紅綃妓	憶崔生	卷八〇〇	八九九九
2	花箋製葉寄郎邊， 的的尋魚為妾傳。 並蒂已看靈鵲報， 倩郎早覓買花船。	晁采	寄文茂	卷八〇〇	八九九九
3	何事玉郎久離別， 忘憂總對豈忘憂。 安得妾身今似雨， 也隨風去與郎同。	晁采	雨中憶夫	卷八〇〇	九〇〇〇
4	儂既剪雲鬟，郎亦分絲髮。 郎不信儂時，但看枕上跡。 剪之特寄郎，聊當攜手行。 寄語閨中娘，顏色不常好。 良會終有時，勸郎莫得怒。 醉夢幸逢郎，無奈烏啞啞。 繡房擬會郎，四窗日離離。 來生何所願，與郎為一身。 花池多芳水，玉杯挹贈郎。 一雙連素縷，與郎聊定情。	晁采	子夜歌十八首	卷八〇〇	九〇〇〇

編號	例句	作者	詩題	全唐詩卷數	全唐詩頁數
	早起遣問郎，昨宵何以過。得郎日嗣音，令人不可覩。先懷儂袖裡，然後約郎腰。儂贈綠絲衣，郎遺玉鉤子。即欲繫儂心，儂思著郎體。				
5	不為傍人羞不起，為郎憔悴卻羞郎。	崔鶯鶯	寄詩	卷八〇〇	九〇〇二
6	郎心應是琴心怨，脈脈春情更泥誰。	步非煙	答趙子	卷八〇〇	九〇〇二
7	長恨桃源諸女伴，等閒花裡送郎歸。	步非煙	寄懷	卷八〇〇	九〇〇二
8	願君兮見察，妾死兮何瞋。	姚月華	怨詩效徐淑體	卷八〇〇	九〇〇三
9	金刀翦紫羢，與郎作輕履。	姚月華	制履贈楊達	卷八〇〇	九〇〇四
10	不道終不可，可即恐郎知。	孟氏	答少年	卷八〇〇	九〇〇五
11	為報西遊減離恨，阮郎纔去嫁劉郎。	趙氏	寄情	卷八〇〇	九〇〇五

編號	例句	作者	詩題	全唐詩卷數	全唐詩頁數
12	殷勤遺下輕綃意，好與情郎懷袖中。	李節度姬	書紅綃帕	卷八〇〇	九〇〇六
13	暫到崑崙未得歸，阮郎何事教人非。	崔仲容	戲贈	卷八〇一	九〇一一
14	自從別後減容光，半是思郎半恨郎。	太原妓	寄歐陽詹	卷八〇二	九〇二四
15	非同覆水應收得，只問仙郎有意無。	王福娘	問棨詩	卷八〇二	九〇二六
16	銀釭斜背解明璫，小語偷聲賀玉郎。	平康妓	贈裴思謙	卷八〇二	九〇三〇
17	何處江村有笛聲，聲聲盡是迎郎曲。	薛濤	題竹郎廟	卷八〇三	九〇四〇
18	儂心猶道青春在，羞看飛蓬石鏡中。	薛濤	段相國游武擔寺病不能從題寄	卷八〇三	九〇四三
19	為驚玉貌郎君墜，不得華軒更一嘶。	薛濤	馬離廄	卷八〇三	九〇四四
20	雙魚底事到儂家，撲手新詩片片霞。	薛濤	酬杜舍人	卷八〇三	九〇四五

編號	例句	作者	詩題	全唐詩卷數	全唐詩頁數
21	易求無價寶，難得有心郎。	魚玄機	贈鄰女	卷八〇四	九〇四七
22	無限荷香染暑衣，阮郎何處弄船歸。	魚玄機	聞李端公垂釣回寄贈	卷八〇四	九〇五一
23	深巷窮門少侶儔，阮郎唯有夢中留。	魚玄機	暮春即事	卷八〇四	九〇五三
24	秦樓幾夜愜心期，不料仙郎有別離。	魚玄機	送別	卷八〇四	九〇五四
25	何事玉郎搜藻思，忽將瓊韻扣柴關。	魚玄機	和人次韻	卷八〇四	九〇五五
26	阿母幾嗔花下語，潘郎曾向夢中參。	魚玄機	賀光威裒韻姊妹三人詩	卷八〇四	九〇五五
27	歸來重相訪，莫學阮郎迷。	李冶	送閻二十六赴剡縣	卷八〇五	九〇五九

綜觀隋唐婦女閨怨詩在字辭的使用上，就用字而言，在季節名的使用方面，隋代只有「春」字的使用，唐代則有「春」「秋」二字的使用。唐代「春」字的使用有六十八例，隋代祗有七例，唐代「秋」字的使用有四十二例，隋代則全無，兩者相較之下，更顯得唐代在「春」、「秋」字的使用上廣泛、活潑，因對季節的感受度高，寫作的觸角得以拓展而使得詩境生意盎然。

在悲涼字的使用上，由於唐代婦女閨怨詩作多，因此悲涼字的使用分量亦較隋代為多。此外，人名、典故、頂真法、比喻法、「詩」、「酒」字、暱呼字等字辭的使用，均表現在唐代婦女閨怨詩作中，在隋代婦女詩作中則少見。

註釋

註一：清聖祖御定《全唐詩》，（文史哲出版，民國六十七年），卷八〇一，頁九〇二〇。
註二：清聖祖御定《全唐詩》，卷八〇〇，頁九〇〇三。
註三：逯欽立輯校《先秦漢魏晉南北朝詩》，（中華書局，西元一九九三年十二月），卷六，頁一八八。
註四：逯欽立輯校《先秦漢魏晉南北朝詩》，卷七，頁二七三九。
註五：逯欽立輯校《先秦漢魏晉南北朝詩》，卷七，頁二七三六。
註六：清聖祖御定《全唐詩》，卷七，頁六七。
註七：清聖祖御定《全唐詩》，卷五，頁五九。
註八：清聖祖御定《全唐詩》，卷七九九，頁八九八八。
註九：清聖祖御定《全唐詩》，卷七九九，頁八九八八。
註十：清聖祖御定《全唐詩》，卷七九九，頁八九八八。
註十一：清聖祖御定《全唐詩》，卷七九九，頁八九八九。
註十二：清聖祖御定《全唐詩》，卷七九九，頁八九九二。
註十三：清聖祖御定《全唐詩》，卷七九九，頁八九九二。
註十四：清聖祖御定《全唐詩》，卷七九九，頁八九九五。
註十五：清聖祖御定《全唐詩》，卷七九九，頁八九九五。
註十六：清聖祖御定《全唐詩》，卷八〇〇，頁九〇〇六。
註十七：清聖祖御定《全唐詩》，卷七九九，頁八九九一。
註十八：清聖祖御定《全唐詩》，卷七九九，頁八九九三。

註十九：清聖祖御定《全唐詩》，卷七九九，頁八九九七。
註二十：清聖祖御定《全唐詩》，卷八〇五，頁八〇五七。
註二一：清聖祖御定《全唐詩》，卷八〇四，頁九〇五〇。
註二二：清聖祖御定《全唐詩》，卷八〇〇，頁九〇〇三。
註二三：清聖祖御定《全唐詩》，卷八〇〇，頁九〇〇六。
註二四：清聖祖御定《全唐詩》，卷八〇二，頁九〇二四。
註二五：清聖祖御定《全唐詩》，卷八〇一，頁九〇一〇。
註二六：清聖祖御定《全唐詩》，卷八〇一，頁九〇一三。
註二七：清聖祖御定《全唐詩》，卷八〇一，頁九〇一八。
註二八：逯欽立輯校《先秦漢魏晉南北朝詩》，卷七，頁二七三六——二七三九。
註二九：清聖祖御定《全唐詩》，卷七九九，頁八九九三。
註三十：清聖祖御定《全唐詩》，卷八〇二，頁九〇二五。

第四章

兩漢隋唐婦女閨怨詩反映的現象與價值

第一節　兩漢隋唐婦女閨怨詩反映的現象

關於兩漢隋唐婦女閨怨詩的研究，從當時婦女所處的時代背景，反映出幾種弱勢地位的現象，如（一）從家庭生活反映的卑微地位，（二）從作者稱謂反映的次等地位，（三）從閨中情愁反映的附屬地位。以下分別予以說明。

一、從家庭生活反映的卑微地位

從兩漢隋唐婦女閨怨詩的產生背景觀之，一受禮教思想的束縛，二受政治動亂的影響，其中有關禮教思想的束縛影響尤大。在中國傳統嚴格的男尊女卑、三從四德禮教思想束縛下，不僅決定了女性的弱勢角色，更具體反映女性在家庭中的卑微地位。兩漢時期之前的先秦，即已呈現出此一現象。先秦時期婦女倫理觀念深重，她們以名節為生存目的是社會上重要的一股風氣，如陶嬰的守寡撫孤志清不嫁、芑梁妻在夫死後為守節而投水自盡、衛侯之女未嫁而為夫殉節、召南中女、衛寡夫人、黎莊夫人、衛共姜、息夫人等的守節，說明先秦婦女在生活的天地中，是缺乏為自己而活的信念，一旦失去了丈夫這個生命的重心，不是枯守一輩子寡，便是尋短殉情，喪失了活出生命的勇氣。除了在信念上對男性有高度的依存外，生活面亦極為狹隘，由詩作中可看出大多是繞著家庭為中心生活，詩作內容不是自傷、守節便是勸誡、思歸一類的作品，少有較積極建設性的詩作。諸如楚莊王愛妃樊姬的善諫，使得國有孫叔敖為賢臣輔國之類的作品，也僅止於表彰自我的忠諫不妒，格局上仍不夠寬廣。可以確知的是女性在此時期仍是以家庭生活為主，偶有具才氣的女子諷詠詩歌卻並不普及，只是單一詩作的流傳，由作品呈現的家庭生活，反映其卑微的地位，是無庸置疑的。

兩漢時期如尊貴的漢高帝愛妃戚夫人，竟過著有如階下囚般的痛苦生活；備受寵幸如漢成帝愛妾的班婕妤，亦不免有幽淒悲涼的冷宮歲月；曾尊榮一時的妃子都不能倖逃於愛衰，不曾受寵的後宮佳麗如王昭君，宮廷皇室如江都公主細君，又豈能自外於深宮的幽怨。人之常情往往繫絆於情感的糾葛，宮廷女子在富裕的生活中都不免產生閨怨，何況是一般婦女，自然也充滿著許多忝為人知的苦況。徐淑的因病至沈疴而與夫兩地相隔、陣日相思；蔡琰的因國家動亂而遭逢迫嫁胡子、苦思故里的不幸；卓文君日久見棄於夫君的哀戚，都成了女子們創作的最佳靈感源頭，徐淑、蔡琰、卓文君雖有不幸遭遇，卻都是出身名門富豪或嫁為官吏之妻，在悲憤鬱積的當頭，她們比一般婦女幸運的是得以個人的文才，表達出積怨難伸的情緒，在當時單純的生活形態中，詩歌的創作，自然成為婦女最佳的情緒宣洩和寂寞排遣的方法。此外婦女守節的風氣在詩作中也時常可見，如項王愛姬虞美人與夫同生死的氣節，東漢少帝愛妃唐姬的抗袖悲歌、誓不再嫁，漢武帝子燕剌王旦之愛妃華容夫人慷慨隨夫自殺等宮廷嬪妃皆是。

由漢代婦女作品觀察，多屬於悲苦的內容（註一），所呈現的女子生活圈，不論是在宮廷大內或深居閨中，接觸的人亦只是丈夫、親戚、侍兒們而已，產生出對生命意識不夠明亮的作品，也足以反映女子生活面的狹隘，與夫同生共死的作法雖是女子重情義的表徵，但也反映出女子欠缺獨立的人格，必須依附在丈夫之下才有生存的意志，和先秦的芑梁妻夫死投水自盡、衛侯之女夫死自縊而亡等殉節作法，雖令人感動，但也令人有無限的惋惜。女子地位的不受重視至此並未得到改善，仍是在傳統的生活形態中周而復始。

魏晉婦女詩作屬於閨中幽情的發抒居多，有夫婦因公而分離，如甄皇后的〈塘上行〉、蘇蕙的〈璇璣圖詩〉、蘇伯玉妻的〈盤中詩〉；或因情薄而分離如魏王宋的〈自傷詩〉，晉李夫人的〈聯句詩〉；妾室因見棄而生怨如翾風的〈怨詩〉；待嫁女子贈別未婚夫婿的無奈之情如楊苕華的〈贈竺度詩〉；兄妹相別之離思如左芬的〈感離詩〉；婢媵感傷身世之怨如謝芳姿的〈團扇歌〉二首等。詠物及詠時令之詩次之，詠物詩如綠珠歌絲布即興詩的〈懊儂歌〉、左芬詠鳥的〈啄木詩〉、桃葉託物寓意的詠扇抒情的〈答王團扇歌〉三首、〈團扇郎〉、謝道韞詠泰山的〈泰山吟〉和詠松的〈擬嵇中散詠松詩〉；詠時令如魏孟珠的〈陽春歌〉，晉謝道韞〈詠雪聯句〉、鍾琰〈季節詠〉、王氏詠歲時變化的〈正朝詩〉、辛蕭詠節慶的〈元正詩〉、李氏歲時有感的〈冬至詩〉等。（註二）

由這些作品分析婦女的生活情況，可以知道她們生活範圍多以家庭為中心，在與丈夫、親人間扮演著妻子、妾室、婢女、兄妹、晚輩等不同的角色，雖角色各自不同，發抒的作品卻有共同的幽怨鬱結，亦即獨守空閨的苦悶。不論尊貴如甄皇后或一般官吏之妻如蘇蕙、蘇伯玉妻都飽受著思夫之愁，何況是一般市井小民、貨郎商賈之婦。只因她們有作品流傳方才使得後人得以知曉閨中的離思，但也僅只能以文辭發抒聊慰心意而已。可見女性生活面的枯燥單一，失去了丈夫這個重心，就是失去了所有的精神依託。

推究這些婦女愁怨的主因，實為婦女的地位低下使然，身為妻子的常有不安全感，因丈夫可隨意納妾，隨意休妻，男性為一家之主，女子生活有如寄生蟲般，扮演著次等角色，當一個人不被重視，生活得不到應有的保障時，自然是快樂不起來的。李夫人的被夫闢室獨處、蘇蕙的受夫冷落、翾風的色衰見棄、謝芳姿的因愛受笞，都說明了婦女在社會中只不過是男性的附屬品，在這些中上階層家庭婦女的作品裡，都反映出許多對生活上的不滿，可見那些平民婦女，只是不知如何表達，而並非對所處地位表示滿意的。

隋代婦女閨怨詩多為言情善感之作，其中又是悲多於喜，可見得女子在生活上的不悅和悲苦，在詩作上常可見女子將自己地位形容得比花草尚不如，「可憐秦館女，不及洛陽花。」秦玉鸞（〈憶情人詩〉）、「不及閒花草，翻承雨露多。」侯夫人（〈自感詩〉）。又可見女子缺乏自主和獨立的人格，常被視為禮品贈人或獨守空閨，漫漫守候著無盡期的歲月，大義公主在書屏風詩中便透出別嫁突厥的痛苦和無奈，詩云：「余本皇家子，飄流入虜廷，一朝覩成敗，懷抱忽縱橫。」末更以昭君自比而有同病相憐之感，詩云：「古來共如此，非我獨申名，惟有明君曲，偏傷遠嫁情。」侯夫人自感詩亦透著宮妃失寵、空守閨中的悲怨。詩云：「庭絕玉輦迹，芳草漸成窠。隱隱聞簫鼓，君恩何處多。」這些婦女作品都反映著她們在家庭生活中所處的卑微地位。

唐代婦女閨怨詩表現出作者家居生活的情景及所處地位，如宜芬公主遠嫁奚霫，雖貴為公主，連婚姻大事，都無法獨立自主，因此作悲歌云：「出嫁辭鄉國，由來此別難。」這情形與隋代大義公主遠嫁突厥的悲吟「余本皇家子，飄流入虜廷。」一般，順應上意，委屈求全的作法，反映出她們的地位是卑微的。這些婦女她們在物質生活上不虞匱乏，然而精神層面則是無比空虛，自我意識上的卑微感受，要比實際生活上的地位更為卑微。唐代婦女閨怨詩中無論身分為何類的婦女，因其生活均以丈夫為重心，為其幸福的唯一寄託，一旦此一希望落空，將失去生活的意義，無論精神上或現實環境中均受制於丈夫。身處失去自我的卑微地位。由身分較特殊的教坊婦女言，更無法擺脫地位卑微的事實，贈妓的情形自古既存，家妓因主人的興起便成了贈品，如武昌妓受錢帛而贖身為妾，又如崔紫雲為李愿家妓，後贈予杜牧，有〈臨行獻李尚書〉詩云：「忽見便教隨命去，戀恩腸斷出門時。」說明了婦女所處無法自主的卑微地位，百般無奈的任人隨意轉贈。

由婦女詩作看婦女的生活，全是局限在深閨之中，心態上缺乏保障與安全感，生活上更是隨夫家好惡而處於不穩定的狀態中。社會以高標準來要求婦女謹守道德規範，婦女們自己更是恪遵女教婦訓的定律不敢違抗，這些自我期許和社會道德標準，完全反映出婦女在家庭中居於卑微的地位。

二、從作者稱謂反映的次等地位

在歷代書籍文獻資料上對於婦女的稱謂，往往總是極少具有姓名、身世完整的記載，除了是宮廷中赫赫有名的寵妃、嬪后、官宦中的士家大族，或許有機會因為帝王的厚愛、權臣的媚獻而被完全記錄事蹟、生平以為後世流傳，其餘平民女子則是如浮萍一片、匆匆來世上一遭，不留痕跡的又離開，這樣情形的女子，對家庭、社會的貢獻，幾近犧牲個人全部的自由和發展空間，（註三）甚至連不幸的婚姻也得不到改善的可能，只有終其一生悔恨痛苦。（註四）反之，男性在政治、教育、家庭等方面都佔有核心領導的地位，與女子所受的對待是完全不同的，女性因為無法接受與男子同等的教育，（註五）因此所能得到的權利也相對減少，在各方面都談不上地位的提升，我們由文學作品的流傳來看便可印證。

兩漢時期之前的先秦婦女詩作即呈現出守貞、哀怨氣氛濃厚的心聲，我們由這些婦女作品或疑為文人所作的作品中，不難發現婦女在作者人數上是稀少的，在作者稱謂上是簡略的，在作品數量上是貧瘠的，在作品內容上更是哀怨的。先秦時期婦女詩作流傳並不普及，多半一人只流傳一首作品，作者稱謂上更不見婦女正式姓名的記載，常以某人之女、某人之妻、某某氏等附屬名字稱呼如主人之女、百里奚妻，塗山氏女、姜氏、漆室女、芑梁妻、衛侯之女等；有以隨意之稱呼辨識一般中下層女子，如采葛婦、彈琴女、不知名；有以國別稱呼女子屬性，如蔡人之妻、周南之妻、召南申女、衛女、衛伋傅母、齊女傅母、陳國辯女等；有以夫人等頭銜稱呼貴族，如衛寡夫人、衛莊姜、黎莊夫人、衛共姜、許穆夫人、宋襄公母、息夫人等；雖屬尊稱，但仍未詳細備載女子姓名籍里，可見婦女在當時是處於不受重視的次等地位。

兩漢時期婦女在創作內容上亦多屬閨怨類，作者如戚夫人、江都公主細君、唐姬、華容夫人、徐淑、蔡琰等，能有全名稱呼的仍在少數，這些宮廷、官宦之家的婦女在姓名稱謂上都得不到尊重，一般平民婦女不受重視的情形更是可想而知了。

魏晉時期由詠物和詠時令詩中，可了解到婦女們觀察和接觸事物的層面，在於對大自然動植物的關懷如〈啄木詩〉、〈詠松詩〉、〈泰山吟〉，對生活上物品的歌詠如〈懊儂歌〉、〈詠絲布〉，對季節的歌頌感觸如〈陽春歌〉、〈元正詩〉、〈冬至詩〉、〈季節詠〉等。這些作者多是中上階層的婦女或為有名才女如左芬、謝道韞，或為富豪之妾如綠珠、桃葉，或為官吏之妻如王宋、辛蕭等的作品。這些識字的婦女所關懷的事物因受限於生活面的狹窄，所以較缺乏家國之情或山川之美的大氣度作品。婦女們連名字的命取都反映著她們所受的鄙視，如妾室無姓名而以輕率如綠珠、桃葉、翾風等字喚之，婦人能留名的除才女左思、謝道韞和蘇若蘭、鍾琰、謝芳姿、楊苕華之外，多半是掛名在丈夫之下和僅留姓氏而已的情形，如甄皇后、李夫人、蘇伯玉妻、王氏、李氏等。婦女在自己的姓名稱謂上，往往都得不到應有的尊重，若要求她們在文學上必須出現見識廣闊的創作，無異是過於苛求了。

南北朝時期的婦女作者在稱謂比例上，比前朝較多姓名完整的流傳，但二十二人中仍有十四人是不完整的稱謂，平民女子七人（註六）如宋華山畿女子、梁王氏、劉氏、陳少女、北魏謝氏、北齊崔氏、惠化尼等，來自宮廷者除韓蘭英之外，皆僅為姓氏或名號稱呼而缺名，如陳沈后、樂昌公主、北魏文明太后馮氏、陳留長公主、胡太后、咸陽王禧宮人、北齊馮淑妃等。因此南北朝僅有鮑令暉、韓蘭英、釋寶月、王金珠、包明月、劉令嫺、沈滿願、何曼才等八人是可知姓名的女詩人，由此可知女性地位的不受重視是可以確定的，而女性在生存空間上的掙扎與煎熬也是值得我們同情的。

隋代婦女作者在名號稱謂上唯獨大義公主與侯夫人只有名分的稱謂流傳，其餘八人皆有姓名流傳，但在身世方面則皆為不詳。宮室女的身世僅簡略記載而已，如大義公主記載為周趙王宇文昭之女，侯夫人、吳絳仙、杭靜三人亦只記載著煬帝宮人而已，可見女子詩作不易流傳之一斑。而在女子的姓名稱謂上，實在也是充滿著貶損的意味，如蘇蟬翼、張碧蘭、秦玉鸞、李月素、羅愛愛、丁六娘等以動、植物或排行順序，來為女子命名，非但讀之不雅，也令人感受到對女子地位的輕蔑。

由先秦、兩漢、魏晉、南北朝、隋代這些階段中，婦女作者姓名完整者較姓名不全者多的只有魏、晉、齊、梁、隋等時期。整體來看，女子姓名不全者佔總人數比例的百分之六十六（註七），可見婦女地位的低下和婦女身世、作品保存的不易。在身世籍里的記載上，屬於史料全無記錄者，亦有百分之二十之多，而宮廷與官宦婦女則佔總人數比例的百分之六十八（註八），可見身分顯要的婦女，仍較一般婦女或身世不詳的婦女，在作品流傳上來得容易得多。

從唐代婦女作者的姓名、身世、身分來看，姓名完整者有六十六人，佔總人數比例的百分之四十六；姓名不全者有七十八人，佔總人數比例的百分之五十四。身世簡略者有五十六人，佔總人數比例的百分之三十九；身世不詳者有三十七人，佔總人數比例的百分之二十六；身世簡略與不詳者共計有九十三人，佔總人數比例的百分之六十五。就身分統計，宮廷婦女有三十人，佔總人數比例的百分之二十一；宦官婦女有三十二人，佔總人數比例的百分之二十二；一般婦女有十七人，佔總人數比例的百分之十二；女冠女尼有四人，佔總人數比例的百分之三；教坊婦女有二十五人，佔總人數比例的百分之十七；身分不詳者有三十六人，佔總人數比例的百分之二十五（註九）。由以上的數據可以顯示唐代婦女作者姓名不全的佔半數以上，身世簡略或不詳的更在六成以上。可見得婦女地位的不受肯定，雖然處在漸行開放風氣的年代裡，人們卻仍不能跳脫傳統觀念所塑造的女性卑微、附屬形象。在婦女作者身分的統計中，顯示身分不詳的婦女佔有四分之一，可見得婦女作品保存的不易，一般平民婦女和女尼女冠的人數最少，宮廷和宦宦婦女仍是佔有優勢的一群，她們因身分之便，得以擁有將智慧財產留傳下來的絕佳環境，因此身分地位的崇高，仍繼續主導著婦女創作的誘因。

唐代較特殊的一群作者，是歷來所未見的女冠、女尼、教坊婦女的加入，使得唐代婦女創作的園地活絡了起來，教坊婦女因得工作之便，產生了許多激發創作的靈感，也因此在初試啼聲後，便佔了百分之十七的作者比例，是一群不容輕忽的力量，而女冠女尼的出現，為詩國的天地裡，又增添了一股生力軍，雖人數少，然而她們的作品數量是勇冠群雌的，雖已是出家之身卻也免卻不了人世的情愁，加之才華洋溢、青燈常伴更是促使她們在創作數量上超乎他人的原因，由於女冠、女尼、教坊婦女的加入，使得文學創作的園地中增添生機。

基於對婦女作者、作品、身分的探討、比較、分析，可知婦女地位在唐代仍是居於弱勢的次等地位，雖女尼、女冠、教坊婦女為大眾所認知，但卻不認同其言行，比之於唐以前的各朝代，唐代婦女的自由度增加了，婦女地位的提昇露出了一線曙光。

三、從閨中情愁反映的附屬地位

漢代婦女詩作多集中在抒發閨中苦悶和保全貞節為主要內容，戚夫人在宮闈名分利害的爭鬥中敗陣，受到呂后慘絕人寰的殘虐，說明了宮廷嬪妃的生活常是在朝不保夕中度過，甚至成了人彘，仍求不得痛快一死。班婕妤一朝新人換舊人成了見棄的宮人，心境的下陷在以皇帝為生活唯一重心的妾室，是值得人同情的，無奈中只好逆來順受在詩歌中自喻團扇，聊以消憂解愁。王昭君的六年未受寵幸，冷宮歲月終於以遠嫁匈奴收場，妃子的命運只繫於皇帝的寵幸與否，在孤立無援的心境下，悲吟長歌便成了抑鬱度日最佳的紀實。

在南北朝時期婦女作者有二十二人，作品有六十七首，宋、齊、梁的婦女作者，多數有顯赫或富厚的身世背景。（註十）如宋、鮑令暉為大文豪鮑照之妹，齊釋寶月為武帝宮女，梁劉令嫺和沈滿願都是官吏之妻，只有梁王金珠一人身世不詳。可見婦女創作較多的作者集中在官宦、富貴之家。除此五人之外，另十七人皆為作品數量僅一、兩首的作者。

在身世方面，生長在宮廷之中的嬪妃宮女有八人如齊韓蘭英、陳沈后、樂昌公主，北魏文明太后馮氏、陳留長公主、胡太后、咸陽王禧宮人、北魏馮淑妃；嫁為官吏之妻的有二人如梁王氏（衛敬瑜妻）、北魏謝氏；生在平民之家的有二人如宋華山畿女子，北齊崔氏；身世不詳的有五人如梁包明月、劉氏，陳何曼才、陳少女，北齊惠化尼。由此可知婦女作者依然以出身宮廷官宦之家者居多，在富裕的身分和環境下所產生的作品，自然是較為可能被保存下來的。

整體來看此一時期的二十二人中出身宮廷者九人，官宦之家五人，平民之家二人，不詳者六人。出身宮廷官宦之人佔半數以上，雖然宮廷富貴之家有比例甚高的婦女作者，但所展現出的詩作生命力，一則數量稀少，除宮女釋寶月五首之外，其餘皇后、嬪妃、公主等皆為僅一首作品的作家；二則氣勢薄弱，皆為自傷見棄、思君無奈的痛苦閨情；反而是一般平民婦女偶有較活潑明快節奏的詩作。如北齊崔氏的靧面辭：「取紅花，取白雪，與兒洗面作光悅。取白雪，取紅花，與兒洗面作妍華。取花紅，取雪白，與兒洗面作光澤。取雪白，取花紅，與兒洗面作華容。」（註十一），這一首內容不僅展現母愛光輝的溫馨，也勾勒出親子歡樂的畫面。像這樣光明溫馨之作，也只如曇花一現般，短暫的出現一次而已。

在詩作內容的表現上，所呈現出的主要是女子們對生活上纖纖的感懷和獨守空閨的苦楚，由六十七首詩作中閨怨佔有五十九首的比例便可看出，冥思遐想、外表默然守候、內心淒然澎湃，已然是當時女子們常存的感情生活經驗。在詩作中常有明顯表達苦守閨中的無奈苦悶心情，如宋鮑令暉五首詩作。

擬青青河畔草

裊裊臨窗竹，藹藹垂門桐；
灼灼青軒女，泠泠高堂中；
明志逸秋霜，玉顏掩春紅；
人生誰不別，恨君早從戎；
鳴絃慚夜月，紺黛羞春風。（註十二）

詩中表現夫君從戎在役，而妻子獨居臨望窗竹、垂桐，卻揮不去身在高堂的孤寒冷寂。

代葛沙門妻郭小玉作詩之一

明月何皎皎，垂幌照羅茵；
若共相思夜，知同憂怨晨；

芳華豈矜貌，霜露不憐人；
君非青雲逝，飄跡事咸秦；
妾持一生淚，經秋復度春。

婦女忠誠的守節雖憂怨與芳華俱增，卻也要滴盡一生相思淚，期待再次聚首的歡愉。

代葛沙門妻郭小玉作詩之二

君子將遙役，遺我雙題錦；
臨當欲去時，復留相思枕；
題用常著心，枕以憶同寢；
行行日已遠，轉覺思彌甚。

末二句對夫漸行漸遠的蹤跡引發更深層的思念，做了最直接的表白。

題書後寄行人

自君之出矣，臨軒不解顏；
砧杵夜不發，高門晝恒關；
帳中流熠燿，庭前華紫蘭；
物枯識節異，鴻來知客寒；
遊用暮冬盡，除春待君還。

首四句說明妻子在丈夫遠行後，久未露歡顏，足不出戶，更無心處理家務。

古意贈今人

寒鄉無異服，衣氈代文練；
日月望君歸，年年不解綖；
荊揚春早和，幽冀猶霜霰；
北寒妾已知，南心君不見；
誰為道辛苦，寄情雙飛燕；
形迫杼煎絲，顏落風催電；
容華一朝盡，惟餘心不變。（註十三）

三、四句明顯地說明了思夫望夫歸的痛苦。
另齊韓蘭英〈為顏氏賦詩〉「絲竹猶在御，愁人獨向隅，棄置將已矣，誰憐微薄軀。」（註十四）、釋寶月〈行路難〉「空城客子心腸斷，幽閨思婦氣欲絕。」、「夜夜遙遙徒相思，年年望望情不歇。」（註十五）梁劉令嫺〈和婕妤怨詩〉「日落應門閉，愁思百端生。」，〈答外詩〉之一「欲知幽怨多，春閨深且暮」等。又如：

贈夫　劉氏

粧鉛點黛拂輕紅，
鳴環動珮出房櫳；

看梅復看柳，
淚滿春衫中。（註十六）

為徐陵傷妾　陳　何曼才

遲遲衫掩淚，
憫憫恨縈胸；
無復專房日，
猶望下山逢。（註十七）

寄夫　陳少女

自君上河梁，
蓬首臥蘭芳；
安得一樽酒，
慰妾九迴腸。（註十八）

以上皆是明言謹守空閨的苦悶。此外為同病相憐的女性所作的詩詠，似乎隱含著女性對這種見棄的哀怨有著傾訴的渴望。如：

昭君怨　梁　劉氏

一生竟何定，

萬事良難保；
丹青失舊儀，
匣玉成秋草；
相接辭關淚，
至今猶未燥；
漢使汝南還，
殷勤為人道。（註十九）

劉令嫺〈和婕妤怨詩〉、〈答外詩〉，沈滿願〈王昭君歎〉等皆是。

由以上詩作例證可知此一時期的婦女作者因常年獨守閨房，與外界接觸甚少，以致於多半擁有一顆苦澀的心，由詩作來詮釋，自然更是呈現出一片哀怨的景象。婦女作者的情感苦悶也可以反映出生活上的不被重視和附屬地位，陣日只有巴望丈夫的音訊，苦等守候的滋味正說明了家庭主婦的悲哀。

隋代婦女作者因感情的苦悶而藉酒澆愁的情形，在詩中顯現飲酒的痕跡如「杯酒恆無樂，弦歌詎有聲。」（大義公主〈書屏風詩〉）、「欲借一尊酒，共敘十年悲。」（蘇蟬翼〈因故人歸作詩〉）等。詩中使用悲、苦、愁等字更是屢見不鮮，如「欲借一尊酒，共敘十年悲。」（蘇蟬翼〈因故人歸作詩〉）、「欲泣不成淚，悲來翻強歌。」（侯夫人〈自感詩〉）、「妝成多自惜，夢好卻成悲。」（侯夫人〈妝成詩〉）等。在這些閨怨詩中可以感觸到女性退縮自憐的心理，對生命的關懷只限於夫妻間閨情而已，因此在感情不順時，便倍感痛苦，無由傾訴，難以排解。在此一時期我們觀察出不論是宮廷嬪妃、公主或平民婦女，能感受到生活歡愉的並不多，這和女子身處附屬的地位，有著相當密切的關係。

唐代婦女閨怨詩由作品內容得知婦女的愁苦有因景、因人、因事、因物而生，她們的怨，有自怨、怨人、怨天、怨夫四種。（註二十）閨怨詩作者八十九人，佔全部人數一百四十四人的百分之六十二，閨怨作品二百六十一首，佔全部詩作五百零七首的百分之五十一（註二十一）。可以看出唐代佔有半數以上的閨怨婦女作者和作品，婦女們的這些愁、怨、悶、恨，都來自於家庭、社會、禮教的助長，這樣的作品形成了唐代婦女美麗的哀愁。由這些作品不僅可一窺婦女在閨中的無限情愁，更反映出婦女身處的附屬地位。

註釋

註一：參見附錄中附表一和附表七。

註二：同註一。

註三：陳東原《中國婦女生活史》，（商務印書館，民國七十年十一月臺七版）。「女子乃以出嫁為其一生之標準，既然寄其生命於男子，便須甘受許多不平等的待遇。男子可以多妻，女子卻要守節。男子可以再娶，女子卻不能貳嫁。（宋以前尚不嚴格）男子可以休妻，女子卻不能離夫。（漢時尚不嚴格），最可怪的，女子的心理總偏重於白頭偕老，男子的心理，則多是棄舊迎新，由此演出的痛苦，真是罄筆難書了。」

註四：勵廷儀《唐律、疏議》，（西南出版社，民國六十二年），卷十四：「婦人從夫，無自專之道，雖見兄弟，送迎尚不踰閾，若有心乖唱和，意在分離，背夫擅行，有懷他志，妻妾合徒二年，因擅去而郎改嫁者徒三年，故云加二等。」

由此證明妻子沒有強制離婚的權利。

依唐律規定，夫方有此權而妻方無此權。但合意離婚即「和離」，則為唐律所容許。

註五：司馬光編纂《資治通鑑》，（台灣商務印書館，民國七十四年），卷二〇八。唐代婦女在禮法的地位與男子不平等，無法和男子接受相同教育，在宮廷中設有「習藝館」，本名「內文學館」，即選宮中有文學者一人為學士，教習宮人。至武后時，改為「習藝館」，掌教習宮人書算眾藝。當時未有正式教育制度管理。

註六：參見表二先秦漢魏晉南北朝隋婦女詩作者身世概況量表。

註七：同註六。

註八：參見表一先秦漢魏晉南北朝隋唐婦女詩作者身世概況統計表。

註九：同註八。

註十：同註一。

註十一：逯欽立輯校《先秦漢魏晉南北朝詩》，北齊詩，卷二，頁二二八五。

註十二：逯欽立輯校《先秦漢魏晉南北朝詩》，宋詩，卷九，頁一三一三。

註十三：逯欽立輯校《先秦漢魏晉南北朝詩》，宋詩，卷九，頁一三一四。

註十四：逯欽立輯校《先秦漢魏晉南北朝詩》，齊詩，卷六，頁一四七九。

註十五：逯欽立輯校《先秦漢魏晉南北朝詩》，齊詩，卷六，頁一四八〇。

註十六：逯欽立輯校《先秦漢魏晉南北朝詩》，梁詩，卷二十八，頁二一三〇。

註十七：逯欽立輯校《先秦漢魏晉南北朝詩》，陳詩，卷六，頁二六〇八。

註十八：逯欽立輯校《先秦漢魏晉南北朝詩》，陳詩，卷九，頁二六一一。

註十九：逯欽立輯校《先秦漢魏晉南北朝詩》，梁詩，卷二十八，頁二一二九。

註二十：參見第四章第二節末所附唐代婦女閨怨詩作品內容類型歸納表。

註二十一：同註六

（表一）先秦漢魏晉南北朝隋詩統計表（據逯欽立輯教本）

朝代	卷數	作者總數	作品總數	婦女作者總數	婦女作品總數	婦女作者在當代所佔之比例	婦女作品在當代所佔之比例	備註
先秦	七卷		278	9	10		3.6%	詩作為歌、謠、雜辭、逸詩、古諺語、詩。
漢	十二卷	58	599	14	16	24.1%	2.7%	
魏	十二卷	38	550	1	1	2.6%	0.2%	
晉	二一卷	188	1576	14	21	7.4%	1.3%	
宋	十二卷	60	840	2	8	3.3%	1.0%	
齊	七卷	43	414	2	6	4.7%	1.4%	
梁	三十卷	167	2281	6	41	3.6%	1.8%	
北魏	四卷	43	162	4	4	9.3%	2.5%	
北齊	四卷	27	139	3	3	11.1%	1.6%	
北周	六卷	18	429	0	0	0	0	

朝代	卷數	作者總數	作品總數	婦女作者總數	婦女作品總數	婦女作者在當代所佔之比例	婦女作品在當代所佔之比例	備註
陳	十卷	73	590	4	4	5.4%	0.7%	
隋	十卷	88	432	8	19	9.1%	4.4%	
總計	一三五卷	803	8344	67	133	8.3%	1.6%	

（表二）先秦漢魏晉南北朝隋唐婦女詩作分類量表

朝代	作者總數	詩作數量	五言詩數量（首）	五言詩佔詩作總數的百分比	閨怨詩數量（首）	閨怨詩佔詩作總數的百分比	守節詩數量（首）	詠物詩數量（首）	詠詩令詩數量（首）	其他（首）
先秦	33	37	0	0%	15	39%	8	0	0	5（勸誡）、9（即興）
漢	15	16	7	44%	11	69%	4	0	0	1（宮廷應制）
魏	3	3	3		2		0	0	1	0
晉	15	63	57		50		0	8	5	0
魏晉共計	18	66	60	91%	52	79%	0	8	6	0

朝代	南朝		南朝		北朝		南北朝共計	隋	唐
	宋	齊	梁	陳	北魏	北齊			
作者總數	2	2	6	4	5	3	22	10	144
詩作數量	8	6	41	4	5	3	67	21	507
五言詩數量（首）	7	5	40	4	2	1	59	18	218
五言詩佔詩作總數的百分比							88%	86%	43%
閨怨詩數量（首）	8	6	18	3	3	1	39	14	261
閨怨詩佔詩作總數的百分比							58%	67%	51%
守節詩數量（首）	0	0	0	0	0	0	0	0	
詠物詩數量（首）	0	0	8	0	1	0	9	0	
詠詩令詩數量（首）	0	0	9	0	0	0	9	0	
其他（首）	0	0	6（即興）	1（諷喻）	1（諷喻）	2（即興）	10	7（閨樂）	

第二節　兩漢隋唐婦女閨怨詩研究的價值

兩漢隋唐婦女閨怨詩的研究，無論就詩作背景、作品內容、文學表現以及詩作內容反映的婦女地位等方面，均可進一步探討其在文學、倫理學、社會學等方面的價值。以下分別加以說明。

一、在文學上的價值

由於兩漢隋唐女性作者在婦女閨怨詩方面的創作，使得文學創作上不致呈現只有男性作品的現象，藉助於女性作者在婦女閨怨詩的創作內容，更加豐富了文學的內涵，增添了文學研究的資料。

從兩漢、隋唐的婦女作品中，我們發現婦女作者人數與作品數量，都在不斷增加之中，（註一）可見婦女的創作活力是旺盛的。婦女的創作活力需要靠作者豐沛的情感激發而成，兩漢、隋代在婦女詩的創作上仍然是寂寞的、數量甚少的，到了唐代則大放異彩，不僅在詩作人數上、作品數量上多於前代，（註二）在婦女作者方面更遍及於各種身分。（註三）可見婦女詩的創作已成為大眾的流行風潮，不再只是宮廷、官宦尊貴身分者的專利而已，婦女在唐代雖仍背負著傳統禮教的枷鎖，在心態、行為上則表現出新女性的掙扎，由這些充滿創作活力的作者與作品裡，我們了解婦女的創作活力是旺盛而不容忽視的。

二、在倫理學上的價值

中國自古以禮教治國，以禮儀教化百姓。在傳統禮教的規範下，表現得最為具體落實的即為家庭中的倫理，所謂三從四德、男尊女卑、忠孝節義等思想。兩漢隋唐婦女閨怨詩作，即在此一禮教思想影響下，一篇篇呈現出思君見棄之怨、思夫無奈之怨、痛遭殘害之怨、離鄉去國之怨等內容。因此我們認為兩漢隋唐婦女閨怨詩中所發抒的婦女心境，均來自於家庭倫理禮教影響的結果，實可作為倫理學研究上重要的參考。

以下由各相關朝代的婦女詩作，探討婦女詩受家庭倫理和女教影響的情形。兩漢之前的先秦之作，即已顯露此一現象。如麗玉之傷亡夫投河而死所作的箜篌引，四言四句，文字簡潔，四句中有三句中有「公」字，二句中有「渡河」之字，使用重複強調法表明內心傷之又傷的苦痛。詩曰：

公無渡河，公竟渡河，墮河而死，當奈公何。

（先秦漢魏晉南北朝詩，卷九，頁二五五。）

魯漆室女之貞女引，自傷堅貞見疑而作。以女貞木之隱於山林及茂木菁菁，表達自己的修身潔行，而非貪生享樂之輩，託物寓意的方式，再配合騷體兮字的語末助詞，更顯哀淒自傷之意。詩曰：

菁菁茂木隱獨榮兮，變化垂枝含秀英兮；
修身養行建令名兮，厥道不移善惡并兮；

屈躬就濁世徹清兮，懷忠見疑何貪生兮。

（先秦漢魏晉南北朝詩，卷十一，頁三〇六。）

陶嬰早寡撫孤，魯人有求娶者，因而作黃鵠歌，以明己不更二庭之堅貞，於是魯人不敢復求。詩中以黃鵠早寡，七年不雙，自喻謹守節操，孤寡不雙的志節。詩曰：

悲夫黃鵠之早寡兮，七年不雙，
宛頸獨宿兮不與眾同，夜半悲鳴兮想其故雄，
天命早寡兮獨宿何傷，寡婦念此兮泣下數行，
嗚呼哀哉兮死者不可忘，飛鳥尚然兮況於貞良，
雖有賢雄兮終不重行。

（先秦漢魏晉南北朝詩，卷一，頁九。）

以上所舉之例，說明婦女對家庭的看重，對自身節操的堅守和對丈夫的鍾情。這種現象除了婦女自我要求外，家庭倫理觀念對婦女的言行，實產生了極為深遠的影響。

漢代婦女閨怨詩佔全數詩作的三分之二比例，有痛遭殘害之怨，離鄉去國之怨、思君見棄之怨、思夫無奈之怨等。其中離鄉去國之怨如烏孫公主細君的悲愁歌及蔡琰的五、七言悲憤詩，除了滿腔離思和無奈之外，反映出她們委屈求全的柔順心態。細君為顧及國家、人民的安危而犧牲了自己的幸福。蔡琰則展現了弱女子在亂世中的飄零無助，含悲忍辱強度餘生。思君見棄之怨如班婕妤〈怨歌行〉、竇元妻〈古怨歌〉、卓文君〈白頭吟〉等。班婕妤見棄於君，竇元妻、卓文君則見棄於夫。同為弱勢女子，言行中卻表現著挽回君心、夫心顧全

大局的心態。思夫無奈之怨如徐淑〈答秦嘉詩〉、蘇武妻〈答外留別〉等，更是身為人妻的高度自許。此外如〈虞美人〉和〈項王歌〉、唐姬和華容夫人的〈悲歌〉等，反映出婦女為夫守節的倫理觀念深重，這些言行都足以說明婦女深受禮教和家庭倫理思想的影響所致。

魏晉婦女詩作共六十六首，其中閨怨詩五十二首，詠物詩八首，詠時令詩六首，可見閨怨詩比例最高。魏有甄皇后的〈塘上行〉，寫閨中自傷與夫之離情悠悠。王宋〈自傷詩〉寫無子而遭休妻的命運。晉詩中有李夫人感嘆見妒於新婦，別住永年里而不能與夫往來相見的〈聯句詩〉。翾風見棄於石崇，自傷色衰愛弛的命運。作怨詩曰：

> 春華誰不美，卒傷秋落時，突煙還自低，鄙退豈所期，桂芳徒自蠹，失愛在蛾眉，坐見芳時歇，憔悴空自嗤。
>
> （先秦漢魏晉南北朝詩，卷四，頁六四六。）

末二句明顯點出她對年華老去而又失寵的悲不自任。又如左芬答兄之作，深表離情思緒，卻也表露了深閨女子以詩書遣日娛情的生活。感離詩曰：

> 自我去膝下，倏忽踰再期；
> 邈邈浸彌遠，拜奉將何時；
> 披省所賜告，尋玩悼離詞；
> 髣髴想容儀，欷歔不自持；
> 何時當奉面，娛自於書詩；

何以訴辛苦，告情於文辭。

（先秦漢魏晉南北朝詩，卷七，頁七三〇。）

此外尚有蘇伯玉妻〈盤中詩〉、謝芳姿〈團扇歌〉、蘇若蘭〈璇璣圖詩〉、楊苕華〈贈竺度詩〉及〈子夜歌〉等皆為閨怨之作。

南北朝時期婦女詩作計有六十七首，其中閨怨詩三十九首，詠物詩九首，詠時令詩九首，即興詩十首。其中閨怨詩比例最高，多為描述婦人思夫之情，少數則為宮廷嬪妃之閨中愁苦。婦人思夫之情如宋鮑令暉的七首詩，全部是寫思夫情懷。茲舉一首為例：

代葛沙門妻郭小玉作詩二首之一

明月何皎皎，垂幌照羅茵，若共相思夜，
知同憂怨晨，芳華豈矜貌，霜露不憐人，
君非青雲逝，飄跡事咸秦，妾持一生淚，
經秋復度春。

（先秦漢魏晉南北朝詩，卷九，頁一三一四。）

類此如宋〈華山畿〉女子歌詩為閨怨中守節殉情之詩；梁王金珠〈團扇郎〉，包明月〈前溪歌〉，王氏〈連理詩〉、〈孤燕詩〉，劉氏〈昭君怨〉、〈贈夫詩〉，劉令嫻〈和婕妤怨〉、〈答唐娘七夕詩〉、〈答外詩〉二首，沈滿願〈王昭君歎〉二首、〈挾琴歌〉、〈登樓曲〉、〈越城曲〉、〈晨風行〉、〈彩毫怨〉、〈戲蕭娘詩〉；陳何曼才〈為徐陵傷妾〉，陳少女〈寄夫詩〉；北魏謝氏〈贈王肅詩〉等共計二十九首。宮廷嬪妃之閨怨多為自傷見棄之作，如：陳 沈后詩云：

答後主

誰言不相憶，見罷倒成羞，

情知不肯住，教遣若為留。

（先秦漢魏晉南北朝詩，卷四，頁二五二二。）

類此如齊韓蘭英〈為顏氏賦詩〉，釋寶月〈估客樂〉四首、〈行路難〉一首；北魏陳留長公主〈代答詩〉；胡太后〈楊白花〉；北齊馮淑妃〈感琵琶弦詩〉等共計十首。

梁王金珠〈子夜四時歌〉八首中，有四首之首二句寫時令季節的徵象，而詩末二句則轉入閨情的描述。詩云：

春歌之二

階上香入懷，庭中花照眼；

春心鬱如此，情來不可限。

春歌之三

吹漏不可停，斷絃當更續；

俱作雙思引，共奏同心曲。

夏歌之二

垂簾倦煩熱，卷幌乘清陰；
風吹合歡帳，直動相思琴。

秋歌之二

紫莖垂玉露，綠葉落金樱；
著錦如言重，衣羅始覺輕。

（先秦漢魏晉南北朝詩，卷二十八，頁二一二六。）

此一時期中宋鮑令暉的擬古、思夫閨怨詩有七首，齊釋寶月的送別閨怨詩有五首，梁王金珠有季節、即興、詠物類等十五首，劉令嫻有贈答類的閨怨、詠物、即興詩作七首，沈滿願有民歌類閨怨、詠物、即興詩作十二首，與同時期其他作者僅有一、二首作品相比，是較值得注意的作家。她們的閨怨詩作呈現出婦女哀怨的生活，為苦等丈夫而經冬復歷春，生活失了重心的迷茫，由作品可一覽其情。這些文字在創作中反映了婦女受女教壓抑而無處表露的心境，是非常明顯的。

在隋代婦女作品二十一首中，內容幾全是閨中情懷的描寫，其中閨怨詩有十四首。如蘇蟬翼的〈因故人歸作詩〉和侯夫人的〈自感詩〉，都表現出對丈夫、君王的痴情，在相思無奈時只能在閨中賦詩寄情、借酒消愁。詩云：

因故人歸作詩

郎去何太速，郎來何太遲；

欲借一尊酒，共敘十年悲。

（先秦漢魏晉南北朝詩，卷七，頁二七三九。）

自感詩之一

欲泣不成淚，悲來翻強歌；
庭花方爛熳，無計奈春何。

（先秦漢魏晉南北朝詩，卷七，頁二七三九。）

此外尚有大義公主〈書屛風詩〉、羅愛愛〈閨思詩〉、秦玉鸞〈憶情人詩〉、張碧蘭〈寄阮郎詩〉、侯夫人〈妝成詩〉、〈自感詩〉三首、〈自遣詩〉一首及〈春日看梅詩〉二首、吳絳仙〈謝君詩〉、杭靜〈江都迷樓夜歌〉等皆屬於閨怨類。這些作品都是婦女在家庭生活中對丈夫、君王、情人等的心情表現，亦有藉景抒情的感傷之作，所呈現的是她們認命於所處的遭遇，以及自責的內心歉疚，凡此均可以反映出傳統禮教對婦女所產生的影響。

總結先秦至隋這一時期的詩作，以閨怨詩的類型較值得注意，閨怨詩佔各朝代詩作總數的比例（註四），由先秦佔百分之三十九、漢百分之六十九、魏晉百分之七十九、南北朝百分之五十八、隋百分之六十七的比例看，由先秦兩漢至隋的閨怨詩在各朝代都位居第一，除先秦外，所佔當時詩作的百分比亦超過半數以上，可見這一時期閨怨詩在創作上成為主要的選材內容。至於詩作內容屬於守節、詠物、詠時令、勸誡、即興、諷喻、閨樂、應制等則是居於聊備一格的地位。

唐代婦女的詩作中閨怨詩佔二百六十一首，是全部詩作五百零七首的百分之五十一，佔有一半以上的分量。因此將唐代婦女閨怨詩的主要內容類型，分為自怨、怨人、怨天、怨夫四項，由其閨怨之情探索婦女的生活情境。由唐代婦女閨怨詩作品內容類型歸納表得知在婦女作者人數方面，屬於「怨人」內容的作者有三十一人，「自怨」者有二十九人，「怨天」者有二十人，「怨夫」者有十八人。在作品數量上，「自怨」詩作有七十一首，「怨人」詩作有六十九首，「怨天」詩作有二十七首，「怨夫」詩作有二十二首（註五）。由這項婦女詩作統計看，人的因素使婦女產生的怨最多，而婦女所受傳統禮教、家庭倫理觀念的影響和天賦的多愁善感是造成自怨作品最多的要素。

兩漢隋唐的閨怨詩具有共通性與個別性。共通性指兩漢隋唐婦女閨怨作品共有的內容為思夫、思君、閨中愁緒和自傷身世之嘆。由漢而唐，同是敘述遠嫁情的閨怨之作，如漢江都公主細君以楚歌體的方式敘遠嫁的悲愁歌，漢蔡文姬以五古寫離鄉去國的悲憤詩，篇幅由江都公主幾近歌謠的短詩，發展至蔡琰的五言敘事詩，已是長篇的抒情體了。隋朝大義公主以五古寫遠嫁突厥他缽可漢的書屏風詩，唐代宜芬公主以五律寫遠嫁東胡王的虛池驛題屏風詩，由楚歌體、五言長詩五古、五律的作品，可看出詩作到唐代，篇幅趨於整齊的演化。至於思夫、思君、閨中愁、自傷恨等的作品，由漢徐淑的答秦嘉詩便清楚反映出女子的纖弱思想和以夫為主的生活重心。

至於漢唐婦女閨怨詩的個別性方面，漢代婦女閨怨詩作中呈現出政爭之怨，如情敵戚夫人與呂后，夫妻燕刺王旦與華容夫人；守節之怨，如漢少帝唐姬悲歌守貞不渝等。唐代較值得注意的是教坊婦女之怨和女冠之怨，她們一方面追求從良後的平淡家居生活，一方面又想追求精神上的超越，但不幸的是她們兩者都達不到既有的願望，因此以詩抒怨，產生了流傳至今的婦女閨怨詩作。兩漢隋唐婦女閨怨詩實深受傳統倫理及禮教體制的影響，由此證明倫理在中國家庭制度中已成為根深蒂固的基石，對婦女閨怨詩的創作內容形成重大的影響。

三、在社會學上的價值

經由兩漢隋唐婦女閨怨詩的研究，觀察到女性作者在創作的背景上，受著傳統禮教思想和當時社會政治動亂的影響，進而將傳統禮教及政治動亂的背景融入其創作之閨怨詩中，如徐淑〈答秦嘉詩〉發抒思夫別情之怨。江都公主〈悲愁歌〉、蔡琰〈悲憤詩〉等描述離鄉去國之怨。戚夫人〈永巷歌〉、華容夫人〈臨終悲歌〉、唐姬〈悲歌〉等作品反映政爭失利之怨。這些婦女閨怨詩，反映出婦女當時的心境是悲苦、寂寞、卑微、和掙扎的。這些現象實可供社會學研究此時期的社會背景、兩性關係、婦女處境及婦女地位方面的參考。

綜觀兩漢隋唐婦女閨怨詩作品內容後，我們可由詩作的用字、內容、意境、意識等方面，觀察兩漢、隋唐婦女在所處的社會背景和生活形態中，呈現的創作心境。以下由婦女詩作分別探討婦女作者的心態、生活、自我評價和內心世界。

（一）由詩作用字看婦女作者的心態

由詩作用字來看婦女閨怨詩作者的心態，兩漢婦女作品雖少，但她們的共通處便是在用字上明顯呈現悲苦的心態，如江都公主〈悲愁歌〉中「居常土思兮心內傷」、蔡琰〈悲憤詩〉中「感時念父母，哀歎無窮已。」、「念我出腹子，胸臆為摧敗。」、戚夫人〈永巷歌〉中「終日舂薄暮，常與死為伍。」、華容夫人〈臨終悲歌〉中「母求死子兮，妻求死夫。」、唐姬〈悲歌〉中「死生路異兮從此乖，奈我煢獨兮心中哀。」等皆是。隋代婦女作品數量與兩漢一般，是貧瘠的，但卻也呈現出悲涼字凸顯使用的共通點。如詩中常有「傷」、「愁」、「悲」、「憐」、「泣」、「淚」、「孤」、「絕」等字。（註六）

唐代婦女閨怨作品的用字，常在詩中鑲有「斷腸」、「相思」、「愁」、「淚」、「恨」、「怨」、

「哭」等字。顯現她們卑弱、苦悶、憂鬱、內向的一面。唐代婦女閨怨詩作中明顯因離別而生愁苦的，或因夫、或因君王、或因情人，都可看出這些婦女作者的寫實技巧和悲苦的心態。(註七)

(二)由詩作內容看婦女作者的生活

在兩漢婦女閨怨詩中，我們可以觀察到的是宮廷和官宦婦女的生活情形，遠嫁異域的如江都公主、蔡琰，受政爭凌虐而與死為伍的如戚夫人，因宮廷政變而夫亡子死的如華容夫人、唐姬等，她們的生活由詩作而知是寂寞無告的，以至於有動人心弦的文學作品，昇華了這種痛苦、寂寞的無助感。隋代婦女閨怨詩作中有侯夫人〈自傷詩〉中「長門七八載，無復見君王。寒春入骨清，獨臥愁空房。躧履步庭下，幽懷空感傷。」，大義公主〈書屏風詩〉中「富貴今何在，空事寫丹青。杯酒恆無樂，弦歌詎有聲。」，侯夫人〈自遣詩〉中「祕洞扃仙卉，雕房鎖玉人。」，〈自感詩〉中「庭絕玉輦迹，芳草自成窠；隱隱聞簫鼓，君恩何處多。」、「春色正無際，獨步意如何；不及閒花草，翻承雨露多。」，秦玉鸞〈憶情人詩〉中「蘭幕蟲聲切，椒庭月影斜；可憐秦館女，不及洛陽花。」，羅愛愛〈閨思詩〉中「幾當孤月夜，遙望七香車；羅帶因腰緩，金釵逐鬟斜。」等詩，都展現出婦女生活面的單一化，除了在宮中、深院便是在家宅、閨中，終日以思夫、自感為念，所感受到的是寂寞、煩愁的生活。唐代婦女閨怨詩中常有孤獨、寂寞、傷離別之意(註八)，亦有被棄婦人的哀愁、寂寞。深處閨中的生活以丈夫為主，一旦丈夫出征、科考、遠宦、甚至因無子被棄時，只有陷於孤獨寂寞而自怨自艾了。由於她們寂寞的生活形態，因此產生對花草樹木、自然景觀和周遭事物等的關注。在詠花草樹木、自然景觀上，可以看出隋唐婦女關注的事物，大多集中在植物、動物、建築物、用品及自然景觀等，可以看出她們生活面狹窄的事實，(註九)這種現象是遍及於各類身分婦女的(註十)。婦女除詠物抒情的作品外，亦有屬於贈答和題壁之作，由其作品內容看多半是與丈夫、友人的贈、答、和、寄之作，可以看出她們在交友上，只限於家庭或好友，教坊婦女在這方面就比其他婦女的交友來得廣闊，因此偶有與文人士子的酬贈之作。(註十一)其次再由唐代各個階層婦女作者的詩作內容看她們的生活，舉要而言，宮廷婦女如宣宗宮人題紅葉詩「流水何太急，深宮盡日閒；殷勤謝紅葉，好去到人間。」寫深宮的孤寂，德宗宮人藉花葉題詩寄情：「一入深宮裡，無由得見春。題詩花葉上，寄與接流人。」(註十二)說明了深宮的哀怨和宮女的苦悶、不自由。類此者如開元宮人的〈袍中詩〉、天寶宮人的〈題洛苑梧葉上〉、宣宗宮人的〈題紅葉〉、僖宗宮人的〈金鎖詩〉等皆是。官宦婦女如張立本女詩：「危冠廣袖楚宮妝，獨步閒庭逐夜涼；自把玉簪敲砌竹，清歌一曲月如霜。」(註十三)寫深閨的幽居情。步非煙〈又答趙象獨坐〉詩云：「無力嚴妝倚繡櫳，暗題蟬錦思難窮；近來贏得傷春病，柳弱花欹怯曉風。」(註十四)寫深居閨中的愁緒，類此者如楊容華的〈新妝詩〉、張氏的〈寄夫〉、侯氏的〈繡龜形詩〉、柳氏的〈答韓翃〉、趙氏的〈雜言寄杜羔〉、魏氏的〈贈外〉、孫氏的〈聞琴〉、王霞卿的〈題唐安寺閣壁〉、黃崇嘏的〈辭蜀相妻女詩〉、蔣氏的〈答諸姊妹戒飲〉、李節度姬的〈書紅綃帕〉等。她們或為人妻思夫遊宦未歸的情愁，或為人妾閨中苦寂的宣洩，或為人女閨中寂寞愁緒的排遣，這些都顯現了精神層面的無比空虛。平民婦女如晁采〈春日送夫之長安〉詩云：

思君遠別妾心愁，踏翠江邊送畫舟；
欲待相看遲此別，只憂紅日向西流。

雨中憶夫之一

窗前細雨日啾啾，妾在閨中獨自愁；
何是玉郎久離別，忘憂總對豈忘憂。

雨中憶夫之二

春風送雨過窗東，忽憶良人在客中；
安得妾身今似雨，也隨風去與郎同。

（全唐詩，卷八〇〇，頁九〇〇〇。）

道出婦女雖有哀怨，也只能在閨中獨自愁苦，隨紅日西下，日復一日了。類此者如趙氏的〈古興〉、陳玉蘭的〈寄夫〉、薛媛的〈寫真寄夫〉、慎氏的〈感夫詩〉、周仲美的〈書壁〉、郭紹蘭的〈寄夫〉、〈若耶溪女子題三鄉詩〉、姚月華的〈怨詩〉、鮑家四弦的〈送韋生酒〉、楊萊兒的〈和趙光遠題壁〉等。女冠婦女如魚玄機〈早秋詩〉寫思婦的生活是在閨中織錦來排除煩悶的。詩云：

嫩菊含新彩，遠山閑夕煙；
涼風驚綠樹，清韻入朱弦；
思婦機中錦，征人塞外天；
雁飛魚在水，書信若為傳。

（全唐詩，卷八〇四，頁九〇五二。）

魚玄機另有〈暮春即事詩〉「深巷窮門少侶儔，阮郎唯有夢中留」、「安能追逐人間事，萬里身同不繫舟。」，〈寓言詩〉云：「樓上新妝待夜，閨中獨坐含情。」、「人世悲歡一夢，如何得作雙成。」（註十五）又如李冶〈得閣伯鈞書詩〉云：「情來對鏡懶梳頭，暮雨蕭蕭庭樹秋；莫怪闌干垂玉筯，只緣惆悵對銀鉤。」（註十六）等皆是發出對閨中寂寞的無奈心聲。教坊婦女如張窈窕〈春思〉二首詩中顯示婦女深閨生活面有繡舞衣、種花卉等。

春思之一

門前梅柳爛春輝，閉妾深閨繡舞衣；
雙燕不知腸欲斷，銜泥故故傍人飛。

春思之二

井上梧桐是妾移，夜來花發最高枝；
若教不向深閨種，春過門前爭得知。

（全唐詩，卷八〇二，頁九〇二九。）

類此閨中情愁的如李冶的〈相思怨〉、〈感興〉、元淳的〈寄洛中諸姊〉等。教坊婦女亦有如關盼盼、孟氏、張窈窕、薛濤等人的作品。

身世不詳婦女之作則如劉瑤〈古意曲〉，亦顯示在閨中織錦而愁苦難伸，竟翦破機上織錦繡布，明言寂寞使之夜不成眠，苦況由詩中便可得其情。詩云：

梧桐階下月團團，洞房如水秋夜闌，吳刀翦破機頭錦，茱萸花墜相思枕，綠窗寂寞背燈時，暗數寒更不成寢。

（全唐詩，卷八〇一，頁九〇一五。）

類此之作品如裴羽仙、梁瓊、劉雲等人皆是。

由兩漢隋唐婦女閨怨詩作內容看婦女的生活空間，僅限於家庭範圍，與外界的接觸也是甚少而封閉的，因此生活以丈夫為中心。綜觀其生活面可知這些婦女是處在極為寂寞的生活環境裡。

（三）由詩作意境看婦女作者的自我評價

由兩漢婦女作者之詩作意境看婦女對自我的評價，如徐淑的〈答夫秦嘉詩〉反映出婦女生活重心是在家庭和丈夫，徐淑因病而疏於照料家庭和丈夫，又不能隨夫遠宦京師，她的自責未盡義務，其實是導源於長期女教傳統的自我要求和社會地位低微所造成的卑弱心理。由詩中「妾身兮不令，嬰疾兮來歸；沈滯兮家門，歷時兮不差；曠廢兮侍覲，情敬兮有違；君今兮奉命，遠適兮京師；……長吟兮永歎，淚下兮沾衣。」可以明顯看出婦女對自我的評價，是忠誠照管家庭，反之則是有違婦德（註十七）。同為夫妻，做為丈夫的秦嘉則認為遠行為官本是天經地義，不能夫妻團圓雖是一種遺憾，卻沒有徐淑般的痛責、內疚，這也是男女在當時心理反映的一種差距（註十八）。

隋代婦女詩如侯夫人之〈自感〉、〈自遣〉、〈粧成〉等詩，處處表現婦女在深宮的哀怨，被棄了卻只能自憐自苦，甚至君王仍不知其苦處為何，宮中嬪妃的自怨自艾，甚而尋短了卻殘生，與漢代徐淑之閨中詩意境相較，一為宮廷婦女一為官宦婦女，身分雖有所不同，其卑弱心裡卻是相通的。徐淑不能改變她身為女性的事實，侯夫人也不能對君王的見棄做出任何的反彈或扭轉，因此形勢上對於女性的不利，要更大於女性來自於心理上的卑微（註十九）。

到了唐代，在婦女閨怨詩作意境上多數仍陷於地位不如男性，卻又無可奈何的處境，婦女們不滿於生活現況，卻又不知如何改善，唯有藉詩文吟詠聊以慰藉，但在內容意境上仍透露出卑弱的心理（註二十），僅有少數為挽回婚姻而奮鬥的女性（註二十一），有些成功，有些則是徒勞無功。至於夫戍邊關經久未歸的只能以迴文詩表白心意求得夫歸（註二十二），在晉如蘇伯玉妻的〈盤中詩〉寫思夫之情，蘇若蘭的〈璇璣圖詩〉成功地挽回夫心而歡喜團圓（註二十三），這樣的用心良苦，以錦字迴文費時費事織成，使丈夫心生憐愛、悔意而化解了一場婚姻危機。在唐代侯氏以〈繡龜形詩〉掙到丈夫由邊關返家的機會，可看出婦女的心思完全是牽繫在一家之主的丈夫身上的。又如魏氏〈贈外詩〉「男兒不重舊，丈夫多好新。」（註二十四），說明婚姻幸福與否的主導權在男性，一旦丈夫棄舊迎新，婦女的生活也就日趨困境了（註二十五）。綜觀婦女詩作的意境，可看出婦女作者的自我評價是卑微的。

（四）由詩作意識看婦女作者的內心世界

從兩漢隋代婦女詩作意識中，呈現出有苦、有悲的無盡辛酸，多為反映作者所遭受的苦痛，如徐淑的別夫、蔡琰的離子、江都公主的離家、戚夫人的被鬥、華容夫人的殉節、唐姬的喪夫等。隋代作品亦集中於作者閨中傷時感懷、失寵見棄等情緒的描寫，較少明顯提出婦女應有開放自由的空間，或嚮往男性生活的潛在意識反映。大多仍在自怨自嘆的階段。到了唐代則出現了生活思想較開化的教坊婦女和女冠婦女，她們的出現使得唐詩的婦女創作內容更加多元化。在宦官婦女方面有黃崇嘏勇氣可嘉的男兒豪邁氣節，竟巧妝易容而為郡掾，身服藍衫官袍而不顧胭脂花紅畫蛾眉，明示嚮往成為男兒的心態。〈辭蜀相妻女〉詩云：

一辭拾翠碧江湄，貧守蓬茅但賦詩；
自服藍衫居郡掾，永拋鸞鏡畫蛾眉；
立身卓爾青松操，挺志鏗然白壁姿；
幕府若容為坦腹，願天速變作男兒。

（全唐詩，卷七九九，頁八九九五。）

女冠作者有魚玄機反映慕男思想和嚮往男兒生活自由、飲酒賦詩的歲月。詩云：

遊崇真觀南樓覩新及第題名處
雲峰滿目放青晴，歷歷銀鉤指下生；
自恨羅衣掩詩句，舉頭空羨榜中名。
（全唐詩，卷八〇四，頁九〇五〇。）

對於男兒有志得伸，以科舉品評人才，只要有心苦讀，自然有光耀門楣的一天，與女子長期苦守閨中的封閉，為家庭、子女奉獻付出的無怨無悔，有極大的分野。在詩末非常明顯道出身為女子的恨，一層薄薄的羅衣道出了男女性別的差異，僅只一衣之隔，便隔斷了多少紅塵歲月，帶走了無數少女、少婦的青春，像魚玄機這樣的有向上心的女子，亦只有舉頭空羨榜中名了。魚玄機在夏日山居詩中亦道出了以酒解愁，乘興賦詩的隨興作為，是不同於一般女子的閨中生活的。詩云：

移得仙居此地來，花叢自徧不曾栽；
庭前亞樹張衣桁，坐上新泉泛酒杯；
軒檻暗傳深竹徑，綺羅長擁亂書堆；
閒乘畫舫吟明月，信任輕風吹卻回。

詩中明言酌酒自娛，身置書堆中的閒情逸致，吟風弄月、舞文弄墨成了她生活中最快意舒適的解愁方法（註二十六）。薛濤本為官宦婦女後為教坊女子，在寄贈文人元稹詩中，展現對男子生活的嚮往。詩云：

寄舊詩與元微之

詩篇調態人皆有，細膩風光我獨知；
月下詠花憐暗澹，雨朝題柳為欹垂；
長教碧玉藏深處，總向紅牋寫自隨；
老大不能收拾得，與君開似教男兒。

（全唐詩，卷八〇三，頁九〇四五。）

詩中對於女子生活面因單調狹隘而發出聲聲的嘆息，如碧玉的晶瑩透亮，卻無緣展示於人前，對教坊生活前景的無望，產生無限的感傷，若不是女兒身，恐不至於為自己的終身如此地徬徨迷惑。此外在宮廷、官宦、平民、教坊婦女、女冠、身世不詳等婦女作品中或明示或潛藏，多少都存在著一些慕男思想，因此我們由詩作意識中可以知道婦女心中的一些不滿和反抗之聲，雖不敢過於明言，行為上更不敢違抗禮教，然而她們內心的世界是充滿掙扎的。

綜觀兩漢隋唐婦女閨怨詩，我們從詩作用字觀察到婦女作者悲苦的心態，從詩作內容觀察到婦女作者寂寞的生活，由詩作意境觀察到婦女作者卑微的自我評價，由詩作意識感受到婦女作者掙扎的內心世界。凡此都說明了一個共同的現象，就是在兩漢隋唐時期，婦女的處境延續了前代婦女的悲苦命運，仍在寂寞、卑微、悽苦中掙扎，這些現象足以發人深思，且將有助於社會學上的研究。

註釋

註一：參見第四章第一節之表一及表二。
註二：同註一。
註三：同註一。
註四：同註一。
註五：參見唐代婦女閨怨詩作品內容類型歸納表。
註六：見第三章第三節，三、隋代字辭使用之（二）悲涼字的使用表。
註七：參見唐代婦女閨怨詩作者在詩中明示「離別情」者之歸納。
註八：參見唐代婦女閨怨詩作者在詩中明示「離別情」者之歸納。
註九：參見「隋代婦女閨怨詩中有詠物者」、「唐代婦女閨怨詩名有詠物者」表（以詠物性質分類）
註十：參見「唐代婦女閨怨詩名有詠物者」表（以身分分類）
註十一：參見「唐代婦女閨怨詩名屬贈答類者」列表、「唐代婦女閨怨詩名屬題壁類者」列表。
註十二：《全唐詩》，卷七九七，頁八九六七——八九六八。
註十三：《全唐詩》，卷七九九，頁八九九二。
註十四：《全唐詩》，卷八〇〇，頁九〇〇二。
註十五：《全唐詩》，卷八〇四，頁九〇五四。
註十六：《全唐詩》，卷八〇五，頁九〇五九。
註十七：范曄《後漢書、列女傳》，（世界書局，民國七十五年）。載班昭作女誡七篇，有助內訓。夫婦第二：
夫婦之道，參配陰陽，通達神明，信天地之弘義，人倫之大節也。是以禮貴男女之際，詩著關雎之義。由斯言之，不可不重也。夫不賢，則無以御婦；婦不賢，則無以事夫。夫不御婦，則威儀廢缺；婦不事夫，則義理墮闕。方斯二事，其用一也。察今之君子，徒知妻婦之不可不御，威儀之不可不整，故訓其男，檢以書傳，殊不知夫主之不可不事，禮義之不可不存也。但教男而不教女，不亦蔽於彼此之數乎！禮，八歲始教之書，十五而至於學矣。獨不可依此以為則哉！

註十八：范曄《後漢書、列女傳》，（世界書局，民國七十五年）。班昭《女誡》專心第五：

禮，夫有再娶之義，婦無二適之文，故曰夫者天也。天固不可逃，夫固不可離也。行違神祇，天則罰之；禮義有愆，夫則薄之。故女憲曰：「得意一人，是謂永畢；失意一人，是謂永訖。」由斯言之，夫不可不求其心。然所求者，亦非謂佞媚苟親也，固莫若專心正色，禮義居絜，耳無塗聽，目無邪視，出無冶容，入無廢飾，無聚會群輩，無看視門戶，此則謂專心正色矣。若夫動靜輕脫，視聽陜輸，入則亂髮壞形，出則窈窕作態，說所不當道，觀所不當視，此謂不能專心正色矣。

註十九：隋文帝時承南北朝之制，婦女生活並無特別。至開皇十六年曾詔，官員九品以上夫亡妻不許改嫁；五品以上，夫亡妾不許改嫁。足見當時貞節觀念之保守，及婦女精神生活之受限痛苦。到了煬帝時更是變本加厲，依昏義六宮而置宮女嬪妃到了荒淫不堪的程度。

註二十：清聖祖御定《全唐詩》，（文史哲出版社，民國六十七年），卷八〇〇，頁九〇〇三。尚書李愿之家妓崔紫雲不滿於主人將其獻給杜牧，臨行有獻李尚書詩，雖不願離去卻也只能依從，顯現婦女卑弱和屈從，甘心承受做為次等人種的對待，以自身為贈品轉送他人。詩云：

從來學製斐然詩，不料霜臺御史知；

忽見便教隨命去，戀恩腸斷出門時。

註二一：《全唐詩》卷七九九，頁八九九三。載慎氏，適嚴灌夫，無子被出，慎以詩訣，灌夫感而留之。有感夫詩一首，一作與夫訣，一作留別。

詩云：

當時心事已相關，雨散雲飛一餉間；
便是孤帆從此去，不堪重上望夫山。

註二二：《全唐詩》卷七九九，頁八九九二。載邊將張揆之妻因夫防戍十餘年不歸，侯氏乃為迴文詩，繡作龜形，詣闕上之，武宗覽詩，敕揆還鄉，並賜侯絹三百疋。有繡龜形詩云：

睽離已是十秋強，對鏡那堪重理妝；
聞雁幾迴修尺素，見霜先為製衣裳；
開箱疊練先垂淚，拂杵調砧更斷腸；
繡作龜形獻天子，願教征客早還鄉。

註二三：明康萬民《璇璣圖詩讀法》：

「蘇氏以深閨螺黛感悟其夫，一旦精意所聚，於八百餘言中，上陳天道，下悉人情，中稽物理，旁引廣譬，具網兼羅，文詞巨麗，興寄超遠，自是後，才人韻士曾未有方而效之者。此幾非人為所能與矣，意者天欲發此一段奇巧，假若蘭於尺幅之間，偶露機倪，又假起宗道人，因其脈絡，疏其神髓，豈獨庸才未易以識，即問之蘇氏，蘇氏且不可知，又問之起宗。及余之增讀是詩，所獲逾起宗，又倍餘而尚或未能盡者，復何所知哉。」蘇蕙璇璣圖迴文詩製作心細如髮，千變萬化，璇璣圖詩讀法自宋元間起宗道人推求而得三、四、五、六、七言詩，計三千七百五十二首，分為七圖。明代康萬民更加以尋繹，又於第三圖內增立一圖，併增讀其詩至四千二百零六首，合起來所讀共為七千九百五十八首，合兩家之圖而彙輯成編，詩篇之成但求協韻而不問文義。由此圖文之細意編飾使人不易閱讀瞭解，可知作者必窮盡心力耗費時日在製作文字上，由無聊之心絮創作文字遊戲的組織，雖錦帛僅縱橫八寸，卻題詩二百餘首，計八百四十一言，若非具深厚才學，豈是一般凡人女子所能寫成的。蘇蕙以一深閨紅粉，卻以寸筆之心感悟其夫，在織錦中將個人的幽怨、對事物的析理，旁徵博引的表現出來，唯一令人遺憾的是作者未能自製解析讀法以引導讀者深入文意，因而使得後人只能或遷就於押韻而成章，或拘限於文意的和合，或循織綿的五彩而編目成章，是否能洞悉作者的原意，便有待更進一步的探究了。明康萬民更解釋成此圖為天意所成，藉蘇蕙之手呈現，這也是此圖維妙維肖，極盡巧思的天功，而使得後人產生天意的附會了。

〈璇璣圖〉全文縱橫皆為二十九字，共八百四十一字，由外而內、四隅、中間、四旁相對、相向、順讀、反讀、橫讀、逆讀均可窈窕成章，協韻有致，實為巧奪天功之蕙質蘭心傑作。例如七言由四週最外圈之文字讀起，範圍為仁智之湘津，津河之剛親，親所之芳琴，琴清之傷仁。從第八字真志橫過，由蒼欽欽所逆上之荒心。倫桑之西林，林光之生民，春芳之榮身，身鄉之王秦，純貞之當麟，麟龍之皇人。每首四句，每句七言。詩見附表於後。

（蘇蕙撰織錦回文璇璣圖詩暨諸讀法合刻，前秦鈔本）

註二四：《全唐詩》，卷七九九，頁八九八二。

註二五：戴德撰《大戴禮記》，（新文豐出版社，民國七十四年）。曰：女子者，專制之義，有三從之道，在家從父，適人從夫，夫死從子，無所敢自遂也。

《儀禮》，（藝文印書館，民國六十八年）。喪服曰：父者，子之天也；夫者妻之天也。

《唐律》，（西南出版社，民國六十二年）。名例律六條疏議曰：依禮，夫者婦之天。

《唐律》鬥訟律二十四條：夫毆妻，無罪。

《唐律》鬥訟律二十五條：妻毆夫，徒一年。

《唐律》名例律四十七條：男女姦者，男女各徒一年半。

唐代婦女在法律上仍舊是傳統的不平等地位。

註二六：《全唐詩》，卷八〇四，頁九〇五三。

唐代婦女閨怨詩作品內容類型歸納表（一）自怨

類型	詩名	作者	身分	全唐詩		備註
				卷數	頁數	
自怨	惜花吟	鮑君徽	宮廷婦女	七	六九	
	新妝詩	楊容華	官宦婦女	七九九	八九八二	
	聞琴	孫氏	官宦婦女	七九九	八九九一	
	白蠟燭詩	孫氏	官宦婦女	七九九	八九九一	
	謝人送酒	孫氏	官宦婦女	七九九	八九九二	
	題唐安寺閣壁	王霞卿	官宦婦女	七九九	八九九三	
	答諸姊妹戒飲	蔣氏	官宦婦女	七九九	八九九五	
	詩	張立本女	官宦婦女	七九九	八九九二	
	酬人雨後玩竹	薛濤	官宦婦女	八〇三	九〇三五	
	春望詞四首	薛濤	官宦婦女	八〇三	九〇三五	
	謁巫山廟	薛濤	官宦婦女	八〇三	九〇三七	
	牡丹	薛濤	官宦婦女	八〇三	九〇三七	
	聽僧吹蘆管	薛濤	官宦婦女	八〇三	九〇三七	
	送姚員外	薛濤	官宦婦女	八〇三	九〇三八	
	九日遇雨二首	薛濤	官宦婦女	八〇三	九〇四〇	
	江亭餞別	薛濤	官宦婦女	八〇三	九〇四一	
	寄張元夫	薛濤	官宦婦女	八〇三	九〇四二	
	贈遠二首	薛濤	官宦婦女	八〇三	九〇四二	
	秋泉	薛濤	官宦婦女	八〇三	九〇四三	
	柳絮	薛濤	官宦婦女	八〇三	九〇四三	
	雨中憶夫	晁采	平民婦女	八〇〇	九〇〇〇	

類型	詩名	作者	身分	全唐詩 卷數	全唐詩 頁數	備註
自怨	子夜歌十八首	晁采	平民婦女	八〇〇	九〇〇〇	
	題三鄉詩	若耶溪女子	平民婦女	八〇〇	九〇〇〇	
	相思怨	李冶	女冠	八〇五	九〇五八	
	感興	李冶	女冠	八〇五	九〇五八	
	得閻伯鈞書	李冶	女冠	八〇五	九〇五九	
	偶居	李冶	女冠	八〇五	九〇五九	
	明月夜留別	李冶	女冠	八〇五	九〇五九	
	賦得江邊柳	魚玄機	女冠	八〇四	九〇四七	
	寄國香	魚玄機	女冠	八〇四	九〇四七	
	酬李學士寄簟	魚玄機	女冠	八〇四	九〇四八	
	暮春有感寄友人	魚玄機	女冠	八〇四	九〇四九	
	冬夜寄溫飛卿	魚玄機	女冠	八〇四	九〇四九	
	愁	魚玄機	女冠	八〇四	九〇五〇	
	秋怨	魚玄機	女冠	八〇四	九〇五一	
	早秋	魚玄機	女冠	八〇四	九〇五二	
	遣懷	魚玄機	女冠	八〇四	九〇五二	
	寄飛卿	魚玄機	女冠	八〇四	九〇五三	
	夏日山居	魚玄機	女冠	八〇四	九〇五三	
	暮春即事	魚玄機	女冠	八〇四	九〇五三	
	和人	魚玄機	女冠	八〇四	九〇五三	
	折楊柳	魚玄機	女冠	八〇四	九〇五六	
	遊崇真觀南樓覩新及第題名處	魚玄機	女冠	八〇四	九〇五〇	

類型	詩名	作者	身分	全唐詩		備註
				卷數	頁數	
自怨	湖上臥病喜陸鴻漸至	魚玄機	女冠	八〇四	九〇五七	
	寄洛中諸姊	元淳	女冠	八〇五	九〇六〇	
	賣殘牡丹	魚玄機	女冠	八〇四	九〇四八	
	和友人次韻	魚玄機	女冠	八〇四	九〇五〇	
	續韋蟾句	武昌妓	教坊婦女	八〇二	九〇二四	
	寄故人	張窈窕	教坊婦女	八〇二	九〇二九	
	上成都在事	張窈窕	教坊婦女	八〇二	九〇二九	
	春思	張窈窕	教坊婦女	八〇二	九〇三〇	
	贈盧夫人	常浩	教坊婦女	八〇二	九〇二五	
	寄遠	常浩	教坊婦女	八〇二	九〇二五	
	送武補闕	襄陽妓	教坊婦女	八〇二	九〇二六	
	有所思	劉雲	身分不詳	八〇一	九〇一〇	
	婕妤怨	劉雲	身分不詳	八〇一	九〇一〇	
	獨夜詞	崔公遠	身分不詳	八〇一	九〇一二	
	古意	崔萱	身分不詳	八〇一	九〇一〇	
	敘別	崔萱	身分不詳	八〇一	九〇一〇	
	春詞二首	張琰	身分不詳	八〇一	九〇一二	
	銅雀臺	張琰	身分不詳	八〇一	九〇一二	
	贈所思	崔仲容	身分不詳	八〇一	九〇一一	
	暗別離	劉瑤	身分不詳	八〇一	九〇一四	
	古意曲	劉瑤	身分不詳	八〇一	九〇一四	
	峽中即事	廉氏	身分不詳	八〇一	九〇一五	

類型	詩名	作者	身分	全唐詩		備註
				卷數	頁數	
自怨	中秋夜泊武昌	劉淑柔	身分不詳	八〇一	九〇一六	
	寄遠	田娥	身分不詳	八〇一	九〇一六	
	題興元明珠亭	京兆女子	身分不詳	八〇一	九〇一九	
	聯句	光威裒	身分不詳	八〇一	九〇二一	
	思	羅愛愛	身分不詳	七	二七三七	先秦漢魏晉南北朝詩
	憶情人	秦玉鸞	身分不詳	七	二七三八	先秦漢魏晉南北朝詩

唐代婦女閨怨詩作品內容類型歸納表（二）怨人

類型	詩名	作者	身分	全唐詩		備註
				卷數	頁數	
怨人	虛池驛題屏風	宜芬公主	宮廷婦女	七	六七	
	離別難	武后宮人	宮廷婦女	七九七	八九六六	
	綵書怨	上官昭容	宮廷婦女	五	六一	
	自傷	侯夫人	宮廷婦女	七	二七三九	先秦漢魏晉南北朝詩
	粧成	侯夫人	宮廷婦女	七	二七三九	先秦漢魏晉南北朝詩
	看梅	侯夫人	宮廷婦女	七	二七三九	先秦漢魏晉南北朝詩
	自感三首	侯夫人	宮廷婦女	七	二七三九	先秦漢魏晉南北朝詩
	謝君詩	吳絳仙	宮廷婦女	一七	三三一	歷代宮閨文選
	江都迷樓夜歌	杭靜	宮廷婦女	一二	一七一	歷代宮閨文選
	寄情	趙氏	官宦婦女	八〇〇	九〇〇五	
	會張生述懷	李節度姬	官宦婦女	八〇〇	九〇〇六	

類型	詩名	作者	身分	全唐詩		備註
				卷數	頁數	
怨人	答趙子	步非煙	官宦婦女	八〇〇	九〇〇二	
	又答趙象獨坐	步非煙	官宦婦女	八〇〇	九〇〇二	
	寄懷	步非煙	官宦婦女	八〇〇	九〇〇二	
	答趙象	步非煙	官宦婦女	八〇〇	九〇〇二	
	答張生	崔鶯鶯	官宦婦女	八〇〇	九〇〇一	
	寄詩	崔鶯鶯	官宦婦女	八〇〇	九〇〇二	
	告絕詩	崔鶯鶯	官宦婦女	八〇〇	九〇〇二	
	贈鄰女郎	薛濤	官宦婦女	七九九	八九八九	
	古意	薛濤	官宦婦女	七九九	八九八九	
	贈故人	薛濤	官宦婦女	七九九	八九八九	
	別李郎中	薛濤	官宦婦女	八〇三	九〇三八	
	鄉思	薛濤	官宦婦女	八〇三	九〇三九	
	段相國遊武擔寺病不能從題寄	薛濤	官宦婦女	八〇三	九〇四三	
	十離詩	薛濤	官宦婦女	八〇三	九〇四二～九〇四四	
	怨詩效徐淑體	姚月華	平民婦女	八〇〇	九〇〇三	
	製履贈楊達	姚月華	平民婦女	八〇〇	九〇〇四	
	有期不至	姚月華	平民婦女	八〇〇	九〇〇四	
	怨詩寄楊達	姚月華	平民婦女	八〇〇	九〇〇四	
	楚妃怨	姚月華	平民婦女	八〇〇	九〇〇四	
	送韋生酒	鮑家四弦	平民婦女	八〇〇	九〇〇七	
	送鮑生酒	鮑家四弦	平民婦女	八〇〇	九〇〇七	

類型	詩名	作者	身分	全唐詩		備註
				卷數	頁數	
怨人	獄中書情上使君	程長文	平民婦女	七九九	八九九七	
	銅雀臺怨	程長文	平民婦女	七九九	八九九七	
	獨遊家園	孟氏	平民婦女	八〇〇	九〇〇五	
	答少年	孟氏	平民婦女	八〇〇	九〇〇五	
	寄朱放	李冶	女冠	八〇五	九〇五七	
	贈鄰女	魚玄機	女冠	八〇四	九〇四七	
	情書寄李子安	魚玄機	女冠	八〇四	九〇四八	
	閨怨	魚玄機	女冠	八〇四	九〇四九	
	春情寄子安	魚玄機	女冠	八〇四	九〇四九	
	次韻西鄰新居兼乞酒	魚玄機	女冠	八〇四	九〇五〇	
	隔漢江寄子安	魚玄機	女冠	八〇四	九〇五四	
	寓言	魚玄機	女冠	八〇四	九〇五四	
	江陵愁望寄子安	魚玄機	女冠	八〇四	九〇五四	
	寄子安	魚玄機	女冠	八〇四	九〇五四	
	送別	魚玄機	女冠	八〇四	九〇五四	
	送別	魚玄機	女冠	八〇四	九〇五五	
	和入次韻	魚玄機	女冠	八〇四	九〇五五	
	憶崔生	紅綃妓	教坊婦女	八〇〇	八九九九	
	臨行獻李尚書	崔紫雲	教坊婦女	八〇〇	九〇〇三	
	寄歐陽詹	太原妓	教坊婦女	八〇二	九〇二四	
	贈所思	張窈窕	教坊婦女	八〇二	九〇三〇	
	贈裴思謙	平康妓	教坊婦女	八〇二	九〇三〇	

類型	詩名	作者	身分	全唐詩 卷數	全唐詩 頁數	備註
怨人	敘懷	徐月英	教坊婦女	八〇二	九〇三三	
	送人	徐月英	教坊婦女	八〇二	九〇三三	
	問棨	王福娘	教坊婦女	八〇二	九〇二六	
	採桑	郎大家宋氏	身分不詳	八〇一	九〇〇八	
	宛轉歌	郎大家宋氏	身分不詳	八〇一	九〇〇八	
	長相思	郎大家宋氏	身分不詳	八〇一	九〇〇八	
	朝雲引	郎大家宋氏	身分不詳	八〇一	九〇〇八	
	長門怨	劉媛	身分不詳	八〇一	九〇一三	
	送遠	劉媛	身分不詳	八〇一	九〇一三	
	懷遠	廉氏	身分不詳	八〇一	九〇一五	
	寄征人	廉氏	身分不詳	八〇一	九〇一五	
	攜手曲	田娥	身分不詳	八〇一	九〇一六	
	長信宮	田娥	身分不詳	八〇一	九〇一六	
	因故人歸有感	蘇蟬翼	身分不詳	七	二七三八	先秦漢魏晉南北朝
	寄阮郎	張碧蘭	身分不詳	七	二七三八	先秦漢魏晉南北朝

唐代婦女閨怨詩作品內容類型歸納表（三）怨天

類型	詩名	作者	身分	全唐詩 卷數	全唐詩 頁數	備註
怨天	袍中詩	開元宮人	宮廷婦女	七九七	八九六六	
	題洛苑梧葉上	天寶宮人	宮廷婦女	七九七	八九六七	

類型	詩名	作者	身分	全唐詩		備註
				卷數	頁數	
怨天	又題	天寶宮人	宮廷婦女	七九七	八九六七	
	題花葉詩	德宗宮人	宮廷婦女	七九七	八九六七	
	題紅葉	宣宗宮人	宮廷婦女	七九七	八九六八	
	金鎖詩	僖宗宮人	宮廷婦女	七九七	八九六八	
	長門怨	徐賢妃	宮廷婦女	五	五九	
	歸李江州後寄別王氏	程洛賓	官宦婦女	七九九	八九九八	
	下獄貢詩	黃崇嘏	官宦婦女	七九九	八九九五	
	辭蜀相妻女詩	黃崇嘏	官宦婦女	七九九	八九九五	
	謠	薛瑤	官宦婦女	七九九	八九九三	
	書紅綃帕	李節度姬	官宦婦女	八〇〇	九〇〇六	
	和趙光遠題壁	楊萊兒	平民婦女	八〇二	九〇二七	
	秋日再寄	晁采	平民婦女	八〇〇	八九九九	
	春日送夫之長安	晁采	平民婦女	八〇〇	八九九九	
	寄校書七兄	李冶	女冠	八〇五	九〇五七	
	和新及第悼亡詩二首	魚玄機	女冠	八〇四	九〇五〇	
	聞李端公垂釣回寄贈	魚玄機	女冠	八〇四	九〇五一	
	感懷寄人	魚玄機	女冠	八〇四	九〇五二	
	代人悼亡	魚玄機	女冠	八〇四	九〇五三	
	道意寄崔侍郎	魚玄機	女冠	八〇五	九〇五八	
	臨終召客	顏令賓	教坊婦女	八〇二	九〇二八	
	哭夫二首	裴羽仙	身分不詳	八〇一	九〇一三	
	宿巫山寄遠人	梁瓊	身分不詳	八〇一	九〇〇九	

類型	詩名	作者	身分	全唐詩 卷數	全唐詩 頁數	備註
怨天	贈歌姬	崔仲容	身分不詳	八〇一	九〇一一	
	銅雀臺	張瑛	身分不詳	八〇一	九〇一七	
	題沙鹿門	誰氏女	身分不詳	八〇一	九〇二一	

唐代婦女閨怨詩作品內容類型歸納表（四）怨夫

類型	詩名	作者	身分	全唐詩 卷數	全唐詩 頁數	備註
怨夫	寄夫	張氏	官宦婦女	七九九	八九八九	
	繡龜形詩	侯氏	官宦婦女	七九九	八九九二	
	答韓翃	柳氏	官宦婦女	七九九	八九九八	
	夫下第	趙氏	官宦婦女	七九九	八九八八	
	雜言寄杜羔	趙氏	官宦婦女	七九九	八九八八	
	聞夫杜羔登第	趙氏	官宦婦女	七九九	八九八八	
	雜言	趙氏	官宦婦女	七九九	八九八八	
	贈外	魏氏	官宦婦女	七九九	八九八二	
	古興	趙氏	平民婦女	七九九	八九八四	
	寄夫	陳玉蘭	平民婦女	七九九	八九九〇	
	寫真寄夫	薛媛	平民婦女	七九九	八九九一	
	感夫詩	慎氏	平民婦女	七九九	八九九三	
	書壁	周仲美	平民婦女	七九九	八九九六	
	寄夫	郭紹蘭	平民婦女	七九九	八九八五	

類型	詩名	作者	身分	全唐詩		備註
				卷數	頁數	
怨夫	春閨怨	程長文	平民婦女	七九九	八九九七	
	燕子樓三首	關盼盼	平民婦女	八〇二	九〇三三	
	和白公詩	關盼盼	平民婦女	八〇二	九〇三三	
	春閨怨	李冶	女冠	八〇五	九〇五九	
	囉嗊曲	劉采春	教坊婦女	八〇二	九〇二四	
	戲贈	崔仲容	身分不詳	八〇一	九〇一一	
	懷良人	葛鴉兒	身分不詳	八〇一	九〇一四	
	答外	長孫佐輔妻	身分不詳	八〇一	九〇一八	

唐代婦女閨怨詩作者在詩中明示「離別情」者之歸納表

編號	例句	作者	詩題	全唐詩卷數	全唐詩頁數
1	葉下洞庭初，思君萬里餘。書中無別意，惟悵久離居。	上官昭容	綵書怨	卷五	六一
2	出嫁辭鄉國，由來此別難。	宜芬公主	虛池驛題屏風	卷七	六七
3	此別難重陳，花飛復戀人。	武后宮人	離別難	卷七九七	八九六六
4	遊子倦風塵，從官初解巾。束裝赴南郢，脂駕出西秦。	魏氏	贈外	卷七九九	八九八二
5	君子去不還，遙心欲何託。良人猶不歸，芳菲豈常有。不惜芳菲歇，但傷別離久。	趙氏	古興	卷七九九	八九八四
6	我壻去重湖，臨窗泣血書。	郭紹蘭	寄夫	卷七九九	八九八四
7	歸來未須臾，又欲向梁州。人生賦命有厚薄，君但遨遊我寂寞。	趙氏	雜言寄杜羔	卷七九九	八九八八
8	久無音信到羅幃，路遠迢迢遣問誰。	張氏	寄夫	卷七九九	八九八九
9	夫戍邊關妾在吳，西風吹妾妾憂夫。	陳玉蘭	寄夫	卷七九九	八九九〇
10	睽離已是十秋強，對鏡那堪重理妝。	侯氏	繡龜形詩	卷七九九	八九九二
11	良人何處事功名，十載相思不相見。	程長文	春閨怨	卷七九九	八九九七
12	楊柳枝，芳菲節，可恨年年贈離別。一葉隨風忽報秋，縱使君來豈堪折。	柳氏	答韓翃	卷八〇〇	八九九八

編號	例句	作者	詩題	全唐詩卷數	全唐詩頁數
13	魚雁回時寫報音，難憑剉蘗數年心。	程洛賓	歸李江州後寄別王氏	卷八〇〇	八九九八
14	魂離不得空成病，面見無由浪寄書。	晁采	秋日再寄	卷八〇〇	八九九九
15	思君遠別妾心愁，踏翠江邊送畫舟。 欲待相看遲此別，只憂紅日向西流。	晁采	春日送夫之長安	卷八〇〇	九〇〇〇
16	何事玉郎久離別，忘憂總對豈忘憂。	晁采	雨中憶夫	卷八〇〇	九〇〇〇
17	何時得成匹，離恨不復牽。 相思百餘日，相見苦無期。	晁采	子夜歌十八首	卷八〇〇	九〇〇〇
18	相思只恨難相見，相見還愁卻別君。	步非煙	答趙象	卷八〇〇	九〇〇二
19	忽見便教隨命去，戀恩腸斷出門時。	崔紫雲	臨行獻李尚書	卷八〇〇	九〇〇三

編號	例句	作者	詩題	全唐詩卷數	全唐詩頁數
20	與君形影分吳越，玉枕經年對離別。	姚月華	怨詩寄楊達	卷八〇〇	九〇〇四
21	為報西遊減離恨，阮郎纔去嫁劉郎。	趙氏	寄情	卷八〇〇	九〇〇五
22	長相思，久離別。 不見君形影，何曾有歡悅。	郎大家宋氏	長相思	卷八〇一	九〇〇八
23	一夜此中對明月，憶得此中與君別。 感物情懷如舊時，君今渺渺在天涯。	梁瓊	宿巫山寄遠人	卷八〇一	九〇〇九
24	渭城朝雨休重唱，滿眼陽關客未歸。	崔仲容	贈歌姬	卷八〇一	九〇一一
25	蕩子遊不歸，春來淚如雨。	張琰	春詞二首	卷八〇一	九〇一二
26	經年不見君王面，花落黃昏空掩門。	劉媛	長門怨	卷八〇一	九〇一三

編號	例句	作者	詩題	全唐詩卷數	全唐詩頁數
27	李陵一戰無歸日， 望斷胡天哭塞雲。 良人平昔逐蕃渾， 力戰輕行出塞門。 從此不歸成萬古， 空留賤妾怨黃昏。	裴羽仙	哭夫二首	卷八〇一	九〇一三
28	知君此去無還日， 妾亦隨波不復迴。	劉媛	送遠	卷八〇一	九〇一二
29	胡麻好種無人種， 正是歸時不見歸。	葛鴉兒	懷良人	卷八〇一	九〇一四
30	寂寥滿地落花紅， 獨有離人萬恨中。	京兆女子	題興元明珠亭	卷八〇一	九〇一九
31	昔逐良人去上京， 良人身歿妾東征。 同來不得同歸去， 永負朝雲暮雨情。	誰氏女	題沙鹿門	卷八〇一	九〇二一
32	那年離別日， 只道住桐廬。	劉采春	囉嗊曲六首	卷八〇二	九〇二四

編號	例句	作者	詩題	全唐詩卷數	全唐詩頁數
33	悲莫悲兮生別離， 登山臨水送將歸。	武昌妓	續韋蟾句	卷八〇二	九〇二四
34	年年二月時， 十年期別期。 人心一往不復歸， 歲月來時未嘗錯。	常浩	寄遠	卷八〇二	九〇二五
35	弄珠灘上欲銷魂， 獨把離懷寄酒尊。	襄陽妓	送武補闕	卷八〇二	九〇二六
36	話別一尊酒， 相邀無後期。	顏令賓	臨終召客	卷八〇二	九〇二九
37	與君咫尺長離別， 遣妾容華為誰說。 夕望層城眼欲穿， 曉臨明鏡腸堪絕。	張窈窕	贈所思	卷八〇二	九〇三〇
38	惆悵人間萬事違， 兩人同去一人歸。 生憎平望亭中水， 忍照鴛鴦相背飛。	徐月英	送人	卷八〇二	九〇三三
39	去春零落暮春時， 淚溼紅箋怨別離。	薛濤	牡丹	卷八〇三	九〇三七

編號	例句	作者	詩題	全唐詩卷數	全唐詩頁數
40	萬條江柳早秋枝，裊地翻風色未衰。欲折爾來將贈別，莫教煙月兩鄉悲。	薛濤	送姚員外	卷八〇三	九〇三八
41	花落梧桐鳳別凰，想登秦嶺更淒涼。	薛濤	別李郎中	卷八〇三	九〇三八
42	別日南鴻纔北去，今朝北雁又南飛。	魚玄機	閨怨	卷八〇四	九〇四九
43	雖恨獨行冬盡日，終期相見月圓時。別君何物堪持贈，淚落晴光一首詩。	魚玄機	春情寄子安	卷八〇四	九〇四九
44	秦樓幾夜愜心期，不料仙郎有別離。	魚玄機	送別	卷八〇四	九〇五四
45	朝朝送別泣花鈿，折盡春風楊柳煙。	魚玄機	折楊柳	卷八〇四	九〇五六
46	綿綿野花發，別後無限情。	李冶	寄朱放	卷八〇五	九〇五七
47	離人無語月無聲，明月有光人有情。別後相思人似月，雲間水上到層城。	李冶	明月夜留別	卷八〇五	九〇五九
48	舊國經年別，關河萬里思。	元淳	寄洛中諸姊	卷八〇五	九〇六〇

隋代婦女閨怨詩中有詠「物」者

詠物名	詩名	作者	身分	歷代宮闈文選 卷數	頁數	備註
合歡果器	謝君詩	吳絳仙	宮廷婦女	一七	三三一	中國婦女文學史，九章，頁一七三
楊柳李花	江都迷樓夜歌	杭靜	宮廷婦女	一二	一七一	中國婦女文學史，九章，頁一七三

唐代婦女閨怨詩名以詠物性質分類列表

（一）植物	詩名	作者	身分	全唐詩 卷數	頁數	備註
花	惜花吟	鮑君徽	宮廷婦女	七	六九	
葉	題洛苑梧葉上	天寶宮人	宮廷婦女	七九七	八九六七	
花葉	題花葉詩	德宗宮人	宮廷婦女	七九七	八九六七	
紅葉	題紅葉	宣宗宮人	宮廷婦女	七九七	八九六八	
竹	酬人雨後玩竹	薛濤	官宦婦女	八〇三	九〇三五	
牡丹	牡丹	薛濤	官宦婦女	八〇三	九〇三七	
蘆管	聽僧吹蘆管	薛濤	官宦婦女	八〇三	九〇三七	
柳絮	柳絮	薛濤	官宦婦女	八〇三	九〇三七	
竹	竹離亭	薛濤	官宦婦女	八〇三	九〇四四	
柳	賦得江邊柳	魚玄機	女冠	八〇四	九〇四七	
楊柳	折楊柳	魚玄機	女冠	八〇四	九〇五六	
牡丹	賣殘牡丹	魚玄機	女冠	八〇四	九〇四八	
桑	採桑	郎大家宋氏	不詳	八〇一	九〇〇八	

（二）動物	詩名	作者	身分	全唐詩		備註
				卷數	頁數	
龜形	繡龜形詩	侯氏	官宦婦女	七九九	八九九二	
犬	犬離主	薛濤	官宦婦女	八〇三	九〇四三	
馬	馬離廄	薛濤	官宦婦女	八〇三	九〇四四	
鸚鵡	鸚鵡離籠	薛濤	官宦婦女	八〇三	九〇四四	
燕	燕離巢	薛濤	官宦婦女	八〇三	九〇四四	
魚	魚離池	薛濤	官宦婦女	八〇三	九〇四四	
鷹	鷹離鞲	薛濤	官宦婦女	八〇三	九〇四四	
（三）建築物	詩名	作者	身分	全唐詩		備註
				卷數	頁數	
廟	謁巫山廟	薛濤	官宦婦女	八〇三	九〇三七	
江亭	江亭餞別	薛濤	官宦婦女	八〇三	九〇四一	
燕子樓	燕子樓	關盼盼	平民婦女	八〇二	九〇二三	
家園	獨遊家園	孟氏	平民婦女	八〇〇	九〇〇五	
銅雀臺	銅雀臺	梁瓊	不詳	八〇一	九〇〇九	
銅雀臺	銅雀臺	張琰或張瑛	不詳	八〇一	九〇一七	
（四）用品	詩名	作者	身分	全唐詩		備註
				卷數	頁數	
袍	袍中詩	開元宮人	宮廷婦女	七九七	八九六六	
金鎖	金鎖詩	僖宗宮人	宮廷婦女	七九七	八九六八	
紅綃帕	書紅綃帕	李節度姬	官宦婦女	八〇〇	九〇〇五	
琴	聞琴	孫氏	官宦婦女	七九九	八九九一	
蠟燭	白蠟燭詩	孫氏	官宦婦女	七九九	八九九一	

（四）用品	詩名	作者	身分	全唐詩 卷數	全唐詩 頁數	備註
酒	謝人送酒	孫氏	官宦婦女	七九九	八九九二	
筆	筆離手	薛濤	官宦婦女	八〇三	九〇四三	
珠	珠離掌	薛濤	官宦婦女	八〇三	九〇四四	
鏡	鏡離臺	薛濤	官宦婦女	八〇三	九〇四四	
履	製履贈楊達	姚月華	平民婦女	八〇〇	九〇〇四	
酒	送韋生酒	鮑家四弦	平民婦女	八〇〇	九〇〇七	
酒	送鮑生酒	鮑家四弦	平民婦女	八〇〇	九〇〇七	
（五）自然觀景	**詩名**	**作者**	**身分**	**全唐詩 卷數**	**全唐詩 頁數**	**備註**
雪	離別難	武后宮人	宮廷婦女	七九七	八九六六	
雨	九日遇雨二首	薛濤	官宦婦女	八〇三	九〇四〇	
泉	秋泉	薛濤	官宦婦女	八〇三	九〇四三	
雨	雨中憶夫	晁采	平民婦女	八〇〇	九〇〇〇	
江	西江行	張窈窕	教坊婦女	八〇二	九〇二九	
月	望月	劉雲	不詳	八〇一	九〇一〇	

唐代婦女閨怨詩名有詠物者以作者身分分類

詠物名	詩名	作者	身分	全唐詩 卷數	全唐詩 頁數	備註
花	惜花吟	鮑君徽（一）	宮廷婦女	七	六九	
袍	袍中詩	開元宮人	宮廷婦女	七九七	八九六六	

詠物名	詩名	作者	身分	全唐詩 卷數	全唐詩 頁數	備註
葉	題洛苑梧葉上	天寶宮人	宮廷婦女	七九七	八九六七	
花葉	題花葉詩	德宗宮人	宮廷婦女	七九七	八九六七	
紅葉	題紅葉	宣宗宮人	宮廷婦女	七九七	八九六八	
金鎖	金鎖詩	僖宗宮人	宮廷婦女	七九七	八九六八	
紅綃帕	書紅綃帕	李節度姬（二）	官宦婦女	八〇〇	九〇〇五	
琴	聞琴	孫氏	官宦婦女	七九九	八九九一	
蠟燭	白蠟燭詩	孫氏	官宦婦女	七九九	八九九一	
酒	謝人送酒	孫氏	官宦婦女	七九九	八九九二	
龜形	繡龜形詩	侯氏	官宦婦女	七九九	八九九二	
竹	酬人雨後玩竹	薛濤	官宦婦女	八〇三	九〇三五	
廟	謁巫山廟	薛濤	官宦婦女	八〇三	九〇三七	
牡丹	牡丹	薛濤	官宦婦女	八〇三	九〇三七	
蘆管	聽僧吹蘆管	薛濤	官宦婦女	八〇三	九〇三七	
雨	九日遇雨二首	薛濤	官宦婦女	八〇三	九〇四〇	
江亭	江亭餞別	薛濤	官宦婦女	八〇三	九〇四一	
泉	秋泉	薛濤	官宦婦女	八〇三	九〇四三	
柳絮	柳絮	薛濤	官宦婦女	八〇三	九〇四三	
犬	犬離主	薛濤	官宦婦女	八〇三	九〇四三	
筆	筆離手	薛濤	官宦婦女	八〇三	九〇四三	
馬	馬離廄	薛濤	官宦婦女	八〇三	九〇四四	
鸚鵡	鸚鵡離籠	薛濤	官宦婦女	八〇三	九〇四四	
燕	燕離巢	薛濤	官宦婦女	八〇三	九〇四四	

詠物名	詩名	作者	身分	全唐詩 卷數	全唐詩 頁數	備註
珠	珠離掌	薛濤	官宦婦女	八〇三	九〇四四	
魚	魚離池	薛濤	官宦婦女	八〇三	九〇四四	
鷹	鷹離鞲	薛濤	官宦婦女	八〇三	九〇四四	
竹	竹離亭	薛濤	官宦婦女	八〇三	九〇四四	
鏡	鏡離臺	薛濤	官宦婦女	八〇三	九〇四四	
履	製履贈楊達	姚月華（三）	平民婦女	八〇〇	九〇〇四	
酒	送韋生酒	鮑家四弦	平民婦女	八〇〇	九〇〇七	
酒	送鮑生酒	鮑家四弦	平民婦女	八〇〇	九〇〇七	
雨	雨中憶夫	晁采	平民婦女	八〇〇	九〇〇〇	
燕子樓	燕子樓	關盼盼	平民婦女	八〇二	九〇二三	
江	西江行	張窈窕（四）	教坊婦女	八〇二	九〇二九	
柳	賦得江邊柳	魚玄機（五）	女冠	八〇四	九〇四七	
楊柳	折楊柳	魚玄機	女冠	八〇四	九〇五六	
牡丹	賣殘牡丹	魚玄機	女冠	八〇四	九〇四八	
銅雀臺	銅雀臺	梁瓊（六）	不詳	八〇一	九〇〇九	
桑	採桑	郎大家宋氏	不詳	八〇一	九〇〇八	
月	望月	劉雲	不詳	八〇一	九〇一〇	
銅雀臺	銅雀臺	張琰	不詳	八〇一	九〇一二	
銅雀臺	銅雀臺	張瑛	不詳	八〇一	九〇一七	

唐代婦女閨怨詩名屬贈答類者列表（贈、答、和、寄）

贈答類	詩名	作者	身分	全唐詩 卷數	全唐詩 頁數	備註
答	答趙子	步非煙	官宦婦女	八〇〇	九〇〇二	
答	又答趙象獨坐	步非煙	官宦婦女	八〇〇	九〇〇二	
寄	寄懷	步非煙	官宦婦女	八〇〇	九〇〇二	
答	答趙象	步非煙	官宦婦女	八〇〇	九〇〇二	
答	答諸姊妹戒飲	蔣氏	官宦婦女	七九九	八九九五	
寄	寄情	趙氏	官宦婦女	八〇〇	九〇〇五	
寄	歸李江州後寄別王氏	程洛賓	官宦婦女	七九九	八九九八	
寄	雜言寄杜羔	趙氏	官宦婦女	七九九	八九八八	
寄	寄夫	張氏	官宦婦女	七九九	八九八九	
答	答韓翃	柳氏	官宦婦女	八〇〇	八九九八	
贈	贈鄭女郎	薛蘊	官宦婦女	七九九	八九八九	
贈	贈故人	薛蘊	官宦婦女	七九九	八九八九	
答	答張生	崔鶯鶯	官宦婦女	八〇〇	九〇〇一	
寄	寄詩	崔鶯鶯	官宦婦女	八〇〇	九〇〇二	
寄	段相國遊武擔寺病不能從題寄	薛濤	官宦婦女	八〇三	九〇四三	
寄	寄張元夫	薛濤	官宦婦女	八〇三	九〇四二	
贈	贈遠二首	薛濤	官宦婦女	八〇三	九〇四二	
寄	寄舊詩與元微之	薛濤	官宦婦女	八〇三	九〇四六	
寄	寄夫	陳玉蘭	平民婦女	七九九	八九九〇	
寄	寫真寄夫	薛媛	平民婦女	七九九	八九九一	
寄	寄夫	郭紹蘭	平民婦女	七九九	八九八四	

贈答類	詩名	作者	身分	全唐詩		備註
				卷數	頁數	
贈	贈外	魏氏	平民婦女	七九九	八九八二	
寄	寄文茂	晁采	平民婦女	八〇〇	八九九九	
寄	秋日再寄	晁采	平民婦女	八〇〇	八九九九	
答	答少年	孟氏	平民婦女	八〇〇	九〇〇五	
和詩	和白公詩	關盼盼	平民婦女	八〇二	九〇二三	
寄	寄歐陽詹	太原妓	教坊婦女	八〇二	九〇二四	
寄	寄故人	張窈窕	教坊婦女	八〇二	九〇二九	
贈	贈斐思謙	平康妓	教坊婦女	八〇二	九〇三〇	
贈	贈盧夫人	常浩	教坊婦女	八〇二	九〇二五	
寄	寄遠	常浩	教坊婦女	八〇二	九〇四五	
寄	寄國香	魚玄機	女冠	八〇四	九〇四七	
寄	酬李學士寄簟	魚玄機	女冠	八〇四	九〇四八	
寄	暮春有感寄友人	魚玄機	女冠	八〇四	九〇四九	
寄	冬夜寄溫飛卿	魚玄機	女冠	八〇四	九〇四九	
寄	寄飛卿	魚玄機	女冠	八〇四	九〇五三	
和	和人	魚玄機	女冠	八〇四	九〇五三	
贈	贈鄰女	魚玄機	女冠	八〇四	九〇四七	
寄	情書寄李子安	魚玄機	女冠	八〇四	九〇四八	
寄	春情寄子安	魚玄機	女冠	八〇四	九〇四九	
寄	隔漢江寄子安	魚玄機	女冠	八〇四	九〇五四	
寄	江陵愁望寄子安	魚玄機	女冠	八〇四	九〇五四	
寄	寄子安	魚玄機	女冠	八〇四	九〇五四	

贈答類	詩名	作者	身分	全唐詩 卷數	全唐詩 頁數	備註
和	和人次韻	魚玄機	女冠	八〇四	九〇五五	
和	和新及第悼亡詩	魚玄機	女冠	八〇四	九〇五〇	
寄贈	聞李端公垂釣回寄贈	魚玄機	女冠	八〇四	九〇五一	
寄	感懷寄人	魚玄機	女冠	八〇四	九〇五二	
和	和友人次韻	魚玄機	女冠	八〇四	九〇四七	
寄	寄校書七兄	李冶	女冠	八〇五	九〇五七	
寄	寄朱放	李冶	女冠	八〇五	九〇五七	
寄	道意寄崔侍郎	李冶	女冠	八〇五	九〇五八	
寄	寄洛中諸姊	元淳	女冠	八〇五	九〇六〇	
寄	宿巫山寄遠人	梁瓊	不詳	八〇一	九〇〇九	
贈	贈所思	崔仲容	不詳	八〇一	九〇一二	
贈	戲贈	崔仲容	不詳	八〇一	九〇一二	
贈	贈歌姬	崔仲容	不詳	八〇一	九〇一二	
寄	寄征人	廉氏	不詳	八〇一	九〇一五	
寄	寄遠	田娥	不詳	八〇一	九〇一六	
答	答外	長孫佐輔妻	不詳	八〇一	九〇一八	

唐代婦女閨怨詩名屬題壁類者列表

題壁類	詩名	作者	身分	全唐詩		備註
				卷數	頁數	
題屏風	虛池驛題屏風	宜芬公主	宮廷婦女	七	六七	
題閣壁	題唐安寺閣壁	王霞卿	官宦婦女	七九九	八九九三	
題壁	書壁	周仲美	平民婦女	七九九	八九九六	
題詩	題三鄉詩	若耶溪女子	平民婦女	八〇一	九〇二〇	
題壁	和趙光遠題壁	楊萊兒	平民婦女	八〇二	九〇二七	
題詩	題孫棨詩後	王福娘	教坊婦女	八〇二	九〇二六	
題詩	題興元明珠亭	京兆女子	不詳	八〇一	九〇一九	
題詩	題沙鹿門	誰氏女	不詳	八〇一	九〇二〇	

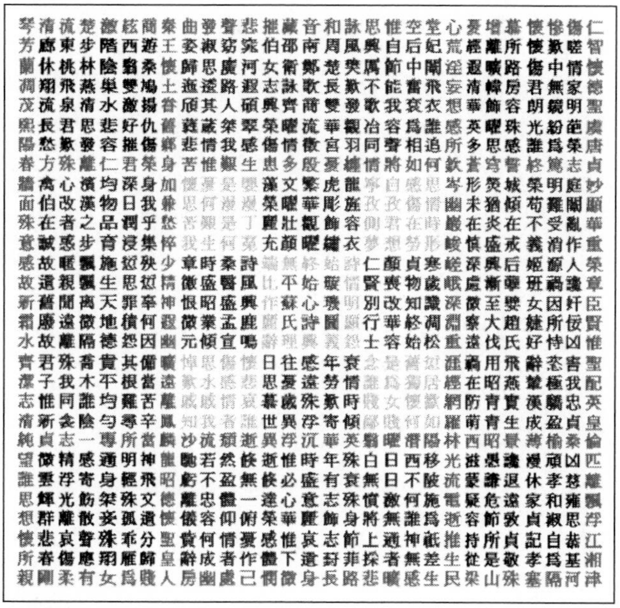

璇璣圖（一）

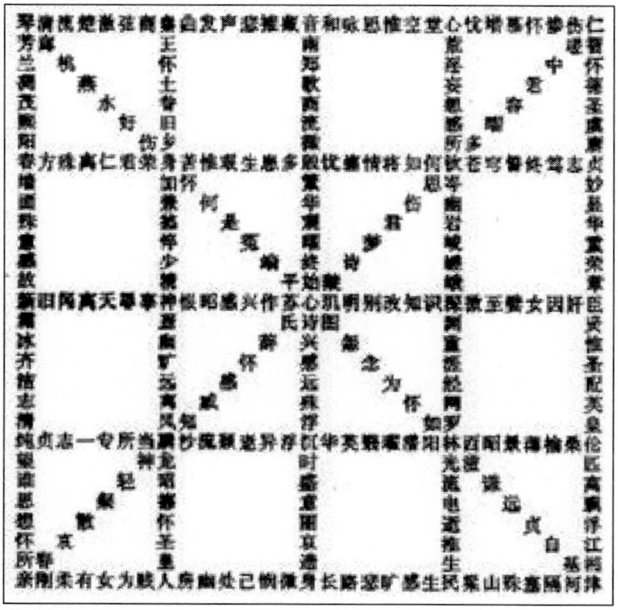

璇璣圖（二）

第五章

結論

本篇論文以兩漢、隋唐婦女閨怨詩為研究主題，對這兩個時期的女性作者、作品內容及文學表現，作系統的歸納研究，以下分別從這三方面說明。

一、就女性作者與作品數量言

兩漢婦女閨怨詩，在承繼著詩經、楚辭及受當時的政治、社會、文風的影響下，仍處於萌芽階段。表現出閨怨詩女性作者貴族化、為數少的現象。在這一時期的詩作數量不多且完全出自宮廷婦女（如江都公主、戚夫人、華容夫人、唐姬等）和官宦婦女（如蔡琰、徐淑）之手，可見兩漢時期只有極少數貴族婦女享有受教育的機會和創作的能力。此時期女性作品數量甚少，說明了女性對文學創作的意願不高，這種不熱衷識字習文的心理，實由於禮教和社會、家庭傳統的價值觀所造成。女性長期受這樣的環境影響，對自我的要求自然設限在三從、四德的規範中，本身要謹言慎行，對他人則要溫婉柔順，在家中更是謹守完全服從的律令，在這樣的生活文化和禮教制度下，要求一般婦女從事文學的培養和習作是難上加難的。

隋唐婦女作品的產生和作者自身的遭遇有著密不可分的關係，一則作品受當代文風的刺激，二則女性作者間互相激勵倣效的影響。（見表一）在八十九位唐代婦女閨怨詩女性作者中，雖然作品往往只有一、兩首，詩作較多的僅魚玄機、李治、薛濤等人，但婦女在詩的創作方面成果相當可觀，婦女在作者人數和作品數量上更是超越前代的。（見表二）

二、就作品的文學表現言

兩漢婦女的閨怨作品在形式上仍不脫前朝詩經、楚辭的軌跡，為一種即興式詩歌和敘事抒情的創作，婦女作品的形式大都隨著當代文風而創作，除兮字的使用和三言的夾雜之外，仍以五、七言為主，其中又以五言居多。可知五言詩在漢代仍處於萌芽的階段。在文學表現上，此時已重視由人的感官視覺、聽覺出發作意象的陳述，而對夫妻、母子、遊子等人倫親情，更以動態化做深入的敘述。

隋唐婦女在文學表現方面，亦以五、七言詩抒情為常態分布，而在用字、格對上也有豐富的組織力，將季節名、悲涼字、詩酒字和暱呼字等分派到各種的對句中，使得詩作意境的呈現，能達到更深入的效果。然而由於性別的差異、對事物觀察力的不同，加上時代賦予男女社會地位和生存價值的天壤差別，因此造成女詩人在創作上有別於男性的曠遠豪邁，尤其是閨怨作品更造成女性詩作呈現柔媚婉約的風韻，於是這些風格和作品內容便產生出女性特有的陰柔之美。

三、就作品的內容言

兩漢婦女閨怨之作多集中在對自身遭遇的感傷，或因君王、或因丈夫的緣故，範圍固定在狹小的居家生活圈中。

兩漢婦女閨怨詩內容全是悲歌，除戚夫人的〈永巷歌〉、徐淑的〈答秦嘉詩〉，詩名無悲愁字之外，其餘詩作全帶「悲」字於詩名中，如江都公主的〈悲愁歌〉、蔡琰的〈悲憤詩〉、華容夫人的〈臨終悲歌〉、唐姬的〈悲歌〉等。另有作者存疑之作品如班婕妤的〈怨詩〉、王昭君的〈昭君怨〉等亦是。這些都成為後代模擬作怨詩，或以漢代婦女為吟詠對象的詩型創作，如梁劉令嫺〈和婕妤怨詩〉、梁劉氏〈昭君怨〉、隋大義公主〈書屏風詩〉之以王昭君自比等皆為模擬之作，唐代婦女閨怨詩中更有為數眾多以「怨」為標題的詩作（見表三）。內容以班婕妤、王昭君、徐淑、陳皇后、卓文君等婦女人物為吟詠主題者，除兩漢婦女之作（見第一、二章）外，六朝文人有西晉傅玄、陸機、梁簡文帝、元帝、江淹、沈約、劉孝綽、陳陰鏗、何楫等人，唐代更有為數眾多的詩人繼續模擬這些女性藉以發抒個人幽怨，僅全唐詩中即有三百零四首以「怨」為標題之作（註一），唐代婦女閨怨詩的擬作有十首（見表四），全唐詩中唐人以漢代婦女為主題之怨詩亦有一百五十六首之多。（註二）漢代婦女在詩作上的內容，對六朝隋唐之婦女在閨怨詩的創作上，實具有啟示性的意義。

隋唐的婦女閨怨詩在一面承襲著舊有禮教的傳遞，一面又接受新思想及開放的社會民情風俗，於是創作出發抒個人幽怨的詩作內容。如（一）因傳統舊禮教的影響而產生的女性閉鎖思想。（二）因丈夫宦遊不歸、守邊不歸、商旅未歸、科考未歸等因素而產生婦女獨守家門的閨怨。（三）女性意識覺醒的萌芽，如唐代黃崇嘏的女扮男妝入蜀相官邸為官，直至蜀相欲妻之以女時，才揭穿這嚮往男兒身的假鳳虛凰。〈辭蜀相妻女詩〉（註三）。明言其志，但願能與男子一般習詩書，實不願作女子樣巧妝扮，凜然有男兒氣概，卻受限於女兒身而難得伸展的機會。在思想上表現出嚮往男兒自由發展的意識，在行為上則是表現出被強迫受女教的不滿反映，對唐代社會來說，無疑更是一種震撼。此外如官宦婦女薛濤亦屬此類。在她與元微之往返贈答詩中（註四），字句皆自憐空有才華竟身陷青樓，如碧玉深藏般不得展現光芒，僅能偶與友人賦詩寄贈，一心只願如男子般自由自在、無拘無束。諸如此類婦女嚮往自由，以開放鮮明的筆觸描摹心境，不僅發抒其個人幽怨，更為眾多深處閨中的女子們吐露出積怨已久而難以傾訴的心聲。

由唐代婦女閨怨詩的內容，可以知道她們的生活面是狹窄的，全然圍繞在家庭中、深閨裏，如籠中鳥、甕中鼈般，因此她們所見有限，反映在詩中亦可看出受侷限的模式。宮廷婦女或藉物抒怨，或因景抒怨，或因君王的冷落而悲傷，或因遠嫁大漠而自傷，或藉詠史實而撫今傷昔、移情悲哀等。官宦婦女或因夫外地為官不歸，或因在閨中生活無限苦悶而自我排遣，或與人酬唱贈答、賦詩寄情。平民婦女多為思念丈夫或情郎的情緒發抒。女冠詩人不因信道而排除煩愁，也有因景、因人、因事而生之愁悶。教坊婦女在未嫁前有自傷身世之嘆，在既嫁後又有思念丈夫久居外地不歸的情形，抑或有因孤寂而與人賦詩寄情者。在官宦婦女中如步非煙（註五）、李節度姬（註六）、薛濤，教坊婦女中如紅綃妓（註七）等，亦為因孤寂而與人賦詩寄情者。可見不論在官宦或煙花巷中女子，皆有較前代大膽、開放而違反傳統禮教的作風。身分不詳的女子，則大多為思念情愁之作。整體而言唐代婦女詩作內容仍舊是傳統思想佔絕大多數的情形。

隋唐婦女作品雖然經歷了六朝宮體的洗禮，在一片淫靡大膽的言情作品之後，仍受到前朝的影響，在漸為開放的民情下，作品和作家也都更多元化了，在詩作的內容仍多寄情於宮廷、家庭、個人等生活環境中，對整個社會、國家仍然較少感懷之作，除了禮教影響所致，不能不說受到漢代以來婦女詩作內容的淺移默化影響。

唐代婦女閨怨詩之女性作者，在一片的悲怨聲中掀起了一陣婦女文風，為寂靜的婦女創作園地，開出了朵朵馨香，這不僅是作者本身的心靈結晶、智慧花朵，更造就了唐以後的一種特殊創作形式，閨怨之作在婦女間蔚為風潮，在文人中也興起以模擬婦女閨怨為題材的作品。這種情形對繼之而起的宋代文風言，不僅有啟迪效用，對孤力無援的婦女創作者而言，也是一種精神支持。在詩歌演進發展的歷史中，兩漢隋唐的婦女閨怨詩，不僅扮演著薪火相傳的承繼角色，更是後代宋、元、明、清婦女詩歌愈加發榮滋長的前導。

本論文透過研究兩漢隋唐婦女閨怨詩的作者分布情形、作品的內容、文學表現以及作者、作品反映出的現象，實可以肯定婦女閨怨詩作在文學上的地位與價值。

註釋

註一：參高莉芬《漢魏怨詩研究》，（政大碩士論文，民國七十七年六月），頁二二一九所列之統計數字。

註二：表五參黃美玉《唐人以漢代婦女為主題詩歌之研究》，（政大碩士論文，民國七十八年六月），頁五所列之統計表。

註三：清聖祖御定《全唐詩》，卷七九九，頁八九九五，（文史哲出版社，民國六十七年）

註四：清聖祖御定《全唐詩》，卷八〇三，頁九〇四五，（文史哲出版社，民國六十七年）

註五：清聖祖御定《全唐詩》，卷八〇〇，頁九〇〇二，（文史哲出版社，民國六十七年）

註六：清聖祖御定《全唐詩》，卷八〇〇，頁九〇〇五，（文史哲出版社，民國六十七年）

註七：清聖祖御定《全唐詩》，卷八〇〇，頁八九九八，（文史哲出版社，民國六十七年）

（表一）唐代婦女閨怨詩標題相同或相近者列表

詩題	作者	全唐詩 卷數	全唐詩 頁數	詩題	作者	全唐詩 卷數	全唐詩 頁數	詩題	作者	全唐詩 卷數	全唐詩 頁數
寄夫	郭紹蘭	799	8984	春情寄子安	魚玄機	804	9049	柳絮	薛濤	803	9043
寄夫	張氏	799	8989	感懷寄人	魚玄機	804	9052	賦得江邊柳	魚玄機	804	9047
寄夫	陳玉蘭	799	8990	江陵愁望寄子安	魚玄機	804	9054	折楊柳	魚玄機	804	9056
寫真寄夫	薛媛	799	8991	寄子安	魚玄機	804	9054	謝人送酒	孫氏	799	8992
寄文茂	晁采	800	8999	寄朱放	李治	805	9057	送韋生酒	鮑家四弦	800	9007
秋日再寄	晁采	800	8999	寄校書七兄	李治	805	9057	送鮑生酒	鮑家四弦	800	9007
寄詩	雀鴛鴦	800	9002	春閨怨	程長文	799	8997	長門怨	徐賢妃	5	59
寄懷	步非煙	800	9002	閨怨	魚玄機	804	9049	長門怨	劉媛	801	9014
寄情	趙氏	800	9005	春閨怨	李治	805	9060	牡丹	薛濤	803	9037
宿巫山寄遠人	梁瓊	801	9009	銅雀台怨	程長文	799	8997	賣殘牡丹	魚玄機	804	9048
寄征人	廉氏	801	9015	銅雀台	梁瓊	801	9009	望月	劉雲	801	9010

詩題	作者	全唐詩卷數	全唐詩頁數	詩題	作者	全唐詩卷數	全唐詩頁數	詩題	作者	全唐詩卷數	全唐詩頁數
寄遠	田娥	801	9016	銅雀臺	張琰或張瑛	801	9017	望月	張瑛	801	9017
寄遠	常浩	802	9025	題洛花梧葉上	天寶宮人	797	8967	聯句	光威裒	801	9021
寄故人	張窈窕	802	9029	題花葉詩	德宗宮人	797	8967	聯句	越溪楊女	801	9021
情書寄李子安	魚玄機	804	9048	題紅葉	宣宗宮人	797	8968				

（表二）先秦漢魏晉南北朝隋唐婦女詩作分類量表

朝代	作者總數	詩作數量	五言詩數量（首）	五言詩佔詩作總數的百分比	閨怨詩數量（首）	閨怨詩佔詩作總數的百分比	守節詩數量（首）	詠物詩數量（首）	詠時令詩數量（首）	其他（首）
先秦	33	37	0	0%	15	39%	8	0	0	5（勸戒） 9（即興）
漢	15	16	7	44%	11	69%	4	0	0	1（宮廷應制）
魏	3	3	3		2		0	0	1	0
晉	15	63	57		50		0	8	5	0
魏晉共計	18	66	60	91%	52	79%	0	8	6	0

朝代		作者總數	詩作數量	五言詩數量（首）	五言詩佔詩作總數的百分比	閨怨詩數量（首）	閨怨詩佔詩作總數的百分比	守節詩數量（首）	詠物詩數量（首）	詠時令詩數量（首）	其他（首）
南朝	宋	2	8	7		8		0	0	0	0
	齊	2	6	5		6		0	0	0	0
	梁	6	41	40		18		0	8	9	6（即興）
	陳	4	4	4		3		0	0	0	1（諷諭）
北朝	北魏	5	5	2		3		0	1	0	1（諷諭）
	北齊	3	3	1		1		0	0	0	2（即興）
南北朝共計		22	67	59	88%	39	58%	0	9	9	10
隋		10	21	18	86%	14	67%	0	0	0	7（閨樂）
唐		144	507	218	43%	261	51%				

（表三）唐代婦女閨怨詩名中有「怨」字者列表

編號	詩名	作者	身分	全唐詩卷數	全唐詩頁數
1	綵書怨	上官昭容	宮廷婦女	五	六一
2	長門怨	徐賢妃	宮廷婦女	五	五九
3	銅雀臺怨	程長文	平民婦女	七九九	八九九七
4	春閨怨	程長文	平民婦女	七九九	八九九七
5	怨詩效徐淑體	姚月華	平民婦女	八〇〇	九〇〇四
6	怨詩寄楊達	姚月華	平民婦女	八〇〇	九〇〇四
7	楚妃怨	姚月華	平民婦女	八〇〇	九〇〇四

編號	詩名	作者	身分	全唐詩卷數	全唐詩頁數
8	秋怨	魚玄機	女冠	八〇四	九〇五一
9	閨怨	魚玄機	女冠	八〇四	九〇四九
10	相思怨	李冶	女冠	八〇五	九〇五八
11	春閨怨	李冶	女冠	八〇五	九〇六〇
12	昭君怨	梁瓊	不詳	八〇一	九〇〇九
13	婕妤怨	劉雲	不詳	八〇一	九〇一〇
14	長門怨	劉媛	不詳	八〇一	九〇一四

（表四）

主題人物	詩名	作者	身分	全唐詩卷詩	全唐詩頁數
陳皇后	長門怨	徐賢妃	宮廷婦女	五	五九
大小二喬	銅雀臺怨	程長文	平民婦女	七九九	八九九七
徐淑	怨詩效徐淑體	姚月華	平民婦女	八〇〇	九〇〇四
陳皇后，班婕妤	寄故人	張窈窕	教坊婦女	八〇二	九〇二九
王昭君	昭君怨	梁瓊	不詳	八〇一	九〇〇九
班婕妤	婕妤怨	劉雲	不詳	八〇一	九〇一〇
陳皇后	長門怨	劉媛	不詳	八〇一	九〇一四
卓文君	寄遠	田娥	不詳	八〇一	九〇一六
班婕妤	長信宮	田娥	不詳	八〇一	九〇一六
大小二喬	銅雀臺	張瑛	不詳	八〇一	九〇一七

（表五）

人名	内容性質	作為主題詩歌的數量（首）
王昭君	和親	六十四
陳皇后	失寵	四十三
班婕妤	失寵	四十四
卓文君	決絕	四
蔡文姬	亂離	一

附錄

附表一：兩漢晉南北朝隋代婦女閨怨詩作者身世與身分歸納表

兩漢婦女閨怨詩作者身世與身分歸納表

編號	稱謂	身世	詩作	詩作分類	詩作要旨	身分類別
1	戚夫人	定陶人，高帝姬，生趙隱王如意，如意為高帝所愛，惠帝元年，呂后害之。	舂歌（永巷歌詩紀）	（閨怨）遭人殘害難以伸冤的（無奈）心情。	戚夫人被皇太后呂后囚於永巷中舂米做苦工，戚夫人因此而歌，太后聞之大怒，於是斷其手足，去眼薰耳，飲瘖，使居鞠域中，名曰人彘。	宮廷婦女
2	江都公主（細君）	江都人王建之女，元封中。武帝以之妻烏孫王昆莫。昆莫以為左夫人，昆莫死，復妻其孫岑陬，生一女少夫。	歌（悲愁歌詩紀）	（閨怨）思鄉、懷土全節、自傷、思歸的塞外風情。	遠嫁烏孫異域，飲食起居多所不適。一心思鄉，但身已嫁昆莫，只願學黃鵠一般守節而歸。	宮廷婦女
3	唐姬	潁川人，父為會稽太守唐瑁、東漢少帝妃子，少帝在位期間僅五個月即被董卓廢為弘農王，與妻唐姬及宮人飲讌訣別作悲歌一首，唐姬亦起舞即席和一首，少帝慘死，唐姬誓不再嫁。夫死歸鄉里，父欲嫁之，姬誓不許。後獻帝下詔迎之置園中，使侍中持節拜為弘農王妃。	歌一首	（守節）英雄、美人、帝王、后妃生死交別之無奈悲歌。	董卓迫少帝飲酖而亡，弘農王（少帝與妻妾訣別）悲歌：「天道易兮我何艱，棄萬乘兮退守蕃，逆臣見迫兮，命不延，逝將去汝兮適幽玄。」唐姬起舞抗袖而歌：「皇天崩兮后土穨，身為帝兮命夭摧，死生路異兮從此乖，奈我煢獨兮心中哀。」	宮廷婦女

編號	稱謂	身世	詩作	詩作分類	詩作要旨	身分類別
4	華容夫人	漢武帝子燕刺王旦之愛妃。燕刺王旦欲廢昭帝自立，事敗置酒萬載宮，自歌塗窮，華容夫人亦起舞悲歌，後燕刺王旦以綬自絞，后夫人隨旦自殺者二十餘人。	歌一首	（守節）臨終悲歌	（夫）燕刺王旦歌一首「歸空城兮，狗不吠，雞不鳴，衡術何廣廣兮，固之國中之無人。」（妻）「髮紛紛兮寘渠，骨籍籍兮亡居，毋求死子兮，妻求死夫，裴回兩渠間兮，君子獨安居」。	宮廷婦女
5	徐淑	隴西人，嫁黃門郎秦嘉為妻，因寢疾還家，而夫為郡上掾遠赴京師，故離別日多，夫妻書信往返甚夥。	答秦嘉詩有集一卷	（閨怨）無奈思夫	徐淑沈痾家中，不能與夫隨行到任，心中有千百不願，卻也只能留在女家以淚洗面，長吁短嘆兒思君懷君了。	官宦婦女
6	蔡琰	蔡伯喈之女，字文姬，適河東魏仲道，夫亡無子，歸寧于家，興平中大亂，為胡騎所獲，沒於南匈奴左賢王，在胡十二年，生兩子，後為曹操贖歸，重嫁陳留董祀。	悲憤詩二首	（閨怨）詠史（自傷）感懷、思歸劫後餘生之悲感交集。	蔡文姬歸董祀後，感傷亂離，追懷悲憤，有感而發為詩作。首章寫胡人血濺中原的死傷慘狀，生離家園被劫入胡地淒涼與胡兒生別的痛苦。次章寫入胡地的顛沛流離，思鄉情懷的細數。	官宦婦女

晉婦女閨怨詩作者身世與身分歸納表

編號	稱謂	身世	詩作	詩作分類	詩作要旨	身分類別
1	左芬	齊國臨淄人，左思之妹。泰始八年拜脩儀，後武帝使之為貴嬪，咸寧中尚有撰作，有集四卷。	啄木詩有集四卷	（詠物）詠鳥	行容啄木鳥性飢則啄樹，暮則巢宿，無與世爭，值得歌頌。	宮廷婦女
			感離詩	（閨怨）思念	離思之作為答左思贈妹之作	

編號	稱謂	身世	詩作	詩作分類	詩作要旨	身分類別
2	蘇伯玉妻		盤中詩	（閨怨）思夫別情	蘇伯玉家居長安，為官於蜀，做為史人婦的妻子，相思之情自是可知。	宮廷婦女
3	蘇若蘭	陳留令武功蘇道賢第三女，名蕙，字若蘭，儀容妙麗，謙默自守。年十六歸秦州刺史扶風竇滔為妻，滔又納趙陽臺頗為寵愛，若蘭妬而苦加捶辱，陽臺亦訴說若蘭之短於滔前，讒毀交至，滔益忿若蘭，若蘭年廿一時，滔將鎮襄陽，若蘭忿而不與偕行，滔乃攜陽臺之任，絕若蘭音問，蘇氏悔恨自傷，居家織錦為文，才情畢露，使寄襄陽，夫覽之感其妙絕，乃送陽臺之關中，而具車從禮迎若蘭歸于漢南，思好愈重。	璇璣圖詩所著文詞五千餘言，屬隋季喪亂，文字散落，追求勿獲，而錦字迴文盛傳于世。	（閨怨）悔恨、自傷勸夫回心之意。	若蘭織錦為迴文，五綵相宜瑩心輝目，縱廣八尺、題詩兩百餘首，計八百餘言，縱橫反覆，皆為文章。其文點畫無缺，才情之妙，超邁今古，名曰璇璣圖。然而讀者不能會意，若蘭笑曰：「徘迴宛轉，自為語言，非我家人，莫能解之。」	官宦婦女
4	李夫人（李婉）	李豐女名婉，字淑文，淑美有才行。嫁賈充為妻，後父李豐被誅，李女坐流徒，賈充復取郭槐，後李婉被赦還家，郭槐不容，充乃為李築室於永年里而不往來。	與夫賈充聯句詩（一云定情聯句）	（閨怨）情詩、感嘆身世。	與夫賈充聯句對詩，感慨人生的悲歡離合。	平民婦女

南北朝婦女閨怨詩作者身世與身分歸納表

朝代	編號	稱謂	身世	詩作	詩作分類	詩作要旨	身分類別
宋	1	鮑令暉	東海人，鮑照（明遠）之妹	擬青青河畔草詩	（閨怨）思君擬古	望君從戎早歸，女子期盼之詩。	官宦婦女
				擬客從遠方來	（閨怨）思君擬古	遠方贈琴，以琴音比知音表相思之情。	
				代葛沙門妻郭小玉作詩二首	（閨怨）思君擬古	思君傷懷之作	
					（閨怨）思君擬古	思君傷懷之作	
				題書後寄行人詩	（閨怨）思君傷時感懷	寫君之別後，女子期盼君歸及思念之情。	
				寄行人詩	（閨怨）思君	盼君歸君未歸之情	
				古意贈今人	（閨怨）思君	盼君歸思君使人老而憔悴之情	
齊	1	韓蘭英	為後宮司儀後為博士	為顏氏賦詩	（閨怨）宮女苦怨	色衰見棄獨居宮中自憐之詩	宮廷婦女
梁	1	劉氏（王淑英妻）	劉繪女，王淑英妻，有三姊妹皆具才名，劉氏為大姊，劉令嫺為小妹。	昭君怨	（閨怨）詠王昭君	為王昭君哀怨的遭遇訴不平	官宦婦女
				暮寒詩	（閨怨）季節詩	冬日景象梅花盛開，衆鳥迎春。	
				贈夫詩	（閨怨）贈夫	將自己粧扮整潔美好，自憐無人欣賞。	
梁	2	劉令嫺（徐悱妻）	劉孝綽妹稱劉三娘、徐悱妻，悱為晉安郡卒，喪還建鄴，令嫺為祭文哀愴動人。	和婕妤怨詩	（閨怨）和詩，詠婕妤。	為婕妤得失寵而不平，更為飛燕的進讒而不恥。	官宦婦女
				答唐娘七夕所穿鍼詩	（閨怨）答詩，詠孀居之女。	詠孀閨自傷之女	
				答外詩二首	（閨怨）答詩	寫深居閨中之心情和院中景，自言貌不如人，才華猶當培養。	
				聽百舌詩	（詠物）詠鳥鳴聲	寫院中庭景及春鳥悅音，因專注聆賞而施粧未成。	

朝代	編號	稱謂	身世	詩作	詩作分類	詩作要旨	身分類別
				題甘蕉葉示人詩	（即興）題詩		
				摘同心梔子贈謝娘因附此詩	（詠物）	以同心梔子贈人，以物寄情。	
				光宅寺詩	（詠物）詠地點	形容光宅寺的廣闊、寧靜。	
	3	沈滿願（范靖妻）	征西記室范靖妻	王昭君嘆二首	之一：（閨怨）詠王昭君	寫昭君身分的重要，「千金買蟬鬢，百萬寫娥眉」。	官宦婦女
					之二：（閨怨）詠王昭君	寫昭君命運變化之大，思鄉情愁之深。	
				挾琴詩	（閨怨）詠操琴	歌唱聲可以使人繞梁三日，而寫自身吟唱及演奏德心境，夫妻情欲不能如歌唱般漸入佳境。	
				映水曲	（即興）		
				登樓曲	（閨怨）詠山水	由寫景而抒相思之情	
				趙城曲	（閨怨）	盼振翅高處脫離現況	
				晨風行	（閨怨）	思君閨情盼郎歸而未得	
				彩毫怨	（閨怨）思君	思君閨情盼郎早歸敘夫妻情	
				戲蕭娘詩	（閨怨）閨情	香豔閨情的描述	
				詠燈詩	（詠物）詠燈		
				詠五彩竹火籠詩	（詠物）		
				詠步搖花詩	（詠物）		

朝代	編號	稱謂	身世	詩作	詩作分類	詩作要旨	身分類別
陳	1	沈后	望蔡侯君理女，陳後主淑寶之後，後張貴妃受寵專權，沈后半年不得見御。	答後主	（閨怨）見棄閨情	沈后受陳主冷落，陳主偶御沈后處，暫入及還，謂后：「何不見留」於是作詩以表對沈后的不滿，而沈后亦以一首詩答後主，以表留人不留心，又有何用。	宮廷婦女

隋代婦女閨怨詩作者身世與身分歸納表

編號	稱謂	身世	詩作	詩作分類	詩作要旨	身分類別
1	大義公主	周趙王宇文昭之女，大象元年，嫁突厥他鉢可漢，至隋賜姓楊氏。	畫屏風詩	（閨怨）自傷、自憐	感嘆世事無常，榮華富貴不常有，身世飄零，惟有自憐	宮廷婦女
2	侯夫人	煬帝宮女	自感詩三首	（閨怨）宮閨怨	宮中悲情	宮廷婦女
			妝成詩	（閨怨）	悲情無處訴，自喻心情如楊花隨處飛舞沒有定所。	
			自遣詩	（閨怨）	以歷史人物王昭君自喻，美麗無人欣賞。	
			春日看梅詩二首	（閨怨）	擬人法寫梅，映襯自己的哀愁	
3	吳絳仙	煬帝宮人，煬帝臨幸江都時所乘龍舟上的殿腳女	謝君詩	（閨怨）贈答	回謝君王贈禮之詩	宮廷婦女
4	杭靜	煬帝宮人	江都迷樓夜歌	（閨怨）諷諭	對煬帝的淫佚無度作鮮明的描述	宮廷婦女
5	羅愛愛		閨思詩	（閨怨）閨思	獨守月夜人因情瘦	不詳
6	秦玉鸞		憶情人詩	（閨怨）閨思	以庭園蟲聲與月影襯託自己思君的可憐。	不詳

編號	稱謂	身世	詩作	詩作分類	詩作要旨	身分類別
7	蘇蟬翼		因故人歸作詩	（閨怨）思君、閨思、苦悶	怨郎來去匆匆，只有借酒澆愁。	不詳
8	張碧蘭		寄阮郎詩	（閨怨）閨情、思君盼早歸	以洛陽花喻郎，以武昌柳自喻，一南一北，兩地相遙，怨早日相見。	不詳

附表二：兩漢晉南北朝隋代婦女閨怨詩作品出處表

兩漢婦女閨怨詩作品出處表

編號	稱謂	先秦漢魏晉南北朝			樂府詩集		歷代宮閨文選		詩話類編		列女傳		備註
		作品數量(首)	卷數	頁數	卷數	頁數	卷數	頁數	卷數	頁數	卷數	頁數	
1	戚夫人	1	漢 卷一	91	卷八四	1177	卷十一	254					漢書，外戚傳，呂后傳。
2	江都公主細君	1	漢 卷一	111	卷八四	1186	卷十一	254	卷十二	1031			玉台新詠，卷九，頁五六，詩一首，漢書，西域傳，卷九六，頁一六三六。
3	唐姬	1					卷十一	255					後漢書，皇后紀，卷十下，王美人傳，頁四五〇，後漢書，靈帝紀、獻帝紀。
4	華容夫人	1			卷八五	1192	卷十一	254					漢書，卷三三，頁一二六五，燕刺王旦。

編號	稱謂	先秦漢魏晉南北朝 作品數量(首)	先秦漢魏晉南北朝 卷數		先秦漢魏晉南北朝 頁數	樂府詩集 卷數	樂府詩集 頁數	歷代宮閨文選 卷數	歷代宮閨文選 頁數	詩話類編 卷數	詩話類編 頁數	列女傳 卷數	列女傳 頁數	備註
5	徐淑	1	漢	卷六	188			卷十一	257					玉臺新詠，卷一，頁二一，詩一首。
6	蔡琰	2	漢	卷七	199			卷十一	257~262	卷十三	1136			後漢書，卷七四，列女傳，蔡琰傳。

晉婦女閨怨詩作品出處表

編號	稱謂	先秦漢魏晉南北朝 作品數量(首)	先秦漢魏晉南北朝 卷數		先秦漢魏晉南北朝 頁數	樂府詩集 卷數	樂府詩集 頁數	歷代宮閨文選 卷數	歷代宮閨文選 頁數	詩話類編 卷數	詩話類編 頁數	列女傳 卷數	列女傳 頁數	備註
1	左芬	2	晉	卷七	730			卷十七	325	卷十三	1208			
2	蘇伯玉妻	1	晉	卷八	776			卷十一	256					
3	蘇若蘭	1	晉	卷十五	955			卷二四 卷二五	429~450 451~470	卷十三	1120			
4	李夫人	1	晉	卷二	587					卷十三	1207			玉臺新詠，卷十，頁六七，詩二首。

南北朝婦女閨怨詩作品出處表

朝代	編號	稱謂	作品數量（首）	先秦漢魏晉南北朝 卷數	先秦漢魏晉南北朝 頁數	樂府詩集 卷數	樂府詩集 頁數	歷代宮閨文選 卷數	歷代宮閨文選 頁數	詩話類編 卷數	詩話類編 頁數	列女傳 卷數	列女傳 頁數	備註
宋	1	鮑令暉	7	宋 卷九	1313～1315	卷六九	988	卷十二 / 卷十七	266 / 327	卷十三	1121			玉臺新詠，卷四，頁二一，詩六首玉臺新詠，卷十，頁六八，詩一首
齊	1	韓蘭英	1	齊 卷六	1479									
梁	1	劉氏	3	梁 卷二八	2129～2130	卷四三 / 卷五九	627 / 854	卷十二 / 卷十七	267 / 327	卷十三	1185			玉臺新詠，卷九，頁六五，詩一首。
梁	2	劉令嫺	8	梁 卷二八	2130～2131			卷十二 / 卷十七	267 / 327～329	卷十三	1123			玉臺新詠，卷六，頁四十，詩二首玉臺新詠，卷十，頁七一，詩三首。唐詩品彙，卷二三，頁一三七一～三二九，詩一首。

朝代	編號	稱謂	先秦漢魏晉南北朝 作品數量(首)	先秦漢魏晉南北朝 卷數	先秦漢魏晉南北朝 頁數	樂府詩集 卷數	樂府詩集 頁數	歷代宮闈文選 卷數	歷代宮闈文選 頁數	詩話類編 卷數	詩話類編 頁數	列女傳 卷數	列女傳 頁數	備註
	3	沈滿願	12	梁 卷二八	2132~2135	卷二九 卷六三 卷六八 卷七七 卷八六	434 911 982 1083 1208	卷十二 卷十七	269~270 329~330	卷十三	1183			玉臺新詠，卷五，頁三二，詩四首。玉臺新詠，卷十，頁十七，詩三首。
陳	1	沈后	1	陳 卷四	2522			卷十七	330	卷十二	1035			

隋婦女閨怨詩作品出處表

編號	稱謂	先秦漢魏晉南北朝 作品數量(首)	先秦漢魏晉南北朝 卷數	先秦漢魏晉南北朝 頁數	樂府詩集 卷數	樂府詩集 頁數	歷代宮闈文選 卷數	歷代宮闈文選 頁數	詩話類編 卷數	詩話類編 頁數	列女傳 卷數	列女傳 頁數	備註
1	大義公主	1	隋 卷七	2736			卷十七	331					

編號	稱謂	先秦漢魏晉南北朝 作品數量（首）	先秦漢魏晉南北朝 卷數	先秦漢魏晉南北朝 頁數	樂府詩集 卷數	樂府詩集 頁數	歷代宮閨文選 卷數	歷代宮閨文選 頁數	詩話類編 卷數	詩話類編 頁數	列女傳 卷數	列女傳 頁數	備註
2	侯夫人	7	隋 卷七	2739			卷十七 卷十八	331 349	卷十二	1035			唐詩品彙，卷四五，頁一三七一～五一七，詩一首。
3	吳絳仙						卷十七	332					中國婦女文學史，九章，頁一七三。
4	杭靜						卷十二	271					中國婦女文學史，九章，頁一七三。
5	羅愛愛	1	隋 卷七	2737			卷十七 卷二三	332 407					
6	秦玉鸞	1	隋 卷七	2738			卷十七	332					
7	蘇蟬翼	1	隋 卷七	2738			卷十七	332					
8	張碧蘭	1	隋 卷七	2738			卷十七	332					

附表三：唐代婦女閨怨詩作者身世與身分歸納表

唐代婦女閨怨詩作者身世與身分歸納表

編號	稱謂	身世	身分	詩作總數	閨怨詩數量	備註
1	徐惠（徐賢妃）	湖州長城人。太宗召為才人，再遷充容，永徽九年贈賢妃。	宮廷婦女	詩五言絕句一首 五言律詩二首 五言、六言各一首	二首	
2	上官婉兒（上官昭容）	陝西人，西臺侍郎上官儀之孫，天后時配入掖庭。	宮廷婦女	集二十卷今已失傳存詩卅二篇： 五言律詩六首 五言絕句九首 七言絕句六首 四言五首 三言二首 五言四首	一首	中宗召容
3	豆盧氏（宜芳公主）	天寶四載奚霫無主，安祿山請立其質子，而以公主配之，上遣中使護送至虛池驛	宮廷婦女	五言律詩一首	一首	嫁奚霫東胡王
4	武后宮人	武后朝有士人陷冤獄，妻配掖庭，善吹觱篥，乃撰離別離曲，以寄情焉。	宮廷婦女	五言律詩一首	一首	
5	開元宮人		宮廷婦女	五言律詩一首	一首	
6	天寶宮人		宮廷婦女	詩二首： 五言絕句一首 七言絕句一首	二首	
7	德宗宮人（王鳳兒）	奉恩院王才人養女鳳兒。	宮廷婦女	五言絕句一首	一首	

編號	稱謂	身世	身分	詩作總數	閨怨詩數量	備註
8	韓氏（宣宗宮人）	宮女為唐玄宗天寶末、楊貴妃與虢國夫人寵愛之宮女，有落葉題詩，顧況和詩。宣宗時又有題紅葉隨流者，為盧渥得之。	宮廷婦女	五言絕句二首	二首	
9	僖宗宮人		宮廷婦女	五言絕句一首	一首	
10	李玉蕭	蜀王衍宮人。	宮廷婦女	七言絕句一首	一首	前蜀
11	鮑君徽（鮑文姬）	鮑君徽字文姬，鮑徵君女，善詩與尚宮五宋齊名，德宗嘗召入宮，與侍臣賡和賞賚甚厚。	宮廷婦女	詩四首： 七言律詩一首 五言古詩二首 雜體一首	一首	
12	楊容華	華陰人，炯之姪女。	官宦婦女	五言律詩一首	一首	
13	趙氏（劉氏）（杜羔妻）	洹水人，杜羔妻，羔登貞元年進士第終工部尚書，贈右僕射。	官宦婦女	詩四首： 七言絕句三首 五言古詩一首	一首	
14	張氏（彭伉妻）	袁州人，評事彭伉妻。	官宦婦女	七言絕句二首	二首	
15	孫氏	樂昌人，進士孟昌期妻，善詩每代夫作，一日忽曰吟詩才思非婦人事，遂焚其集。	官宦婦女	詩三首： 七言律詩一首 七言絕句二首	三首	
16	張立本女	草場官張立本女，少未讀書，忽自吟詩，立本隨口錄之。	官宦婦女	七言律詩一首	一首	
17	侯氏	邊將張揆妻，因其夫防戍十年餘未返家，故其為詩呈上，武宗覽詩敕揆還鄉並賜侯絹三百疋。	官宦婦女	七言律詩一首	一首	
18	薛瑤（郭元振姬薛氏）	左武衛將軍承沖之女嫁郭元振為妾。	官宦婦女	騷體七絕一首	一首	

編號	稱謂	身世	身分	詩作總數	閨怨詩數量	備註
19	王霞卿	藍田人，會稽宰韓嵩之妻，嵩死，霞卿流落會稽，嘗題詩唐安寺，進士鄭殷彝和詩求謁，霞卿答詩拒之。	官宦婦女	七言絕句二首	二首	吳越
20	蔣氏	吳越時湖州司法參軍陸濛妻也，性耽酒，善屬文。	官宦婦女	五言絕句一首	一首	吳越
21	柳氏	昌黎人，為李生之愛姬，天寶中韓翃館於李，李即以姬柳氏相贈。韓翃為淄青侯希逸所辟，柳留都下遭亂，寄法靈寺為尼，為番將沙叱利所劫，虞候，許俊以計取之復歸於翃。	官宦婦女	雜體一首	一首	
22	程洛濱	長水人，京兆參軍李華侍兒，安史亂後失所在，華後為江州牧，登庾樓見其在舟中鼓胡琴，問之乃岳陽王氏舟也，賚幣贖歸。	官宦婦女	七言絕句一首	一首	
23	步非煙	河南功曹武公業妾，善文章，工擊甌。鄰生趙象以詩誘之，非煙荅以詩，象因踰垣相從，事露笞死，趙竄於江淮。	官宦婦女	七言絕句四首	四首	
24	趙氏	南海人，房千里初第，遊嶺徼，舉子韋滂自南海攜趙來，擬為房妾，房倦於遊未得遽與趙偕，及後遣人訪之，趙已從韋矣。	官宦婦女	七言律詩一首	一首	
25	李節度姬	李節度有寵姬，元夕以紅綃帕裹詩，擲於路，約得之者來年此夕會於相藍後門，宦子張生得之，如期而往，姬與生偕逃於吳。	官宦婦女	七言絕句三首	三首	

編號	稱謂	身世	身分	詩作總數	閨怨詩數量	備註
26	楚兒	字潤娘，為捕賊官郭鍜所納，一日遊曲江遇鄭昌圖，出簾招之，鍜覺之曳於中衢擊以馬箠，鄭驚去，明日過其居，偵之已在臨街窗下弄琵琶矣，楚兒貽鄭詩，鄭即于馬上和之。	官宦婦女	七言律詩一首	一首	
27	黃崇嘏	臨邛人，貢詩蜀相周庠，庠薦攝司戶參軍政事明敏，庠愛其才，卻妻以女，嘏作詩辭婚，庠得詩大驚，問之乃皇使君女也。	官宦婦女	詩二首： 七言絕句一首 七言律詩一首	二首	前蜀
28	魏氏	求己之妹。	官宦婦女	五言古詩一首	一首	
29	薛蘊	薛蘊字馥，祖父彥輔為開元進士，曾祖母林氏為丹陽太守林洋之妹，善屬文。	官宦婦女	詩三首： 五言絕句二首 七言古詩一首	三首	唐詩紀事，卷七九，頁一一六三，薛一作蔣。
30	崔鶯鶯	貞元中，隨母鄭氏寓居蒲東佛寺，有張生者與之賦詩贈荅，情好甚暱。	官宦婦女	詩三首： 五言絕句二首 七言絕句一首	三首	
31	薛濤	長安人，薛濤字洪度，本長安良家女，隨父宦流落蜀中遂入樂籍，辨慧工詩，有林下風致，韋皐鎮蜀召令侍酒賦詩，稱為女校書，出入幕府，歷事十一鎮，皆以詩受知，暮年屏居浣花溪，著女冠服，好製松花小箋，時號薛濤箋，有洪度集一卷，今編詩一卷。	官宦婦女	詩九七首： 五言律詩八首 七言絕句七十一首 五言律詩三首 七言律詩三首 七言律詩二句 四言詩一首 （全唐詩）	二十七首	後蜀 本官史之女，後淪為樂妓，曾為蜀之女校書。
32	趙氏（寇坦母）	寇坦母。	平民婦女	詩三首： 五言律詩一首 五言古詩二首	三首	
33	陳玉蘭	吳人、王駕妻。	平民婦女	七言絕句一首	一首	南唐

編號	稱謂	身世	身分	詩作總數	閨怨詩數量	備註
34	薛媛	濠梁人，南楚材妻。	平民婦女	五言律詩一首	一首	南唐
35	慎氏	毘陵人，儒家女，適蘄春嚴灌夫，無子被出，慎以詩訣，灌夫感而留之。	平民婦女	七言絕句一首	一首	
36	周仲美	成都人，周仲美適李氏。	平民婦女	五言古詩一首	一首	
37	程長文	鄱陽人。	平民婦女	詩三首： 七言絕句一首 七言律詩一首 七言古詩一首	三首	
38	姚月華	嘗夢月墜妝臺，覺而大悟，聰慧過人，少失母，隨父寓揚子江，見鄰舟書生楊達詩，命侍兒乞其稿，達立綴豔詩致情，自後屢相酬和，會其父有江右之行，蹤跡遂絕。	平民婦女	詩六首： 五言絕句二首 七言絕句三首 五言古詩一首	六首	
39	鮑家四弦 （鮑四妾）	四弦鮑生妾也，鮑多蓄聲，伎外弟韋生，好乘駿馬，遇於歷陽，鮑置酒，酒酣密遣四弦歌，以送酒，韋牽紫叱撥酬之。	平民婦女	詩二首： 五言絕句一首 七言絕句一首	一首	
40	若耶溪女子 （李弄玉）	弄玉，會稽人。	平民婦女	七言律詩一首	一首	
41	灼灼	成都人。	平民婦女	七言古詩一首	一首	前蜀
42	晁采	小字試鶯，大歷時人，少與鄰生文茂約為伉儷，及長，茂時寄詩通情，采以蓮子達意，墜一於盆，踰旬花開並蒂，茂以報采，乘間歡合，母得其情，歎曰：才子佳人自應有此，遂以采歸茂。	平民婦女	詩二十二首： 七言絕句三首 七言律詩一首 五言絕句十八首	二十二首	
43	郭紹蘭	長安人，巨商任宗妻。	平民婦女	五言絕句一首	一首	

編號	稱謂	身世	身分	詩作總數	閨怨詩數量	備註
44	楊萊兒	字蓬仙，利口敏妙，進士趙光遠一見溺之，後為豪家所得。	平民婦女	詩二首： 七言絕句一首 七言律詩一首	二首	梁
45	崔素娥	韋洵美妾，鄴都羅紹威聞其姝麗，逼獻之，素娥為詩以別。	平民婦女	七言絕句一首	一首	梁
46	孟氏	本壽春妓，歸維揚萬貞為妻。	平民婦女	五言絕句二首	二首	先為妓後為人妻
47	關盼盼（張建封妓）	徐州人，徐州妓也，張建封納之，張歿，獨居彭城故燕子樓，歷十餘年，白居易贈詩諷其死，盼盼得詩泣曰：妾非不能死，恐我公有從死之妾玷清範耳。乃和白詩，旬日不食而卒。	平民婦女	七言絕句四首	四首	先為妓後為人妻
48	魚玄機（蕙蘭）	長安人，字幼微一字蕙蘭，長安里家女，喜讀書，有才思，補闕李億納為妾，愛衰遂從冠，帔於咸宜觀後，以笞殺女童綠翹事，為京兆溫璋所戮。	女冠	詩一卷： （五十首） 六言古詩二首 七言古詩三首 五言古詩三首 五言律詩十一首 七言絕句十三首 七言律詩十八首	三十四首	
49	李冶（李季蘭）	吳興人，烏程女道士。 字季蘭，女冠也。	女冠	五言六句 七言二句 詩十六首： 七言古詩一首 六言古詩一首 七言律詩二首 七言絕句三首 五言律詩七首 五言絕句二首	十一首	

編號	稱謂	身世	身分	詩作總數	閨怨詩數量	備註
50	元淳	女道士，洛中人。	女冠	五言絕句二首 五言詩八句	二首	
51	武昌妓	韋蟾廉問鄂州，及罷賓僚祖餞，韋以牋書文選句授，坐客請續，有妓起口占二句，無不嘉歎，蟾贈數十千納之。	教坊婦女	七言絕句一首	一首	本為妓後為官史納為妾
52	崔紫雲	尚書李愿妓也，愿在東都時會朝士杜牧。引滿三爵，問曰：聞有紫雲者，孰是。愿指示之。牧曰：名不虛傳，愿遂以贈，紫雲臨行獻詩而別。	教坊婦女	七言絕句一首	一首	李尚書之家妓
53	紅綃妓	紅綃大歷中勳臣家妓，勳臣有疾，崔生往省勳臣，誘妓於夜逃出勳臣家院。	教坊婦女	七言絕句一首	一首	家妓
54	劉采春	越州妓。	教坊婦女	五言絕句一首	六首	
55	太原妓	太原人，歐陽詹遊太原，悅一妓，約至都相迎，別後妓思之疾甚，乃刃髻作詩寄詹，絕筆而逝。	教坊婦女	七言絕句一首	一首	荊南
56	顏令賓	南曲中妓。	教坊婦女	五言絕句一首	一首	
57	張窈窕	寓居於蜀，當時詩人，雅相推重。	教坊婦女	詩六首： 七言詩二句 七言絕句四首 五言絕句一首 五言律詩一首	六首	前蜀
58	平康妓	裴思謙及第後，作紅箋名紙十數幅，詣平康里宿焉，詰旦一妓賦贈詩一首。	教坊婦女	七言絕句一首	一首	
59	徐月英	江淮間妓，有集行世，今存詩二首。	教坊婦女	七言絕句二首 七言詩二首	二首	南唐
60	常浩	妓	教坊婦女	詩二首： 五言律詩一首 五言古詩一首	二首	

編號	稱謂	身世	身分	詩作總數	閨怨詩數量	備註
61	襄陽妓	襄陽人，賈中郎與武補闕登峴山，遇一妓，同飲自稱襄陽人。	教坊婦女	七言絕句一首	一首	
62	王福娘	字宜之，北里前曲妓解栗人。	教坊婦女	七言絕句三首	三首	梁
63	周德華	湖州妓。劉採（采）春之女。	教坊婦女	詩一首	一首	
64	郎大家宋氏		不詳	詩五首： 五言絕句一首 七言古詩一首 雜體三首	五首	
65	梁瓊		不詳	詩四首二句： 五言絕句一首 五言律詩二首 雜體一首	四首	
66	劉雲		不詳	詩三首： 五言絕句一首 七言律詩一首 五言古詩一首	三首	
67	崔萱	字伯容。	不詳	詩三首： 七言二句 七言絕句二首 五言古詩一首	三首	
68	崔仲容		不詳	詩三首八句 五言律詩一首 七言律詩一首 七言絕句一首	三首	
69	崔公遠（崔公達）		不詳	七言絕句一首 雜體一首	二首	唐詩紀事（二）中稱為女郎崔公達

編號	稱謂	身世	身分	詩作總數	閨怨詩數量	備註
70	張琰		不詳	詩三首四句：五言古詩二首 七言古詩一首	三首	
71	裴羽仙		不詳	七言絕句二首	二首	
72	劉媛		不詳	七言絕句三首 詩四句	三首	
73	葛鴉兒（女郎葛鴉兒）		不詳	七言絕句三首	三首	
74	劉瑤		不詳	詩三首：七言絕句一首 七言古詩二首	三首	
75	廉氏		不詳	詩三首：五言律詩一首 七言絕句一首 七言古詩一首	三首	
76	田娥		不詳	詩三首二句：五言律詩一首 五言古詩一首 七言古詩一首	三首	
77	劉淑柔		不詳	五言律詩一首	一首	
78	張瑛		不詳	詩二首：七言古詩一首 雜體一首	二首	
79	長孫佐輔妻		不詳	七言古詩一首	一首	
80	京兆女子	唐末人，不詳姓氏	不詳	七言絕句一首	一首	
81	諶氏女		不詳	七言絕句一首	一首	
82	光	唐末人，姊妹三人失其姓	不詳	七言聯句一首	一首	

編號	稱謂	身世	身分	詩作總數	閨怨詩數量	備註
83	威		不詳	七言聯句一首	一首	
84	袞		不詳	七言聯句一首	一首	
85	宋家娘子		不詳	詩十首	十首	
86	不知名（江陵士子之姬）	江陵士子之姬	不詳	詩二首	二首	
87	女郎		不詳	五言絕句一首	一首	
88	崔暇妾		不詳	五言絕句一首	一首	
89	來家娘子		不詳	五言絕句一首	一首	

附表四：唐代婦女閨怨詩作品出處表

唐代婦女閨怨詩作品出處表

編號	稱謂	全唐詩		全唐詩稿本		唐詩紀事（一）		唐詩紀事（二）		百種詩話類編	
		卷數	頁數	冊數	頁數	卷數	頁數	卷數	頁數	集	頁數
1	徐惠（徐賢妃）	卷五	59	七一冊	12~14	卷三	30	卷三	25	中集	667
2	上官婉兒（上官昭容）	卷五	60	七一冊	20~23	卷三	31	卷三	25	上集	8
3	豆盧氏（宜芬公主）	卷七	67	七一冊	32						
4	武后宮人	卷七九七	8966	七一冊	55						
5	開元宮人	卷七九七	8966	七一冊	33	卷七八	1151	卷七八	1120		
6	天寶宮人	卷七九七	8967	七一冊	35						
7	德宗宮人（王鳳兒）	卷七九七	8967								

備註	歷代宮閨文選		唐詩別裁		唐詩品彙		續唐詩話		詩話類編	
	頁數	卷數	頁數	卷數	頁數	卷數	頁數	卷數	頁數	卷數
樂府詩集，卷四二，頁六二二	272	卷十二			744~1371	卷七〇	6~4729	卷七六	1038	卷十二
	333	卷十七								
①文苑英華，卷二七〇，頁一〇九六 ②文苑英華，卷九三三，頁八五四三	279	卷十二			608~1371	卷五五	6~4731	卷七六	1051	卷十二
	357	卷十九								
	391	卷二			744~1371	卷七〇				
	407	卷三			843~1371	卷八一				
									1042	卷十二
							6~4743	卷七六		
									1041	卷十二
							6~4743	卷七六	1042	
	385	卷二一					6~4744	卷七六		

編號	稱謂	全唐詩		全唐詩稿本		唐詩紀事（一）		唐詩紀事（二）		百種詩話類編	
		卷數	頁數	冊數	頁數	卷數	頁數	卷數	頁數	集	頁數
8	韓氏（宣宗宮人）	卷七九七	8968	七一冊	42	卷七八	1158	卷七八	1126~1127		
9	僖宗宮人	卷七九七	8968	七一冊	43	卷七八	1156	卷七八	1125		
10	李玉蕭	卷七九七	8969								
11	鮑君徽（鮑文姬）	卷七	68	七一冊	39~40	卷七八	1162	卷七八	1133		
12	楊容華	卷七九九	8982	七一冊	51	卷七八	1151	卷七八	1120		
13	趙氏（劉氏）（杜羔妻）	卷七九九	8988	七一冊	67~68	卷七八	1121	中集	990		

備註	歷代宮闈文選 頁數	歷代宮闈文選 卷數	唐詩別裁 頁數	唐詩別裁 卷數	唐詩品彙 頁數	唐詩品彙 卷數	續唐詩話 頁數	續唐詩話 卷數	詩話類編 頁數	詩話類編 卷數
	395	卷二一	108	四冊 卷十九	517~1371	卷四五			1045	卷十二
									1044	卷十二
全五代詩總集，前蜀，卷五六，頁八五四							6~4740	卷七六		
①樂府詩集，卷二三，頁三三九 ②唐才子傳校正，卷二一，頁四六	289	卷十四	122	二冊 卷八	330~1371	卷二三				
					472~1371	卷三七				
					848~1371	卷八一				
	281	卷十三		卷二一	922~1371	卷九〇				
	358	卷十九							1133	卷十二
①全唐詩外編，第四篇，卷六中唐二一，頁四二八 ②唐才子傳校正，卷二一，頁四六					349	卷十八	472~1371	卷三七		
							609~1371	卷五五		

編號	稱謂	全唐詩		全唐詩稿本		唐詩紀事（一）		唐詩紀事（二）		百種詩話類編	
		卷數	頁數	冊數	頁數	卷數	頁數	卷數	頁數	集	頁數
14	張氏（彭伉妻）	卷七九九	8989	七一冊	164	卷七九	1135			卷十三	1206
15	孫氏	卷七九九	8991~8992	七一冊	171~172	卷七九	1136			卷十三	1134
16	張立本女	卷七九九	8992								
17	侯氏	卷七九九	8992	七一冊	143	卷七八	1124	中集	602	卷十三	1125
18	薛瑤（郭元振姬薛氏）	卷七九九	8993	七一冊	62						
19	王霞卿	卷七九九	8993								
20	蔣氏	卷七九九	8995								
21	柳氏	卷八〇〇	8998							下集	1048

備註	歷代宮閨文選		唐詩別裁		唐詩品彙		續唐詩話		詩話類編	
	頁數	卷數	頁數	卷數	頁數	卷數	頁數	卷數	頁數	卷數
	408	卷二三							6~4747	卷七六
	371	卷二〇							6~4749	卷七六
	408	卷二三								
									6~4748	卷七六
	408	卷十三								
全五代詩總集，卷七四，頁一一三〇、一一三二	282	卷二三							6~4751	卷七六
全五代詩總集，吳越，卷七四，頁一一三〇	395	卷二三					6~4795	卷七七		
							6~4755	卷七六	1386	卷十五

編號	稱謂	全唐詩		全唐詩稿本		唐詩紀事（一）		唐詩紀事（二）		百種詩話類編	
		卷數	頁數	冊數	頁數	卷數	頁數	卷數	頁數	集	頁數
22	程洛濱	卷八〇〇	8998								
23	步非煙	卷八〇〇	9002	七一冊	141~142	卷七九	1166	卷七九	1137		
24	趙氏	卷八〇〇	9005								
25	李節度姬	卷八〇〇	9005								
26	楚兒	卷八〇二	9027								
27	黃崇嘏	卷七九九	8995	七一冊	217						
28	魏氏	卷七九九	8982	七一冊	52						
29	薛緼	卷七九九	8989	七一冊	159	卷七九	1163	卷七九	1134		
30	崔鶯鶯	卷八〇〇	9001	七一冊	131~132	卷七九	1166	卷七九	1136	中集	776

備註	歷代宮閨文選		唐詩別裁		唐詩品彙		續唐詩話		詩話類編	
	頁數	卷數	頁數	卷數	頁數	卷數	頁數	卷數	頁數	卷數
							6～4757	卷七六		
唐人小說，「步非煙」頁二九二一							6～4762	卷七六		
							6～4768	卷七六		
							6～4810	卷七七		
全五代詩總集，前蜀，卷五六，頁八五五							6～4764	卷七六	1139	卷十三
	334	卷十七								
唐才子傳校正，卷二，頁四六	395	卷二								
①唐才子傳校正，卷二，頁四六 ②唐人小說鶯鶯傳，頁一三五					517～1371	卷四五				

編號	稱謂	全唐詩		全唐詩稿本		唐詩紀事（一）		唐詩紀事（二）		百種詩話類編	
		卷數	頁數	冊數	頁數	卷數	頁數	卷數	頁數	集	頁數
31	薛濤	卷八〇三	9035	七一冊	83~110	卷七九	1161	卷七九	1132~1133	中集	1122
32	趙氏（寇坦母）	卷七九九	8984	七一冊	175						
33	陳玉蘭	卷七九九	8990								
34	薛媛	卷七九九	8991	七一冊	70	卷七八	1153	卷七八	1122	下集	1120

<table>
<tr><th colspan="2">詩話類編</th><th colspan="2">續唐詩話</th><th colspan="2">唐詩品彙</th><th colspan="2">唐詩別裁</th><th colspan="2">歷代宮闈文選</th><th rowspan="2">備註</th></tr>
<tr><th>卷數</th><th>頁數</th><th>卷數</th><th>頁數</th><th>卷數</th><th>頁數</th><th>卷數</th><th>頁數</th><th>卷數</th><th>頁數</th></tr>
<tr><td rowspan="6">卷十五</td><td rowspan="6">1320</td><td rowspan="6">卷七七</td><td rowspan="6">6~4816</td><td rowspan="3">卷四五</td><td rowspan="3">517~1371</td><td rowspan="6">四冊
卷十九</td><td rowspan="6">109</td><td>卷十三</td><td>285</td><td rowspan="6">①全五代詩總集，後蜀，卷六〇，頁九一七
②全唐詩外編，第三篇卷七，頁一五一
③四庫全書薛濤詩集一三三一~三四二到一三三一~三五一（九二首）補遺詩三首
④元藝圃集，頁一三三一~三五二
⑤御定歷代題畫詩，卷四，頁一四三五六一
⑥唐才子傳校正，卷六，頁一八一
⑦唐人萬首絕句選，卷七，頁一四五九~一七〇</td></tr>
<tr><td>卷十九</td><td>358</td></tr>
<tr><td>卷一〇</td><td>371</td></tr>
<tr><td rowspan="3">卷五五</td><td rowspan="3">610~1371</td><td>卷二三</td><td>396</td></tr>
<tr><td>卷三一</td><td>409</td></tr>
<tr><td>卷十七</td><td>335</td></tr>
<tr><td></td><td></td><td></td><td></td><td>卷一三</td><td>329~1371</td><td></td><td></td><td></td><td></td><td></td></tr>
<tr><td></td><td></td><td></td><td></td><td></td><td></td><td>四冊
卷二〇</td><td>146</td><td>卷十九</td><td>358</td><td>全五代詩總集，南唐，卷三九，頁六一五</td></tr>
<tr><td></td><td></td><td></td><td></td><td></td><td></td><td>三冊
卷十二</td><td>90</td><td>卷十九</td><td>358</td><td>①唐才子傳校正，卷二，頁四六
②全五代詩總集，南唐，卷三九，頁六一五</td></tr>
</table>

編號	稱謂	全唐詩		全唐詩稿本		唐詩紀事（一）		唐詩紀事（二）		百種詩話類編	
		卷數	頁數	冊數	頁數	卷數	頁數	卷數	頁數	集	頁數
35	慎氏	卷七九九	8992	七一冊	64	卷七八	1153	卷七八	1122		
36	周仲美	卷七九九	8996								
37	程長文	卷七九九	8997	七一冊	166~169	卷七九	1164	卷七九	1135		
38	姚月華	卷八〇〇	9003	七一冊	148						
39	鮑家四弦（鮑生妾）	卷八〇〇	9006	七一冊	182						
40	若耶溪女子（李弄玉）	卷八〇一	9020								
41	灼灼										
42	晁采	卷八〇〇	8999								
43	郭紹蘭	卷七九九	8984	七一冊	59						

備註	歷代宮閨文選		唐詩別裁		唐詩品彙		續唐詩話		詩話類編	
	頁數	卷數	頁數	卷數	頁數	卷數	頁數	卷數	頁數	卷數
									6~4753	卷七六
							6~4754	卷七六	1139	卷十三
①樂府詩集，卷三一，頁四六一 ②唐才子傳校正，卷二，頁四六	282	卷十三			472~1371	卷二七				
①樂府詩集，卷四二，頁六一六 ②唐才子傳校正，卷二，頁四六	283~284 409	卷十三 卷二三			610~1371	卷五五	6~4796	卷七七	1199	卷十三
	396	卷二一								
							6~4785	卷七六	1128	卷十三
全五代詩總集，前蜀，卷五六，頁八五七										
	282	卷十三					6~4759	卷七六	1184 1203	卷十三 卷十三
							6~4766	卷七六		

編號	稱謂	全唐詩		全唐詩稿本		唐詩紀事（一）		唐詩紀事（二）		百種詩話類編	
		卷數	頁數	冊數	頁數	卷數	頁數	卷數	頁數	集	頁數
44	楊萊兒	卷八〇二	9027								
45	崔素娥	卷八〇〇	9006								
46	孟氏	卷八〇〇	9004	七一冊	185~186						
47	關盼盼（張建封妓）	卷八〇二	9023	七一冊	77~78	卷七八	1157	卷七八	1125	上集	129
48	魚玄機（蕙蘭）	卷八〇四	9047	七一冊	223~245	卷七八	1156	卷七八	1125	中集	820

備註	歷代宮闈文選		唐詩別裁		唐詩品彙		續唐詩話		詩話類編	
	頁數	卷數	頁數	卷數	頁數	卷數	頁數	卷數	頁數	卷數
全五代詩總集，梁，卷八，頁一四三、一四四							6~4806	卷七七		
全五代詩總集，梁，卷八，頁一四三							6~4769	卷七六		
	396	卷二一					6~4767	卷七六		
唐才子傳孝正，卷二一，頁四六					609~1371	卷五五	6~4776	卷七六	1300	卷十四
①全唐詩外編，第四篇，卷十一，晚唐二，頁一四 ②唐人萬首絕句選，卷七，頁一四五九～一七〇 ③唐人小說「綠翹」，頁二九六 ④唐才子傳校正，卷六，頁二四〇	359	卷十九			608~1371	卷五五				
	371	卷二〇								
	392	卷二一								
	394	卷二一								
	411	卷二三								

編號	稱謂	全唐詩		全唐詩稿本		唐詩紀事（一）		唐詩紀事（二）		百種詩話類編	
		卷數	頁數	冊數	頁數	卷數	頁數	卷數	頁數	集	頁數
49	李冶（李季蘭）	卷八〇五	9057	七一冊	248~256	卷七八	1123	卷七八	1154	上集	232
50	元淳	卷八〇五	9060	七一冊	257~258	卷七八	1158	卷七八	1127	上集	257
51	武昌妓	卷八〇二	9024	七一冊	179						
52	崔紫雲	卷八〇〇	9003								
53	紅綃妓	卷八〇〇	8998	七一冊	179						
54	劉采春	卷八〇二	9023	七一冊	113						
55	太原妓	卷八〇二	9024	七一冊	180						
56	顏令賓	卷八〇二	9028								

備註	歷代宮闈文選		唐詩別裁		唐詩品彙		續唐詩話		詩話類編	
	頁數	卷數	頁數	卷數	頁數	卷數	頁數	卷數	頁數	卷數
①文苑英華，卷三，三四 ②唐才子傳校正，卷二，頁四五 ③樂府詩集，卷六○，頁八七六 ④元藝圃集，集三，一三八二～九九 ⑤四庫全書，頁一三三一～三五四至三五五，李治詩集（詩十四首）	285～286	卷十三		三冊 卷十二	12～1371	卷二三			1211	卷十四
	336	卷十七			471～1371	卷二七				
	349	卷十八			743～1371	卷七○				
	359～360	卷十九								
	372	卷二○								
唐才子傳校正，卷二，頁四六	360	卷十九	91	三冊 卷十二	744～1371	卷七○				
唐人萬首絕句選卷七，頁一四，五九～一七○	409	卷二三	146	四冊 卷二○			6～4816	卷七七		
							6～4766	卷七六		
唐人小詩崑崙奴，頁二六七	408	卷二三					6～4758	卷七六		
	284	卷十三	109	四冊 卷十九	517～1371	卷四五	6～4797	卷七七		
全五代詩集，北漢，卷一○○，頁一四八八							6～4793	卷七七		
							6～4808	卷七七	1339	卷十五

編號	稱謂	全唐詩		全唐詩稿本		唐詩紀事（一）		唐詩紀事（二）		百種詩話類編	
		卷數	頁數	冊數	頁數	卷數	頁數	卷數	頁數	集	頁數
57	張窈窕	卷八〇二	9029	七一冊	138	卷七九	1163	卷七九	1163		
58	平康妓	卷八〇二	9030								
59	徐月英	卷八〇二	9033	七一冊	173	卷七九	1167	卷七九	1137~1138		
60	常浩	卷八〇二	9025	七一冊	157	卷七九	1163	卷七九	1134		
61	襄陽妓	卷八〇二	9026								
62	王福娘	卷八〇二	9026								
63	周德華										
64	郎大家宋氏	卷八〇一	9008	七一冊	44~45						

備註	歷代宮闈文選		唐詩別裁		唐詩品彙		續唐詩話		詩話類編	
	頁數	卷數	頁數	卷數	頁數	卷數	頁數	卷數	頁數	卷數
①唐才子傳校正，卷二，頁四六 ②全五代詩集，前蜀，卷五六，頁八五六	285	卷十三			609~1371	卷五五	6~4770	卷七六		
	409	卷二三								
全五代詩集，南唐卷三九，頁六一六，六一七							6~4801	卷七七	1348	卷十五
唐才子傳校正，卷二，頁四六	335	卷十七			330~1371	卷二三				
	409	卷二三								
全五代詩集，梁卷八，頁一四四							6~4801	卷七七		
	288	卷十三					6~4799	卷七七	1248	卷十四
樂府詩集： 卷二八，頁四一六 卷五一，頁七四四 卷六〇，頁八七四 卷六九，頁九九四					472~1371	卷三七				
					517~1371	卷四五				

編號	稱謂	全唐詩		全唐詩稿本		唐詩紀事（一）		唐詩紀事（二）		百種詩話類編	
		卷數	頁數	冊數	頁數	卷數	頁數	卷數	頁數	集	頁數
65	梁瓊	卷八〇一	9009	七一冊	145~147						
66	劉雲	卷八〇一	9010	七一冊	155	卷七九	1132				
67	崔萱	卷八〇一	9010								
68	崔仲容	卷八〇一	9011	七一冊	133	卷七九	1130				
69	崔公遠（崔公達）	卷八〇一	9012	七一冊	135	卷七九	1131				
70	張琰	卷八〇一	9012	七一冊	136	卷七九	1160	卷七九	1131		
71	裴羽仙	卷八〇一	9013	七一冊	149						
72	劉媛	卷八〇一	9013	七一冊	161	卷七九	1164	卷七九	1134	中集	980

備註	歷代宮闈文選		唐詩別裁		唐詩品彙		續唐詩話		詩話類編	
	頁數	卷數	頁數	卷數	頁數	卷數	頁數	卷數	頁數	卷數
①1樂府詩集，卷三一，頁四五六 ②唐才子傳校正，卷二，頁四六	286	卷十三								
①樂府詩集，卷四三，頁六三〇 ②唐才子傳校正，卷二，頁四六	286	卷十三			473~1371	卷二七				
	335	卷十七								
唐才子傳校正，卷二，頁四六	372	卷二〇								
唐才子傳校正，卷二，頁四六	286	卷十三			610~1371	卷五五				
①樂府詩集，卷三一，頁四五六	286~287	卷十三			329~1371	卷二三				
唐才子傳校正，卷二，頁四六	411	卷二三	123	二冊卷八	609~1371	卷五五	6~4773	卷七六		
①樂府詩集，卷四二，頁六二五 ②唐才子傳校正，卷二，頁四六	287	卷十三	146	四冊卷二〇	609~1371	卷五五				
	411	卷二三								

編號	稱謂	全唐詩		全唐詩稿本		唐詩紀事（一）		唐詩紀事（二）		百種詩話類編	
		卷數	頁數	冊數	頁數	卷數	頁數	卷數	頁數	集	頁數
73	葛鴉兒（女郎葛鴉兒）	卷八〇一	9014	七一冊	156	卷七九	1162	卷七九	1133	下集	1264、1259、752
74	劉瑤	卷八〇一	9014	七一冊	150~151						
75	廉氏	卷八〇一	9015	七一冊	162	卷七九	1164	卷七九	1135		
76	田娥	卷八〇一	9016	七一冊	153	卷七九	1132	卷七九	1132		
77	劉淑柔	卷八〇一	9016								
78	張瑛	卷八〇一	9017								
79	長孫佐輔妻	卷八〇一	9018							中集	540

備註	歷代宮闈文選		唐詩別裁		唐詩品彙		續唐詩話		詩話類編	
	頁數	卷數	頁數	卷數	頁數	卷數	頁數	卷數	頁數	卷數
唐才子傳校正，卷二，頁四六	411	卷二三	146	四冊 卷二〇						
①樂府詩集，卷七二，頁一〇二六 ②唐才子傳校正，卷二，頁四六	287	卷十三			473~1371	卷三七				
唐才子傳校正，卷二，頁四六	336 350 412	卷十七 卷十八 卷二三			610~1371	卷五五	6~4775	卷七六		
樂府詩集，卷七六，頁一〇六八	288	卷十三								
					473~1371	卷五五				
	350	卷十八								

編號	稱謂	全唐詩		全唐詩稿本		唐詩紀事（一）		唐詩紀事（二）		百種詩話類編	
		卷數	頁數	冊數	頁數	卷數	頁數	卷數	頁數	集	頁數
80	京兆女子	卷八〇一	9019	七一冊	179						
81	誰氏女	卷八〇一	9020								
82	光	卷八〇一	9021								
83	威	卷八〇一	9021								
84	裒	卷八〇一	9021								
85	宋家娘子										
86	不知名（江陵士子之姬）					卷八〇	1169	卷八〇	1142		
87	女郎			七一冊	181						
88	崔暇妾			七一冊	182						
89	來家娘子			七一冊	183						

備註	歷代宮闈文選		唐詩別裁		唐詩品彙		續唐詩話		詩話類編	
	頁數	卷數	頁數	卷數	頁數	卷數	頁數	卷數	頁數	卷數
全五代詩總集，唐，卷十，頁一八八	412	卷二三								
全五代詩總集，唐，卷十，頁一八八	393~394	卷二							1126	卷十三
全五代詩總集，唐，卷十，頁一八八	393~394	卷一							1126	卷十三
全五代詩總集，唐，卷十，頁一八八	393~394	卷二							1126	卷十三
全唐詩外編第一篇頁四六（二首）第六篇頁七八二、七八三（八首）										

附表五：晉南北朝隋代婦女詩作者身世與詩作要旨歸納表（非閨怨類）

晉婦女詩作者身世與詩作要旨歸納表

編號	稱謂	身世	詩作	詩作分類	詩作要旨	身分類別
1	謝道韞	琅邪臨沂人，安西將軍謝奕之女。嫁王凝之為妻。	①泰山吟有集三卷	（詠物）詠泰山	將東獄泰山得高聳入雲霄，極自然巧奪天工之美凸顯，而有嚮往隱居於此的怡情。	官宦婦女
			②擬嵇中散詠松詩	（詠物）詠松	描述松性孤高品潔，歷堅冬而不凋。	
			③咏雪連句	（詠時令）詠雪	與叔父謝安太傅於寒雪詠詩「未若柳絮因風起」句。	
2	辛蕭	散騎常侍，傳統之妻。	元正時有集一卷	（詠時令）歲令節氣詩	慶年節之喜樂歡娛愉。	官宦婦女
3	鐘琰	穎川人，鐘繇曾孫，王渾妻。	詩有集五卷	（詠季節）季節詠	吟詠寒冬，白雪紛飛之狀。	平民婦女

南北朝婦女詩作者身世與詩作要旨歸納表

朝代	編號	稱謂	身世	詩作	詩作分類	詩作要旨	身分類別
北魏	1	文明太后馮氏	長樂信都人，文成踐極，以貴人立為皇后	青臺哥	（詠物）詠雀		不詳

隋婦女詩作者身世與詩作要旨歸納表

編號	稱謂	身世	詩作	詩作分類	詩作要旨	身分類別
1	丁六娘		十索（六首）	（閨樂）閨情	閨房夫妻之樂	不詳
2	李月素		贈情人詩	（閨樂）閨情	對情郎嬌羞愛意的表達	不詳

附表六：晉南北朝隋代婦女詩作者作品出處表（非閨怨類）

晉南北朝婦女詩作者作品出處表

朝代	編號	稱謂	先秦漢魏晉南北朝			樂府詩集		歷代宮闈文選		詩話類編		備註
			作品數量	卷數	頁數	卷數	頁數	卷數	頁數	卷數	頁數	
晉	1	謝道韞	3	晉 卷十三	912~913			卷十七	326	卷十三 卷十三	1118 1201	
晉	2	辛蕭	1	晉 卷十五	954			卷十七	326			
晉	3	鍾琰	1	晉 卷一	578							
北魏	1	文明太后馮氏	1	魏 卷二	2227							

隋婦女詩作者作品出處表

編號	稱謂	先秦漢魏晉南北朝			樂府詩集		歷代宮閨文選		詩話類編		備註
		作品數量	卷數	頁數	卷數	頁數	卷數	頁數	卷數	頁數	
1	丁六娘	6	隋 卷七	2736~2737	卷七九	1141	卷十二	271			
2	李月素	1	隋 卷七	2737							

附表七：兩漢魏晉南北朝婦女詩作者身世與詩作要旨歸納表（閨怨類而作品存疑者）

兩漢婦女閨怨詩作者身世與身分歸納表

編號	稱謂	身世	詩作	詩作分類	詩作要旨	身分類別
1	美人虞	項羽之寵姬，後以身殉情全節。虞姬墓在濠州定遠縣東六十里。	和項王歌	（守節）為妻者保全名節之作（全節）	虞姬在項王四面楚歌時，表明自己亦不願苟且偷安的心意。	宮廷婦女
2	班婕妤	樓煩人，班固之祖姑，成帝初，選入後宮，拜婕妤，鴻嘉中，求供養太后於長信宮。	怨詩（怨歌行——文選）有集一卷	（閨怨）自傷、思君、無奈、見棄	以團扇新裁，色潔白如雪，形團圓如明月，自比為妾的忠貞如日月的可鑑，無奈趙飛燕姊妹專寵，自己只好無奈退居宮中了。	宮廷婦女
3	泰羅敷	邯鄲女子，邑人千承王仁之妻。	陌上桑（艷歌羅敷行——樂府）	（守節）守貞之作	羅敷採桑於陌上，為使君調戲，於是作陌上桑以自明守貞之志，更盛讚其夫使調戲之使君知難而退。	官宦婦女
4	卓文君	茂陵人，卓王孫之女，司馬相如於拜望卓府時，以鳳求凰琴曲挑逗新寡的文君，使得文君夜奔相如而結為夫妻。	白頭吟	（閨怨）自傷（明志）向夫明志勸夫回心，但願白首偕老之詩。	司馬相如將聘茂陵人女為妾，卓文君感慨萬千，因而作詩勸夫明志。	官宦婦女

編號	稱謂	身世	詩作	詩作分類	詩作要旨	身分類別
5	王昭君（王嬙）	齊國王襄之女，名嬙字昭君，南郡秭歸人。出生於湖北的平民家庭。年十七進西漢孝元帝宮中，深居後宮五、六年，未見垂幸，元帝竟寧元年匈奴呼韓邪單于來朝請賜後宮一女為閼氏，王昭君受賜而遠嫁匈奴，尊為寧胡閼氏。生一男，呼韓邪單于死後再嫁較早受寵的大閼氏之子復株絫若鞮單于為妻，生二女。	昭君怨、怨曠思惟歌（為同一首）	自傷（身世去國懷鄉之悲）（閨怨）	昭君怨（怨曠思惟歌） 秋木萋萋，其葉萎黃。 有鳥處山，集於苞桑。 養育毛羽，形容生光， 既得升雲，獲幸帷房。 離宮絕曠，身體摧藏， 志念抑沉，不得頡頏。 雖得餧食，心有徊惶， 我獨伊何，改往變常。 翩翩之燕，遠集西羌， 高山峩峩，河水泱泱。 父兮母兮，道里悠長， 嗚呼哀哉！憂心惻傷。	官宦婦女
6	唐山夫人	漢高祖愛姬，作房中祠樂十七章，漢高祖樂楚聲，故房中樂為楚聲。孝惠二年使樂府令夏侯寬備其簫管，更名曰安世樂。	房中歌 大孝備矣， 休德昭明。 高張四懸， 樂充宮庭。 芬樹羽林， 雲景杳冥， 金支秀華， 庶旄翠旌。	（應制）	廟堂文學，應制味重。	宮廷婦女
7	趙皇后	名飛燕，長安民家女入陽和主家，成帝召拜婕妤有寵尋冊為后。	歸風送遠操	（閨怨）思君	感懷君王的心，在慷慨激昂的文字中展現。	宮廷婦女
8	蘇武妻	武帝太初四年中郎將蘇武出使單于作詩留別，其妻答之。	答外留別	（閨怨）離思	以詩表思念殷切及願學黃鵠的堅貞守志。	官宦婦女

編號	稱謂	身世	詩作	詩作分類	詩作要旨	身分類別
9	竇元妻	元字叔高，平陵人，形貌絕異，天子以公主妻之，舊妻為夫所棄，為書別之并附以歌。	古怨歌	（閨怨）	將被棄婦人比之如白兔之奔竄東西，居無定所，更明言故人比新人好。	官宦婦女

魏婦女詩作者身世與詩作要旨歸納表

編號	稱謂	身世	詩作	詩作分類	詩作要旨	身分類別
1	甄皇后	本袁紹中子，袁熹妻，魏武帝破袁紹，文帝時為太子，納為夫人，生明帝。	塘上行	（閨怨）自傷、離情	與君生離，思念悠悠，出入苦愁，寫閨中情愁，惦念夫君，願夫君在軍中保重能延年益壽。	宮廷婦女
2	王宋	王虜將軍劉勳之妻，結縭二十餘載，因無子而被休。	自傷詩	（閨怨）	王宋被休，夫另娶司馬氏之女，歸去途中作詩表心中哀怨。	官宦婦女
3	孟珠	丹陽人。	陽春歌	（詠時令）抒情、寫景	陽春三月，水草同色，大地滋長，少女懷春之情狀。寫女子明朗歌誦愛情。	不詳

晉婦女詩作者身世與詩作要旨歸納表

編號	稱謂	身世	詩作	詩作分類	詩作要旨	身分類別
1	綠珠	晉人，為晉石崇之妾，石崇致富不貲，永康元年在朝謀誅趙王倫，被殺，綠珠為報恩乃墜樓殉節。	懊儂歌	（詠物）即興詩	歌絲布澁難縫	官宦婦女
2	翾風	胡人，晉石崇之愛婢年少貌美，長於文辭。年三十色衰，石崇退之為房老，使主群少。	怨詩	（閨怨）見棄、自傷抒怨，年老色衰，色衰愛弛。	翾風因容色老去，而不再為石季倫寵愛，有感於時光流逝，故懷怨作詩。	官宦婦女

編號	稱謂	身世	詩作	詩作分類	詩作要旨	身分類別
3	桃葉	王獻之（子敬）之妾。	答王團扇歌三首	（詠物）詠扇抒情	①借詠團扇的光亮而提醒郎君長相憶。②借詠團扇的材質而寫郎君得以暢快適意。③以扇面喻人面，羞於見郎卻思郎。④以團扇的淨白如月而自喻得君寵愛的歡愉。	官宦婦女
4	謝芳姿	謝芳姿為晉中書令王珉嫂之婢女，與王珉篤有情愛，卻遭嫂箠撻甚苦。	團扇歌二首	（閨怨）自憐	借詠團扇的搖動而帶入自身遭遇的苦悲可憐。	官宦婦女
5	王氏	劉和妻	正朝詩	（詠季節）歲時變化	感時光飛逝，頌四季變化之詩。	平民婦女
6	李氏	陳新塗妻	冬至詩	（詠時令）歲令有感	感嘆時光飛逝佳節喜宴客	平民婦女
7	楊苕華	東莞人，楊德慎之女，字苕華。苕華本幼與同郡竺度有婚盟，然而未及成禮，苕華父母繼亡，度母亦卒，度覩世事無常，乃捨俗出家，改名僧度。苕華服畢，恪守三從之義，乃與度書並贈詩，度答書報詩，後專精佛法，而不知所終。	贈竺度詩（竺度亦有答苕華詩）	（閨怨）贈詩祝福得道	感嘆世事多變，看破物質的榮華富貴，願清心寡慾，勤修苦鍊，有朝一日盼竺度得道。雖看似顧全大局，眼光遠大，卻也潛藏些許女子對自己婚姻、前途的無奈和無望。	平民婦女
8	子夜	晉有女子，嘗造曲、聲過哀苦欸之子夜歌。	子夜歌四十二首	（閨怨）思君	以民歌形式敘說思君情懷	不詳
9	楊方之妻		聯句詩 妻句	守節	描寫與夫之深情，如影隨形，休戚與共，出入同塵，生死相隨。	平民婦女

南北朝婦女詩作者身世與詩作要旨歸納表

朝代	編號	稱謂	身世	詩作	詩作分類	詩作要旨	身分類別
宋	1	華山畿女子	宋少帝時南徐一士子，從華山畿往雲陽見客舍有女子年十八、九，悅之無因，遂感心疾，其母為之訪女子，女子脫蔽膝令母密置其席下，臥之則病癒，少日士子忽舉席見蔽膝而抱持，遂吞食而死，母從其意於葬時車載華山度，至女門，牛不肯前，打拍不動，女妝點沐浴，出歌，棺應聲而開，女遂入棺，家人叩打，無如之何，乃合葬，呼曰神女家。	華山畿	（閨怨）苦戀呼靈	感嘆君為儂死深情女子亦不堪獨活，願入棺與君長眠。情意真摯感人。	平民婦女
齊	1	釋寶月	宮中司管絃之女，齊武帝布衣時嘗遊樊鄧，登祚以後，追憶往事，作估客樂，使寶月以管絃演奏，寶月又上此二曲，凡四章。	估客樂四首	（閨怨）送別	送郎千里情意深重，拔頭上釵為郎資路用	宮廷婦女
					（閨怨）送別叮嚀	願君嘗捎家書，切莫如瓶落井一去沒消息	
					（閨怨）送別	送郎之情	
					（閨怨）憶別情	船上所見景緻的描繪。	
				行路難	（閨怨）相思情	女子在閨中思夫腸斷，夜夜相思，不禁淚滿襟衫。	

朝代	編號	稱謂	身世	詩作	詩作分類	詩作要旨	身分類別
梁	1	王金珠		子夜四時歌 春歌三首	（詠時令）季節詩	春日美景。	不詳
				夏歌二首	（詠時令）季節詩	夏日消暑狀。	
				秋歌二首	（詠時令）季節詩	秋日景象，秋風吹，綠葉落之景。	
				冬歌	（詠時令）季節詩	冬日情景，喜夜轉日的盼望。	
				子夜變歌	（即興）		
				上聲歌	（即興）		
				歡聞歌	（即興）	詠金樓女報郎恩	
				歡聞變歌	（詠物）詠相思木	以相思木牽入遊女之不可求	
				阿子歌	（詠物）詠飛鳧	詠禽鳥的起居生活	
				丁督護歌	（即興）詠征途	感嘆征途坎坷，旅人的苦狀。	
				團扇郎	（閨怨）詠女心	以團扇自喻之女子心境	
	2	包明月		前溪歌	（閨怨）閨情	詠與郎纏綿意	不詳
	3	王氏（衛敬瑜妻）	霸城王整之姐，襄州小吏衛敬瑜妻，年十六而夫亡，父母舅姑欲嫁之，乃截耳為誓。	連理詩	（閨怨）詠連理枝抒情	王氏壻墓前柏樹成連理一年許則分散開，王氏於是作詩感懷亡夫。	官宦婦女
				孤燕詩	（閨怨）詠孤燕抒情	王氏所居有燕巢，常有雙飛燕來去，後忽孤飛，王氏以縷繫腳為誌，後歲此燕更來，猶帶前縷，王氏乃作詩以表對燕子忠貞始終單飛的敬意。	

朝代	編號	稱謂	身世	詩作	詩作分類	詩作要旨	身分類別
陳	1	樂昌公主	陳後主叔寶之妹，嫁徐德言，後陳政衰德言謂妻：「國破必入權豪家。」若情緣未斷，擇日相見。於是破鏡一人各持一半，相約他日正月望日賣於都市。陳亡，樂昌果為楊越公素所得，德言幾經流離終能因鏡作詩而尋得公主，夫妻得以破鏡重圓再次聚首。	餞別自解詩	（即興）諷喻世事多變如官場文化一般。	感嘆做事先要會做人的官場文化。	宮廷婦女
	2	何曼才		為徐陵傷妾	（閨怨）思君	閨中思君之情	不詳
	3	陳少女		寄夫詩	（閨怨）思君閨情	因思念夫君而蓬頭逅面，懶梳粧，只有藉酒消愁。	不詳
北魏	1	謝氏	嫁王肅為妻，肅至京師復尚公主，其後謝氏為尼來奔，作詩贈肅，肅聞之甚恨，遂造正覺寺以憩之。	贈王肅詩	（閨怨）詠蠶	以蠶吐絲盡而亡，自喻為妻之知進退。	官宦婦女
	2	陳留長公主		代答詩	（閨怨）詠物寄情	以詩線縫衣，衣去針留別有所指。	宮廷婦女
	3	胡太后	胡太后喜魏名將大眼之子楊華（白花）少有勇力，容貌雄偉，威迫利誘逼通之，華懼及禍，乃率其部曲降梁，胡太后追思之不能已，為作楊白華歌，使宮人連臂蹋足歌之，聲極悽惋。	楊白花	（閨怨）閨情冶豔	將欲與楊白花雙宿雙飛的心表露得透骨。	宮廷婦女

朝代	編號	稱謂	身世	詩作	詩作分類	詩作要旨	身分類別
北魏	4	咸陽王禧宮人		歌詩	(即興)諷諭	咸陽王謀逆叛亂伏誅，後宮人為之歌詩。	宮廷婦女
北齊	1	馮淑妃	名小憐，為後主大穆后之婢，穆后愛衰，小憐因慧黠，工歌舞，後主惑之，立為左皇后。其後周師取平陽，後主與淑妃奔洪洞戍，復奔青州，為周武所獲，以賜代王達。	感琵琶弦詩	(閨怨)自傷被迫事二主	淑妃侍代王達，彈琵琶，因弦斷而作詩有感。	宮廷婦女
	2	崔氏	崔林義之女，有才學，為盧士深之妻	靧面辭	(即興)溫馨歌謠為兒洗面展露母愛光輝	春日以桃花為兒洗面	平民婦女
	3	惠化尼	天平三年，神武西討，竇泰自潼關入，四年，泰至小關，為文帝所獲，眾盡沒，泰自殺。而最初在泰將發鄴時，鄴即有惠化尼謠云此結局。	謠	(即興)預言不詳	預知竇泰一去不返之作。	平民婦女

附表八：兩漢魏晉南北朝婦女詩作者作品出處表（閨怨類而作品存疑者）

兩漢婦女詩作者作品出處表

編號	稱謂	先秦漢魏晉南北朝詩 作品數量（首）	先秦漢魏晉南北朝詩 卷數	先秦漢魏晉南北朝詩 頁數	樂府詩集 卷數	樂府詩集 頁數	歷代宮闈文選 卷數	歷代宮闈文選 頁數	詩話類篇 卷數	詩話類篇 頁數	列女傳 卷數	列女傳 頁數	備註
1	美人虞	1	漢 卷一	89			卷十一	252					
2	班婕妤	1	漢 卷二	116	卷四二 卷四三	616 626	卷十一	254	卷十二	1033			玉臺新詠，卷一，頁二一，詩一首
3	秦羅敷	1	漢 卷九	259			卷十一	255	卷十三	1115			
4	卓文君	1	漢 卷九	274	卷四一	599	卷十一	255					史記，司馬相如傳
5	王昭君（王嬙）	1			卷二九 卷五九	426~434 853	卷十一	254	卷十二	1032			琴操，卷下，頁四八 漢書，匈奴傳，卷九四，頁一五九五
6	唐山夫人	1					卷十一	252					漢書，禮樂志第二，卷二二，頁四八六
7	趙皇后	1					卷十一	255					
8	蘇武妻	1					卷十一	325					

編號	稱謂	先秦漢魏晉南北朝詩 作品數量（首）	先秦漢魏晉南北朝詩 卷數	先秦漢魏晉南北朝詩 頁數	樂府詩集 卷數	樂府詩集 頁數	歷代宮闈文選 卷數	歷代宮闈文選 頁數	詩話類篇 卷數	詩話類篇 頁數	列女傳 卷數	列女傳 頁數	備註
9	竇元妻	1					卷十一	256					

魏晉南北朝婦女詩作者作品出處表

朝代	編號	稱謂	先秦漢魏晉南北朝詩 作品數量（首）	先秦漢魏晉南北朝詩 卷數	先秦漢魏晉南北朝詩 頁數	樂府詩集 卷數	樂府詩集 頁數	歷代宮闈文選 卷數	歷代宮闈文選 頁數	詩話類篇 卷數	詩話類篇 頁數	列女傳 卷數	列女傳 頁數	備註
魏	1	甄皇后	1	卷四	406			卷十二	263	卷十二	1034			玉臺新詠，卷二，頁十，詩一首
	2	王宋	1					卷十七	325					中國婦女文學史，二章，頁七九
	3	孟珠	1					卷十二	263					玉臺新詠，卷十，頁六九，詩一首 中國婦女文學史，二章，頁八〇
晉	1	綠珠	1	晉 卷四	646			卷十二	263					
	2	翾風	1	晉 卷四	647			卷十二	263					

朝代	編號	稱謂	作品數量（首）	先秦漢魏晉南北朝詩 卷數	先秦漢魏晉南北朝詩 頁數	樂府詩集 卷數	樂府詩集 頁數	歷代宮闈文選 卷數	歷代宮闈文選 頁數	詩話類篇 卷數	詩話類篇 頁數	列女傳 卷數	列女傳 頁數	備註
晉	3	桃葉	4	晉 卷十三	904~905									玉臺新詠，卷十，頁六八，詩三首
晉	4	謝芳姿	2	卷十四			卷十二	264						
晉	5	王氏	1	晉 卷十五			卷十七	326、329						玉臺新詠，卷二，頁十，詩二首
晉	6	李氏	1	晉 卷十五			卷十七	330						
晉	7	楊苕華	1	晉 卷二〇			卷十七	326	卷十三	1119				
晉	8	子夜	42				卷十二	264						
晉	9	楊方之妻												玉臺新詠，卷三合歡詩（聯句詩妻句）（風騷與艷情頁一三七～一三八）
宋	1	華山畿女子	1	卷十一	1338			卷十二	267					

朝代	編號	稱謂	先秦漢魏晉南北朝詩 作品數量（首）	先秦漢魏晉南北朝詩 卷數	先秦漢魏晉南北朝詩 頁數	樂府詩集 卷數	樂府詩集 頁數	歷代宮闈文選 卷數	歷代宮闈文選 頁數	詩話類篇 卷數	詩話類篇 頁數	列女傳 卷數	列女傳 頁數	備註
齊	1	釋寶月	5	齊 卷六	1479~1480					卷十一	1027			玉臺新詠，卷九，頁六一，詩一首
梁	1	王金珠	15	梁 卷二八	2125~2128			卷十二	268	卷四五	655~659			
	2	包明月	1	梁 卷二八	2128			卷十二	270					
	3	王氏	2	梁 卷二八	2129					卷十四	1297			
陳	1	樂昌公主	1	陳 卷六	2565									
	2	何曼才	1	陳 卷九	2608									玉臺新詠，卷十，頁七三，詩一首
	3	陳少女	1	陳 卷九	2611				卷十七	330				

朝代	編號	稱謂	先秦漢魏晉南北朝詩 作品數量（首）	先秦漢魏晉南北朝詩 卷數	先秦漢魏晉南北朝詩 頁數	樂府詩集 卷數	樂府詩集 頁數	歷代宮閨文選 卷數	歷代宮閨文選 頁數	詩話類篇 卷數	詩話類篇 頁數	列女傳 卷數	列女傳 頁數	備註
北魏	1	謝氏	1	魏 卷二	2227				卷十七	331				
	2	陳留長公主	1	魏 卷二	2227				卷十七	331				
	3	胡太后	1	魏 卷三	2246				卷十二	271				
	4	咸陽王禧宮人							卷十二	271				中國婦女文學史，九張，頁一六八
北齊	1	馮淑妃	1	北齊 卷二	2286				卷十七	331				
	2	崔氏	1	北齊 卷二	2286				卷十二	271				
	3	惠化尼	1	北齊 卷二	2287									

附表九：唐代婦女詩作者身世與詩作分類歸納表（非閨怨類）

唐代婦女詩作者身世與詩作要旨歸納表（非閨怨類）

編號	稱謂	身世	詩作	詩作分類	身分類別
1	長孫氏（文德皇后）	河南洛陽人。隋左驍衛將軍長孫晟之女，太宗武德九年被立為皇后。	作女則十篇 今存詩一首（七言律詩）	（閨情）	宮廷婦女（太宗后）
2	武氏（則天皇后）	并州文水人。荊州都督武士彠之女。永徽六年被立為高宗后，中宗即位稱皇太后臨朝，旋自稱皇帝改國號曰周自名曌在位二十二年，中宗反正，謚則天順聖皇后。	垂拱集百卷 金輪集六卷 今存詩四十六篇 遊仙篇 五言律詩八首 五言絕句一首 七言絕句三首 三言三首 四言二十三首 五言三首 六言三首 騷體一首	（宮廷應制）	宮廷婦女（高宗后）（中宗皇太后）
3	閩后陳氏	陳氏少字金鳳，福清人，唐福建觀察使陳巖女，前主王審知選為才人，三主延鈞立復嬖之封淑妃，龍啓元年僭位，冊為皇后，後為李倣所殺。	樂遊曲	（即興）	（五代閩女詩人）宮廷婦女
4	金真德（新羅王）	新羅人。新羅王金真平女也，平卒無子，嗣立為王。	詩一首 五言古詩	（宮廷應制）	（新羅國女王）宮廷婦女

編號	稱謂	身世	詩作	詩作分類	身分類別
5	楊玉環（楊貴妃）	蒲州永樂人。 天寶初進冊貴妃，十五載，西幸至馬嵬縊路祠下。	詩一篇 五言絕句一首作 詞一首	（即興）贈	宮廷婦女（唐玄宗貴妃）
6	江采蘋（江妃）（梅妃）	莆田人。 開元初高力士選歸侍明皇，所居悉植梅花，帝因其所好，戲名梅妃。	詩一首 七言絕句一首	（即興）謝賜珍珠	宮廷婦女（唐玄宗妃）
7	宋若華	貝州人。 宋廷芬之閆裔孫，生五女皆警慧，善屬文，曰若華、若昭、若倫、若憲、若荀。貞元七年，秘禁圖籍，詔若華總領，若昭文高且稟性貞素，不願歸人，貞元中並召入宮，帝與侍臣賡和，五人者咸預，高其風操不以妾侍命之，呼學士。穆宗拜若昭尚宮嗣若華秩，歷穆敬文三朝，皆呼先生，進封梁國夫人。寶歷初，若昭卒，若憲復代司宮籍。	詩一首 七言絕句一首	（即興）	宮廷婦女（尚宮五宋）
8	宋若昭		詩一首 五言古詩	（應制）	宮廷婦女
9	宋若倫		詩一首	（應制）	宮廷婦女
10	宋若憲		詩一首 五言古詩	（應制）	宮廷婦女
11	宋若荀		詩一首	（應制）	宮廷婦女
12	蕭妃	武陵郡王伯良妃	詩一首 五言古詩	（即興）夜夢詩	宮廷婦女（武陵郡王妃）
13	徐氏（蜀太后）	成都人。 徐耕生三女皆有國色，能為詩，蜀王見納之姐為賢妃，娣為淑妃，王衍即位冊賢妃為順聖太后、淑妃為翊聖太妃。	詩十六首 七言律詩三首 七言絕句一首 五言律詩三首 五言古詩九首	（遊宴）	宮廷婦女（五代前蜀）（蜀太后）
14	徐氏（蜀太妃）	太妃徐氏，順聖太后之妹，建冊為貴妃，生後主衍及衍立，尊為翊聖太妃。	詩八首 七言絕句三首 七言律詩三首 五言律詩二首	（遊宴）	宮廷婦女（五代前蜀）（蜀太妃）

編號	稱謂	身世	詩作	詩作分類	身分類別
15	李舜絃	梓州人。珣之妹，蜀王衍納為昭儀。	詩三首 七言絕句三首	（遊宴） （應制）	宮廷婦女 （前蜀） （蜀王衍之昭儀）
16	寶歷宮人		五言詩二句	（即興）	宮廷婦女 （寶歷宮人）
17	徐氏 （花蕊夫人）	青城人。夫人徐氏、一作費氏，幼能文，尤長於宮詞，得幸蜀王孟昶，賜號花蕊夫人。（又稱費氏）	詩一首 七言絕句一首 詩一卷 宮詞一五七首	（宮詞）	宮廷婦女（後蜀） （蜀王孟昶之妃）
18	七歲女子	南海人。年九歲能吟詩，則天試之，皆應聲而就，其兄辭去，則天令作詩送兄。	詩一首 五言絕句一首	（應制）送兄	宮廷婦女
19	窅娘	南唐李後主宮人。	詩一首	（詠物）	宮廷婦女
20	林氏	濟南人。隰城丞薛元曖妻，元曖早卒，林氏博涉五經有母儀令德，訓其子彥輔、彥國、彥偉、彥雲及姪據、摠、播竝登進士第，衣冠榮之。	詩一首 五言古詩一首	（即興）送子貶官	官宦婦女 （官吏之妻）
21	王韞秀	河西節度使忠嗣女，宰相元載妻。	詩三首 五言絕句一首 七言絕句二首	（即興）遊記	官宦婦女 （宰相之妻）
22	張夫人 （吉中孚妻）	楚州山陽人。戶部侍郎吉中孚妻。	詩五首 七言一首 雜言一首 五言律詩二首 五言絕句一首	（即興）拜新月	官宦婦女 （戶部侍郎之妻）
23	喬氏	馮翊人。左司郎中，知之之妹。	詩一首 五言絕句一首	（詠物）詠破簾	官宦婦女 （兄為官）

編號	稱謂	身世	詩作	詩作分類	身分類別
24	王氏	太原人。永福潘令之妻。	詩一首 七言絕句一首	（即興）題石壁	官宦婦女 （永福潘令之妻）
25	裴淑 （裴柔之）	裴淑字柔之，元稹繼室。	詩一首 五言律詩一首	（即興）贈答微之	官宦婦女 （官吏之續絃）
26	楊德麟	司農少卿敬之之小女。	詩一首 五言絕句一首	（即興）	官宦婦女 （官吏之妻）
27	崔氏	校書郎盧某妻。	詩一首 七言絕句一首	（閨情）	官宦婦女 （校書郎之妻）
28	竇梁賓	夷門人。 盧東表侍兒。	詩二首 七絕二首	（閨情）	官宦婦女 （侍女）
29	任氏	蜀尚書侯繼圖妻。	詩一首 五言古詩一首	（閨情）	官宦婦女 （蜀） （蜀尚書之妻）
30	張文姬	鮑參軍妻。	詩四首 五絕四首	（詠物）	官宦婦女 （參軍之妻）
31	妙玉	太府少卿潘崇有之女名妙玉	五言詩二句	（詠物）	官宦婦女 （官吏之女）
32	嚴氏	天雄軍節度使王承休妻。	四言詩一首	（詠物）	官宦婦女 （官吏之妻）
33	崔少元	汾州刺史崔恭小女。	詩一首	（即興）	官宦婦女
34	劉元載妻 （薛瑤英）	有詩才，仁宗天聖中，孫冕為其詩作序。	詩一首 七絕一首	（詠物）早梅	官宦婦女
35	何仙姑	永州人，增城何泰女。生唐開耀間。四歲能舉一鈞。事親孝。性靜柔。遊羅浮為仙，今有祠在增城縣南。有井尚存。即其舊宅。唐賜仙姑朝霞帔一襲。	詩五首	（詠物）（即興）	平民婦女

編號	稱謂	身世	詩作	詩作分類	身分類別
36	薛瓊		詩一首 五絕一首	（即興）賦荊門	不詳
37	趙虛舟		詩一首 七絕一首	（酬贈）	不詳
38	劉氏婦		詩二首 七絕二首	（即興）明月堂	不詳
39	葛氏女		詩一首 七絕一首	和詩	不詳
40	李主簿姬		詩一首 七絕一首	（寄贈）寄詩	不詳
41	湘驛女子		詩一首 五絕一首	（題詩）題玉泉詩	不詳
42	越溪楊女	越溪人。為詩不過兩句，有謝生求婚，其父出女句，令續之，女覽而歎曰，天生吾夫也，後七年忽題二句示謝，謝訝其不詳，女曰君且續之，謝應聲就女，即以首枕其膝而逝。	詩二首 五詩二首 五言聯句一首	（即興）聯句	不詳
43	曹文姬		詩二句	（即興）	不詳
44	溫婉女		詩一首	（即興）	不詳
45	杜秋娘		詩一首 七言絕句一首	（勸戒）	不詳
46	嚴續姬	南唐僕射嚴續請韓熙載撰父神道碑，奉一歌妓潤筆，文成但敘譜系品秩，續乞改竄，熙載還其所贈姬，因題詩泥金雙帶而去。	詩一首 七絕一首	（贈別）	（妾室迫贈於人之例） 南唐僕射之妓
47	海印	蜀慈光寺尼，唐末人，才思清峻。	詩一首 五言律詩一首	（即興）	蜀女尼

編號	稱謂	身世	詩作	詩作分類	身分類別
48	舞柘枝女	韋應物愛姬所生，流落潭州，委身樂部，李翱見而憐之，於賓僚中選士嫁焉。	詩一首 七言絕句一首	（即興）	（先為妓後為人妻） 官吏之女， 後為樂妓， 再嫁官吏為妻。
49	蓮花妓	豫章人。 陳陶隱南昌西山鎮，帥嚴宇嘗遣之侍陶，陶不顧，因求去獻詩一首。	詩一首 七言絕句一首	（即興）獻陳陶處士	（先為妓後為人妻） 妓為官吏之妾
50	王蘇蘇	南曲中妓	詩一首 七言絕句一首	（和詩）和李標	教坊婦女
51	史鳳	宣城妓	詩七首 七言絕句七首	（詠物）	教坊婦女
52	盛小叢	盛小叢越妓，李訥為浙東廉使，夜登城樓，聞歌聲激切，召至乃小叢也，時崔侍御之範至府幕赴闕，李餞之命小叢歌餞，在座各賦詩贈之，小叢有詩一首。	詩一首 七言絕句一首	（即興）	教坊婦女 （越妓）
53	趙鸞鸞	平康名妓	詩五首 七言絕句五首	（詠物）香豔	教坊婦女
54	韓襄客	漢南妓	詩二句	（即興）	教坊婦女
55	楊苧蘿	洛陽歌妓	詩一句	（詠物）	教坊婦女

附表十：唐代婦女詩作者作品出處表（非閨怨類）

唐代婦女詩作作者作品出處表

編號	稱謂	全唐詩		全唐詩稿		唐詩紀事（一）		唐詩紀事（二）	
		卷數	頁數	冊數	頁數	卷數	頁數	卷數	頁數
1	長孫氏（文德皇后）	卷五	51	七一冊	9				
2	武氏（則天皇后）	卷五	51	二冊	75~91	卷三	29	卷三	24
3	閩后陳氏								
4	金真德（新羅王）	卷七九七	8969			卷八〇	1171	卷八〇	1142
5	楊玉環（楊貴妃）	卷五	64	七一冊	31				
6	江采蘋（江妃）（梅妃）	卷五	644	七一冊	30				
7	宋若華	卷七	67					卷七九	1131

備註	歷代宮闕文選		唐詩別裁		唐詩品彙		續唐詩話		詩話類編		百種詩話	
	頁數	卷數	頁數	卷數	頁數	卷數	頁數	卷數	頁數	卷數	頁數	集
	272	卷十二							1038	卷十二		
①樂府詩集，卷六，頁八七；卷十一，頁七二一 ②全唐詩外編，第三篇，頁六二	272~279 333~334 371	卷十二 卷十七 卷二〇									536	上集
全五代詩總集，+閩，卷八七，頁一三							6~4737	卷七六				
					329~1371	卷二三						
	407	卷二三					6~4733	卷七六				
唐人萬首絕句選，卷七，頁一四五九－一七	407	卷二三			609~1371	卷五五	6~4733	卷七六	1039	卷十二		
	391	卷二一										

編號	稱謂	全唐詩		全唐詩稿		唐詩紀事（一）		唐詩紀事（二）	
		卷數	頁數	冊數	頁數	卷數	頁數	卷數	頁數
8	宋若昭	卷七	68	七一冊	37	卷七九	1160	卷七九	1131
9	宋若倫	卷七	68						
10	宋若憲	卷七	68						
11	宋若荀	卷七	68	七一冊					
12	蕭妃	卷七	69						
13	徐氏（蜀太后）	卷九	81~82	七一冊	191				
14	徐氏（蜀太妃）	卷九	81~82	七一冊	191~192				
15	李舜絃	卷七九七	8968						

備註	歷代宮闕文選		唐詩別裁		唐詩品彙		續唐詩話		詩話類編		百種詩話	
	頁數	卷數	頁數	卷數	頁數	卷數	頁數	卷數	頁數	卷數	頁數	集
					843~1371	卷八一			1090	卷十二	463	上集
									1090	卷十		
	281	卷十三	90	三冊 卷十二	843~1371	卷八一			1090	卷十二		
	391	卷二二										
									1090	卷十二		
全五代詩總集，前蜀，卷五六，頁八五〇	361	卷十九			6~4735	卷七六						
	327~373	卷二十										
	393	卷二二										
全五代詩總集，前蜀，卷五六，頁八五二	361	卷十九										
	373	卷二〇										
全五代詩總集，前蜀，卷五六，頁八五四	412	卷二三					6~4740	卷七六				

編號	稱謂	全唐詩 卷數	全唐詩 頁數	全唐詩稿 冊數	全唐詩稿 頁數	唐詩紀事（一） 卷數	唐詩紀事（一） 頁數	唐詩紀事（二） 卷數	唐詩紀事（二） 頁數
16	寶歷宮人	卷七九七							
17	徐氏（花蕊夫人）	卷七九七	8971	七一冊	197				
18	七歲女子	卷七九七	8983	七一冊	54	卷七八	1155	卷七八	1124
19	胥娘								
20	林氏（薛彥輔母）	卷七九九	8983	七一冊	57	卷七八	1152	卷七八	1121
21	王韞秀	卷七九九	8985	七一冊	74				
22	張夫人（吉中孚妻）	卷七九九	8985	七一冊	71	卷七九	1159	卷七九	1130
23	喬氏	卷七九九	8983	七一冊	56				

百種詩話		詩話類編		續唐詩話		唐詩品彙		唐詩別裁		歷代宮闕文選		備註
集	頁數	卷數	頁數	卷數	頁數	卷數	頁數	卷數	頁數	卷數	頁數	
				卷七六	6~4745							
上集	538	卷十二	1071	卷七六	6~4779	卷五五	610~1371			卷一	25	全五代詩總集，卷六〇，頁九〇九－九一
										卷十四	289	
		卷十三	1125			卷四五	517~1371	卷四	108	卷二一	395	
				卷七六	6~4739							
										卷二	391~392	
上集	90	卷十三	1127							四冊卷十九	108	
										卷二〇	145	
				卷八二	1154	卷三七	471~1371	二冊卷八	122	卷十三	282	①樂府詩集卷八二，頁一一五四 ②唐才子傳校正，卷二，頁

編號	稱謂	全唐詩		全唐詩稿		唐詩紀事（一）		唐詩紀事（二）	
		卷數	頁數	冊數	頁數	卷數	頁數	卷數	頁數
24	王氏	卷七九九	8987						
25	裴淑（裴柔之）	卷七九九	8987	七一冊	111	卷七八	1155	卷七八	1124
26	楊德麟	卷七九九	8990						
27	崔氏	卷七九九	8990	七一冊	61	卷七八	1152	卷七八	1121
28	竇梁賓	卷七九九	8994						
29	任氏	卷七九九	8994	七一冊	144				
30	張文姬	卷七九九	8996	七一冊	137	卷七九	1162	卷七九	1133
31	妙玉								
32	嚴氏								
33	崔少元								

備註	歷代宮闕文選		唐詩別裁		唐詩品彙		續唐詩話		詩話類編		百種詩話	
	頁數	卷數	頁數	卷數	頁數	卷數	頁數	卷數	頁數	卷數	頁數	集
							6~4746	卷七六				
	358	卷十九					6~4750	卷七六	1210	卷十三	114	上集
							6~4747	卷七六				
											777	中集
							6~4752	卷七六				
全五代詩總集，前蜀，卷五六，頁八五							6~4741	卷七六				
	395	卷二一	108~109	卷十九 四冊					1046	卷十二		
全五代詩總集，周補遺，頁一四九一												
全五代詩總集，前蜀，卷五六，頁八五五												
	335	卷十七										

編號	稱謂	全唐詩		全唐詩稿		唐詩紀事(一)		唐詩紀事(二)	
		卷數	頁數	冊數	頁數	卷數	頁數	卷數	頁數
34	劉元載妻(薛瑤英)	卷八〇一	9018	七一冊	74				
35	何仙姑								
36	薛瓊	卷八〇一	9017						
37	趙虛舟	卷八〇一	9017						
38	劉氏婦	卷八〇一	9018						
39	葛氏女	卷八〇一	9019						
40	李主簿姬	卷八〇一	9019						
41	湘驛女子	卷八〇一	9019	七一冊	183				

備註	歷代宮闕文選		唐詩別裁		唐詩品彙		續唐詩話		詩話類編		百種詩話	
	頁數	卷數	頁數	卷數	頁數	卷數	頁數	卷數	頁數	卷數	頁數	集
宋詩紀事，卷八七，頁一四八五－六五五全宋詩第二冊卷一〇九，頁一二六〇	412	卷二三							1236	卷十四		
①全五代詩總集，楚，卷六五，頁九八六 ②全唐詩續補遺卷二，頁三												
							6~4711	卷七六	1188	卷十三		
							6~4711	卷七六				
唐人萬首絕句選，卷二頁一四五九－一〇四	396	卷二一			517~1371	卷四五						

編號	稱謂	全唐詩		全唐詩稿		唐詩紀事（一）		唐詩紀事（二）	
		卷數	頁數	冊數	頁數	卷數	頁數	卷數	頁數
42	越溪楊女	卷八〇一	9021	七一冊	184				
43	曹文姬	卷八〇一	9022						
44	溫婉女								
45	杜秋娘					卷八〇	1171	卷八〇	1142
46	嚴續姬	卷八〇〇	9007						
47	海印	卷八〇五	9061	七一冊	259	卷七九	1165	卷七九	1136
48	舞柘枝女	卷八〇二	9025						

百種詩話 集	百種詩話 頁數	詩話類編 卷數	詩話類編 頁數	續唐詩話 卷數	續唐詩話 頁數	唐詩品彙 卷數	唐詩品彙 頁數	唐詩別裁 卷數	唐詩別裁 頁數	歷代宮闕文選 卷數	歷代宮闕文選 頁數	備註
						卷七六	6~4772					全五代詩總集，吳越，卷七四，頁一一三一
				卷十四	1282							
								四冊 卷二〇	146			全唐詩外編，第四篇，卷二〇，頁六八二一
				卷七七	6~4813					卷十二	279	唐人萬首絕句選，卷七，頁一四五九－一七〇
		卷十三	1138	卷七七	6~4795							全五代詩總集，南唐，卷三九，頁六一六
										卷十九	360	全五代詩總集，卷五六，頁八五七
				卷七七	6~4791							唐語林卷（四）

編號	稱謂	全唐詩		全唐詩稿		唐詩紀事（一）		唐詩紀事（二）	
		卷數	頁數	冊數	頁數	卷數	頁數	卷數	頁數
49	蓮花妓	卷八〇二	9033	七一冊	179				
50	王蘇蘇	卷八〇二	9028						
51	史鳳	卷八〇二	9030						
52	盛小叢	卷八〇二	9032						
53	趙鸞鸞	卷八〇二	9032						
54	韓襄客	卷八〇二	9034						
55	楊苧蘿								

備註	歷代宮闕文選		唐詩別裁		唐詩品彙		續唐詩話		詩話類編		百種詩話	
	頁數	卷數	頁數	卷數	頁數	卷數	頁數	卷數	頁數	卷數	頁數	集
全五代詩總集，南唐，卷三九，頁六一六							6~4815	卷七七	1349	卷十五		
							6~4805	卷七七	1347	卷十五		
							6~4813	卷七七				
					285	卷十三	6~4800	卷七七	1224	卷十四		
					409	卷二三						
全五代詩總集，唐，卷十，頁一八八												

附表說明

參考書目

一、著作

丁福保編　歷代詩話續編　藝文印書館　民國四十八年
丁福保編　全漢三國晉南北朝詩　世界書局　民國五十一年
丁福保編　清詩話續編　藝文印書館　民國七十四年
丁福保輯　歷代詩話續編上中下　木鐸出版社　民國七十二年
方東樹　昭昧詹言　漢京文化事業公司　民國七十四年
元稹　元氏長慶集　世界書局　民國七十六年
毛亨傳 鄭玄箋 孔穎達正義　毛詩正義七十卷　藝文印書館十三經注疏本　民國六十八年
王純父箋註 劉鐵冷校刊　古詩源箋註　華正書局　民國七十三年
王子武　中國詩律研究　文津出版社　民國五十九年
唐詩鑑賞辭典　上海出版社　西元一九八三年
王仁裕　開元天寶遺事　清光緒間虞山周氏鴿峯草堂鈔本
王灼　碧雞漫志　上海國學扶輪社排印本　民國四年
王昌會　詩話類編　廣文書局　民國六十一年
王度等　唐人傳奇小說　世界書局　民國八十二年十版
王重民孫望童養年輯錄　全唐詩外編　木鐸出版社　民國七十二年

王書奴　中國娼妓史話　大林書店　民國二十三年
王國維撰 徐調孚校注　人間詞話　新文豐出版公司　民國七十七年
王欽若等編　冊府元龜　中華書局　民國五十六年
王肅注　孔子家語　新文豐出版公司　民國七十八年臺一版
王溢嘉編譯　精神分析與文學　野鵝文庫　民國七十八年
王溥　五代會要　九思出版社　民國六十七年
王溥　唐會要（上、中、下）　世界書局　民國四十九年
王運熙 王國安　漢魏六朝樂府詩　國文天地雜誌社　民國七十九年
王夢鷗　大小戴記選注　正中書局　民國六十年
王夢鷗　禮記今註今譯　台灣商務版　民國七十三年
王曙　唐詩故事、唐代的婦女　貫雅文化公司　民國七十九年
王藩庭　中華歷代婦女　商務印書館　民國五十五年
王讜　唐語林　世界書局　民國五十七年
王師熙元　唐詩精選百首　地球出版社　民國八十年國慶前一日
王師熙元　唐宋詞精選百首　地球出版社　民國八十年國慶日
王師熙元　詩府韻粹　學生書局　民國七十二年
尤袤　全唐詩話　新文豐書局　民國七十四年
王弼韓康伯注 孔穎達等正義　周易正義十卷　藝文印書館十三經注疏本　民國六十八年
孔安國傳 孔穎達等正義　尚書正義二十卷　藝文印書館十三經注疏本　民國六十八年
彭國棟　藝文掌故叢談　正中書局　民國四十四年
彭叔夏　文苑英華　台灣華文書局總發行　民國五十四年二月

河洛出版社編審	漢魏六朝詩論叢	河洛出版社	民國六十七年
古添洪 陳慧樺 編著	比較文學的墾拓在台灣	東大圖書公司	民國六十五年
司馬光	資治通鑑	世界書局	民國七十五年
司馬遷	史記	洪氏出版社	民國六十三年
未註明編者	中國文學史參考資料 先秦之部 兩漢之部 魏晉南北朝之部	里仁書局	民國七十一年
未註明著者	古今閨媛逸事	新文豐出版公司	民國六十七年
正中書局編審	唐代詩學	正中書局	民國五十六年
白居易	白氏長慶集	世界書局	民國七十六年
朱光潛	詩論	漢京文化公司	民國七十一年
朱光潛	詩論新編	洪範書局	民國七十三年八月
朱熹	朱子語類	正中書局	民國五十一年
朱熹	詩經集註	華正書局	民國六十九年八月
何文煥編	歷代詩話（上、下）	木鐸出版社	民國七十一年二月
何懷碩	苦澀的美感	大地出版社	民國六十三年
何滿子	中國愛情與兩性關係 中國小說研究	臺灣商務印書館	民國八十三年四月
何人	新詩學	西南師範大學出版社	民國七十七年十月
吳天任	楚辭文學的特質	商務印書館	民國六十六年
吳兆宜注	玉台新詠箋注	明文書局	民國七十七年
吳自牧	夢粱錄	廣文書局	民國七十六年
吳景旭	歷代詩話	新文豐出版公司	民國七十八年

吳競	貞觀政要	黎明文化書局	民國七十九年
呂正惠	抒情傳統與政治現實	大安出版社	民國七十八年
呂正惠	唐詩論文集	長安出版社	民國七十四年
宋若華	女論語	清順治丁亥（四年）兩浙督學李際期刊本	
李又寧 張玉法	中國婦女史論文集	商務書局	民國七十七年
李曰剛	中國文學流變史——詩歌篇	聯貫出版社	民國六十三年
李玉珍	唐代的比丘尼	學生書局	民國七十八年
李美枝	社會心理學	大洋出版社	民國七十年
李肇	唐國史補	新文豐出版公司	民國四十八年九月初版
李樹桐	唐史考辨	中華書局	民國五十四年
李昉等編	太平廣記	中文出版社	民國六十二年
李昉等	太平御覽	台灣商務印書館	民國五十六年
李義山	雜纂	新文豐出版公司	民國七十四年
杜佑	通典	世界書局	民國七十五年
汪中選注	詩品注	正中書局	民國五十八年七月台初版
沈德潛編	唐詩別裁	商務印書館	民國六十七年
沈德潛	說詩晬語	新文豐出版公司	民國七十八年
沈炳巽編	續唐詩話一百卷	鼎文書局	民國六十年三月
沈善寶	名媛詩話四卷	新文豐出版公司	民國七十六年六月
肖馳	中國詩歌美學	北京大學出版社	西元一九八六年
辛文房撰 周本淳校正	唐才子傳校正	文津出版社	民國七十七年三月
許道勳注譯	新譯貞觀政要	三民書局	民國八十四年

許慎著 段玉裁注	說文解字注	藝文印書館	民國六十八年六月五版
亞里斯多德著 傅東華譯	詩學	臺灣商務印書館	民國六十五年九月
兒島獻吉郎撰 胡行之譯	中國文學研究	新文豐出版公司	民國七十一年
胡仔纂輯	苕溪漁隱叢話（前、後集）	木鐸出版社	民國七十一年八月
胡文楷	歷代婦女著作考	鼎文書局	民國六十二年五月初版
胡雲翼	唐代的戰爭文學	臺灣商務印書館	民國六十六年
胡雲翼	唐詩研究	臺灣商務印書館	民國五十七年
胡適	白話文學史	遠流圖書公司	西元一九八六年
周宗盛	中國才女	大林出版社	民國七十年
孟棨	本事詩	明崇禎庚午（三年）虞山毛氏汲古閣刊本	
屈萬里	詩經釋義	文化大學出版部	民國七十七年
房玄齡等	晉書	明崇禎間至清順治丙申（十三年）刊本虞山毛氏汲古閣	
林惠祥	民俗學	商務印書館	民國五十七年
林惠祥	神話論	商務印書館	民國八十四年
苕溪生輯	閨秀詩話	三信出版社	民國六十一年七月
周壽昌輯	歷代宮閨文選	廣文書局	民國六十八年五月
河洛圖書出版社編	傾國名花	河洛圖書出版社	民國六十七年
邱燮友	中國歷代故事詩	三民書局	民國七十四年
邱燮友	新譯唐詩三百首	三民書局	民國八十年
俞守仁	唐詩三百首詳析	大孚書局	民國七十一年九月再版

施淑儀	清代閨閣詩人徵略	明文書局	民國七十四年
封演	封氏聞見記	新文豐出版公司	民國七十四年
段成式	酉陽雜俎	源流書局	民國七十二年
洪順隆編譯	文學與鑑賞	志文出版社	民國七十四年
洪順隆	六朝詩論	文史哲出版社	民國六十七年一月
洪順隆	由隱逸到宮體	文史哲出版社	民國七十三年
洪順隆	中國文學史論集	文史哲出版社	民國七十二年十二月
洪興祖	楚辭補注	天工書局	民國七十八年
洪邁	容齋隨筆	大立書局	民國七十年
洪邁元本 王士禎選	唐人萬首絕句選	文淵閣四庫全書集部	民國七十二年
紀昀等撰	四庫全書總目提要	商務印書館	民國七十二年初版
范曄	後漢書	世界書局	民國七十五年
范攄	雲溪友議	世界書局	民國五十一年
鈴木虎雄著 洪順隆譯	中國詩論史	臺灣商務印書館	民國六十八年九月
計有功	唐詩紀事（上、下冊）	鼎文書局	民國六十年
計有功	唐詩紀事	木鐸出版社	民國七十一年
孫棨	北里志	明嘉靖甲辰（二十三年）雲間陸氏儼山書院刊本	
夏樹芳	琴苑	明萬曆間刊本	
夏文彦	青樓集	清丁竹浯手鈔本	清嘉慶己巳十四年
徐陵	玉臺新詠	世界書局	民國七十七年
徐道鄰	唐律通論	台灣中華書局	民國四十七年
徐世昌	清詩匯	世界書局	民國五十年
栗斯	唐世風光和詩人	木鐸出版社	民國七十四年

栗斯	唐代長安和政局	木鐸出版社	民國七十四年
班固	白虎通	清康熙間新安汪士漢刊秘書二十一種本	
班固	漢書	藝文印書館	民國六十八年
袁行霈	中國詩歌藝術研究	五南圖書公司	民國七十八年
袁枚 司空圖	詩品集解	清流出版社	民國六十一年三月
高棟	唐詩品彙	學海出版社	民國七十二年
高世瑜	唐代婦女	三秦出版社	西元一九八八年
高步瀛選註	唐宋詩舉要	明倫出版社	民國六十年
高明	禮學新探	學生書局	民國七十年
康正果	風騷與豔情	雲龍出版社	西元一九九一年
章學誠	章氏遺書	漢聲出版社	民國六十二年
張修蓉	漢唐貴族與才女詩歌研究	文史哲出版社	民國七十四年
張清鐘	古詩十九首彙說賞析與研究	臺灣商務印書館	民國七十七年
張夢機	古典詩的形式結構	駱駝出版社	民國八十六年
張夢機	近體詩發凡	臺灣中華書局印行	民國七十三年五月
張其昀編	中國文學史論集	中華文化出版社	民國四十七年四月
張正體 張婷婷	詩學	臺灣商務印書館	民國七十一年八月
曹淑娟	夢斷秦樓月——中國古典詩歌中的閨情	故鄉出版社	民國七十一年
梁乙真	清代婦女文學史	中華書局	民國四十七年
梁啓超	中國韻文裏頭所表現的感情	台灣中華書局	民國七十二年

臺靜農編著	百種詩話類編上中下三冊	藝文印書館	民國六十三年五月初版
鍾嶸	詩品	地球出版社	民國八十三年
鍾惺輯	名媛詩歸	上海有正書局排印本	
鍾嶸撰 杜天縻注	詩品新注	世界書局印行	民國七十三年四月
清聖祖御定	全唐詩（一～十二冊）	文史哲出版社	民國六十七年
郭立誠	中國婦女生活史話	漢光書局	民國七十二年
郭茂倩	樂府詩集	里仁書局	民國六十九年
郭紹虞	中國文學批評史	五南出版社	民國八十三年
郭紹虞	中國詩的神韻、格調及性靈說	華正書局	民國七十年八月
郭源新	世界文學史綱	明倫出版社	民國五十九年
郭璞注 邢昺疏	爾雅注疏十卷	藝文印書館十三經注疏本	民國六十八年
陳文華校注	唐女詩人集三種	新宇出版社	民國七十四年
陳沆	詩比興箋	廣文書局	民國五十九年
陳東原	中國婦女生活史	商務印書館	民國七十年十一月臺七版
陳敬之	現代文學早期的女作家	成文出版社	民國六十九年
陳夢雷編	古今圖書集成——宮闈典	鼎文書局	民國七十四年
陳夢雷編	古今圖書集成——閨媛典	鼎文書局	民國六十六年
陳鴻墀	全唐文紀事	世界書局	民國五十年
陳顧遠	中國古代婚姻史	商務印書館	民國七十二年五月臺五版
陳顧遠	中國婚姻史	商務印書館	民國七十六年

陳延傑	詩品注	臺灣開明書店	民國六十二年十月
陳應行編	吟窗雜錄	崇文書堂刊本	明嘉靖戊申二十七年
陸侃如	中國詩史	香港古文出版社	民國五十七年
魚玄機	魚玄機詩	叢書集成續編一六四郎園叢書	民國七十八年
逯欽立	先秦漢魏晉南北朝詩	北京中華書局	西元一九九三年十二月
陶希聖	婚姻與家族	商務印書館	民國五十五年
陶秋英	中國婦女與文學	藍燈叢書	民國六十四年
曾永義編	中國古典文學辭典	正中書局	民國七十九年
葛賢寧	中國詩史	中華文化出版事業委員會出版	民國四十五年六月
傅樂成	中國通史	大中國圖書公司	民國六十四年增訂十一版
傅樂成	漢唐史論集	聯經事業出版公司	民國六十六年
傅錫壬譯註	歷代樂府詩選析	五南圖書公司	民國七十七年
喻守真	唐詩三百首詳析	台灣中華書局	民國七十九年
嵇哲	中國詩詞演進史	莊嚴出版社	民國七十年
程千帆等	唐詩的天空	蘭亭出版社	民國七十六年
萬國鼎編撰	中國歷史紀年表	木鐸出版社	民國六十九年
黃永武	中國詩學思想篇	巨流圖書公司	民國七十七年
黃永武	中國詩學設計篇	巨流圖書公司	民國七十七年
黃永武	中國詩學鑑賞篇	巨流圖書公司	民國七十七年
黃永武	詩與美	洪範書局	民國七十三年
黃永武	讀書與賞詩	洪範書店	民國七十六年
黃慶萱	修辭學	三民書局	民國七十九年
楊明	南朝詩魂	漢欣文化公司	民國八十年
楊鴻烈	中國詩學大綱	臺灣商務印書館	民國六十三年五月

李調元編	全五代詩（上、中、下）	鼎文書局	民國六十二年
楊承彬	秦漢魏晉南北朝教育制度	臺灣商務印書館	民國六十七年六月
葉嘉瑩	迦陵談詩二集	東大圖書公司	民國七十四年
葉頌壽譯	夢的精神分析	志文出版社	民國六十年
葉慶炳	中國文學史	學生書局	民國七十六年
路燈照 成九田	古詩文修辭例話	商務書局	民國七十六年
遏兆光 戴燕	晚唐風韻	漢欣文化公司	民國八十年
聞家驊	詩選與校箋	九思出版社	民國六十七年
趙世杰輯評 朱錫綸	歷代女子詩集	廣文書局	民國七十年二月再版
趙令時	侯鯖錄八卷	明萬曆間會稽商氏刊清康熙間臨川李氏修補本	
趙滋蕃	文學與美學	道聲出版社	民國六十七年
趙鳳喈	中國婦女在法律上之地位	食貨出版社	民國六十二年
趙璘	因話錄	新文豐出版公司	民國七十四年
劉昫	舊唐書	世界書局	民國七十五年
劉雲份	名媛詩選（翠樓集）	據野香堂原刊本排印貝葉山房張氏藏版	民國二十五年二月
劉大杰	中國文學發達史	華正書局	民國七十五年
劉向撰 仇英繪	繪圖古列女傳	廣文書局	民國六十七年
劉伯驥	唐代政教史	台灣中華書局	民國六十三年
劉杰	中國文學發展史	華正書局	民國六十四年

劉若愚原著	中國詩學	幼獅文化公司	民國七十二年
杜國清譯 劉逸生等	唐詩的滋味	天山出版社	民國七十七年
劉義慶撰 劉孝標注	世說新語	世界書局	民國五十一年
劉勰撰 王更生註譯	文心雕龍讀本	文史哲出版社	民國七十三年
劉麟生	中國文學論	偉文出版社	民國六十七年
歐陽修	五代史記注	藝文書局	民國七十一年
歐陽修等	新唐書（一、二、三）	鼎文書局	民國六十八年
歐陽詢等	藝文類聚	文光出版社	民國六十三年
蔡英俊等	中國文化新論——文學篇（一）（二）	聯經出版社	民國七十一年
蔡邕	琴操	商務印書館宛委別藏	民國七十年
鄭氏	女孝經	新文豐出版公司	民國七十四年
鄭石岩	弗洛姆的精神分析理論	商務印書館	民國六十四年
鄭騫等	中國古典詩歌論集	幼獅出版社	民國七十四年
鄭玄注 賈公彥疏	周禮注疏四十二卷	藝文印書館十三經注疏本	民國六十八年
鄭玄注 賈公彥疏	儀禮注疏五十卷	藝文印書館十三經注疏本	民國六十八年
鄭玄注 孔穎達等正義	禮記正義六十三卷	藝文印書館十三經注疏本	民國六十八年
蕭統	昭明文選	藝文印書館	民國六十八年
錢謙益遞輯 季振宜	全唐詩稿本	聯經出版事業公司	民國六十五年

錢大昭	補續漢書藝文志	新文豐出版社	民國七十四年
鮑家麟編著	中國婦女史論集	稻香出版社	民國七十七年
鮑家麟編著	中國婦女史論集續集	稻香出版社	民國八十年
戴炎輝	唐律各論	成文書局	民國七十七年
戴德	大戴禮記	新文豐出版社	民國七十四年
薛居正	舊五代史	世界書局	民國七十五年
謝海平	講史性之變文研究	嘉新水泥公司文化基金會	民國六十二年
謝无量	中國婦女文學史	台灣中華書局	民國六十二年
勵廷儀	唐律疏義	西南出版社	民國六十二年
瞿同祖	中國法律與中國社會	里仁出版社	民國七十三年
薩孟武	中國社會政治史	三民書局	民國六十四年
顏崑陽	喜怒哀樂	月房子出版社	民國八十三年
魏慶之編	詩人玉屑	九思出版社	民國六十七年十一月台一版
魏嵩山主編	中國古典詩詞——地名辭典	江西教育出版社	民國七十八年四月
韓偓	香奩集	叢書集成續編一六四關中叢書	民國七十八年
羅宗濤	敦煌變文社會風俗事物考	文史哲出版社	民國六十三年
羅宗濤等	中國詩歌研究	中央文物供應社	民國七十四年
羅香林	唐代文化史研究	商務印書館	民國八十五年
羅根澤	中國文學批評史	台灣商務印書館	民國五十五年
羅根澤	樂府文學史	北平文化學社	西元一九三一年
羅龍治	唐代的后妃與外戚	桂冠圖書公司	民國六十七年
羅聯添編	唐代文學論著集目	台大中國文學系編	民國六十七年九月

譚正璧　中國女性的文學生活　莊嚴出版社　民國七十五年
鹽谷溫　中國文學概論講話　上海開明書店　西元一九二九年
藍鼎元　女學　文海出版社　民國六十六年
蘇蕙　織錦回文璇璣圖詩暨諸讀法合刻　前秦鈔本
嚴羽著 郭紹虞校釋　滄浪詩話校釋　里仁書局　民國七十六年

二、論文

王文進　論六朝詩中巧構形似之言　師大國文所碩士論文　民國六十七年
王岑　唐代詩人之醇酒婦人　北平中國文藝一：六　民國二十九年二月
王國瓔　漢魏詩中的棄婦之怨　「神話、傳說與歷史——先秦兩漢魏晉南北朝的婦女與兩性」學術研討會　民國八十五年十一月八、九日
中美子　中國唐代婦女生活研究　政大中文所碩士論文　民國六十二年
石筍　唐代婦女文學之發展　上海新東方雜誌七　民國二十九年八月
向淑雲　唐代婚姻與婚姻實態　台大史研所碩士論文　民國七十五年
吳若芬　直與紆——詩經國風中兩種女性角色的聲音　中外文學十三卷十二期　民國七十四年五月
吳鼎　中國歷代女子對文化之貢獻　實踐家專學報第五期　民國六十三年三月二十五日
呂福克　就有關蔡文姬及其所作之詩歌論中國詩中的女性形象　文史哲學報三十三期　民國七十三年十二月
宋昌基　中國古代女性倫理觀——以先秦兩漢為中心　政大中文所博士論文　民國六十六年

李建民	「婦女媚道」考釋——傳統家庭的衝突與化解之術	「神話、傳說與歷史——先秦兩漢魏晉南北朝的婦女與兩性」學術研討會	民國八十五年十一月八、九日
李美娟	正史列女傳研究	政大中文所碩士論文	民國七十二年
李貞德	漢唐之間求子醫方試探	「神話、傳說與歷史——先秦兩漢魏晉南北朝的婦女與兩性」學術研討會	民國八十五年十一月八、九日
李偉萍	南朝文學中的婦女形象	政大中文所碩士論文	民國七十年
李瑞騰	自君之出矣——一種定型的閨怨情詩	文藝月刊第一六六期	民國七十二年四月
李樹桐	唐代婦女的婚姻	師大學報十八期	民國六十二年六月
李豐楙	唐人葵花詩與道教女冠	中外文學十六卷六期	民國七十六年十一月
李孟君	唐詩中的女性形象研究	輔大中文所碩士論文	民國八十一年六月
李淑媛	唐代婦女之法律地位	文化史研所碩士論文	民國八十二年六月
杜芳琴	商周性別制度與貴族婦女地位之比較	「神話、傳說與歷史——先秦兩漢魏晉南北朝的婦女與兩性」學術研討會	民國八十五年十一月八、九日
邢義田	漢武帝生命中的幾個女人	「神話、傳說與歷史——先秦兩漢魏晉南北朝的婦女與兩性」學術研討會	民國八十五年十一月八、九日
周誠真	中國古典詩裏的「有我」與「主觀敘述」	中外文學一卷九期	民國六十二年二月
林文月	南朝宮體詩研究	文史哲學報十五期	民國五十五年八月
林文月	宮體詩人的寫實精神	中外文學三卷三期	民國六十三年

柯慶明	苦難與敘事詩的兩型——論蔡琰「悲憤詩」與「古詩為焦仲卿妻作」	中外文學十卷四、五、六期	民國七十年九月
洪淑苓	美人計的敘事模式與性別政治從西施故事談起	「神話、傳說與歷史——先秦兩漢魏晉南北朝的婦女與兩性」學術研討會	民國八十五年十一月八、九日
洪讚	唐代戰爭詩研究	政大中文所博士論文	民國七十五年六月
洪順隆	論宮體詩	文藝復興月刊一百期	民國六十八年三月
高莉芬	漢魏怨詩研究	政大中文所碩士論文	民國七十七年六月
康世昌	漢魏六朝家訓研究	文化中文所博士論文	民國八十五年六月
徐秀芳	以教育和法律的角度論唐代婦女的角色	清大史研所碩士論文	民國七十六年六月
徐復觀	韓偓詩與香奩集論考	民主評論十五卷四期	民國五十三年二月
陳蓉蓉	孫中山先生的女性地位觀	中山思想學術研討會	
陳蓉蓉	孫中山先生女權的實踐	中山思想學術研討會	民國八十四年五月二十七、二十八日
陳松雲	唐代女詩人的評介（上）	台北暢流三八卷七期	民國五十七年十一月
陳恒昇	評唐代女詩人——上官婉兒	台北暢流三七：一〇	民國五十七年七月
陳恒昇	唐代女詩人的評介（下）	台北暢流三八卷八期	民國五十七年十二月
陳瑞芬	漢代婦女文學之探究	藝術學報五十八期	民國八十五年六月
陳臯	清律贖刑之研究	國立政治大學法律研究所碩士論文	民國六十一年
梁榮源	唐代敘事詩研究	台大中文研究所碩士論文	民國六十一年
梅家玲	依違於婦德與才性之間：（世說新語、賢媛篇）的女性風貌	「神話、傳說與歷史——先秦兩漢魏晉南北朝的婦女與兩性」學術研討會	民國八十五年十一月八、九日

梅祖麟 高友工著 黃宣範譯	論唐詩的語法、用字與意象	中外文學一卷十~十二期	民國六十一年三月
高友工作 劉翔飛譯	律詩的美典	中外文學十八卷二~三期	民國七十八年七月
張修蓉等	女性與文學專輯	聯合文學二卷五期	民國七十五年三月
張修蓉撰	唐代文學所表現之婚俗研究	政大中文所碩士論文	民國六十五年
張修蓉	中唐樂府詩研究	政大中文所博士論文	民國七十年
張慧娟	唐代女詩人研究	文化中研所碩士論文	民國六十七年
張淑香	三面「夏娃」——漢魏六朝中女性美的塑像	中外文學十五卷十期	民國七十六年三月
黃美玉	唐人以漢代婦女為主題詩歌之研究	政大中文所碩士論文	民國七十八年六月
黃婷婷	六朝宮體詩研究	師大國研所碩士論文	民國七十二年
許瑞玲	六十種曲婦女形象研究	師大國研所碩士論文	民國七十九年
許翠雲	唐代閨怨詩研究	師大國研所碩士論文	民國七十八年
楊江松	中國婚俗之民俗學的研究	東方雜誌三十一卷十一號	民國二十三六月
鄔錫芬	王昭君故事研究	東海中文所碩士論文	民國七十年
廖振富	唐代詠史詩之發展與特質	師大國研所碩士論文	民國七十八年
廖炳惠	女性主義與文學批評	當代雜誌五期	民國七十五年九月
賴瑞和	中國古典詩裏的戲劇表現	中外文學一卷六期	民國六十一年十一月
鮑家麟	漢代的模範女性：禮讓后位的陰麗華	「神話、傳說與歷史——先秦兩漢魏晉南北朝的婦女與兩性」學術研討會	民國八十五年十一月八、九日

蔡瑜	離亂經歷與身分認同	「神話、傳說與歷史——先秦兩漢魏晉南北朝的婦女與兩性」學術研討會	民國八十五年十一月八、九日
劉德漢	西漢婦女婚姻問題研究	「神話、傳說與歷史——先秦兩漢魏晉南北朝的婦女與兩性」學術研討會	民國八十五年十一月八、九日
劉增貴	漢代婦女的名字	「神話、傳說與歷史——先秦兩漢魏晉南北朝的婦女與兩性」學術研討會	民國八十五年十一月八、九日
鍾慧玲	清代女詩人研究	政大中文所博士論文	民國七十一年六月
顏天佑	元雜劇所反映之元代社會	政大中文所博士論文	民國六十九年
盧建榮	從書寫材料看三至七世紀女性的社會形象塑模	「神話、傳說與歷史——先秦兩漢魏晉南北朝的婦女與兩性」學術研討會	民國八十五年十一月八、九日
鄭毓瑜	神女論述與性別演義——以屈原、宋玉賦為主的討論	「神話、傳說與歷史——先秦兩漢魏晉南北朝的婦女與兩性」學術研討會	民國八十五年十一月八、九日
蘇其康	唐詩中的依蘭裔胡姬	中外文學十八卷一期	民國七十八年六月
嚴紀華	全唐詩婦女詩歌之內容研究	政大中文所碩士論文	民國七十年

語言文學類　PC2164　文學視界122

兩漢隋唐婦女閨怨詩

作　　者／陳瑞芬
責任編輯／許乃文、陳彥儒
圖文排版／黃莉珊
封面設計／蔡瑋筠

發 行 人／宋政坤
法律顧問／毛國樑　律師
出版發行／秀威資訊科技股份有限公司
114台北市內湖區瑞光路76巷65號1樓
電話：+886-2-2796-3638　傳真：+886-2-2796-1377
http://www.showwe.com.tw
劃撥帳號／19563868　戶名：秀威資訊科技股份有限公司
讀者服務信箱：service@showwe.com.tw
展售門市／國家書店（松江門市）
104台北市中山區松江路209號1樓
電話：+886-2-2518-0207　傳真：+886-2-2518-0778
網路訂購／秀威網路書店：https://store.showwe.tw
國家網路書店：https://www.govbooks.com.tw

2021年10月　BOD一版
定價：660元

讀者回函卡

國家圖書館出版品預行編目

兩漢隋唐婦女閨怨詩/陳瑞芬著. -- 一版. -- 臺北市 : 秀威資訊科技股份有限公司, 2021.10
面； 公分. -- (語言文學類 ; PG2164)(文學視界 ; 122)
BOD版
ISBN 978-986-326-881-9 (平裝)

1.中國詩 2.詩評 3.漢代 4.隋唐

821.8 109021617